ALEXANDRA
ANDREWS

DIE ASSISTENTIN

Psychothriller

*Aus dem Amerikanischen
von Regina Rawlinson*

GOLDMANN

Die Originalausgabe erschien 2021 unter dem Titel »Who is Maud Dixon?«
bei Little, Brown and Company, New York.

Aus folgenden Werken wird zitiert:

William Butler Yeats: »Das Starennest an meinem Fenster«, aus:
Die Gedichte, hrsg. von Norbert Hummelt, übersetzt von Gerhart Falkner/
Nora Matocza, München 2005.

Paul Bowles: *So mag er fallen,* übersetzt von Maria Wolff,
neu durchgesehen von Pociao, München 2006.

Dylan Thomas: »Geh nicht als Gentleman in jene gute Nacht!«, aus:
Englische und amerikanische Dichtung, Band 3, Von R. Browning bis Heaney,
hrsg. von Horst Meller/Klaus Reichert, übersetzt von P. Marius,
München 2000

FSC
www.fsc.org
MIX
Papier | Fördert
gute Waldnutzung
FSC® C083411

Penguin Random House Verlagsgruppe FSC® N001967

1. Auflage
Deutsche Erstveröffentlichung August 2022

Redaktion: Claudia Alt
Umschlaggestaltung: UNO Werbeagentur, München
Umschlagmotiv: Nilufer Barin / Trevillion Images; Dejan Ristovski / Stocksy
Images; Andrius Remeikis / Arcangel
mb · Herstellung: ast
Satz: Buch-Werkstatt GmbH, Bad Aibling
Druck und Bindung: CPI books GmbH, Leck
Printed in the EU
ISBN: 978-3-442-31623-6

www.goldmann-verlag.de

Für Chris

Das Herz, mit Phantasien genährt,
Ward über diesen Handel roh;

W. B. Yeats

»Das Starennest an meinem Fenster«

VORSPIEL

Semat, Marokko

»Madame Wiel-kocks?«

Ihr linkes Augenlid hob sich einen Spaltbreit, und warmes gelbes Licht flutete herein. Eine verschwommene Gestalt in Weiß kreuzte ihr Blickfeld. Sie machte das Auge wieder zu.

»Madame Wiel-kocks?«

Von irgendwoher ein schrilles Piepsen. Diesmal zwang sie sich, beide Augen zu öffnen. Sie lag in einem unbequemen Bett, das rechts und links von einem schmuddeligen Vorhang eingerahmt wurde.

»Madame Wiel-kocks?«

Mit einiger Mühe drehte sie den Kopf. Die Hände auf die Oberschenkel gestützt saß ein Mann, der eine Art Militäruniform trug, neben dem Bett und beobachtete sie gespannt. Seine rundlichen Züge erinnerten an die einer Babypuppe. Er machte ein ernstes Gesicht.

»Madame Wiel-kocks«, wiederholte er noch einmal.

»Helen?«, sagte sie mit brüchiger Stimme.

»Helen.« Er nickte. »Sie wissen, wo Sie sind?«

Sie blickte sich um. »Im Krankenhaus?«

»Richtig. Sie hatten einen großen Abend.«

»Einen großen Abend?«

»Einen ganz großen Abend.«

Ihr entfuhr ein leises Lachen. Sichtlich verärgert runzelte der Mann die Stirn. Raschelnd glitt der linke Vorhang zurück, und eine Frau mit weißem Kopftuch und im weißen

Kittel kam herein. Eine Krankenschwester? Sie beugte sich über das Bett. Freundlich lächelnd sagte sie ein paar Worte in einer fremden Sprache und strich die dünne Decke glatt.

Danach wandte sie sich, um einiges schärfer im Ton, an den Mann neben dem Bett. Der stand auf und hob begütigend die Hände. Mit kaltem Blick schob er den Vorhang beiseite und verschwand.

Bevor die junge Frau die Krankenschwester etwas fragen konnte, war auch sie bereits wieder hinausgegangen, und das heisere »Warten Sie!«, das sie ihr hinterherschickte, verhallte ungehört – oder unbeachtet.

Sie war allein.

Ihr Blick blieb an der Zimmerdecke hängen, die mit braunen Wasserflecken übersät war. Als sie versuchte, sich aufzusetzen, sah sie, dass ihr linkes Handgelenk eingegipst war. Erst jetzt merkte sie auch, dass sie Schmerzen hatte. Und zwar am ganzen Körper.

Sie warf einen Blick auf den leeren Stuhl, auf dem der Uniformierte gesessen hatte. Er hatte sie Madame Wiel-kocks genannt. Ihm schien das wichtig zu sein, aber sie konnte nichts Sinnvolles damit anfangen. Sie machte die Augen wieder zu.

Einige Minuten – oder Stunden – später öffnete sich erneut der Vorhang. Die Krankenschwester war zurück, diesmal in Begleitung eines anderen männlichen Besuchers.

»Madame Wilcox«, sagte er. »Ich freue mich, dass Sie wach sind.« Er hatte eine sehr präzise Aussprache, die einzelnen Silben scharf voneinander abgesetzt. »Ich heiße Dr. Tazi, ich hatte gestern Abend Dienst, als Sie mit zwei gebrochenen Rippen, einem gebrochenen Handgelenk und Hämatomen im Gesicht und am Körper eingeliefert wurden. Offenbar waren Sie in einen Autounfall verwickelt. Verletzungen wie

Ihre werden häufig durch einen Airbag hervorgerufen. Sie haben noch Glück gehabt, dass sie nicht schlimmer ausgefallen sind.«

Wie aufs Stichwort reichte ihr die Krankenschwester einen Pappbecher und eine backenzahngroße Tablette.

»Hydrocodon. Gegen die Schmerzen«, erklärte der Arzt. »Ich schaue heute Nachmittag noch einmal nach Ihnen, aber momentan wüsste ich keinen Grund, warum wir Sie länger als bis morgen dabehalten sollten. So lange sollten Sie sich ausruhen, Madame Wilcox.« Damit verabschiedete er sich und ging, die Schwester im Schlepptau.

Madame Wilcox. Stumm sprach sie den Namen mit den Lippen nach. Helen.

Dann kam der Schlaf, und es wurde dunkel um sie.

ERSTER TEIL

EINS

Die beiden jungen Frauen stiegen die schmale Treppe in den ersten Stock hinauf, dem fröhlichen Lachen und der Musik entgegen. Florence Darrow strich mit den Fingern über die blutrote Wand.

»Es hat schon was Perverses, ausgerechnet hier eine Verlagsparty zu schmeißen«, sagte sie.

Die Weihnachtsfeier von Forrester Books, wo sie als Lektoratsassistentinnen arbeiteten, fand wie in jedem Jahr in der Library statt, einer schummrigen Bar mit dem Designkonzept »Literarischer Kitsch«.

»Als würde man in Disney World einen UN-Gipfel veranstalten.«

»Stimmt«, sagte Lucy Gund kläglich. Ihr war beim Treppensteigen das Kleid zu einem unschönen Wulst hochgerutscht.

Oben angekommen, verschafften sie sich zunächst einen Überblick. Obwohl die Party erst vor einer halben Stunde angefangen hatte, lag bereits ein dichter Lärmteppich über den Feiernden. Fast hundert Gäste – einige Kollegen und viele Nicht-Kollegen – standen in kleinen Grüppchen beisammen. Florence, die keinesfalls zu früh hatte auflaufen wollen, wünschte sich jetzt, zeitig genug eingetrudelt zu sein, um sich ein strategisch günstiges Eckchen zu sichern. Die beiden Frauen ließen den Blick durch den Raum wandern, aber vergeblich. Keine ansprechbaren oder auch nur halbwegs interessierten Gesichter.

»Wollen wir was trinken?«, fragte Florence. Lucy nickte.

Seit sie vor fast zwei Jahren gleichzeitig bei Forrester angefangen hatten, klebte sie an Florence wie eine Klette.

Dabei gehörte sie theoretisch genau zu der Sorte Freundin, die Florence sich von ihrem neuen Leben in New York versprochen hatte. Lucy war im Windschatten der Universität Amherst aufgewachsen, wo ihre Eltern Anglistik unterrichteten. Ihr Vater hatte die maßgebliche Biografie Nathaniel Hawthornes verfasst. Das erste Thanksgiving-Fest nach ihrem Umzug hatte Florence als Gast bei den Gunds verbracht, in einer mit Büchern vollgestopften alten Villa ganz in der Nähe des Geburtshauses von Emily Dickinson. In einem solchen intellektuellen Idyll, dem völligen Gegenteil der engen Wohnung ihrer Mutter in Port Orange, wäre Florence selbst gern aufgewachsen.

Praktisch allerdings mangelte es Lucy komplett an dem Selbstbewusstsein und der Kultiviertheit, die für Florence mit dem Elternhaus der Freundin einhergingen. Sie war so schüchtern, dass es wehtat. Vermutlich hatte die Mutter ihr geraten, sich in New York eine einzige richtig gute Freundin zuzulegen, dann käme sie in der großen Stadt nicht unter die Räder. Folglich hatte sie sich an Florence gehängt, den ersten Menschen, den sie bei Forrester kennenlernte.

Daran, dass sie im Verlag noch immer keinen nennenswerten Anschluss gefunden hatten, war zum einen Lucy schuld, die in dieser Hinsicht keinerlei Anstrengungen unternahm, und zum anderen Florence, die kein Glück dabei hatte. Nachdem sie inzwischen ihre alten Kontakte nach Florida abgebrochen hatte, da ihr die Vergangenheit wie ein brandiger Körperteil vorkam, der für das große Ganze geopfert werden musste, war Lucy faktisch ihre einzige Freundin.

Vorbei an einem langen Tisch mit Weintrauben und Käse, schlängelten sie sich bis zu einer imposanten Mahagonitheke durch die Menge. Der Barmann, der eine schwarze Satinweste trug, lächelte haarscharf über ihre Köpfe hinweg. Offenbar brachten sie nicht die Voraussetzungen mit, die ihnen seine ungeteilte Aufmerksamkeit beschert hätten. Lucy war es gewöhnt, übersehen zu werden, und es schien sie auch nicht zu stören, im Gegenteil. Florence dagegen hatte gerade genug Erfolg bei Männern, um enttäuscht zu sein, wenn ihr Charme nicht verfing.

Obwohl Florence nicht unattraktiv war, stach an ihr als Erstes ihre Blässe ins Auge, beinahe so, als wäre sie nicht im sonnigen Florida aufgewachsen, sondern in einem unterirdischen Bunker. Sie nahm dieses Merkmal als willkommenen Beweis dafür, dass sie am falschen Ort geboren worden war. Sie errötete beim leisesten Anlass, ob aus Schüchternheit oder Leidenschaft, ließ sich nicht leicht unterscheiden, so als hätte sich ihr Schöpfer nicht zwischen Unschuld und Verderbtheit entscheiden können. Es war eine Besonderheit, die manche Männer als hinreißend, andere aber auch als abschreckend empfanden. Sie hatte dunkle, fast schwarze Augen und blonde Locken, die ihr wie die Schlangen der Medusa vom Kopf abstanden. Obwohl ihre Mutter im Laufe der Jahre Hunderte von Dollar für Gels, Sprays und Styling Creams ausgegeben hatte, schaffte Florence es bis heute nicht, ihre Haare zu bändigen.

»Was darf's denn sein, Ladys?«, fragte der Barmann mit routinierter Lässigkeit. Das Licht brach sich an den gefärbten Spitzen seiner Stachelfrisur. Florence malte sich aus, dass sie eine nach der anderen abbrach wie gefrorene Grashalme.

Lucy deutete auf ein Werbeposter für einen Spezialcocktail. »Ich glaube, ich nehme den Dewar's Decimal System.«

Florence bestellte ein Glas Rotwein.

»Ich hätte Cabernet oder Pinot da.«

»Egal«, antwortete sie in möglichst coolem Ton. Sie hatte von Wein keine Ahnung.

Mit den Gläsern in der Hand machten sie sich auf die Suche nach einem Menschenknäuel mit ausgefransten Rändern, an das man unauffällig andocken konnte. Ihre Wahl fiel auf den Tisch mit dem Essen, der vom Verlagsnachwuchs umlagert wurde, wo sich die Lektorin Amanda Lincoln gerade ein hitziges Wortgefecht mit einem hochgewachsenen, schlaksigen Typen im beigen Cordanzug lieferte.

»Nie im Leben, du misogyner Pisser«, sagte Amanda.

Gretchen, eine Assistentin, die den Schreibtisch gegenüber dem von Florence hatte, drehte sich zu ihnen um. »Fritz behauptet steif und fest, er wüsste, dass Maud Dixon ein Mann ist.«

»Nein«, hauchte Lucy. Sie schlug sich die Hand vor den Mund.

Unter dem Pseudonym Maud Dixon war vor zwei Jahren *Mississippi Foxtrott* erschienen, ein sensationell erfolgreiches literarisches Debüt. Der Roman handelte von den Mädchen Maud und Ruby, zwei Teenagern, die sich nichts sehnlicher wünschen, als der Enge ihrer Heimatstadt Collyer Springs in Mississippi zu entfliehen. Doch all ihre Pläne schlagen fehl. Sie scheitern an ihrem jugendlichen Alter, ihrem Geschlecht, ihrer Armut und der kalten Gleichgültigkeit ihrer Eltern. Es kommt zur Katastrophe. Maud tötet einen Handelsvertreter, der auf der Durchreise nach Memphis ist, weil er den fatalen Fehler begeht, sich an die sechzehnjährige Ruby heranzumachen.

Letzten Endes befreit der Mord beide Mädchen aus dem Klammergriff ihrer Heimatstadt. Die eine landet im Gefängnis, die andere mit einem Stipendium an der University of Mississippi.

Obwohl die Kritik die klare, unsentimentale Sprache und die ungewöhnliche Perspektive in den höchsten Tönen lobte und obwohl die literarische Welt aufmerkte, gingen die Verkaufszahlen erst richtig durch die Decke, nachdem eine Hollywood-Schauspielerin den Roman in ihrem Buchclub vorgestellt hatte. War es Glück? War es nur Zufall? Auf jeden Fall kam das Buch, in dem sich Empörung und Wut perfekt bündelten, auf dem Höhepunkt der #MeToo-Bewegung heraus. Was auch immer genau in der Nacht passierte, als Maud Dixon den ekligen geilen Bock hinter der Driftwood Tavern erstach, man konnte ihr die Tat nicht verübeln.

Der Roman, der sich allein in den USA mehr als drei Millionen Mal verkauft hatte, wurde gerade als mehrteilige Miniserie fürs Fernsehen verfilmt. Seltsamerweise war und blieb die Autorin Maud Dixon die große Unbekannte. Sie gab keine Interviews, ging nicht auf Lesereisen, verzichtete komplett auf jegliche Publicity. Das Buch enthielt nicht einmal eine Danksagung.

Der Verlag – ein Konkurrent von Forrester – räumte ein, dass »Maud Dixon« ein Pseudonym war, und betonte, dass die Person, die dahintersteckte, ihre Anonymität gewahrt wissen wollte. Was prompt dazu führte, dass die wildesten Spekulationen um ihre Identität ins Kraut schossen. »Wer ist Maud Dixon?«, lautete die Frage, die in unzähligen Zeitschriftenartikeln, Onlineforen und bei jedem Lektoratslunch gewälzt wurde.

Zwei nachweislich in den USA existierende Maud Dixons wurden ausfindig gemacht und verworfen. Die eine lebte in einem Altersheim in Chicago und konnte sich nicht einmal mehr an die Namen ihrer eigenen Kinder erinnern, die andere war eine Zahnarzthelferin aus einer beschaulichen Kleinstadt auf Long Island, die noch nie in ihrem Leben irgendwelche schriftstellerischen Talente oder Neigungen an den Tag gelegt hatte.

Weil Autorin und Erzählerin den gleichen Vornamen hatten, hielten viele Menschen die Geschichte für autobiografisch. Amateurdetektive gruben Verbrechen aus, die Gemeinsamkeiten mit dem Mord im Buch besaßen, konnten aber in keinem Fall eine eindeutige Übereinstimmung beweisen. Außerdem wurden im Staat Mississippi die Einträge jugendlicher Täter ins Strafregister mit Vollendung des zwanzigsten Lebensjahrs gelöscht. Und die Stadt Collyer Springs gab es sowieso nicht. Alle Nachforschungen endeten in einer Sackgasse.

Im Allgemeinen rümpfte Florence über Bücher, die ihren Erfolg der dramatischen Handlung verdankten, die Nase. In ihren Augen war ein Mord billige Effekthascherei. Aber *Mississippi Foxtrott* hatte sie positiv überrascht. Die Tötung war kein billiger Trick, um die Spannung zu erhöhen, sondern der Dreh- und Angelpunkt des Romans, der das schicksalhaft Unausweichliche der Tragödie spürbar machte und einen mit der Mörderin mitfiebern ließ, bis hin zum genüsslichen Zustechen.

Florence konnte die Stelle auswendig zitieren:

> Nichts hielt die Klinge auf. Spielend leicht fuhr sie in Franks warmen, weibisch weichen Leib, ein tödlicher Fremdkörper. Maud stach ein zweites Mal zu. Diesmal traf sie mit solcher Wucht auf eine Rippe, dass der Messergriff wie wild vibrierte. Ihre Hand rutschte ab und klatschte auf das wabbelnde bleiche Fleisch, mit Blut übergossen, die harten, drahtigen Haare feucht und verklebt, glatt anliegend, wie die eines Neugeborenen.

Was für eine einzigartige Stimme, so scharf und kalt, fast brutal. Florence scherte es wenig, ob es sich bei Maud Dixon um einen Mann oder eine Frau handelte. Der Mensch war ein Außenseiter, genau wie sie selbst. Das stand für sie fest.

»Was regst du dich deswegen so auf?«, fragte Fritz. »Mensch, Amanda, ich behaupte doch gar nicht, dass Frauen nicht schreiben können. Ich sage ja nur, dass Maud Dixon ein Mann ist.«

Amanda kniff sich in die Nasenwurzel und holte tief Luft. »Warum ich mich so aufrege? Weil Maud Dixon den Bestseller des Jahres gelandet hat und für den National Book Award nominiert war. Aber natürlich kann das Buch nur dann als ›großer‹ Roman gelten, wenn es von einem Mann ist. Von einer Frau geschrieben, wäre es bloß niedere Kaffeekränzchenliteratur. Verflucht noch mal, ihr könnt euch nicht erst die Rosinen aus dem Kuchen picken und uns dann auch noch die Krümel klauen.«

Florence meldete sich zu Wort. »Die meisten Bücher in dem Jahr hat ja eigentlich James Patterson verkauft, auch wenn *Mississippi Foxtrott* der größte Bestseller war.« Wie auf Kommando drehte sich die gesamte Gruppe zu ihr um. »Glaube ich zumindest«, ruderte sie zurück, obwohl sie es genau wusste. Sie hätte sich ohrfeigen mögen.

»Herzlichen Dank, Florence. Schon wieder ein Krümel weniger.«

»Es geht doch nicht um eine Punktetabelle, Amanda«, sagte Fritz. »Meine Freundin – eine Frau, ja? – arbeitet bei Frost/Bollen, und sie schwört, dass Maud Dixon ein Mann ist. Auch wenn das Buch selbstverständlich von einer Frau sein könnte – was es aber nun mal nicht ist. Tut mir leid.« Er zuckte entschuldigend mit den Schultern. Frost/Bollen war die Agentur, die Maud Dixon vertrat.

»Also, raus damit. Wer ist der Kerl?«, fuhr Amanda ihn an. »Wie heißt er?«

Damit war Fritz überfragt. »Keine Ahnung. Sie hat bloß mitgekriegt, dass jemand von Maud Dixon als von einem Mann gesprochen hat.«

Amanda schäumte. »Was für ein ausgemachter Bullshit. Der Kerl muss erst noch gebacken werden, der dieses Buch hätte schreiben können. Kein Mann würde es schaffen, Frauen derart überzeugend rüberzubringen. Nicht einer. Es sei denn, er lügt sich selbst in die Tasche.«

Als ob sie sich für ihre eben an den Tag gelegte Feigheit bestrafen wollte, warf Florence ein: »Henry James? E.M. Forster? William Thackeray?« In Becky Sharp aus Thackerays *Jahrmarkt der Eitelkeiten* hatte sie sich immer besonders gut hineinversetzen können.

Amanda funkelte sie an. »Ist das dein Ernst, Florence? Du glaubst tatsächlich, *Mississippi Foxtrott* könnte von einem Mann geschrieben sein?«

Florence zuckte mit den Schultern. »Wäre doch möglich. Und ich verstehe auch nicht, wieso das etwas ausmachen sollte.«

Amanda hob die Augen gen Himmel. »Sie versteht nicht, wieso das was ausmacht!« Ein weiterer vernichtender Blick. »Schreibst du?«

»Nein«, gab sie kleinlaut zu. Dabei war es ihr sehnlichster Herzenswunsch, Schriftstellerin zu werden. Ging das in der Verlagsbranche nicht allen so? Wahrscheinlich hatte jede und jeder Einzelne von ihnen einen halbfertigen Roman in der Schublade. Aber als Schriftstellerin durfte man sich erst bezeichnen, wenn das vollendete Manuskript auf dem Tisch lag.

»Dann kannst du auch nicht begreifen, wie wichtig es für eine schreibende Frau ist, weibliche Vorbilder zu haben. Vorreiterinnen, die keinen Bock darauf hatten, sich ihr Seelenleben von Männern erklären zu lassen. Ich kann gut darauf verzichten, dass mir noch ein Mann erzählt, wie Frauen ticken. Okay? Verstehst du das?«

Mehr als eine Mischung aus Schulterzucken und Nicken konnte Florence sich nicht abringen.

»Unglücklich das Land, das Helden nötig hat«, schob Amanda hinterher. Als sie keine Antwort bekam, zog sie ungläubig die Augenbrauen hoch. »Brecht?«, stichelte sie.

Florence schoss das Blut ins Gesicht. Sie wandte sich ab, damit die anderen es nicht sahen, leerte ihr Glas in einem Zug und ging zurück an die Theke, wo sie es dem Barmann mit einem angestrengten Lächeln entgegenhielt.

Sie stützte sich auf und befreite ihre schmerzenden Füße von den High Heels. Für Frauen – oder auch Mädchen –, die so auftraten, als hätten sie das Selbstbewusstsein gepachtet, hatte sie noch nie viel übriggehabt. Mitschülerinnen von dieser Sorte hatten sie an der Highschool manchmal unter ihre Fittiche genommen, sie wie ein adoptiertes Hündchen aus dem Tierheim herumgezeigt und nach einer Woche gelangweilt wieder fallen lassen. Für sie war Florence nichts weiter als ein Requisit gewesen, das sie für ihre Auftritte brauchten. Und wenn sie keine Lust hatte, den dankbaren Schützling zu spielen, wurde sie abserviert. Ein durchsichtiges Manöver. Amanda, die auf der Upper West Side aufgewachsen war, trug ihren Feminismus genauso zur Schau wie wahrscheinlich früher die Uniform ihrer teuren Privatschule – ohne viel darüber nachzudenken, aber mit größter Selbstverständlichkeit.

Weil es Florence einfach an dem Empörungspotenzial mangelte, ohne das man heutzutage nicht mehr auskam, stand sie oft als Außenseiterin daneben, wenn mal wieder wegen irgendetwas ein Sturm im Wasserglas ausbrach. Anscheinend war die gemeinsame Entrüstung der Leim, der alle anderen miteinander verband: Paare, Freunde und die Zielgruppen der meisten Medienkonzerne. Sogar die Jugendlichen, die auf der Straße Unterschriften sammelten, ließen Florence links liegen, als könnten sie ihre angeborene Ichbezogenheit wittern.

Sie war beileibe kein sanftes Lämmchen, aber sie sparte sich ihren Zorn lieber für persönlichere Themen auf. Auch wenn sie nicht genau zu sagen wusste, was für Themen das eigentlich waren. Ihre Wutausbrüche kamen für sie oft genauso überraschend wie für den Rest der Welt. Es waren seltene Augenblicke der Schwäche und Verwirrtheit, fast so schlimm wie Jetlag, als hätte ihr Körper sie um Längen abgehängt.

An der Uni hatte einmal ein Professor vor dem versammelten Seminar für Kreatives Schreiben eine ihrer Storys als langweilig und unoriginell in der Luft zerfetzt. Hinterher hatte Florence sich in eine ans Hysterische grenzende Verteidigung ihrer Arbeit hineingesteigert, die in einer persönlichen Attacke auf den Dozenten gipfelte, einen zweitklassigen Autor, der nur eine einzige, unbeachtet gebliebene Kurzgeschichtensammlung veröffentlicht hatte. Nachdem sie sich ausgetobt hatte, starrte er sie mit entsetzter Miene an. Florence wusste kaum noch, was sie ihm alles an den Kopf geworfen hatte.

Als der Barmann endlich von ihrem leeren Glas Notiz nahm, sagte jemand: »Sie haben völlig recht.«

Sie drehte sich um. Hinter ihr stand Simon Reed, der Verlagsleiter, ein hochgewachsener, schlanker Mann mit Wuschelhaaren, fein ziselierten Zügen und einigen wenigen Sommersprossen. Obwohl er in der New Yorker Buchbranche als attraktiv galt, durfte Florence gar nicht daran denken, was man wohl bei ihr zu Hause in Port Orange über ihn gesagt hätte, wo ein klassisches Profil nicht gerade zur Grundausstattung eines »echten« Mannes gehörte.

Florence sah ihn an. »Inwiefern?«

»Insofern, dass es völlig scheißegal ist, ob Maud Dixon Männlein oder Weiblein ist«, nuschelte er. Er war angetrunken. »Das würde doch an keinem Wort in dem Buch was ändern. Klar, manche Leute sehen das anders, aber die sehen es falsch. Ezra Pound war Faschist, hat aber trotzdem die geilsten Sachen geschrieben.«

»Die Ameise ist Kentaur in ihrer Drachenwelt«, zitierte Florence.

Simon nickte. »Lass ab von Eitelkeit, sag ich, lass ab.« Sie tauschten ein komplizenhaftes Lächeln aus. Amanda, die neugierig zu ihnen herübersah, wandte blitzschnell den Blick ab, als sie sich dabei von Florence ertappt fühlte. Die bekam endlich ihr neues Glas Rotwein serviert. Simon stieß mit ihr an und beugte sich zu ihr.

»Auf die Anonymität«, raunte er.

ZWEI

Den ganzen Abend über verfolgte er Florence mit seinen Blicken. Obwohl es für sie nichts Neues war, von älteren Männern taxiert zu werden, hatte sie sich in ihrem früheren Leben davor geekelt, als setzte diese Art von Interesse ihr stillschweigendes Einverständnis voraus. Bei Simon genoss sie es, seine Aufmerksamkeit auf sich zu ziehen. Er stand um Klassen über der Sorte Mann, mit der sie aufgewachsen war. Er protzte nicht mit Muskeln oder Waffen, sondern war ein feingeistiger Literat mit Sinn für Humor. Außerdem war er mit der Schauspielerin Ingrid Thorne verheiratet. Es war ein unbeschreibliches Gefühl, von einem solchen Mann beachtet zu werden. Florence kam sich wie auf eine höhere Seinsebene gehoben vor, als hätte seine Wertschätzung ungeahnte Kräfte in ihr freigesetzt.

Als sich die Feier zwei Stunden später aufzulösen begann, machte auch Lucy sich zum Aufbruch bereit. Sie wollte nur noch Florence einsammeln. Weil sie beide in Astoria wohnten, fuhren sie manchmal zusammen mit dem Zug nach Hause.

»Du kannst ruhig schon gehen«, sagte Florence. »Ich möchte noch was trinken.«

»Dann bleibe ich eben bis dahin.«

»Nein, nein. Du brauchst nicht auf mich zu warten.«

»Okay.« Lucy hatte einen zweifelnden Unterton in der Stimme. »Wenn du meinst …«

»Du hast es erfasst«, gab Florence spitz zurück.

Auch wenn ihr Lucys bedingungslose Ergebenheit manchmal regelrecht erdrückend vorkam, empfand sie ihren Überschwang meistens als wohltuend. Nachdem schon ihre Mutter nur extreme Emotionen hatte gelten lassen, nahm sie alles Gemäßigte als kalt und unecht wahr.

Lucy verabschiedete sich mit einem halbherzigen Winken. Während Florence versonnen an ihrem Wein nippte, ließ sie den Blick durch den Raum wandern. Es waren nur noch ungefähr zwei Dutzend Gäste übrig, aber niemand, den sie gut genug kannte, um ein Gespräch anzufangen. Simon war in eine Unterhaltung mit dem Werbechef vertieft, die anscheinend noch länger dauern konnte.

Florence kam sich wie eine komplette Idiotin vor. Was hatte sie sich bloß erwartet?

Sie stellte ihr Glas etwas zu energisch auf die Theke und ging zur Garderobe, um ihren Mantel auszugraben, zog ihn an und ging.

Draußen pfiff ihr der Wind um die nackten Beine. Sie strebte eilig in Richtung U-Bahn. Als sie gerade in die Eighth Street abbog, rief jemand ihren Namen. Und da kam auch schon Simon hinter ihr hergetrabt, seinen marineblauen Mantel ordentlich über dem Arm.

»Hätten Sie noch Lust auf einen Absacker?«, fragte er gelassen, als wäre er nicht soeben einer Frau nachgelaufen.

DREI

Sie gingen ins Tom & Jerry's in der Elizabeth Street. Simon ließ sich nicht davon abbringen, zwei Gläser Guinness zu bestellen. »Als ich in Oxford war, hab ich ganze Badewannen von dem Zeug gekippt«, sagte er. »Wenn ich es heute trinke, fühle ich mich wieder jung.« Jetzt verstand sie, warum er mit englischer Satzmelodie sprach.

Sie suchten sich einen Platz im hinteren Teil der Bar. Über die klebrige Tischplatte hinweg sahen sie einander an. Florence trank einen Schluck und verzog das Gesicht.

Simon lachte. »Ist ein bisschen gewöhnungsbedürftig.«

»Man sollte sich nicht überwinden müssen, etwas zu mögen«, sagte Florence. »Das ist so wie mit Leuten, die sich zwingen, ein Buch zu Ende zu lesen, das ihnen nicht gefällt. Man kann es doch einfach zuklappen! Und sich eine andere Geschichte suchen!«

»Ich sag's Ihnen wirklich ungern, aber könnte es sein, dass Sie in der falschen Branche tätig sind? Wissen Sie, wie viele Bücher in der Woche ich lesen muss, die mir nicht gefallen? Das ist ja gerade unser Beruf, die Spreu vom Weizen zu trennen.«

Florence machte eine wegwerfende Handbewegung. »Ich will ja gar keine Lektorin werden.«

»Jetzt muss ich doch noch mal nachhaken«, sagte Simon mit einem verwirrten Lächeln. »Sie sind sich schon darüber im Klaren, dass ich der Chef Ihrer Chefin bin, ja? Da könnten Sie zumindest ein Quäntchen Begeisterung für den Job vortäuschen, für den wir Sie bezahlen.«

Florence lächelte zurück. »Irgendetwas verrät mir, dass Sie keinem was über unseren kleinen Plausch erzählen werden, und Agatha am allerwenigsten.«

»Ach, du lieber Himmel, ich hatte ganz vergessen, dass Sie für Agatha Hale arbeiten. Nein, sie wäre sicher nicht sehr erfreut über unseren Plausch. Der moralische Kompass dieser Frau gehört dringend mal wieder geölt.«

Florence entfuhr ein schuldbewusstes Lachen. Ihr schwindelte. Unglaublich, dass hier jemand wie nebenbei die Frau verspottete, die sowohl in persönlicher als auch in professioneller Hinsicht so haushoch über ihr rangierte.

»Damit wäre das geklärt.« Simon schlug leicht mit der flachen Hand auf den Tisch. »Der heutige Abend bleibt unter uns. Ihr Wunsch ist mir Befehl.«

»Ein Hoch auf die Anonymität.« Sie erhob ihr Glas.

Dadurch ermutigt, legte Simon ihr die Hand aufs Knie. Als Florence sich nicht sträubte, ließ er sie langsam höher wandern. Sie sahen sich tief in die Augen. Von den anderen Gästen, die vor dem Fernseher standen und sich ein Fußballspiel ansahen, bekam niemand etwas davon mit, wie er sie unter der Tischplatte liebkoste.

»Los, verschwinden wir«, sagte Simon heiser. Florence nickte. Die noch vollen Gläser ließen sie stehen. Als er sie an der Hand nach draußen zog, traf sie ein kalter Windstoß. Simon nahm seinen Schal ab, schlang ihn ihr zweimal um den Hals und band ihn mit einem dicken Knoten.

»Besser?«, fragte er.

Sie nickte.

Halb gehend, halb rennend, den Kopf zwischen die Schultern genommen, kämpften sie sich gegen den Wind einige Blocks nach Norden durch. Der Portier des Bowery Hotels verstreute mit einem großen Plastikkrug Salz vor dem Eingang. An der Hauswand lehnte ein Obdachloser, einen Becher mit Kleingeld schüttelnd. Das hohle Klappern hörte sich an wie ein Kinderhusten. Florence konnte kaum verstehen, was er vor sich hin murmelte. »Männer weinen nicht? Männer weinen, Männer weinen.«

Der Rezeptionist zog mit größter Selbstverständlichkeit Simons Kreditkarte durch, als wäre es zwei Uhr nachmittags. So machte man das also. Bis heute hatte Florence geglaubt, dass man eine dunkle Sonnenbrille aufsetzte und sich mit falschem Namen eintrug, wenn man lediglich für ein paar Stunden in ein Hotel einchecken wollte, um in einem schäbigen Zimmer das Vibrationsbett mit Münzeinwurf zu nutzen. Aber bei einem Preis von 400 Dollar stand man offenbar über solchen Unappetitlichkeiten.

Zusammen mit einem leicht schwankenden, nicht mehr ganz jungen Hotelgast fuhren sie im Aufzug nach oben. Simon lächelte verschwörerisch und wollte Florence an sich ziehen. Sie schüttelte lächelnd den Kopf.

Das Zimmer war dunkel, nur von den Wandlampen neben dem Bett erhellt. Florence trat an die große Fensterfront und strich mit den Fingerspitzen über die kalte Scheibe. Vier Tropfen Kondenswasser liefen am Glas hinunter.

»Komm«, sagte Simon. Sie drehte sich um.

VIER

Als Florence am nächsten Morgen aufwachte, erfüllte sie eine kribbelnde Vorfreude, als läge die Nacht nicht hinter, sondern vor ihr. Sie war allein. Simon war um vier Uhr gegangen. Sie hatte vom Bett aus zugesehen, wie er seine Sachen zusammensuchte, den anthrazitfarbenen Anzug, den er in den Schrank gehängt hatte, Brieftasche, Handy und Schlüssel, die ordentlich auf dem Nachttisch lagen.

Während er das Hemd zuknöpfte, griff er sich plötzlich mit einem Fluch an den Hals. »Verdammt. Ich hab ein Kragenstäbchen verloren.«

Als sie wissen wollte, was ein Kragenstäbchen war, neigte er mit fast väterlicher Belustigung den Kopf zur Seite. »Du bist göttlich«, sagte er, mehr nicht.

Es gab keinerlei Anzeichen von Verlegenheit, wie man vielleicht hätte erwarten können. Er plauderte freundlich mit ihr, während er sich anzog, dann drückte er ihr einen Kuss auf die Stirn und kehrte heim zu seinem Eheweib. Florence, die sich im Grunde nicht für den Typ Frau hielt, der mit verheirateten Männern schlief, befragte ihr Gewissen. Aber: Fehlanzeige.

Sie reckte und streckte sich genussvoll in dem riesigen Bett. Es war Samstag, sie musste erst um zwölf Uhr auschecken, und sie hatte weiter keine Pläne. Strahlend hell flutete die Sonne herein, wie in einer anderen Jahreszeit. Oder in einer anderen Stadt. In Rom vielleicht.

Sie stand auf und ging ins Bad. Ihr Augen-Make-up war

verschmiert, und die Locken standen ihr wie statisch aufgeladen vom Kopf ab. Nach dem Duschen trocknete sie die Fläschchen mit Shampoo und Spülung ab, um sie mit nach Hause zu nehmen.

Simon hatte ihr gesagt, sie solle sich das Frühstück aufs Zimmer kommen lassen, aber als sie an der Rezeption anrief, hieß es, die Zimmerrechnung sei bereits beglichen und sie müsse das Frühstück mit der Kreditkarte bezahlen. »Dann eben nicht.« Sie knallte den Hörer auf. Nachdem sie sich angezogen hatte, setzte sie sich aufs Bett. Das war's dann wohl, hier hielt sie nichts mehr. Sie hatte nicht mal ein Buch dabei. Schon fast zur Tür raus, sprang sie noch mal schnell ins Bad und steckte das Nähzeug ein.

Florence zog die Wohnungstür hinter sich zu und lauschte. Hoffentlich waren ihre Mitbewohnerinnen nicht zu Hause. Sie kannte Brianna und Sarah heute kaum besser als vor ein paar Monaten, nachdem sie sich auf ihre Kleinanzeige hin um das WG-Zimmer beworben hatte.

Sie nahm sich einen Becher Joghurt aus dem Kühlschrank, der fett und schwarz mit der Aufschrift BRIANNA!!! versehen war, und ging auf ihr Zimmer. Sie machte es sich mit dem Laptop auf dem Bett gemütlich und googelte »Kragenstäbchen«.

Kragenstäbchen: glatter, steifer Streifen aus Metall, Horn, Fischbein, Perlmutt oder Plastik, der bei einem Herrenoberhemd von hinten in die Flügel des Kragens eingeführt wird, um die Spitzen zu versteifen.

Dass es so etwas gab … Hemdkragen mit Schlitzen – und Männer wie Simon, die sich Gedanken um die Versteifung ihrer Kragenspitzen machten! Die Barmänner und kleinen

Bürohengste, mit denen Florence sonst ins Bett ging, waren ebenfalls fremd in New York und genauso verloren wie sie. Nur mit einem Typen hatte sie sich öfter als zweimal verabredet. Prompt hatte er sie beim dritten und letzten Date um fünfzig Dollar angepumpt. Der Kerl wusste bestimmt auch nicht, was ein Kragenstäbchen war.

Es gab eine Welt, die ihr vollkommen fremd war. Hin und wieder nahm jemand diese Welt und schüttelte sie durch, bis sich ein kleines Teilchen löste und Florence mit einem leisen *Ping* vor die Füße fiel. Sie sammelte diese kostbaren Fragmente ein wie ein Insektenforscher, der seltene Käfer aufspießt. Eines Tages würden sie sich zu einem Gesamtbild zusammenfügen, das sie jetzt noch nicht erkennen konnte. Zu einer Antwort, einem Leben.

Als Nächstes googelte sie Simons Frau. Ingrid Thorne spielte meistens in Independent-Filmen und übernahm gelegentlich eine Gastrolle am Broadway. Sie gehörte nicht zu den Schauspielerinnen, deren Foto man aus Illustrierten kannte, und die meisten Leserinnen und Leser der Klatschpresse hätten mit ihrem Gesicht nichts anfangen können. Stattdessen hatte sie die Titelseite des Zeitgeistmagazins *Paper* geziert – die Grande Dame des Avantgardekinos, wie der Interviewer sie nannte.

Dass sich Ingrid bei ihrer Herkunft überhaupt auf einem Gebiet als avantgardistisch hervortat, war schwer zu glauben. Sie stammte aus einer wohlhabenden Kleinstadt in Connecticut und war als Tochter eines erfolgreichen Anwalts und einer perfekten Hausfrau aufgewachsen, Anhängern der »Connecticut-Sekte«, wie sie in dem *Paper*-Interview sagte. »Sie verehren die heilige Zweieinigkeit aus Gin und Chintz.« Obwohl Simon und sie auf der Upper East Side wohnten und ihre Kinder auf eine exklusive Privatschule schickten, gelang es ihr, diesen Lebensentwurf als radikal zu verkaufen.

Ganz jung war Ingrid nicht mehr, und obwohl man sie auch nicht als klassische Schönheit beschreiben konnte, wollte man ihr Gesicht wie gebannt studieren, weil es eine Ausdruckskraft besaß, die faszinierte. Das Brummen des Telefons riss Florence aus ihrer Betrachtung. Sie warf einen Blick auf das Display und ließ das Handy noch etwas länger auf ihrer Bettdecke hin und her vibrieren, bevor sie ranging.

»Hi, Mom.«

»Hör gut zu.« Ihre Mutter kam gleich zur Sache. »Keith hat mir gestern Abend den guten Rat für dich mitgegeben, in Hedgefonds zu investieren«, sagte sie in verschwörerischem Ton. Keith war der Barmann in dem Chinarestaurant, wo ihre Mutter arbeitete. Aus unerfindlichen Gründen schrieben ihm alle Bedienungen eine fast übernatürliche Intelligenz zu.

»Dafür bin ich wirklich nicht qualifiziert«, sagte Florence.

»Aber du hast deinen Abschluss mit Auszeichnung gemacht! Summa cum laude. Ich weiß ja, dass du mich für eine zurückgebliebene Hinterwäldlerin hältst, aber sogar ich weiß, dass das die beste Note ist. Was solltest du sonst noch für Qualifikationen brauchen?«

»Ich halte dich doch nicht für eine Hinterwäldlerin, Mom, aber …«

»Aha, bloß für zurückgeblieben.«

»Nein, das habe ich nicht gesagt. Aber du weißt doch selbst, dass ich keinen Kopf für Zahlen habe.«

»Ach nein? Das höre ich zum ersten Mal. Und es stimmt ja auch gar nicht. Du kannst gut mit Zahlen umgehen. Sehr gut sogar.« Ihre Mutter hatte den beschwörenden Tonfall eines Fernsehpredigers oder Nachrichtensprechers angeschlagen, der nach vielen Stunden vor der Glotze auf sie abgefärbt hatte.

Florence antwortete nicht gleich. »Vielleicht will ich einfach nicht im Finanzsektor arbeiten. Ich mag meinen Job.« Das entsprach zwar nicht ganz der Wahrheit, aber gegen ihre Mutter kam man am besten mit einer von Schwarz-Weiß-Klischees beherrschten Sprache an. Grauschattierungen wurden gegen einen verwendet.

»Es gefällt dir, nach anderer Leute Pfeife zu tanzen? Den Tanz kenne ich, den führe ich seit sechsundzwanzig Jahren auf – und warum? Damit mein einziges Kind sich nicht von irgendwelchen Pfeifen herumkommandieren lassen muss.«

Florence seufzte. »Tut mir leid, Mom.«

»Entschuldige dich nicht bei mir, Spatz. Entschuldige dich lieber bei unserem Herrgott, dessen Gaben du sinnlos vergeudest.«

»Okay. Sorry, Gott, tut mir leid.«

»Jetzt werd bloß nicht frech, Florence! So redet man nicht mit seinem Herrgott!«

Florence schwieg.

Ihre Mutter holte tief Luft. »Wer hat dich lieb?«

»Du hast mich lieb.«

»Wer ist die Beste auf der Welt?«

Florence warf einen Blick zur Tür. Hoffentlich hörte keiner zu. »Ich bin die Beste auf der Welt«, antwortete sie schnell.

»Ganz genau.« Florence konnte das heftige Kopfnicken ihrer Mutter direkt vor sich sehen. »Du bist kein kleines Würstchen, Spatz. Also benimm dich auch nicht so. Das ist nicht nur mir, sondern auch dem Schöpfer gegenüber respektlos.«

»Okay.«

»Hab dich lieb, Spatz.«

»Hab dich auch lieb.«

Florence legte auf und schloss die Augen. Wenn ihre Mutter mit solch übertriebenen, kaum gerechtfertigten Schmeicheleien um sich warf, stellte sich bei ihr die unbeabsichtigte Nebenwirkung ein, dass sie sich ganz klein und hässlich fühlte. Während ihrer gesamten Highschool-Zeit hatte ihre Mutter ihr und auch sich selbst eingeredet, sie wäre das schönste und beliebteste Mädchen der Klasse, während sie doch in Wahrheit eine verlorene Seele war und zu einer kleinen Clique trauriger Gestalten gehörte, die weniger aus Verbundenheit als aus Verzweiflung aneinanderhingen. Mit ihrer engsten Freundin Whitney verband sie beispielsweise nicht viel mehr als die Tatsache, dass sie beide einen sehr guten Notendurchschnitt hatten. Es war, als hätte ihre Mutter einen völlig anderen Menschen vor sich. Oft hätte sie ihr gern ein »Siehst du mich denn gar nicht?« ins Gesicht geschleudert.

Manchmal wünschte sie sich fast, ihre Mutter wäre eine grausame Hexe, dann hätte sie ohne schlechtes Gewissen die Verbindung zu ihr kappen können. Stattdessen führten sie immer wieder das gleiche Spiel auf. Ihre Mutter jubelte sie hoch, auch wenn sie noch so enttäuscht von ihr war, worauf Florence ihr liebevolle Zerknirschtheit vorgaukelte.

Vera Darrow war zweiundzwanzig gewesen, als sie schwanger wurde – nicht so jung, um wirklich aus dem Rahmen zu fallen, aber auch nicht alt genug, um wirklich absehen zu können, worauf sie sich eingelassen hatte. Was sie Florence immer wieder gern unter die Nase rieb. Sie hatte sich für das Kind entschieden, obwohl dessen Erzeuger, ein Stammgast des Hotels, in dem sie damals arbeitete, nichts damit zu tun haben wollte. Es war, wie sie nicht gerade selten beteuerte, ihre beste Entscheidung aller Zeiten: Ihr Leben fing mit Florence erst an. Nachdem sie sich während der Schwangerschaft Gott zugewandt hatte, gebührte allerdings auch ihm ein Dank dafür, dass sie eine neue Sinnerfüllung gefunden hatte.

Eine Kollegin erzählte Vera von einer Kirchengemeinde, die ihrer Cousine, ebenfalls alleinerziehende Mutter, sehr geholfen hätte. Statt dort vielleicht eine Packung Gratiswindeln abzustauben, wie sie insgeheim gehofft hatte, wurde sie mit offenen Armen in die Gemeinschaft aufgenommen.

Von Kindesbeinen an war Vera dazu angehalten worden, nicht wild, nicht laut, nicht zappelig zu sein. In der Kirche fand sie ein Ventil für ihre Energie. Das erkannte auch Pastor Doug, der ihr außerdem versicherte, dass das Kind, das sie unterm Herzen trug, keine Sünde, sondern ein kostbares Gottesgeschenk war.

Florence war klar, dass einige in der Gemeinde ihre Mutter für nicht ganz so fromm hielten, wie sie sich gab. Vera verhehlte nicht, dass sie manche Bibelstellen als fragwürdig ansah. So hielt sie zum Beispiel gar nichts davon, dass die Sanftmütigen irgendetwas besitzen sollten – und schon gar nicht das Reich auf Erden! Auch kam es in den Gemeindegremien, in denen sie sich engagierte, regelmäßig zu Reibereien. Dabei wären ihre Widersacher überrascht gewesen, wie stark ihr Glaube tatsächlich war – auch wenn sie sich nicht lange mit Feinheiten aufhielt. Vor allem aber glaubte Vera felsenfest daran, dass Gott für ihr einziges Kind etwas Besonderes vorgesehen hatte.

Der göttliche Plan begleitete Florence durch ihre Kindheit wie eine immer wieder gehörte Gutenachtgeschichte. Sie akzeptierte ihn wie alles, was von ihrer Mutter kam – passiv und ohne Fragen zu stellen. In Skepsis üben sich die Kinder von Alleinerziehenden nur auf eigene Gefahr.

Obwohl Florence seit der Highschool nicht mehr an Gott glaubte, ging sie nach wie vor davon aus, dass sie für Großes bestimmt war. Diese Überzeugung war ihr in Fleisch und Blut übergegangen. Sie hätte sie genauso wenig aufgeben können wie die blonden Haare oder ihre Abneigung gegen Senf.

Leider hatten Mutter und Tochter gänzlich unterschiedliche Vorstellungen davon, was dieses »Große« war, wofür sie bestimmt war. Für Vera mit ihrer beschränkten Fantasie beinhaltete es ganz einfach die bestmögliche Form eines Lebens, das sie wiedererkennen konnte. Gott würde Florence einen guten Job und eine gute Ehe bescheren. Woraufhin die vielleicht ihrer Mutter eine Eigentumswohnung bescheren würde.

In Florence lösten die Visionen von ihrer großartigen Zukunft viel wildere und gewagtere Ideen aus, die sich Veras Zugriff entzogen. Ihr taten sich neue Horizonte auf, zu denen Vera ihr nicht zu folgen vermochte.

Florence, die eine richtige Leseratte war, hatte es den Büchern zu verdanken, dass ihr klar wurde, wie eng die Welt ihrer Mutter war, zu eng für sie. Nach und nach dämmerte ihr, dass für sie ein Angestelltenjob in Tampa oder Jacksonville nicht der Weisheit letzter Schluss sein konnte. Das Leben hielt unendlich viele Möglichkeiten bereit.

Sie hatte die Stadtbücherei nach Lebensentwürfen durchforstet, die vollkommen anders waren als alles, was sie kannte. Florence entwickelte eine Vorliebe für glamouröse, tragische Frauengestalten wie Anna Karenina oder Isabel Archer. Es dauerte allerdings nicht lange, bis sich ihr Interesse auf die Frauen verlagerte, die ähnliche Protagonistinnen erschufen.

Sie verschlang die Tagebücher von Sylvia Plath und Virginia Woolf, die viel glamouröser waren und viel tragischer geendet hatten als ihre Heldinnen.

Florences Buch der Bücher war *Die Stunde der Bestie*. Obwohl sie zugegebenermaßen mehr Zeit damit verbrachte, sich Fotos von Joan Didion mit Sonnenbrille in ihrer Corvette Stingray anzusehen, als ihre Romane tatsächlich zu lesen, lernte sie ihre Lektion fürs Leben: Sie brauchte bloß Schriftstellerin zu werden, dann würde sich ihre Ausgrenzung auf wundersame Weise von einem Quell der Scham in den Beweis ihrer Genialität verwandeln.

Wenn sie in die Zukunft blickte, sah sie sich an einem wunderschönen Schreibtisch sitzen und ihr nächstes bedeutendes Werk tippen. Was genau sie dort schrieb, konnte sie auf dem imaginären Bildschirm nicht genau erkennen, aber sie wusste, dass es genial war, die Bestätigung ihrer ganz besonderen Bestimmung. Jeder Mensch würde den Namen Florence Darrow kennen.

Und was war dagegen schon eine Eigentumswohnung?

FÜNF

Die Geschäftsräume von Forrester Books erstreckten sich über zwei Etagen eines Bürogebäudes in der Hudson Street in Downtown Manhattan. Der Verlag gehörte zwar nicht zu den größten in New York, dafür aber zu den renommiertesten, was dem Selbstwertgefühl der Mitarbeiter nicht wenig schmeichelte. Während des Vorstellungsgesprächs hatte die Cheflektorin zu Florence gesagt: »Wir verlegen keine *kommerzielle* Literatur«, als wäre »kommerziell« ein Synonym für kinderpornografisch. (Es ging nach wie vor das unbestätigte Gerücht um, dass ebendiese Cheflektorin damals das Manuskript von *Mississippi Foxtrott* abgelehnt hatte.)

Am Montag nach dem Betriebsfest betrat Florence das Gebäude wie mit geschärften Sinnen. Während sie wie jeden Tag den Mitarbeiterausweis durch das Lesegerät zog und dem Wachmann zunickte, kam sie sich wie eine Schauspielerin vor. In dem Menschenknäuel, das sich vor den Fahrstühlen drängte, hielt sie vergeblich nach Simon Ausschau.

Ihr Arbeitsplatz befand sich im dreizehnten Stock, in einem Großraumbüro, das sie sich mit Druckern, Aktenschränken und den Schreibtischen der anderen Assistentinnen teilte. Es fiel kein Tageslicht herein, weil ringsum die Büros der Lektorinnen und Lektoren abgingen. Während Florence darauf wartete, dass ihr Computer aus dem Wochenendschlaf erwachte, dämmerte es ihr: Kein Mensch interessierte sich für sie. Ihr Leben würde weitergehen, als hätte es Freitagnacht nie gegeben.

Um elf Uhr kam Agatha hereingehastet und kämpfte sich aus ihrem Mantel. Sie war eine kleine Anfangvierzigerin, die ständig unter Strom stand, früh ergraut, aber mit endlosen Energiereserven. Außerdem war sie im siebten Monat schwanger. Florence stand auf, um ihr aus dem Mantel zu helfen.

»Mein Gott, wie ich meine Ärztin hasse!«, stöhnte Agatha. »Wenn es nicht zu spät wäre, würde ich mir eine andere suchen.« Sie pfefferte ihre Tote Bag neben ihrer Bürotür auf den Boden. Daran hing ein Button mit dem Spruch: »Immer nett sein!«

»O nein. Was hat sie sich denn diesmal geleistet?«

Florence hatte sehr bald begriffen, was Agatha sich von ihrer Assistentin am meisten erwartete: Mitgefühl bei Nackenschlägen, Anerkennung bei Erfolgen. Ihre Vorgesetzte faszinierte sie, denn sie entsprach, zumindest nach außen hin, genau der Art liberaler New Yorkerin, wie sich Leute in ihrer alten Heimat so jemanden vorstellten. Sie wohnte mit ihrem Mann, einem Fachanwalt für Einwanderungsrecht, im angesagten Brooklyn. Sie protestierte. Sie demonstrierte. Sie benutzte schicke Fremdwörter.

»Die Frau kapiert einfach nicht, dass ich bei der Geburt keine PDA haben will.« Agatha marschierte in ihr vollgestopftes Büro, Florence trug ihr die Tasche hinterher.

»Keine Betäubung? Wieso denn nicht?«

Agatha setzte sich an den Schreibtisch und musterte ihre Assistentin mit strengem Blick. Zwar bezeichnete sie sich gern als Florences Mentorin, aber sie behandelte sie eher selten so. »Weil Schmerzen seit Jahrtausenden eine Grundbedingung von Mutterschaft sind. Die Geburt unter Schmerzen ist ein Übergangsritus. So wie bei diesen afrikanischen

Stämmen, wo sich die männlichen Jugendlichen erst Narben zufügen müssen, bevor sie als Männer gelten.«

»Bei was für Stämmen?«

»Was weiß ich denn? Bei allen? Keine Ahnung.«

»Aha.«

»Indem uns der medizinisch-industrielle Komplex diese *heiligen Schmerzen* nimmt, verhindert er eine gesunde Mutter-Kind-Beziehung. Die Schmerzen verbinden. Mutter zu werden ist eine Ehre und ein Privileg. Diese Auszeichnung muss man sich verdienen.«

»Klingt logisch«, sagte Florence. »Ich hab mal irgendwo im Internet gelesen, dass sich Seeläuse bei der Geburt aus der Mutter rausfressen. Sie nagen sich durch die Organe und durch das Fleisch, bis sie zum Schluss aus ihrem Mund schlüpfen. Sie wird dabei komplett zerfetzt. Exitus.«

Agatha nickte anerkennend. »Genau das meine ich, Florence. Du hast es erfasst.«

Florence kehrte an ihren Schreibtisch zurück und beschloss, dieses Gespräch als Sieg zu verbuchen.

Als sie um kurz nach vier aus dem Fahrstuhl stieg, weil sie sich bei Dunkin' Donuts einen Kaffee holen wollte, erspähte sie Simon doch noch. Mit dem Handy am Ohr kam er gerade zur Eingangstür herein. Er lächelte und bedeutete ihr mit erhobenem Zeigefinger, einen Augenblick zu warten.

»Hm, sicher. Ich bin ganz Ihrer Meinung«, sagte er zu seinem Gesprächspartner. Er verdrehte die Augen. »Okay, Tim, ich muss jetzt Schluss machen. Man sieht sich.« Er steckte das Handy weg und lächelte Florence gequält an. »Sorry.« Er sah sich um. »Gehen wir ein paar Schritte?« Er nahm sie mit nach draußen, einige Meter eine Seitenstraße hinunter.

»Wahnsinn, was für eine Nacht.« Simon lachte gezwungen. »Ich wollte mal kurz nach dir sehen. Alles in Ordnung mit uns? Du bereust es nicht? So etwas ist sonst gar nicht meine Art, aber bei dir …« Er seufzte und schüttelte den Kopf. »Du hast etwas Besonderes an dir. Ich habe meine eigenen Regeln über den Haufen geworfen.«

Florence wollte antworten, aber er ließ sie nicht zu Wort kommen. »Gleichwohl …« Er unterbrach sich und setzte neu an. »*Gleichwohl* war es ein Fehler. Meinerseits. Einhundert Prozent meinerseits. Ich übernehme die volle Verantwortung. Aber es darf nicht noch einmal passieren. Dafür respektiere ich dich zu sehr.«

»Simon«, sagte Florence. »Ich habe nicht vor, dich durch die Me-too-Mühle zu drehen.«

Simons Lachen fiel eine Spur zu laut aus. »Ha. Ha. Herzlichen Dank aber auch. Ha. Nein, ich glaube kaum, dass wir es hier mit einer Me-too-Situation zu tun haben.«

Mit einem Kopfnicken grüßte er jemanden, der hinter ihr vorbeiging. »Also dann.« Er wandte seine Aufmerksamkeit wieder Florence zu. »Okay. Gut. Also … danke noch mal.«

Sie schwieg.

»Alles okay mit uns?«

»Alles bestens, Simon.«

Er tätschelte ihr die Schulter. »Gut, gut. Und bei euch da oben? Arbeitest du gern für Agatha?«

»Ich kann nicht klagen.«

»Gut, gut«, wiederholte er.

An der Straßenecke trennten sich ihre Wege. Simon ging ins Gebäude zurück, Florence weiter zum Coffeeshop. Während sie in der Schlange wartete, ließ sie die Begegnung noch einmal Revue passieren. Was sie ihm gesagt hatte, entsprach der Wahrheit. Sie war mit ihm und sich im Reinen. Als sie mit ihm ins Bett stieg, wusste sie, dass er ein verheirateter Mann war. Ihr war auch klar, dass es wahrscheinlich bei einem einmaligen Abenteuer bleiben würde. Nicht schlimm, der Sex war sowieso nicht welterschütternd gewesen. Er hatte sie auf eine höfliche, rücksichtsvolle Art berührt, die ihr fast ein bisschen zuwider war. (Schon traurig, dass er sogar beim Seitensprung wie ein Ehemann vögelte.) Trotzdem nagte auch so etwas wie Bedauern an ihr. Nicht unbedingt, weil sie sich nach seiner Gesellschaft sehnte, sondern eher, weil sie es genossen hatte, sich in seinem Dunstkreis zu bewegen, und sei es auch nur für wenige Stunden. Ihr gefiel das Bowery Hotel. Ihr gefielen Simons Kragenstäbchen. Und am meisten gefiel es ihr, von Ingrid Thornes Mann begehrt zu werden.

SECHS

Florence flog über die Feiertage nicht nach Hause. Ihrer Mutter erzählte sie, die Flüge seien zu teuer, dabei gab es bei JetBlue schon Tickets für 79 Dollar.

Am ersten Weihnachtstag fuhr sie mit der U-Bahn zum Bowery Hotel. Das Foyer, ein großer, offener Raum, der in eine verglaste Terrasse mündete, diente auch als Bar. Die meisten Tische waren unbesetzt. Florence setzte sich in einen warmgelben Samtsessel und strich über den weichen Stoff. Als die Kellnerin zu ihr trat, bestellte sie ein Glas Glenlivet für 14 Dollar.

Nachdem sie ihr Buch, *Rennboot* von Renata Adler, und ihr Notizheft zugeklappt vor sich auf den Tisch gelegt hatte, ließ sie den Blick schweifen. Das Hotel verströmte das Flair eines verlassenen britischen Außenpostens in einer exotischen Kolonie: altersdunkle Gemälde, Terrakottafliesen, antike Teppiche, überall waren weihnachtliche Girlanden und Kränze angebracht.

Florence fiel ein älterer Herr im grauen Dreiteiler auf, aus dessen Brusttasche ein violettes Einstecktuch quoll. Er beobachtete sie. Als sich ihre Blicke trafen, stemmte er sich mit Mühe aus dem Sessel hoch und kam herüber.

Er roch nach Schnaps und Kölnischwasser. »Jüdin oder Misanthropin?«, fragte er, dicht über sie gebeugt, mit einem brüchigen Knurren in der Stimme.

Sie musterte ihn angewidert, ohne ein Wort zu sagen.

Stumm hielt sie seinem Blick stand, bis er aufgab und als Erster wegsah.

»Ach, nun stellen Sie sich mal nicht so an, Kindchen. Das war nicht böse gemeint. Ich bin beides, Jude und Misanthrop. Mit mir kann man den doppelten Spaß haben.« Sein abgehacktes Lachen ging in einen Husten über. Er rupfte das Einstecktuch heraus und hielt es sich an die Lippen. Ein feuchter Klumpen landete darin.

Die Kellnerin kam Florence zu Hilfe. Sie tippte den Mann an. »So, jetzt wollen wir die nette Dame in Ruhe ihren Drink genießen lassen, ja?« Während sie ihn mit sanfter Gewalt zu seinem Sessel am Kamin zurückbrachte, grummelte er vor sich hin: »Das ist keine Dame. Die nicht.«

Florence leerte ihr Glas, ging auf die Toilette und musterte sich im Spiegel. Sie drehte den Heißwasserhahn auf und hielt so lange die Hand in den dampfenden Strahl, wie sie es aushielt. Dieses Ritual war das beste Mittel gegen Wut und Verzweiflung, das hatte sie schon auf dem College gelernt. Sie kehrte an ihren Tisch zurück, deponierte einen Zwanziger darauf und ging.

Vera verbrachte Weihnachten mit ihrer besten Freundin Gloria und deren beiden Kindern. Sie erzählte Florence am Abend davon:

»Sie haben sich bestimmt nicht gefreut, dass sie mich den ganzen Tag an der Backe hatten, aber Gloria hätte niemals zugelassen, dass ich an Weihnachten einsam und allein zu Hause sitze. Natürlich ist es nicht deine Schuld, dass du nicht kommen konntest. Aber Gloria kann einfach keinen Menschen leiden sehen. Und Grace, ihre Älteste? Du würdest es nicht glauben. Sie leitet in Tampa ein Maklerbüro für Gold Coast

Realty. Das ist eine Riesenfirma, die im ganzen Land Filialen hat. Außerdem hat Grace vier Kinder!«

»Ich schätze, die Firma hat bloß Filialen in Florida. Deswegen heißt sie bestimmt auch Gold Coast Realty«, antwortete Florence.

Vera schnaubte. »Verstehe. Mit so was kann man dich natürlich nicht beeindrucken. Vier Kinder und ein Spitzenjob. Und bei alldem hat sie sich trotzdem noch die Zeit genommen, mir ein Weihnachtsgeschenk zu besorgen.«

»Ich hab dir doch auch ein Geschenk besorgt«, sagte Florence eingeschnappt. Weil sie sich noch immer der verzweifelten Hoffnung hingab, Vera vielleicht doch ändern zu können, hatte sie ihr die gesammelten Kurzgeschichten von Lydia Davis geschickt, auch wenn sie sich denken konnte, dass sie das Buch wohl nie aufschlagen würde. Es war wirklich nicht schön, sich seiner Mutter schämen zu müssen.

»Aber das ist ja auch selbstverständlich. Du bist schließlich meine Tochter. Du errätst nie, was sie mir geschenkt hat.«

»Was?«

»Einen Zoodler!«

»Was soll das denn sein?«

»Damit kann man Zoodeln schneiden! Diese spiraligen Gemüsespaghetti.«

»Kenn ich nicht.«

Vera seufzte leise. »Schon gut, Spatz. Lass dich bloß nicht weiter in deinem fabelhaften New Yorker Leben stören.«

Florence rieb sich genervt das Gesicht. Warum war sie bloß so gemein zu ihrer Mutter? Aber warum ging die ihr auch so dermaßen auf die Nerven? »Entschuldige, Mom. Es ist bestimmt ein supertolles Geschenk.«

Wie meistens ruderte Vera blitzschnell zurück. »Ja, da hast

du recht. Wenn du das nächste Mal nach Hause kommst, koche ich dir Zoodeln. Sie schmecken genau wie richtige Nudeln. Du glaubst es nicht.«

»Toll.«

»Und jetzt rate mal, wer mir letztens in der Mall über den Weg gelaufen ist. Trevor! So ein netter Junge. Er hat mir sogar total lieb guten Tag gesagt.«

Florences Zerknirschung verflog. »Aber, Mom, du konntest ihn doch früher auf den Tod nicht ausstehen.« Trevor war auf der Highschool ihr Freund gewesen, den Vera ihr mit allen Mitteln ausreden wollte. Was zum Teil genau der Grund dafür war, warum sie es mehr als zwei Jahre mit ihm ausgehalten hatte: um ihre Mutter zu ärgern. Die einzige Gemeinsamkeit, die Trevor und sie wirklich miteinander verband, war die tief empfundene, wenn auch selten ausgesprochene Überzeugung, klüger zu sein als alle anderen. Kein Wunder, dass die Beziehung nach der Schule schnell in die Brüche gegangen war.

»Wer, ich? So ein Quatsch«, sagte Vera. »Auf jeden Fall ist er heute Ingenieur und arbeitet bei Verizon, der Telefonfirma. Und er hat sich ausführlich nach dir erkundigt. Er konnte nicht glauben, dass du nach New York gezogen bist.«

»Tja, kaum zu glauben, aber wahr.«

»Warum rufst du ihn nicht mal an?«

»Wozu?«

»Nur so, als nette Geste.«

Nette Geste? Als hätte Vera keine Hintergedanken dabei … Aber Florence beließ es dabei. Schließlich war Weihnachten. »Mal sehen, Mom. Vielleicht mach ich das. Hab dich lieb! Du bist die Beste.«

»Du bist die Allerbeste, Spatz!«

Weil der Verlag zwischen Weihnachten und Neujahr geschlossen war, wollte Florence die Zeit eigentlich nutzen, um an ihren eigenen Texten zu arbeiten. Doch dann plagte sie während der ganzen arbeitsfreien Woche das gleiche Problem, mit dem sie seit ihrem Umzug nach New York vor fast zwei Jahren zu kämpfen hatte: Sie konnte nicht schreiben. Kein Wort.

Sie erlebte ihre erste Schreibblockade. Nach der Uni war sie zunächst in Florida geblieben und hatte in Gainesville noch eine Zeit lang in einer Buchhandlung gejobbt, um sich ganz dem Schreiben widmen zu können. Wenn sie nicht im Geschäft war, verbrachte sie fast jede freie Sekunde am Computer und tippte wie eine Wilde Texte in die Tasten. Oft machte sie die Nacht durch, von eimerweise Tee wachgehalten. An der Uni hatte sie Robert Coover, Donald Barthelme und Julio Cortázar entdeckt, Autoren, die ihr das Gefühl gaben, in eine andere Welt hinüberzuwechseln, wo weniger starke Zwänge das normale Leben bestimmten, wo das Band zwischen Ursache und Wirkung durchtrennt war und das ganze Sein auf ein einziges Ziel zusteuerte: Freiheit. Die Vorstellung erregte sie, dass sie die Regeln dieser anderen Realität selbst aufstellen konnte.

In dieser Zeit verfasste sie mehrere abgedrehte, verstörende Geschichten. Am besten gefiel ihr selbst die Story über die Frau, die ihren Mann im Laufe vieler Jahre Stück für Stück verspeist, bis kein Krümelchen mehr von ihm übrig ist. In Veras Augen enthielt sie einen fatalen Denkfehler: »Würde der Mann denn nicht merken, dass sie ihn isst, und die Polizei rufen?«

Derweil drängte ihre Mutter sie fast jeden Tag, sich eine richtige Stelle zu suchen. Nach fast zwei Jahren in der Buchhandlung und unzähligen Absagen von verschiedenen Literaturzeitschriften gab Florence sich schließlich geschlagen. Sie bewarb sich auf jede Stellenanzeige eines Verlags, die sie finden konnte, und nahm das erste Angebot an, das sie bekam: Lektoratsassistentin bei Forrester Books.

Schon bald darauf kam ihre produktive Phase abrupt zum Erliegen. Den Ursprung für die Kreativitätslähmung konnte sie auf einen einzigen Abend in ihrer ersten New Yorker Woche zurückführen. Der Verlagsnachwuchs traf sich freitagabends auf ein paar Drinks im Red Lark, einer Bar in der Nähe des Holland Tunnel. In dem schmuddeligen Schuppen mit den klebrigen Tischen konnten sich die reichen Finanzleute aus Tribeca weismachen, dass sie trotz Anzug und Kostümchen, trotz Ernährungscoach und luxuriöser Penthousewohnung immer noch coole Typen waren. Die jüngeren Verlagsmitarbeiter gingen in den Laden, weil der Pitcher Bier bis um acht Uhr nur einen Fünfer kostete.

Als sich an Florences erstem Freitag die Gruppe, die ins Red Lark wollte, um sechs Uhr vor den Fahrstühlen versammelte, gesellte sie sich mit Lucy unauffällig dazu, die eine genauso eingeschüchtert wie die andere. Die neuen Kollegen waren selbstbewusst und belesen. Auf Verlagsfesten mischten sie sich lässig unter die renommiertesten Autoren. Die Frauen trugen Etuikleider und antiken Schmuck. Florence kam sich zwischen ihnen wie eine Hochstaplerin vor.

Amanda Lincoln war die selbst ernannte Anführerin des Rudels. Sie stammte aus New York, Tochter einer Kolumnistin der *New York Times* und eines erfolgreichen Literaturagenten, der im Vorstand der New Yorker Stadtbücherei saß. Sie hatte erst eine Privatschule besucht, dann an der Yale University studiert und anschließend ein Volontariat bei der *Paris*

Review absolviert. Mit anderen Worten, sie verfügte über genau den richtigen Stallgeruch. Wahrscheinlich hatte sie in ihrem ganzen Leben noch keinen Fuß in ein Nest wie Port Orange gesetzt.

Nachdem sich die Gruppe im hinteren Teil des Lokals um einen großen Tisch geschart hatte, erhob Amanda mit einem »chin-chin!« ihr Glas. Florence und Lucy wechselten unsicher einen Blick und murmelten dann ebenfalls »chin-chin«.

Simons Assistentin Emily, eine freundliche Frau aus dem Mittleren Westen, wandte sich zu den Neulingen um und versuchte, sie einzubeziehen. »Und woher kommt ihr zwei Hübschen?«

»Amherst«, antwortete Lucy mit kaum hörbarer Stimme.

Amanda mischte sich ein. »Warst du da an der Uni? Da hat mein Bruder auch studiert. Stewart Lincoln?«

Lucy nickte nur stumm und beließ es dabei. Welcher der Fragen ihre Antwort galt, ließ sie offen.

»Und du?«, wollte Emily von Florence wissen.

»Ich war an der University of Florida. In Gainesville.«

»Cool«, sagte Emily. Die Tischrunde reagierte mit einem mitleidigen Kopfnicken, als hätte sie gestanden, an Krebs zu leiden, so taktvoll, dass es geradezu aggressiv wirkte. Fast alle hatten an einer Eliteuni studiert.

»Warst du schon mal im Hemingway-Haus auf Key West?«, fragte Fritz.

Florence schüttelte den Kopf.

»Das ist der Wahnsinn. Da gibt es Katzen, die noch von Hemingways sechszehiger Katze abstammen.«

»Du willst doch wohl nicht allen Ernstes behaupten, dass Hemingway heute noch relevant ist?«, stöhnte Amanda. »Die Zeiten dürften endgültig vorbei sein.«

Fritz verdrehte die Augen. »Mein Gott, Amanda, ich hab ja bloß gesagt, dass der Mann eine sechszehige Katze hatte.«

Als etwas später ein älterer Rosenverkäufer von Tisch zu Tisch ging, bemerkte Amanda: »Es gibt doch nichts Abgeschmackteres als eine einzelne rote Rose. Man müsste dem armen Tropf Bescheid stoßen, dass er es mal mit Pfingstrosen versuchen soll. Die würde er bestimmt besser los.«

Alle lachten, nur Florence nicht. Sie sah Amanda fast ehrfürchtig an. Gab es tatsächlich Menschen, die keine roten Rosen mochten? Oder Hemingway? Wie konnte diese Frau, die kaum älter war als sie selbst, in einem solchen Brustton der Überzeugung derart lästerliche Ansichten von sich geben?

Und so ging es den ganzen Abend weiter. Alle naselang ließ Amanda irgendwelche kulturellen Anspielungen fallen, die für Florence nicht viel mehr als ein sinnloser Silbensalat waren – bis sie sie später googelte. Adorno, Pina Bausch, Koyaanisqatsi.

Florence, die zu Hause in Florida meist der kultivierteste Mensch im Raum gewesen war, kam sich in dieser schäbigen Bar zum ersten Mal in ihrem Leben selbst wie eine zurückgebliebene Hinterwäldlerin vor. Ihre Unbekümmertheit war wie weggeblasen, und das Wissen, auf das sie sich so viel einbildete, zählte plötzlich nichts mehr. Noch am Morgen hätte sie ohne zu zögern behauptet, dass rote Rosen den Gipfel der Eleganz verkörperten. Und sie hatte auch nicht geahnt, dass es hip war, über Hemingway zu lästern.

Als sie am folgenden Tag auf das leere Blatt starrte, überfiel sie ein ungewohntes Gefühl: Angst. Wenn schon rote Rosen abgeschmackt waren, welchen Irrtümern war sie sonst noch aufgesessen? Strotzten ihre Storys noch von anderen peinlichen Fehlern? Durfte sie überhaupt in Erwägung ziehen, einen Roman zu verfassen, ohne vorher Adorno gelesen zu haben?

Beim erneuten Lesen kamen ihr die alten Geschichten kindisch und schwerfällig vor. Sie war der eingebildeten Zicke Amanda Lincoln regelrecht dankbar für die bittere Lektion, die sie ihr erteilt hatte. Sonst hätte sie sich womöglich bis auf die Knochen blamiert.

Mit einem Mal erschien ihr das Erlangen von Größe nur noch als eine Möglichkeit unter vielen und nicht mehr als ihr gottgegebenes Recht. Es war durchaus möglich, dass sie es nur bis zur Lektorin schaffen würde, statt als Autorin zu glänzen. Oder dass sie den unrühmlichen Rückzug nach Florida antrat und ihr Leben als Immobilienmaklerin oder Bankangestellte fristete. Es gab keine Garantie. Das Schicksal war ihr nichts schuldig.

Ihr Selbstwertgefühl hatte einen schweren Knacks bekommen. Florence war nicht mehr das Mädchen, das sie in Florida gewesen war, aber wie stellte man es an, sich neu zu erfinden? Sie wechselte ihre Stimmungen und Persönlichkeiten wie ihre Outfits. Mal wollte sie gefürchtet, mal angehimmelt werden. Sie baute auf die transformative Wirkung neuer Stiefel, flüssigen Eyeliners und einmal sogar – Schreck lass nach – auf die einer Baskenmütze, als ginge Identität von außen auf einen über wie das Nikotin aus einem Nikotinpflaster.

Als sie Simon Reed auf der Weihnachtsfeier des Verlags kennenlernte, wohnte sie seit zwei Jahren in New York, ohne dass sich ihr wahres Ich manifestiert hatte. Sie war ein Schiff ohne Ballast, das hilflos durch die Wellen schlingerte. Gut möglich, dass ihn gerade ihre Orientierungslosigkeit angezogen hatte. Er gehörte zu der Sorte Mann, die einem jungen, ungeformten Wesen nicht widerstehen konnte. Vermutlich war sie nicht die einzige Sechsundzwanzigjährige, die ihre Identität noch nicht gefunden hatte.

Ihm musste klar gewesen sein, dass er bei einem Seitensprung mit einer jungen Assistentin nicht nur seine Karriere, sondern auch seine Ehe aufs Spiel setzte. Warum war er trotzdem mit ihr ins Bett gegangen? Florence gab sich nicht der Illusion hin, dass er ihr auf der Stelle mit Haut und Haaren verfallen war. Sie hatte den Verdacht, dass es ihm weniger um Sex als um die Bestätigung seiner Potenz und Macht durch eine unsichere junge Frau ging. Außerdem war es eher unwahrscheinlich, dass ihm so ein kleines Rädchen im Verlagsgetriebe Ärger machen würde.

Und damit hatte er recht behalten.

SIEBEN

Am 2. Januar waren die Verlagsferien zu Ende. Ein paar Tage später sollte Florence am östlichsten Ende der Eighty-Seventh Street eine Tüte mit Büchern bei einer Autorin abliefern, die Agatha mit ihren Lektoraten beeindrucken und bestenfalls für Forrester abwerben wollte. Es war ein ungewöhnlich warmer Januartag, und Florence freute sich, dass sie nicht im Büro hocken musste.

Nachdem sie ihren Auftrag ausgeführt hatte, ließ sie sich Zeit mit dem Rückweg. Sie wandte sich nach Süden, ging am Rand eines hübschen Parks entlang, der sich am East River erstreckte.

In der Eighty-Fourth Street blieb sie neugierig stehen. Vor einem imposanten Gebäude auf der gegenüberliegenden Straßenseite hatte sich eine kleinere Menschenmenge versammelt. Alles Frauen, fast alle dunkelhäutig. Bei einer blitzte unter dem Parka eine Dienstmädchenschürze hervor, als wäre sie geradewegs einem Theaterstück entsprungen. Die wenigen weißen Frauen unterhielten sich oder checkten ihre Handys.

Das zweiflügelige Tor des Gebäudes schwang auf, und ein Strom von Mädchen in roten Schottenröcken ergoss sich auf den Bürgersteig. Die goldene Inschrift über dem Eingang verriet, dass es sich um die Hardwick School handelte, die Privatschule, auf die auch Simons Töchter gingen. Florence hatte das in einem Artikel über seine Frau in der *Vanity Fair* gelesen. Ihr Interesse war geweckt, und sie sah sich die wartenden Mütter genauer an. Ingrid war nicht darunter. Florence setzte sich auf eine Bank und wartete.

Die meisten Kinder wurden in abholbereite Busse verfrachtet, aber nicht etwa in klapprige gelbe Schulbusse, wie Florence sie aus ihrer Kindheit kannte, sondern in komfortable Reisebusse mit Veloursitzen und Bordtoilette. Laut der stämmigen Lehrerin mit der Trillerpfeife um den Hals, die Anweisungen brüllte, handelte es sich nicht einmal um bloße Busse: »Luxusliner 1 fährt in fünf Minuten ab, Mädels! Husch, husch, an Bord!«

Florence wartete, bis die Busse davongerollt, bis Nannys und Mütter mit ihren Schützlingen abmarschiert und die Lehrerinnen wieder in der Schule verschwunden waren. Dann erst stand sie auf und machte sich auf den Weg zur U-Bahn.

Während Florence in der Mittagspause in ihrem matschigen, in Dressing ertränkten Salat herumstocherte, gellte plötzlich ihr Name durchs Büro. Anscheinend wollte Agatha sie sprechen.

Blitzschnell sprang sie zu ihr hinüber. »Ja?«

»Hast du auch wirklich an die Extraportion Kichererbsen gedacht?« Agatha zeigte skeptisch mit der Gabel auf die Bowl, die Florence ihr gerade bei Sweetgreen besorgt hatte.

»Aber sicher«, antwortete sie keck, obwohl ihr die Kichererbsen tatsächlich entfallen waren.

»Clara ist nicht glücklich«, sagte Agatha. »Clara braucht ihre Kichererbsen. Heute Abend zwingt Clara ihre Mummy, sich zu Hause eine Ladung Hummus reinzuziehen.«

Florence nickte. Erst als Agatha sie gespannt ansah, rang sie sich die Frage ab, die offensichtlich von ihr erwartet wurde. »'tschuldigung, aber wer ist Clara?«

»Hab ich es dir noch gar nicht gesagt? Josh und ich haben uns endlich auf einen Namen geeinigt.«

»Clara? Sehr hübsch.«

Agatha lächelte.

»Ich glaube, so hat Hitlers Mutter geheißen«, fügte Florence hinzu.

Agatha saß da wie versteinert, nur ein Salatblättchen bebte leise auf ihrer Plastikgabel. »Wie bitte?«

Florence ruderte zurück. »Aber sie wurde wohl mit K geschrieben. Sie war ja schließlich Österreicherin.«

Die Fassungslosigkeit stand Agatha ins Gesicht geschrieben.

»Oder schreibt ihr den Namen womöglich auch mit K? Das gefällt mir auch sehr.«

Agatha schüttelte langsam den Kopf. »Nein, mit C.«

Nach einer kurzen Kunstpause sagte Florence: »Ja, Schwangerschaftsgelüste sind schon was Sonderbares. Meine Mutter hat mir erzählt, dass sie immer Heißhunger auf Filet-o-Fish hatte, als ich unterwegs war.«

Agatha nickte bedächtig. »Ja.« Für dieses Thema konnte sie sich jederzeit erwärmen. »Ja, und man soll ein klügeres Kind bekommen, wenn man Fisch isst. Vor allem Lachs, solange man auf den Quecksilbergehalt achtet. Vielleicht konnte sie deswegen nicht genug davon kriegen. Mutter Natur versteht ihr Handwerk.«

Florence lachte. »Oder sie betreibt heimlich Werbung für McDonald's.«

»Für McDonald's?«

»Filet-o-Fish gibt's bei McDonald's.«

»Ach, ich dachte, du meintest ganz allgemein Fischfilet. Ich war nämlich noch nie bei McDonald's.«

»Ach, komm. Gib's zu.«

Agatha schüttelte treuherzig den Kopf.

»Unmöglich! Du musst doch schon mal bei McDonald's gegessen haben.«

»Hab ich aber nicht. Weißt du denn nicht, wie viele Hormone das Fleisch enthält?«

Florence wäre jede Wette eingegangen, dass es in den USA niemanden gab, der noch nicht bei McDonald's gegessen hatte. Wie konnte Agatha sich so leichthin über das erheben, was Millionen Menschen jeden Tag taten, ohne es je selbst probiert zu haben, und gleichzeitig eine Epiduralanästhesie ablehnen, bloß weil afrikanische Jungen auf Narben standen?

Vor der Weihnachtsfeier wäre es Florence nicht in den Sinn gekommen, sich ein Urteil über Agatha zu erlauben. Sie war jünger, unerfahrener, verdiente weniger, war nicht verheiratet, hatte keine Kinder. Ihr fehlte fast alles, was für Agatha wichtig war. Aber als Simon in der Bar ihren Namen so verächtlich ausgesprochen hatte – Agatha *Hale* –, hatte sich für sie ein Vorhang gehoben, hinter dem eine lächerliche Figur zum Vorschein kam. Die neue Perspektive war verwirrend. Wenn Florence nicht zu Agatha aufblicken konnte, was wollte sie dann hier? Warum arbeitete sie bei Forrester? Half ihr die Stelle im Verlag wirklich, Schriftstellerin zu werden?

Wie hatte Amanda gesagt? »Unglücklich das Land, das Helden nötig hat.« Unglücklich aber auch das Land, dessen einzige Heldin Agatha Hale war.

Als Agatha um fünf Uhr nach Hause ging, blieb Florence noch, um ein Gutachten über ein Manuskript fertig zu schreiben, das vor ein paar Tagen reingekommen war. Sie war eben dabei, es abzuschicken, als ihr Bürotelefon klingelte. Es war

Simon, und sie merkte ihm bei allem aufgesetzten Überschwang sofort an, dass er getrunken hatte.

»Florence! Erwisch ich dich! Was treibst du so spät noch im Büro?«

»Äh … arbeiten?«

»Das gibt's doch gar nicht. Abends um halb acht solltest du nicht mehr schuften. Komm zu mir. Ich muss dich in Sachen Arbeitsmoral zur Vernunft bringen.«

»Jetzt?«

»Vor fünf Minuten. Am liebsten gestern. Komm, so schnell dich deine Wahnsinnsbeine tragen.«

Florence verbiss sich ein Lächeln. »Ich dachte, du respektierst mich zu sehr, um mich in eine solche Lage zu bringen.«

»Das soll ich gesagt haben? Nein, wenn du es genau wissen willst, ich respektiere dich kein bisschen. Ich verachte dich abgrundtief. Auf meiner persönlichen Tabelle der meistverachteten Kreaturen steht außer dir nur noch Idi Amin. Komm her, und ich beweise dir meinen mangelnden Respekt.«

»Ernsthaft? Jetzt gleich?«

»Todernst. Treffpunkt Bowery Hotel in dreißig Minuten. Ich reserviere ein Zimmer auf den Namen Maud Dixon. Wie findest du das? Kann man sich leicht merken.«

Florence legte auf, ihr Gesicht brannte. Sie schnappte sich Mantel und Handtasche und stürzte aus dem Büro. Beim Hinauslaufen hoffte sie fast, dass jemand sie fragen würde, ob sie schon Pläne für den Abend hatte. Hätte sie Lucy von ihrem One-Night-Stand mit Simon erzählt, könnte sie ihr jetzt stolz das zweite Date unter die Nase reiben. Aber sie hatte das Abenteuer für sich behalten, weil sie keine Lust hatte, sich ihrer ungläubigen Ablehnung auszusetzen.

Florence gönnte sich ein Taxi und traf noch vor Simon im

Hotel ein. Wie versprochen, war ein Zimmer auf den Namen Dixon reserviert. Sie setzte sich ans Fenster und bemühte sich um eine möglichst coole Pose. Sollte sie sich ausziehen? Nein, das wäre denn doch zu lächerlich. Sie schlug die Beine übereinander. Schade, dass sie heute keine schickeren Dessous angezogen hatte.

Eine Stunde später war Simon immer noch nicht da.

Sie zückte ihr Notizbuch, ohne das sie nie aus dem Haus ging, und fing an, eine Geschichte über eine junge Frau zu schreiben, die auf ihren Lover wartete. Sie riss die Seite heraus und warf sie in den Papierkorb. Um zehn ging sie ins Bett. Sie stellte sich den Handy-Wecker auf sechs Uhr. Vor dem Büro musste sie erst noch nach Hause, um sich umzuziehen.

Stunden später wurde sie durch das Zimmertelefon geweckt.

»Florence, es tut mir so leid«, flüsterte Simon am anderen Ende der Leitung.

»Was ist passiert?«, fragte sie, absurderweise ebenfalls im Flüsterton.

»Mein Schwiegervater hatte einen Herzinfarkt. Und ich hab deine Handynummer nicht.«

»Geht es ihm gut?«

»Wem? Bill? Nein. Er ist tot.«

»Ach.«

»Ja.«

»Kannst du noch kommen?«

»Nein, ich muss hierbleiben. Und überhaupt, das mit uns war ein Wahnsinn. Der reinste Wahnsinn. Es tut mir so leid. Ich hätte nie etwas mit dir anfangen dürfen.«

»Ist schon okay.«

»Ist es nicht, aber trotzdem, danke.«

Kaum hatte Florence aufgelegt, kam sie sich wie die letzte Vollidiotin vor. Wieso hatte sie ihn gefragt, ob er noch kommen konnte? Sie hörte sich wie eine nervige Klette an. Wie ihre Mutter.

Sie legte sich ins Bett und starrte an die Decke. Sie gab ihr Bestes, aber es fiel ihr nicht leicht, Mitgefühl für Ingrid aufzubringen. Schließlich hatte Simons Frau etwas verloren, was sie selbst nie besessen hatte.

Es gab einen entscheidenden Unterschied zwischen einem Verlust und einem Fehlen. Florence hatte keiner dafür bemitleidet, dass sie ohne Vater aufwachsen musste. Im Gegenteil, man hatte ihr das Gefühl vermittelt, mit einem Makel behaftet zu sein. Als hätte sie keinen Vater verdient.

Das Einzige, was Florence von ihrem Vater wusste, war sein Vorname. Sie hatte ihn einmal an Thanksgiving aus ihrer Mutter herausgekitzelt, als Vera eine Dreiviertelflasche Shiraz intus hatte. Sie hatte auf einen gediegenen Namen wie Jonathan oder Robert gehofft, doch sie wurde enttäuscht. Ihr Erzeuger hieß Derek, was ungefähr genauso gediegen war wie Kunstleder. Und genauso hässlich. Da hatte Bill doch viel mehr Klasse.

Sie setzte sich auf und tastete nach der Fernbedienung. An Schlaf war nicht mehr zu denken. Unter den Filmen im Hotelkanal stieß sie auf einen schon einige Jahre alten Independent-Streifen mit dem Titel *Todesbote*, in dem Ingrid mitspielte. Sie ließ ihn auf die Zimmerrechnung schreiben und drückte auf *Play*. Bei der ersten Großaufnahme von Ingrids Gesicht, die Lippen von einem glückseligen Lächeln umspielt, hielt Florence den Film an.

Sie betrachtete die Frau auf dem Bildschirm genau. Nein, sie hatte kein Mitleid mit Ingrid. Ganz im Gegenteil.

Am nächsten Morgen sparte sie sich den Abstecher nach Hause und ging in den Klamotten vom Vortag ins Büro. Es würde sowieso keiner merken.

In der U-Bahn warf sie einen Blick in Ingrids Instagram-Account. Das aktuelle Foto zeigte eine Vase mit Narzissen, in Sonne gebadet. Darunter die Gedichtzeilen: »Geh nicht als Gentleman in jene gute Nacht! Die Alten müssen glühn am Tagesende, toben.« Florence gefiel das Zitat, auch wenn Bill wahrscheinlich am Ende nicht mehr lange geglüht hatte – ein Herzinfarkt deutete schließlich auf ein schnelles Ende hin. Der Post hatte bereits über 400 Kommentare und 2000 Likes bekommen. Nach kurzem Überlegen klickte sie ebenfalls ein Like an. Doch sofort geriet sie in Panik und klickte es schnell wieder weg.

Ihr kam ein Gedanke. Vielleicht würde Ingrid die Kinder heute selbst von der Schule abholen. Vielleicht wollte sie ihnen die Fahrt mit dem Schulbus – dem Luxusliner – emotional nicht zumuten.

Als Agatha ins Büro kam, eröffnete Florence ihr, dass sie am Nachmittag einen Arzttermin hätte.

Die Lektorin nickte abwesend. »Kein Problem.«

Um zehn Minuten vor drei wartete Florence vor der Harwick School. Sie saß auf derselben Bank wie beim letzten Mal und las *Töte mich!* von Muriel Spark. Als sich das Schultor öffnete, holte sie ihr Handy heraus und scrollte sich zu einer Aufnahme von Simons Töchtern durch, die sie im Internet gefunden hatte, aufgenommen im vergangenen Sommer bei einer Benefizveranstaltung für ein Hundeasyl in North Fork. Tabitha, die Jüngere, hielt einen verängstigten Chihuahua auf dem Arm; Chloe, die Ältere, grüßte mit dem Peacezeichen in die Kamera. Hinter den Mädchen standen Simon und Ingrid, eng umschlungen, heiter lächelnd. Florence zoomte nacheinander an alle Gesichter heran.

Sie überflog die Schülerinnen, die vor der Schule kleine Grüppchen bildeten. Eine junge Lehrerin versuchte, sie zum Einsteigen in die wartenden Busse zu bewegen, doch ihre leisen Ermahnungen prallten an der wilden Meute wirkungslos ab. Florence entdeckte Chloe in einem Pulk, der sich um ein iPhone drängte. Wahrscheinlich ein siebter oder achter Jahrgang. Chloe gestikulierte wie eine Bühnenschauspielerin. Sie war pummeliger, als man es von Ingrids Tochter erwartet hätte. Neugierig zoomte Florence mit der Kamera näher heran und schoss, weil sie das Handy schon mal in der Hand hatte, spontan auch noch ein Foto. Sie fing das Mädchen mit einem breiten Lachen ein, den Mund grotesk aufgerissen. Gehörte sich eine solche Ausgelassenheit am Tag nach dem Tod des Großvaters? Was Ingrid wohl dazu sagen würde?

Aber Ingrid kam nicht, obwohl Florence wartete, bis die Mädchen in den Bus gestiegen und losgefahren waren.

ACHT

Der restliche Januar bestand aus einer Reihe warmer, sonniger Tage, als wollte er die Eiseskälte des Dezembers vergessen machen. Florence war dankbar für das milde Wetter und nahm es als Bestätigung. Sie verbrachte nämlich mittlerweile jede Woche zwei oder drei Nachmittage auf der steinernen Bank gegenüber der Harwick School. Mit einer Antwort auf die Frage nach dem Grund für ihre Fahrten nach Uptown hätte sie sich schwergetan. Aber irgendetwas zog sie immer wieder dorthin. An Freitagen, wenn die Schule schon um halb zwei aus war, legte sie den Besuch in ihre Mittagspause, obwohl sie für die Fahrt fast eine Stunde brauchte. An anderen Tagen erfand sie Termine, um ihr Fehlen zu erklären.

Wenn sie auf ihrer Bank saß, kam sie sich fast so vor, als gehörte sie zum Leben der anderen dazu. Einem Leben, das, man konnte es nicht anders sagen, in jeder Hinsicht um Klassen besser war als ihr eigenes. Noch nicht ausgewachsene Füße, die in Ballerinas für 200 Dollar das Paar steckten. Lehrerinnen, die sich gesellig unter ihre Schutzbefohlenen mischten und mit ihnen scherzten. Florence hatte nie mit ihren Lehrern gescherzt. Und die Lehrer untereinander auch nicht. Als sie im siebten Schuljahr war, hatte ein Kind ihrer Lehrerin ins Auge gespuckt. Die hatte noch nicht mal geschimpft, sondern war stumm aus dem Klassenzimmer marschiert und die ganze Stunde nicht mehr wiedergekommen.

Alles Hässliche und Vulgäre der Welt schien aus dem Umfeld der Harwick School getilgt zu sein. Wenn Florence nach ihren Besuchen wieder in der U-Bahn saß, fühlte sie sich geläutert und belebt, als hätte sie reinen Sauerstoff geatmet.

Sie hätte es nie zugegeben, aber eigentlich kam sie nur wegen Ingrid. Die Schauspielerin hatte ihren Mann als Objekt von Florences Faszination längst abgelöst. Simon mit seinen Kragenstäbchen konnte ihr inzwischen gestohlen bleiben. Ein stinknormaler Mann mit stinknormalen Schwächen. Ingrid dagegen war Künstlerin: Sie brauchte auf der Leinwand bloß mit der Augenbraue zu zucken oder eine Träne zu vergießen, um Tausende von Kilometern entfernt und vielleicht sogar Jahre später Emotionen auszulösen, die Seelenlandschaft eines anderen komplett umzukrempeln. Was für eine Macht – wildfremden Menschen eine neue Realität aufzuzwingen, sie vollkommen in ihren Bann zu ziehen. Genau so wollte Florence schreiben können.

Seit ein paar Wochen zog sie sich über den Netflix-Account ihrer Mitbewohnerin Ingrid-Thorne-Filme rein und sah sich online Fotos von ihr an. Sie musste sie unbedingt selbst einmal sehen. Um sich zu überzeugen, dass sie real war, eine Frau aus Fleisch und Blut, wie sie selbst. Schließlich waren Ingrid und sie untrennbar miteinander verbunden. Simon hatte sie beide erwählt.

Erst Anfang Februar wurde sie für ihre Hartnäckigkeit belohnt.

Statt wie sonst in einen der wartenden Busse zu steigen, stürzten sich Cloe und Tabitha in die ausgebreiteten Arme ihrer Mutter. Florence hielt die Luft an. Ingrid trug eine schwarze Röhrenhose und eine raffiniert geschnittene weiße Bluse. Ihre Kurzhaarfrisur war neu – und mit Sicherheit nicht billig gewesen. Sie hatte mehr Falten als auf den Fotos.

Die drei machten sich zu Fuß auf den Weg, Ingrid in der Mitte. Tabitha hielt die Hand ihrer Mutter und ließ sie überglücklich vor- und zurückschwingen. Florence folgte dem Trio in einiger Entfernung auf der anderen Straßenseite. Als Ingrid und die Mädchen in der York Street den M86er-Bus nahmen, musste sie sprinten, um ihn auch noch zu erwischen. In letzter Sekunde sprang sie hinein. Der eine oder andere Fahrgast musterte sie erstaunt, aber Ingrid drehte sich nicht nach ihr um.

Sie fuhren bis zur Lexington Avenue, gingen noch ein Stück und verschwanden in der Eighty-Seventh Street in einer Arztpraxis. Florence gab ihnen einen Vorsprung von einer ganzen Minute, bevor sie ihnen folgte.

»Kann ich Ihnen behilflich sein?« Die blond gefärbte Frau von Mitte vierzig, die hinter der Empfangstheke saß, lächelte sie fragend an. Florence warf einen Blick auf die Infobroschüren, die vor ihr lagen. Offenbar befand sie sich in einer kieferorthopädischen Praxis.

»Äh, ich habe einen Termin bei Dr. Carson«, antwortete sie. So hatte der Zahnarzt geheißen, zu dem sie als Kind gegangen war.

»Tut mir leid, aber einen Dr. Carson haben wir hier nicht.«

»Ach. Hm. Dürfte ich mich vielleicht kurz setzen und mein Handy checken? Ich bin mir ganz sicher, dass ich die Information hier irgendwo habe.«

Die Sprechstundenhilfe nickte freundlich.

Florence nahm gegenüber von Ingrid und den Mädchen Platz. Sie waren kurz verstummt, als sie hereingekommen war, aber jetzt fing Tabitha schon wieder munter an zu plappern.

Florence scrollte auf dem Display rauf und runter und hörte zu, wie das Kind eine langweilige Geschichte aus dem Sportunterricht zum Besten gab.

Dann klingelte Ingrids Telefon, und sie sagte: »Augenblick, Schätzchen. Da muss ich mal eben rangehen.«

Sie wischte über das Display. »Hi, David.« Florence schnappte eine blecherne Männerstimme auf. Ingrid fiel ihm ins Wort: »So ein Schwachsinn. Das mache ich nicht. … Nein … Nein … Dann müssen wir jemand anderen finden. … Hat sie nicht die Sendung über Straftäter gemacht? … Ja, eine gute Idee. Gern, ja. Ruf mich zurück.«

Mit einem Seufzen beendete Ingrid das Gespräch. Sie suchte den Blickkontakt zu Florence und verdrehte die Augen. »Bitte entschuldigen Sie.«

»Kein Problem. Und was für reizende Kinder!«, schob sie hinterher.

»Danke.« Ingrid lächelte und sah stolz ihre Mädchen an, erst die eine, dann die andere.

Beim Anblick ihres ebenmäßigen Gebisses presste Florence fest die Lippen zusammen. Sie schämte sich ihres Lächelns, denn sie war nie bei einem Kieferorthopäden in Behandlung gewesen. Es wurde Zeit. Sie zwang sich, aufzustehen und das warme Wartezimmer zu verlassen.

Es dämmerte schon, und ein kalter Regen ging nieder. Sie verwarf den Gedanken, auf Simons Familie zu warten und ihr nach Hause zu folgen. Ingrid sollte sie ja nicht für eine Stalkerin halten. Außerdem musste sie zurück ins Büro. Als sie Agatha nach einer frei erfundenen Kontrolluntersuchung in der vergangenen Woche diesmal mit der dazu passenden fiktiven Zahnfüllung als Ausrede kam, hatte die nicht so gleichmütig wie sonst reagiert, sondern mit passiver Aggression. Florence konnte mit diesem Verhalten nichts anfangen. Agatha saß doch am längeren Hebel, warum nutzte sie ihre Machtposition dann nicht aus, um ihr klipp und klar die Meinung zu sagen? Stattdessen hatte sie Florence ein Manuskript auf den Tisch geknallt, bevor sie in die Mittagspause entschwand, und sie bis zum nächsten Morgen um eine erste Einschätzung gebeten: »... falls es deine Zeit erlaubt.«

Wenn sie Florence damit ein schlechtes Gewissen machen oder sie zumindest ein kleines bisschen einschüchtern wollte, hatte sie sich geschnitten. Das Einzige, was sie in ihr auslöste, war Frust über die banalen Aufgaben, die sie ihr zutraute – eine Mail an A schreiben, ein Telefonat mit B führen –, als wäre Florence eine x-beliebige Büromaus. Am liebsten hätte sie Agathas Erwartungen wie einen kleinen Finger gepackt und verdreht, bis sie brachen.

Dieser Job, dieses Leben entsprachen nicht dem, was Florence sich wünschte – und genau das versuchte Vera ihr seit Jahren klarzumachen.

Sie hatte sich eingebildet, ihre Mutter mit der Stelle bei Forrester besänftigt zu haben. Doch die reagierte regelrecht empört: »Du wirst was? Assistentin? Eine bessere Tippse?« Auch mit der Erklärung, dass jeder Mensch in der Buchbranche mal ganz unten in einem Verlag angefangen hatte, kam sie bei Vera nicht mehr durch, seit sie wusste, dass Florence weniger verdienen würde als sie.

So hatte sich die Spannung zwischen Mutter und Tochter mit jedem Telefonat weiter hochgeschaukelt. Florence hatte das Gefühl, ein Schneeballsystem zu betreiben: Auf der einen Seite Vera, die als Anlegerin auf der sofortigen Auszahlung ihrer Gewinne bestand, auf der anderen sie selbst, die sie mit Liebe in kleinen Raten und Ausreden vertröstete, bis sie eines Tages die ausstehenden Schulden abbezahlen konnte.

Aber vielleicht hatte doch mehr von der Ungeduld ihrer Mutter auf sie abgefärbt, als sie glaubte.

NEUN

Einige Wochen später wollte Florence mit dem Aufzug ins Büro fahren, als Simon in letzter Sekunde die Hand in die Lichtschranke hielt. Bei ihrem Anblick zögerte er kurz, und gleich darauf wusste Florence auch, warum. Er hatte Ingrid bei sich. Nachdem er sich wieder gefangen hatte, sagte er: »Tag, Florence. Alles gut?«

»Alles gut, danke.«

Ingrid schien darauf zu warten, ihr vorgestellt zu werden. Sie lächelte.

»Großartig«, sagte Simon. »Sie kennen meine Frau? Florence, Ingrid Thorne. Ingrid, Florence Darrow, eine unserer talentiertesten Lektoratsassistentinnen.«

»Angenehm.« Ingrid drückte ihr fest die Hand. Sie erkannte sie wohl aus der Praxis des Kieferorthopäden nicht wieder. »Ich habe genau das gleiche Top wie Sie!«

»Ehrlich?« Florence wurde rot. Sie hatte es sich gekauft, weil sie es an Ingrid gesehen hatte.

Simon räusperte sich und beantwortete eine Frage, die niemand gestellt hatte: »Ja, Ingrid ist heute hier, weil sie eine Besprechung mit einer Kollegin von Ihnen hat. Amanda Lincoln.«

»Mit Amanda?«

»Ich habe Ingrid eine Kopie von Amandas Manuskript zugesteckt, und sie interessiert sich für die Filmrechte. Als Produzentin. Eine neue Herausforderung.«

»Von Amandas Manuskript?«

»Wussten Sie das nicht? Forrester hat gerade Amandas ersten Roman gekauft.«

»Amanda hat einen Roman geschrieben?« Florence hatte das Gefühl, als hätte sich eine Falltür unter ihr geöffnet.

»Ein grandioses Sittenporträt der Upper East Side«, erläuterte Ingrid. »Eine Satire, die von beißendem Witz nur so sprüht.«

Simon legte seiner Frau liebevoll den Arm um die Taille, zog ihn aber blitzschnell wieder weg. Die Fahrtstuhlklingel kündigte Florences Etage an. Sie baute sich ungeduldig vor der Tür auf. »Viel Glück«, murmelte sie dumpf und stieg aus.

»Danke!«, sagte Ingrid heiter, und Simon rief ihr hinterher: »Immer schön am Ball bleiben!«

Ohne nach rechts oder links zu blicken, marschierte Florence auf die Behindertentoilette, verriegelte die Tür und drehte das heiße Wasser auf und hielt die Hände darunter, bis sie rot glühten. Amandas Roman? Was für ein verfluchter Roman? Sie sah in den Spiegel, sie hatte Tränen in den Augen.

»Hör auf zu flennen!«, raunzte sie ihr Spiegelbild an. Minutenlang presste sie sich die heißen Handballen auf die Augen. Dann waren die Tränen versiegt, und es gelang ihr sogar, ein Lächeln aufzusetzen.

»Besser«, sagte sie.

Auf dem Weg zu ihrem Platz machte sie einen Abstecher zu Lucy, die sich am Computer durch Fotos von Adoptivhunden aus dem Tierheim klickte.

»Warum schaffst du dir keinen an?«, fragte Florence, als sie hinter ihr stand.

Lucy fuhr halb vom Stuhl hoch und griff sich ans Herz. »Mein Gott, hast du mich erschreckt.«

»Aber recht hab ich trotzdem. Hol dir doch einfach einen.«

Lucy musterte sie so entgeistert, als hätte sie vorgeschlagen, einem Waisenkind einen Dropkick zu verpassen. »Aber das geht doch nicht, ich arbeite zu viel. Das wäre nicht fair.« Florence schüttelte den Kopf. Sie verstand Menschen nicht, die sich nichts gönnten. Ihr Problem war ein anderes. Was sie sich wünschte, war und blieb für sie unerreichbar.

»Hast du das mit Amandas Roman gehört?«

Lucy nickte.

»Warum hast du mir nichts davon gesagt?«

»Ich dachte, das würde dich maßlos ärgern.« Lucy hatte selbst kein Interesse an der Schriftstellerei, aber sie wusste von Florences Schreibversuchen.

»Ärgern? Ich mich?«, rief Florence um einiges lauter als beabsichtigt. »Wieso sollte mich das kümmern? Glaub mir, so eine Schmonzette würde ich niemals schreiben wollen.« Und das, obwohl sie so gut wie gar nichts über Amandas Manuskript wusste.

»Nein, natürlich nicht. Es soll ja wohl superkitschig sein.«

»Echt?«, fragte Florence gespannt. »Hast du es gelesen?«

»Nein, ich nicht, aber Sam.«

»Welcher Sam? Der unterbelichtete oder der rothaarige?«

»Der Rote.«

Florence lief sofort rüber zu dem Kollegen, der ihr versprach, ihr das Manuskript zu mailen. »Es ist gar nicht übel«, sagte er.

»Hab ich auch schon gehört«, antwortete sie grimmig.

Florence saß den ganzen Tag vor dem Computer und las das Manuskript. Bis sie es durchhatte, war es zehn Uhr abends. Agatha hatte schon vor Stunden Feierabend gemacht, genau wie alle anderen auf der Etage. Florence schaltete den Rechner aus, machte aber noch keine Anstalten, ebenfalls nach Hause zu gehen.

Sam hatte recht. Der Text war nicht übel. Umso schlimmer: Er war richtig gut.

Sie presste sich die Handballen auf die Augen, bis sie Sterne sah. Es war so unfair. Amanda hatte doch schon alles. Und jetzt auch noch eine Buchveröffentlichung? Alles, was Florence sich wünschte. Und obendrein ein gemeinsames Projekt mit Ingrid Thorne? Sie stellte sich vor, wie Ingrid und Amanda sich gemütlich zum Lunch trafen. Wie sie ein Gespräch über Kunst und Inspiration führten, über den verfluchten Bertolt Brecht.

Und was hatte Florence? Ein Wohnklo am Arsch von New York. Eine Mentorin, die lieber über Geburtshilfe sprach als über deutsche Dramatiker. Einen One-Night-Stand mit Simon Reed, den er inzwischen sicher bitterlich bereute.

Ihr Gedankenkarussell geriet ins Stocken. Den er inzwischen sicher bitterlich bereute?

Ihr Gesicht hellte sich auf. Sie ließ den Blick durch das leere Büro wandern und lachte laut. Warum war sie nicht schon früher darauf gekommen?

Natürlich bereute Simon seinen Seitensprung. Aber er war nun mal passiert. Er wusste es, und sie wusste es auch. Warum hatte sie nicht erkannt, was für eine Macht ihr das verlieh? Warum hatte sie ihn glauben lassen, er könnte sie einfach fallen lassen wie eine heiße Kartoffel? Warum hatte sie selbst das geglaubt? Der arme Simon hatte in dem Moment verloren, als er ihr in der schmuddeligen Bar aufs Bein getatscht hatte.

Wenn er Amandas Roman veröffentlichen konnte, warum dann nicht auch ihre Texte? Sie konnte ihn dazu bringen. Sie würde alle Geschichten, die sie je geschrieben hatte, zu einem Sammelband vereinen, und fertig wäre ihr Manuskript. Natürlich wäre es schöner gewesen, die Veröffentlichung nicht per Erpressung erzwingen zu müssen, aber was war schon perfekt im Leben? Man warf ja auch kein Gewinnlos in den Müll, nur weil es ein bisschen angeschmutzt war.

Florence beeilte sich, nach Hause zu kommen. Bis um drei Uhr in der Früh bügelte sie kleinere Fehler in den Geschichten aus, die sie noch in Gainesville geschrieben hatte. Sie las sie zum ersten Mal wieder, seit Amanda sie von ihrer Unfähigkeit überzeugt hatte. Sie erkannte die Schwächen, aber sie fand auch etwas anderes darin, was ihr vorher entgangen war. Die tiefe Schaffensfreude, die sie damals erfüllt hatte, die die Stunden wie im Flug hatte vergehen lassen.

Anfangs wollte sie Schriftstellerin werden, um der Welt zu zeigen, dass Florence Darrow ein Genie war. Doch dann verschaffte ihr beim Schreiben genau das Gegenteil die größte Befriedigung, nämlich, dass sie dabei eben nicht Florence Darrow sein musste. Am Computer war es ihr hin und wieder gelungen, ihr altes Ich abzustreifen und die Frau zu werden, die sie sein wollte.

Es war ein faszinierender Gedanke. Wenn es ihr gelang, diese eine Sache perfekt zu meistern und in das Leben einer anderen zu schlüpfen, würde endlich auch ihr eigenes Leben etwas wert sein.

Der nächste Tag war kalt und sonnig. Um halb zehn fuhr Florence mit dem Fahrstuhl eine Etage höher. Um diese Zeit war Simon immer schon im Büro, aber noch nicht in einem seiner morgendlichen Meetings. Seine Assistentin Emily war nicht gerade entzückt darüber, dass Florence ihn sprechen wollte.

Bei aller Nettigkeit – sie war diejenige gewesen, die Florence und Lucy an jenem ersten Abend im Red Lark in das Gespräch mit einbezogen hatte – verknüpfte sie, wie so viele in ihrer Position, ihr Selbstwertgefühl mit dem Prestige ihres Chefs. Trotzdem fragte sie pflichtschuldig nach und bedeutete Florence dann, bei Simon einzutreten.

»Hallo, Florence. Was für eine nette Überraschung.« Er streckte die Hände von sich wie ein Zauberkünstler, der nichts zu verbergen hat.

Florence erzählte ihm von ihren Storys und gab ihm den Ausdruck, den sie am Morgen angefertigt hatte. »Nachdem ihr nun auch Manuskripte aus den unteren Etagen entgegennehmt …« Er legte den Stapel vorsichtig auf den Tisch und klopfte ein paarmal sachte darauf, allem Anschein nach erleichtert, dass ihr Besuch keinen anderen Grund hatte.

»Wunderbar«, sagte er. »Ich schaue am Wochenende rein. Bin schon sehr gespannt.«

Unschlüssig blieb Florence noch eine Weile vor seinem Schreibtisch stehen. Sie lächelten einander schweigend an.

»Okay«, sagte sie schließlich und ging.

In dieser Nacht konnte Florence nicht schlafen. Sie würde ein Buch veröffentlichen!

Das ganze Wochenende über träumte sie sich in ein stilvolles Apartment mit Flügelfenstern, antiken Teppichen und kalebassenförmigen Vasen. Sie war auf einer Party, und alle wollten mit ihr reden. Sie trug Schwarz, ihre Wangen leuchteten im Kerzenschein. Im Hintergrund lief Jazzmusik. Es war Winter. Florence liebte den Winter, er war so komplett anders als alles, was sie aus Florida kannte. Sie ging gern, in drei, vier warme Schichten eingemummelt, an frostig kalten

Tagen aus dem Haus, wenn man den Atem sehen konnte. Wie hatte Pastor Doug aus der Gemeinde ihrer Mutter das weiße Atemwölkchen immer genannt? Die manifest gewordene Seele. Dabei fiel die Temperatur in Port Orange nur selten auf unter zehn Grad.

Als sie am Montag zu Simon wollte, wurde sie von Emily abgewimmelt. Er sei in einem Meeting. Sie ging an ihren Platz, aber sie konnte sich nicht konzentrieren. Um fünf Uhr landete endlich eine Mail von Simon in ihrem Postfach.

Die Storys haben durchaus Potenzial.
Du bist nicht unbegabt, aber für eine Autorin fehlt es dir an Lebenserfahrung.
Du musst DEINE Geschichte erst finden.

Florence las die Mail ein zweites Mal. Das konnte doch wohl nicht alles sein. Aber mehr stand tatsächlich nicht drin. Simon hatte ihr Manuskript abgelehnt.

ZEHN

Florence saß in ihrem WG-Zimmer auf der Fensterbank und ließ die nackten Füße nach draußen baumeln. Es war zwei Uhr nachts, die Straßen unter ihr lagen verlassen da. Nur hin und wieder fuhr ein Auto über die Kreuzung an der Thirty-First Avenue. Sie tippte mit den Fersen gegen die geschwärzte Backsteinwand und scrollte durch die Fotos auf ihrem Handy, Dutzende Aufnahmen von Chloe und Tabitha in Schuluniform und eine Handvoll von Ingrid von dem Tag, als sie die Mädchen selbst von der Schule abgeholt hatte. Florence zoomte auf Ingrids Gesicht. Die Falten um ihre Augen waren Lachfalten.

Welcher algorithmischen Störung hatte sie es zu verdanken, dass sie Ingrid Thorne ausgestochen hatte? Und sei es auch nur für eine Nacht? Was fand Simon an Florence, das Ingrid ihm nicht geben konnte? Sie war eine schwache, unbegabte, jämmerliche Gestalt. Das genaue Gegenteil von Ingrid Thorne.

Aber vielleicht war genau das der springende Punkt. Vielleicht brauchte Simon die Abwechslung, Haferbrei statt Filetsteak. Weil er sich an zu viel Perfektion überfressen hatte.

Er kriegte den Hals einfach nicht voll.

Sie konnte sich Simons Leben gut vorstellen. In gebügelter Bettwäsche schlafen. Seltene Erstausgaben sammeln. Großzügig Trinkgelder verteilen. Ingrid vögeln. Florence vögeln. Nach Lust und Laune wen auch immer vögeln. Simon führte genau das Leben, das er sich wünschte. Sorgenfrei. So exzellent geordnet. So heil und sicher.

Dass diese Nacht – oder Florence – sein Leben verändern könnten, wäre ihm nie in den Sinn gekommen. Und das hatten sie auch nicht. Er wachte immer noch in gebügelter Bettwäsche auf. Neben seiner liebreizenden Gattin. Vollkommen … ungefährdet. Und unbescholten.

Florence gönnte sich einen Schluck Bourbon aus dem Glas, das neben ihr stand. Auf dem Weg durch ihren Körper wärmte der Whiskey Organ um Organ, als würde jemand durch ein altes Haus gehen und nacheinander in den Zimmern das Licht andrehen.

Wie gern sie seiner gelackten Oberfläche eine kleine Schramme verpasst hätte. Nichts Dramatisches. Einen lästigen Kratzer nur auf seiner rosa Brille, der ihn zwang, seine reine, heile Welt nicht mehr als selbstverständlich zu betrachten und dankbar zu sein für das, was das Leben ihm beschert hatte.

Ohne noch groß nachzudenken, mailte sie ihm die Bilder von seiner Familie. Lächelnd gab sie als Betreff ein: *Die Fotos haben durchaus Potenzial.*

ELF

Florence erwachte am nächsten Morgen als komplett anderer Mensch, als hätte sie ihr altes Ich einfach abgestoßen wie einen abgestorbenen Zehennagel. Etwas Fremdes, Nacktes war an seine Stelle getreten, das sich ohne ihr Wissen über Monate in ihr aufgestaut haben musste, bis der Druck schließlich zu groß geworden war.

Sie strotzte vor Energie und Zuversicht, aber sie machte sich nichts vor. Simon würde seine Meinung über die Veröffentlichung ihrer Geschichten nicht einfach ändern. Gut möglich, dass er ihre Mail sogar schon an die Personalabteilung weitergeleitet hatte. Aber das tat ihrer Genugtuung keinen Abbruch, wenn sie sich vorstellte, wie er sie las.

Kaum war sie im Büro eingetroffen, erfuhr sie, für welche Alternative er sich entschieden hatte. Ein blinkendes Lämpchen an ihrem Telefon zeigte eine Voicemail an. Sie kam vom Personalchef, der sie unverzüglich sprechen wollte. Drei Tage später klingelte um sieben Uhr morgens ein Kurier an ihrer Tür, um ihr nicht nur die fristlose Kündigung, sondern auch einen Gerichtsbeschluss zuzustellen. Simon und Ingrid hatten ein Kontaktverbot gegen sie erwirkt.

Es hätte ihr peinlich sein oder sie in Angst und Schrecken versetzen müssen, weil sie so gut wie keine Ersparnisse und auch keinen anderen Job in Aussicht hatte, doch stattdessen empfand sie nichts als Erleichterung und Glück. Ein Augenblick der Unüberlegtheit hatte genügt, und der Notausstieg aus ihrem bisherigen Leben stand offen. Erst seit sie hindurchgegangen war, konnte sie es in seiner ganzen Mickerigkeit erfassen.

An der Uni hatte sie den *Immoralisten* von André Gide gelesen. Der Held Michel mit seiner Ablehnung des »Glücks am häuslichen Kamin« war ihr sehr sympathisch gewesen. Bequemlichkeit statt Ruhm und Ehre, dafür hatte auch sie kein Verständnis. Aber dann war sie auf genau so ein komfortables kleines Leben zugesteuert. Auf Agathas Leben, wenn man so wollte. Dabei waren ihre Träume viel, viel größer. Mit einer einzigen spektakulären Aktion hatte sie sich die Überzeugung zurückerobert, dass sie zu mehr bestimmt war. Es wartete schon auf sie, sie musste nur die Hand danach ausstrecken.

Florence schickte ihre überarbeiteten Storys an ein Dutzend Agenturen. Sobald sie vernünftig repräsentiert wurde, mussten die Verlage ihr Talent erkennen. Ihr Glaube an ihr gottgegebenes Potenzial war wiederhergestellt. So grausam konnte kein Gott sein, ihr den unbedingten Willen zu verleihen, Schriftstellerin zu werden, und ihr dann die Fähigkeit dafür vorzuenthalten.

Sie konsultierte einen Anwalt, um die Möglichkeit einer Anzeige wegen sexueller Belästigung auszuloten. Er bezweifelte, dass sie die Geschworenen für sich gewinnen würde. Sie lachte leise. »Da haben Sie wahrscheinlich recht.« Der Mann sah sie verwundert an.

Obwohl sie nur 1100 Dollar auf dem Konto hatte und am Ende des Monats 800 Dollar Miete fällig wurden, machte sie sich keine Sorgen.

Zum ersten Mal seit ihrem sechzehnten Geburtstag hatte Florence keinen Job, und zum ersten Mal in ihrem Leben flog sie komplett unter dem mütterlichen Radar. Vera wusste noch nicht, dass sie arbeitslos war.

Sie konnte selbst nicht fassen, wie glücklich sie war, vollkommen mit dem Universum in Einklang. Das Universum würde sie nicht verkommen lassen, davon war sie fest überzeugt. Das Schicksal würde ihr den Weg weisen.

Und genauso kam es. Das Wunder geschah.

Zwei Wochen nachdem sie ihren Job verloren hatte, erhielt sie eine Voicemail von Greta Frost aus der Agentur Frost/Bollen, einer der renommiertesten Literaturagenturen, mit der Bitte um Rückruf.

Bevor sie die Nummer eintippte, atmete Florence ein paarmal tief durch, um jeden Anflug von Verzweiflung zu unterdrücken. Gretas Stimme klang so unterkühlt, dass Florence sich gleich angespornt fühlte, sich ebenfalls als die Ruhe selbst zu geben.

»Schön, dass Sie sich melden«, sagte Greta. »Warum ich Sie angerufen habe … Eine unserer Autorinnen sucht eine Assistentin, und in diesem Zusammenhang fiel irgendwo Ihr Name.«

Florence war verwirrt. »Dann geht es nicht um meine Storys?«

»Sorry?«

»Die Storys, die ich bei Ihnen eingereicht habe.«

»Ach die, ja. Ja, sie sind sehr fesselnd – und natürlich mit ein Grund dafür, dass wir uns wegen des Jobangebots an Sie wenden.«

»Worum geht es denn eigentlich?«

»Bevor ich mehr sage, möchte ich Sie bitten, unser Gespräch als vertraulich zu behandeln.«

»Gern.«

»Sie kennen die Autorin Maud Dixon?«

»Soll das ein Scherz sein?«

»Ganz im Gegenteil.«

»Sie fragen mich, ob ich Maud Dixons Assistentin werden will?«

»Ich frage Sie, ob Sie sich um die Stelle als Maud Dixons Assistentin bewerben möchten.«

»Aber natürlich!«

»Wunderbar.« Greta klang, als hätte sie im Leben noch nie etwas wunderbar gefunden. »Bevor wir konkreter werden, möchte ich Sie warnen. Wegen der doch sehr ungewöhnlichen Umstände, womit ich natürlich auf die zu wahrende Anonymität der Autorin anspiele, möchte ich Sie auf einige ganz spezifische Bedingungen hinweisen. Sollten Sie die Stelle bekommen, müssten Sie eine Vertraulichkeitsvereinbarung unterschreiben. Darin verpflichten Sie sich nicht nur, Maud Dixons wahren Namen geheim zu halten, sondern Sie stimmen auch zu, niemals preiszugeben, dass Sie für sie gearbeitet haben.«

»Okay.«

Greta schwieg einen Moment. »Sie müssen sich absolut darüber im Klaren sein, worauf Sie sich einlassen, Florence. Ihr Lebenslauf wird für immer eine Lücke aufweisen, über die Sie niemanden aufklären dürfen.«

Florence überlegte kurz. Der ganze Sinn und Zweck, Assistentin einer Autorin oder eines Autors zu sein, war es doch, sich deren Connections als Sprossen auf der Karriereleiter für den nächsten Job zunutze zu machen oder, wenn man Glück hatte, selbst veröffentlicht zu werden. Ohne diesen Bonus konnte man genauso gut als Kellnerin anfangen, da bekam man wenigstens Trinkgeld.

Andererseits würde sie sich nur wegen der geforderten Geheimhaltung noch lange nicht die Chance entgehen lassen, bei einer Bestsellerautorin in die Lehre zu gehen und, was vielleicht noch wichtiger war, eine Beziehung zu deren einflussreicher Agentin aufzubauen. »Das macht mir nichts aus«, sagte sie.

»Gut. Damit kämen wir dann zum zweiten Punkt. Sie wohnt nicht in Manhattan. Noch kann ich Ihnen den genauen Wohnort nicht verraten, aber wenn Ihre Bewerbung erfolgreich ist, können Sie auch Kost und Logis in Anspruch nehmen.«

»Gut.«

»Gut?«

»Ja. Gut.« Florence war sich ganz sicher. Sie wusste einfach, dass das Schicksal eingegriffen hatte, um ihr diese Stelle zu bescheren und ihr die nächsten Schritte auf dem Weg zur eigenen Größe zu ebnen. Hätte Greta von ihr verlangt, sich körperlich verstümmeln zu lassen, hätte sie den Job trotzdem haben wollen.

»Schön. Dann sage ich Ihnen jetzt, wohin Sie Ihre Bewerbung mailen können. Haben Sie einen Stift zur Hand?«

Noch am selben Abend schickte Florence die Bewerbung mit einem Anschreiben an Gretas Assistentin, und bereits am Tag darauf wurde telefonisch ein Termin für ein Videogespräch mit Maud Dixon vereinbart.

ZWÖLF

»Hallo? Können Sie mich hören?«

»Hören ja«, sagte Florence. »Aber nicht sehen.« Sie selbst war in dem kleinen Kästchen in der unteren Bildschirmecke deutlich zu erkennen, aber wo Maud Dixons Gesicht hätte erscheinen sollen, blieb alles schwarz.

»Ist das nicht der Sinn und Zweck der Anonymität?«, sagte die Stimme.

»Ach.« Florence wurde rot. »Ja, natürlich.«

»Was ist das für ein Licht hinter Ihnen? Ich kann Sie kaum sehen.«

Florence drehte sich um. Ihre Schreibtischlampe war an. Sie knipste sie aus.

»Schon besser«, sagte Maud. »Schöne Haare haben Sie.«

Florence fasste sich an den Kopf, wie um sich zu überzeugen, dass sie tatsächlich ihren widerspenstigen Wuschelkopf meinte. »Ja? Danke sehr.«

»Dann erzählen Sie mal ein bisschen von sich.«

Florence schilderte ihr ausführlich, wo sie herkam, mit welchen Autorinnen und Autoren sie sich während des Studiums beschäftigt hatte und warum sie heute in New York lebte.

»Aber Sie sind nicht mehr bei Forrester?«, fragte Maud.

»Nein. Ich hatte das Gefühl, dass ich dort nichts mehr lernen könnte.«

»Okay. Was sollte ich sonst noch über Sie wissen?«

»Äh. Ich schreibe auch und möchte gern Schriftstellerin werden.«

»Gut und schön, aber ich brauche keine Schriftstellerin. Ich brauche eine Assistentin. Können Sie tippen? Sind Sie bereit, mir lästige Aufgaben abzunehmen? Können Sie recherchieren?«

»Natürlich. Ja. Ja zu allem.«

»Fein. War das dann so weit alles?«

Florence überlegte, ob es nicht noch irgendetwas gab, das sie aus der Masse hervorhob. »Äh. Meine Mutter war auch alleinerziehend, genau wie Ihre.« Sie beeilte sich, ihren Fehler wieder auszubügeln. »Beziehungsweise wie die Mutter der Figur in Ihrem Buch. Wie bei der Maud in Ihrem Buch.«

»Gut, gut. Sonst noch etwas?«

»Was soll ich sagen? Ich bin hin und weg von *Mississippi Foxtrott*. Der Ton, die Stimme, ganz wunderbar. Es wäre mir eine große Ehre, von Ihnen lernen zu dürfen. Und natürlich auch, Ihnen auf jede mögliche Weise zur Hand zu gehen.«

Maud schwieg kurz. »Und Sie hätten nichts dagegen, in die Pampa zu ziehen?«

»Nein, im Gegenteil. Ehrlich gesagt habe ich von New York ein bisschen die Nase voll.«

»Ich kannte mal einen Psychologen, der meinte, dass bei einem Ausdruck wie ›ehrlich gesagt‹ getrost davon ausgegangen werden darf, dass es gelogen ist.«

Florence lachte gequält. »Ich lüge nicht.«

»Natürlich nicht. Doch wenn ich es mir recht überlege, wäre vielleicht eine Lügnerin sogar die Idealbesetzung für die Stelle. Man darf schließlich niemandem verraten, für wen man arbeitet.«

Was für ein Spiel Maud Dixon hier auch immer mit ihr trieb,

Florence kam schon längst nicht mehr mit. »Ich versichere Ihnen, dass ich ein Geheimnis für mich behalten kann«, sagte sie.

»Nun denn, fürs Erste haben Sie mir genug Stoff zum Nachdenken gegeben. Sie hören dann von Greta.«

Sollte das etwa alles gewesen sein?

»Vielen Dank, dass Sie mir diese Möglichkeit eröffnet haben …«, begann sie noch, doch Maud hatte sich bereits weggeklickt.

Florence klappte den Laptop zu und vergrub den Kopf in den Händen.

Als am nächsten Morgen um elf Uhr das Telefon klingelte, lag sie noch im Bett. Es war Greta mit einer Zusage.

»Im Ernst?«, hörte sie sich ungläubig fragen.

»Ja. Wieso sollte es ein Scherz sein?«

»Da haben Sie natürlich recht. Danke sehr, ich nehme das Angebot an.«

»Sie brauchen keine Bedenkzeit?«

»Nein, nicht nötig,«

»Gut. Maud möchte, dass Sie am achtzehnten März anfangen. Können Sie das einrichten? Mir ist schon klar, dass es ein bisschen kurzfristig ist.«

Florence sah in ihren Desktop-Kalender. »Huch! Nächsten Montag?«

»Sie werden bald merken, dass Geduld nicht gerade Mauds Stärke ist.«

»Kein Problem. Der Achtzehnte ist machbar.« Sie klappte den Laptop wieder zu.

Sie vereinbarten einen Termin im Laufe der Woche für die Unterzeichnung des Arbeitsvertrags und der anderen Papiere und beendeten das Gespräch.

Florence schüttelte ungläubig den Kopf. Träumte sie, oder war das gerade tatsächlich passiert?

Sie musste an die Szene aus *Mississippi Foxtrott* denken, wo die fiktive Maud nach dem Mord zu Ruby sagte: »Jeder wird mit einem begrenzten Vorrat an Leben geboren, und man sieht den Leuten an, wann ihre Zeit aufgebraucht ist. Bei diesem Kerl war der Speicher leer. Wenn ich ihn nicht umgebracht hätte, wäre er sowieso gestorben.«

Vielleicht hatte Maud Dixon genau das in ihr gesehen: Leben. Den festen Willen, das Leben bis zur Neige auszuschöpfen, um jeden Preis. Denn wenn das Intermezzo bei Forrester sie eins gelehrt hatte, dann war es die tiefe Angst vor der Bedeutungslosigkeit und die Erkenntnis, dass man, ohne es selbst zu merken, das selbst gewählte Ziel aus den Augen verlieren konnte.

Ihr Handy vibrierte, eine Textnachricht von ihrer Mutter: »Hab Keith heute deine Nummer gegeben. Er hat eine tolle Idee für ein Buch!!!«

Schon kam die nächste: »Zwei Worte nur: Drachen. Köter.«

Florence runzelte die Stirn.

Und da war die dritte: »Töter!!! Nicht Köter.«

Florence schaltete das Handy aus.

ZWEITER TEIL

DREIZEHN

Florence stand in Hudson auf dem Bahnsteig und sah dem Zug hinterher, der überraschend kraftvoll von dannen brauste. Die Blätter und Verpackungen, die in seinem Sog hochwirbelten, ließen sich mit einem leisen Seufzen wieder zwischen den Gleisen nieder. Sie zog ihren Schal höher. Hier war es kälter als in der Stadt.

Erst als sie sich zum Schutz gegen die helle Frühlingssonne die Hand über die Augen hielt, sah sie, dass sich in der Ferne dunkle Wolken zusammenballten. Sie hievte sich die Reisetasche auf die Schulter und hätte fast das Gleichgewicht verloren, weil sie so schwer war. Sie enthielt ihr gesamtes Hab und Gut. Auch Möbel besaß sie keine mehr. Sie hatte vergeblich versucht, ihre Matratze und den Schreibtisch im Internet zu verkaufen, aber zum Schluss musste sie froh sein, sie gegen Abholung loszuwerden.

Sie schloss sich dem Strom der anderen Passagiere zum Parkplatz an, wo sie von Helen abgeholt werden sollte.

Helen, so lautete Maud Dixons richtiger Name. Helen Wilcox. Also doch kein Mann, sondern, wie Florence recherchiert hatte, eine Frau ohne vorherige Publikationserfahrung, ohne Internetpräsenz, ohne irgendwelche Spuren ihrer Existenz in den sozialen Medien. (Es sei denn, sie wäre das Turnwunderkind aus La Jolla in Kalifornien.)

Eine Woche zuvor hatte Florence Greta Frost im Glaspalast der Agentur Frost/Bollen in Manhattan getroffen. Greta war eine imposante Erscheinung von Ende sechzig mit einem grauen Bob, Hornbrille und perfekter Körperhaltung. Sie saß schweigend daneben, während Florence das Formular W-9 für die Erteilung einer Steuernummer, den Arbeitsvertrag und die Vertraulichkeitsvereinbarung unterschrieb.

»Und wie viele Menschen wissen nun, wer Maud Dixon ist?«, fragte Florence, als die Agentin das Meeting beendete, indem sie aufstand.

Greta tippte sich mit dem knotigen Zeigefinger auf die Brust. »Einer.« Sie zeigte auf Florence. »Zwei.«

Florence war verblüfft. »Sie sind der einzige Mensch, der es die ganze Zeit gewusst hat?«

»Soweit ich weiß, ja.«

»Wie ist das möglich?«

Greta lächelte kühl. »Ich bin sehr gut darin, ein Geheimnis für mich zu behalten.«

»Und die Lektorin?«

»Die Zusammenarbeit läuft hauptsächlich über E-Mail. Deborah nennt sie einfach Maud.« Greta hielt kurz inne. »Ehrlich gesagt kann ich mir beim besten Willen nicht vorstellen, weshalb sie eine wildfremde Person wie Sie in das Geheimnis eingeweiht hat. Ich habe versucht, es ihr auszureden. Es kommt mir wie ein komplett aberwitziger Plan vor.«

Florence wusste nicht so recht, was sie darauf sagen sollte. »Ich erzähle es schon nicht weiter.«

»Das möchte ich Ihnen auch nicht geraten haben. Sie haben sich gerade vertraglich zur Geheimhaltung verpflichtet.«

»Wie wahr.«

Obwohl Greta sie ihre Distanziertheit so deutlich hatte spüren lassen, schwebte Florence vor Aufregung geradezu auf Wolken, als sie die Agentur verließ. Sie war schon immer ein extrem verschwiegener Mensch gewesen – der Überschwänglichkeit ihrer Mutter hatte sie sich schon früh dadurch entzogen, dass sie Mauern in sich errichtete, hinter denen sie, vor ihrem kritischen Blick sicher, allein sein konnte. Aber dass sie das Geheimnis eines anderen bewahren sollte, war ihr noch nicht oft passiert. Es verlieh ihr ein ungewohntes, berauschendes Gefühl von Macht. Seiner Natur nach besaß jedes Geheimnis eine enorme Zerstörungskraft. Davon konnte Simon ein Liedchen singen.

Florence ließ den Blick über den Parkplatz wandern. Sie hatte die Sonne im Rücken, und die Strahlen brachen sich in den Weiten aus Chrom in tausend blendenden Blitzen. Alle Autos wirkten dunkel und leer, dahinter erstreckten sich Lagerhäuser und verlassene Gebäude. Nicht ganz das malerische Städtchen, das sie erwartet hatte.

Die Tür eines ramponierten grünen Range Rovers schwang auf, und eine Frau trat mit einem Fuß heraus. Sie hatte eine blonde Kurzhaarfrisur und eine ausgeprägte Nase mit einem irritierenden Höcker, definitiv kein niedliches Näschen. Zwischen den Augenbrauen hatten sich zwei tiefe Denkerfalten eingegraben, wie Anführungsstriche. Die Frau trug Jeans und einen dicken Wollpullover, ihre Lippen waren überraschenderweise knallrot geschminkt.

Mit der einen Hand, die einen Schatten auf ihr Gesicht warf, beschirmte sie ihre Augen, mit der anderen winkte sie Florence. Die winkte zurück und ging auf den Wagen zu.

»Hallo, Florence.« Helen gab ihr die Hand, sie war schlank und kalt.

Florence lächelte. »Schön, Sie kennenzulernen.«

»Dito. Springen Sie rein.«

Helen schwang sich zurück auf den Fahrersitz, während

Florence die Tür zuzog und sich mit einem nervösen Lachen anschnallte.

»Wie alt sind Sie?«, fragte Helen.

»Sechsundzwanzig.«

»Sie sehen jünger aus.« Es klang fast vorwurfsvoll.

»Das höre ich öfter.«

»Sie Glückspilz.« Helen musterte sie noch eine Sekunde länger, dann legte sie den Rückwärtsgang ein und setzte aus der Parklücke.

Florence drehte schweigend das Gesicht zum Fenster, um Helens forschendem Blick auszuweichen. Die Schriftstellerin gab Gas. Im Handumdrehen hatten sie die halb verfallenen Gebäude hinter sich gelassen und bogen auf eine schmale zweispurige Landstraße ein.

»Die Fahrt dauert ungefähr zehn Minuten«, sagte Helen.

Florence hatte sich die Strecke vorher auf der Karte angesehen. Google veranschlagte doppelt so viel Zeit, aber als sie sah, wie rasant Helen fuhr, verstand sie, wo die Diskrepanz herkam.

Es ging nach rechts, auf eine Brücke zu, die den Hudson River überspannte. Kurz davor ein Hinweisschild auf eine »Wartebucht für Eskortfahrzeuge«. Florence fiel ein nicht ganz jugendfreier Witz dazu ein, den sie aber wohlweislich für sich behielt. Dass die Frau am Steuer ihn nicht komisch finden würde, war ihr jetzt schon klar.

Von der Rip-Van-Winkle-Brücke aus sah man die Bahngleise, die am Flussufer entlangführten.

»Auch wenn die Immobilienmakler das gern behaupten, liegt Cairo eigentlich gar nicht mehr im Hudson Valley, sondern schon eher in den Catskill Mountains.«

So wie sie den Ortsnamen aussprach, hatte er nicht die

geringste Ähnlichkeit mit dem der ägyptischen Hauptstadt. Florence war froh, dass sie ihn nicht als Erste in den Mund genommen hatte. Verstohlen warf sie einen Blick Richtung Fahrersitz. Helen, die sich eine Zigarette angesteckt hatte, klopfte mit zwei Fingern den Takt eines Lucinda-Williams-Songs auf dem Lenkrad mit.

Florence drehte sich wieder zum Fenster, ein Schrottplatz rauschte vorbei. Nicht gerade Idylle pur. Und ein paar Minuten später eine Plakatwand mit einer Werbung für ein Neubaugebiet, dahinter ein Dutzend billiger Fertighäuser, die auf Leichtbetonsteinen standen. Mehr als alles andere, was sie bis jetzt im Norden gesehen hatte, erinnerten sie Florence an Florida.

»Was hat Sie hierher verschlagen?«, fragte sie.

»Die Einsamkeit«, antwortete Helen, ohne ins Detail zu gehen.

Florence fiel beim besten Willen nichts mehr ein. Jede Bemerkung, die sie machte, sagte etwas Definitives über ihren Charakter aus und war mit entscheidend dafür, ob Helen sie respektieren würde oder nicht. Sie wusste weder, welches Thema sie anschneiden, noch, welchen Ton sie anschlagen sollte. Den Gedanken, ihr zu sagen, wie viel ihr *Mississippi Foxtrott* bedeutete, verwarf sie gleich wieder. Alles, was ihr dazu in den Sinn kam, klang abgedroschen und hohl. Anders als sie selbst schien Helen sich an dem Schweigen nicht im Mindesten zu stören.

Bald schoben sich Wolken vor die Sonne, und das Licht bekam einen kränklichen Gelbstich. Eine ganze Schar Amseln landete plötzlich auf einem Baum, als hätte jemand ein Netz darübergeworfen. Als Helen vom Highway abfuhr und nach ein paar Kurven auf eine mit Schlaglöchern übersäte Straße einbog, klatschten die ersten dicken Tropfen auf die Windschutzscheibe. Crestbill Road. Florence erkannte die Adresse wieder, die Greta ihr vor einigen Tagen geschickt hatte.

Helen schaltete den Scheibenwischer ein. »Das ist gleich wieder vorbei. So ein Frühlingsregen spielt sich erst groß auf, aber dann wird es ihm bald langweilig, und er zieht weiter.« Mit einem Seitenblick auf Florence fügte sie hinzu: »So ähnlich wie die Assistentinnen mancher Autoren.«

»Also, ich habe nicht vor, bald weiterzuziehen«, versicherte Florence ihr.

»Was haben Sie gesagt, wohin Sie verschwinden?«

»Wie meinen Sie das?«

»Weil Sie doch niemandem etwas über diesen Job verraten durften. Woran Sie sich hoffentlich gehalten haben.«

»Ach so. Ich habe überhaupt nicht viel erzählt.«

Helen zog die Augenbrauen in die Höhe, ohne den Blick von der Straße zu nehmen. »Ach, nein? Auch Ihrer Familie nicht?«

»Ich habe ja nur meine Mutter. Und sie glaubt, dass ich noch im Verlag arbeite.«

»Sie weiß nicht, dass Sie gekündigt haben?«

Florence zuckte mit den Schultern. Sie wollte keinesfalls durchblicken lassen, unter welchen Umständen sie bei Forrester aufgehört hatte.

Helen hakte nach. »Dann stehen Sie ihr nicht besonders nahe?«

»Eigentlich nicht. Sie ist … Ich weiß auch nicht. Wir sind einfach zu verschieden.«

»Inwiefern?«

Sie war noch nie so direkt aufgefordert worden, das Verhältnis zu ihrer Mutter in Worte zu fassen. Es fiel ihr nicht leicht.

Schließlich sagte sie: »Sie ist ein bisschen wie Donald Trump, für den es nur Gewinner und Verlierer gibt.«

Helen nickte.

»Sie teilt die Welt streng hierarchisch ein. Sie hat ein starres Gerüst vor Augen und sehr genaue Vorstellungen, wo ich dort hineinpassen sollte. Als Mutter hat sie alles dafür gegeben, dass ich es auf eine möglichst hohe Sprosse schaffe, und sie kann es gar nicht vertragen, wenn sie das Gefühl hat, dass ich ihre Pläne hintertreibe. Sie begreift nicht, dass wir die Welt in sehr unterschiedliche Kategorien einordnen.«

Helen schwieg.

»Außerdem hat sie Trump gewählt«, fügte Florence mit einem verlegenen Lachen hinzu. »Falls sich das nicht von selbst versteht.«

»Sie haben ihn nicht gewählt? Sehe ich das richtig?«

»Ich? Um Gottes willen, nein. Soll das ein Witz sein?«

Helen zuckte mit den Schultern. »Man kann ja nie wissen.«

»Ich bin doch keine Soziopathin.«

»Nicht jeder Trump-Wähler ist ein Soziopath.«

Florence runzelte die Stirn. In den letzten beiden Jahren war sie von einem Umfeld umgeben gewesen, in dem jeder genau das Gegenteil behauptete.

»Was die Liberalen anscheinend nicht begreifen«, fuhr Helen fort, »ist, dass rationale, intelligente Menschen in der Lage sind, Trumps persönliche Defizite von seinen politischen Zielen zu trennen. So eine Wahl ist ja keine Abstimmung darüber, wen man gern als besten Freund haben möchte.«

»Dann …« Florence konnte es kaum fassen, dass sie diese Frage tatsächlich stellte. Romanautorinnen wählten keinen Trump! »Dann … haben Sie ihn gewählt?«, fragte sie so unaufgeregt wie möglich.

»Guter Gott, nein. Ich wähle nie.«

»Ach.«

Ein paar Minuten später bog Helen nach links in einen mit dem Schild PRIVAT gekennzeichneten Zufahrtsweg ein. Er wand sich knapp einen halben Kilometer durch dichten Wald und endete schließlich vor einem kleinen Haus mit grünen Fensterläden. Auf dem Dach drehte sich eine kupferne Wetterfahne im Wind hin und her. Das war schon etwas anderes als die hässlichen geduckten Gebäude, an denen sie auf der Fahrt vorbeigekommen waren.

»Baujahr 1848«, sagte Helen, der Florences bewundernder Blick nicht entgangen war. »Ich habe es vor zwei Jahren gekauft, als langsam die Tantiemen für *Mississippi Foxtrott* eingetrudelt sind.«

Inzwischen schüttete es wie aus Eimern, was auch die Rosen zu spüren bekamen, die die Veranda säumten. Das Gepäck blieb erst einmal im Wagen.

Sie sprinteten zur Haustür. Während Helen den Schlüssel in das alte Schloss steckte, trocknete Florence sich auf der überdachten Veranda mit dem Ärmel das Gesicht ab. Knarrend schwang die Tür auf, und sie kniff geblendet die Augen zusammen. Wände, Decke, Böden – so weit sie sehen konnte, alles milchweiß gestrichen.

An der einen Wand der kleinen Diele stand ein Holztischchen, darauf ein Sammelsurium aus Schlüsseln und Briefen, darunter zwei Paar lehmverkrustete Stiefel. Links führte eine Tür ins Esszimmer, rechts ins Wohnzimmer. Helen ging voraus und warf ihre Handtasche auf ein großes Leinensofa. Auf der Armlehne ein voller Aschenbecher, davor ein viereckiger Polsterhocker, bepackt mit Büchern. Im offenen Kamin glomm ein halb verloschenes Feuer lustlos vor sich hin.

Als Helen ein Scheit nachlegte, schoss eine Wolke aus Asche und Funken in die Höhe.

»Da wären wir also«, sagte sie.

Vera wünschte sich für ihre Tochter ein Leben in Saus und Braus. Florence aber wünschte sich nichts sehnlicher als genau dieses Haus. Eine blau-weiße Teetasse, in der duftende Mandarinenschalen trockneten. Auf der Fensterbank ein Tonkrug mit einem prächtigen Ranunkelstrauß. Amanda hatte im Büro einmal eine Vase mit genau den gleichen Blumen auf ihrem Schreibtisch stehen gehabt. Florence kam sich vor wie in ein Gemälde von Vermeer versetzt. Und es war kalt. Eisige Böen rüttelten an den Fenstern. Sie hatte mal irgendwo gehört, dass Glas im Grunde eine Flüssigkeit war, die erst im Lauf der Zeit langsam fest wurde, weshalb in alten Häusern die Scheiben unten immer dicker waren als oben. Ob das stimmte? Florence war es egal. Genauso wenig, wie sie verstand, warum die Menschen so versessen darauf waren, Maud Dixons Identität zu lüften, genauso wenig begriff sie, warum sie alles mit einem Etikett versehen und Poesie in nackte Fakten verwandeln mussten. War Poesie nicht besser? Was hätte man davon, etwas Schönes in etwas Alltägliches zu verwandeln?

Florence bekam eine Führung durch das Erdgeschoss: das Esszimmer mit einem langen Holztisch, der unter Büchern und einem Laptop fast verschwand, ein kleines Gästezimmer mit ausgeblichenen Quilts auf den beiden Betten, die Küche mit einer gewaltigen alten Farmhausspüle. Helen nahm die Kanne aus der ramponierten Kaffeemaschine und goss sich und Florence einen Becher ein.

Sie zeigte zur Decke. »Im ersten Stock sind nur mein Schlafzimmer, mein Büro und ein paar Gästezimmer.« Sie stellte Florence den Becher hin, ohne ihr Milch oder Zucker anzubieten. »Sie wohnen hinten, im Kutscherhaus. Ich hoffe, es gefällt Ihnen, obwohl es nicht viel hermacht.«

Florence antwortete, sie sei kein besonders anspruchsvoller Mensch. Während sie an ihrem Kaffee nippte, sah sie zu, wie der Regen an den Scheiben hinunterlief. Dahinter konnte sie nur eine graugrüne Wiese mit ein paar verschwommenen braunen Flecken erkennen.

Als der Regen nachgelassen hatte, holte sie ihre Tasche aus dem Auto und traf sich mit Helen hinter dem Haus. Sie folgten einem Weg aus grauen Schieferplatten, die in Moos eingebettet waren.

»Der Vorbesitzer des Anwesens war Arborist, ein Baumkundler«, sagte Helen. »Er hat viele dieser Bäume miteinander gekreuzt. Deshalb wachsen hier ein paar sehr seltsame Exemplare. Halbe-halbe, wie der da drüben.«

Auf Florence machte der betreffende Baum weniger den Eindruck einer Kreuzung als der von zwei Bäumen, die mit Gewalt zusammengepfropft worden waren.

Helen setzte die Führung fort. »Da vorn liegen die eher bescheidenen Gemüsebeete, die meinen Gärtnereiversuchen bis jetzt zum Glück widerstanden haben. Und hinter den Kiefern verbirgt sich mein dunkles Geheimnis.« Sie setzte eine verschwörerische Miene auf. »Der Komposthaufen! Ist schon gut, Sie brauchen es nicht auszusprechen: Ja, ich habe mich in das Klischee eines Hudson-Valley-Hippies verwandelt.«

Florence lächelte, wie es von ihr sicher nicht anders erwartet wurde.

Das Kutscherhaus lag ungefähr hundert Meter hinter dem Haupthaus. Eine dunkle Reihe Bäume dahinter markierte den Waldsaum. Die Eingangstür klemmte, aber nach einem gezielten Tritt von Helen gegen die untere Ecke gab sie nach. »Ich kümmere mich darum«, sagte sie. Und im nächsten Augenblick: »Wie ich mich kenne, kümmere ich mich wahrscheinlich doch nicht darum. Aber es gibt Schlimmeres im Leben als eine klemmende Tür, oder?«

Florence nickte. Sie folgte Helen in einen hellen offenen Raum mit Sitzecke und Kochnische. Neben dem Kühlschrank hing ein rosa Telefon mit Wählscheibe an der Wand. Ein Blick ins Bad zeigte eine tiefe, altmodische Wanne. Eine Holztreppe, die eher an eine Leiter erinnerte, führte zum Schlafboden hinauf. Florence war begeistert. Sie hatte noch nie eine eigene Wohnung gehabt, und dieses Häuschen fühlte sich an, wie für sie gemacht. Als wohnte sie schon immer dort.

Helen ging zurück ins Haupthaus, wo sie Florence um sieben Uhr auf einen Drink erwartete. Die fing sofort mit dem Auspacken an. Sie war schon immer ein ordentlicher Mensch gewesen. So konnte sie zum Beispiel nicht einschlafen, wenn ihre Schuhe nicht paarweise nebeneinander im Schrank standen.

Zwanzig Minuten später hatte sie alles verstaut und die Reisetasche unters Bett geschoben. Sie setzte sich auf die Couch und schlug das nagelneue Notizbuch auf, das sie sich am Morgen an der Grand Central Station gekauft hatte. Es war für den Roman bestimmt, den sie hier oben auf dem Land schreiben wollte. Mit Short Storys hatte sie abgeschlossen. Sie wollte den ganz großen Wurf wagen. Nachdem sie minutenlang auf die leere Seite gestarrt hatte, schrieb sie das Datum und »Cairo, NY« an den oberen Rand. Nach ein paar weiteren Minuten klappte sie das Buch mit einem entnervten Seufzer wieder zu.

Nicht schlimm, bald würde sie mehr zu sagen haben. Mit

Helen Wilcox war das Leben wahrscheinlich alles andere als langweilig.

Sie schlug den Proust auf, mit dem sie sich nun schon seit einem Monat herumplagte, auch wenn sie sich vormachte, dass sie ihn gern las. Doch auch dabei hielt sie nicht lange durch. Sie war unruhig, wusste nicht recht, was sie mit sich anfangen sollte. Lucy konnte sie nicht anrufen, weil sie nach der Kündigung keine ihrer Nachrichten beantwortet hatte. Sie wollte ihr Mitleid nicht, ihr war es lieber, das Kräfteverhältnis blieb, wie es war – eindeutig zu ihren Gunsten verschoben. Außerdem hätte sie ja noch nicht mal mit dem neuen Job angeben können.

In der Stadt wäre sie jetzt wahrscheinlich eine Runde spazieren gegangen oder hätte mit Brianna und Sarah gemütlich einen Wohnzimmerplausch gehalten. Mit einem Schlag wurde ihr wirklich klar, wie isoliert sie hier war. Sie schloss die Augen und lauschte. Totenstille. Sie war mutterseelenallein.

VIERZEHN

Um fünf vor sieben klopfte Florence zaghaft an die Tür des Haupthauses. Nachdem sie eine Weile vergeblich auf ein »Herein« gewartet hatte, trat sie schließlich ein und folgte den Klängen der Musik, die aus der Küche kamen.

Helen, die sich eine Schürze umgebunden hatte, beim Tomatenhacken Wein trank und rauchte, hielt alle paar Takte inne, um mit dem Messer das Orchester zu dirigieren.

»Hi«, sagte Florence.

Die Schriftstellerin drehte sich um und sang mit heiserer Stimme: *»La tua sorte è già compitaaaaaaa.«* Sie zog die letzte Silbe unendlich in die Länge und besiegelte das Ganze mit einem Schluck Wein. »Mögen Sie Opern?«

»Ich weiß nicht so recht.« Florence kannte klassische Musik eigentlich nur als Untermalung aus der Autowerbung.

»Es gibt nichts Himmlischeres! Letztes Jahr habe ich *Il Trovatore* in der Met gesehen. Nächstes Mal nehme ich Sie mit. Hier, trinken Sie was.«

»Danke.« Florence nahm das ihr angebotene Glas und versuchte, sich nicht anmerken zu lassen, wie sehr sie sich jetzt schon darauf freute, mit Maud Dixon in die Oper zu gehen. »Kann ich helfen?«

»Nein. In der Küche bin ich der totale Kontrollfreak.« Helen hielt eine Cocktailtomate hoch. »Wissen Sie, wie diese kleinen Schätzchen in Frankreich heißen? Taubenherzen. Ist das nicht hinreißend? Passt das nicht wie die Faust aufs Auge? Sie werden nie wieder eine Taube ansehen, ohne an das kleine tomatenförmige Herz zu denken, das in der aufgeplusterten Brust schlägt.«

»Das sagt meine Mutter manchmal über Menschen. Dass sie taubenherzig sind«, sagte Florence. »Über Menschen, die sie für schwach hält.«

»Taubenherzig.« Helen deutete schwungvoll mit dem Messer auf sie. »Perfekt. Vielleicht muss ich mir das Wort borgen. Was sagten Sie noch, woher Sie stammen? Aus dem Süden? Die besten Sprüche kommen aus den Südstaaten.«

»Aus Florida. Wir sind eigentlich weder noch.«

»Machen Sie sich nichts draus. Die Eindeutigkeit wird sowieso überschätzt.«

»Finden Sie?«

Helen verharrte mit dem Messer über dem Schneidebrett. »Auf jeden Fall. Als Dazwischenstehender hat man ganz andere Möglichkeiten. Man hat den besseren Durchblick.« Ein lautes Knacken aus dem Backofen ließ Florence zusammenzucken. »Hähnchen. Sie sind hoffentlich keine Vegetarierin?« Florence schüttelte den Kopf. »Gott sei Dank.« Aufatmend schnippelte Helen weiter.

»Haben Sie es sich in der Hütte schon ein bisschen wohnlich gemacht?«

»Ja, danke.«

»Gut. Ab morgen wird gearbeitet.«

»Wie geht es mit dem neuen Buch voran?«

Ein Schatten huschte über Helens Gesicht. »Es geht«, sagte sie unbestimmt.

»Wird es eine Fortsetzung von *Mississippi Foxtrott*?«

»Nein. Die Geschichte von Maud und Ruby ist offiziell zu

Ende.« Sie fuhr sich mit einem imaginären Messer über die Kehle.

»Ach.« Florence schluckte. Wie die meisten Fans von *Mississippi Foxtrott* wollte sie wissen, wie es weiterging. »Da werden aber viele Leser enttäuscht sein.«

»Ja. Das sagt mir meine Agentin auch jeden Tag. Anscheinend schulde ich ihnen einen Schluss.« Sie verdrehte die Augen.

»Sind Sie anderer Meinung?«

Helen lachte. »Ich soll den Lesern etwas schuldig sein? Blödsinn, ich schulde keinem was. Greta will nur, dass ich eine Fortsetzung schreibe, damit sie noch mehr Geld scheffeln kann.«

Sie holte das Hähnchen aus dem Ofen und tranchierte es fachmännisch, pro Teller eine Keule und ein Brustfilet. Sie stellte noch eine Flasche Wein und eine Schüssel Salat auf den Küchentisch und bedeutete Florence, sich zu setzen.

Die wollte wissen, wann sie das neue Werk zu lesen bekommen würde.

»Bald. Vielleicht schon morgen. Falls Sie es schaffen, meine fürchterliche Klaue zu entziffern.« Helen erklärte, dass sie die Erstfassung mit der Hand auf Papier schrieb und dass es zu Florences Aufgaben gehören würde, sie abzutippen.

»Mehr als ein Viertel ist noch nicht fertig. Mir war gleich klar, dass ich viel mehr recherchieren muss als für mein erstes Buch. Das wäre dann auch Ihr Job. Die Handlung spielt in Marokko. Waren Sie schon mal da?«

Florence schüttelte den Kopf.

»Es gibt einige Autoren, die hervorragend über das Land geschrieben haben. Ich denke dabei an Tahar Ben Jelloun und Paul Bowles.«

»Tut mir leid, die habe ich beide nicht gelesen. Aber das kann ich nachholen.«

»Dafür brauchen Sie sich doch nicht zu entschuldigen. Ich gebe Ihnen eine Liste mit Büchern, die Ihnen bei der Recherche nützlich sein könnten. Vielleicht fangen wir besser mit Sachbüchern an. Vergessen Sie Ben Jelloun und Bowles, die lenken zu sehr ab.«

»Wovon handelt es?«

»An den Details muss ich noch tüfteln. Aber die Handlung folgt einer Amerikanerin, die Hals über Kopf nach Marokko zieht, um für eine Freundin aus Kindertagen zu arbeiten. Und natürlich mündet es in eine Katastrophe.« Helen lächelte.

Florence, die der Wein etwas lockerer gemacht hatte, wagte einen Vorstoß. »Ich wollte Ihnen noch sagen, dass ich sehr begeistert davon bin, wie Sie Beziehungen zwischen Frauen schildern.« Das war der Satz, den sie im Auto eingeübt hatte. Kaum hatte sie ihn ausgesprochen, wurde sie das beklemmende Gefühl nicht los, dass das Lob genauso banal klang, wie sie während der Fahrt befürchtet hatte.

Helen lachte. »Das liegt nur daran, dass ich mich nicht besonders für Männer interessiere.«

Florence schwieg.

»Was nicht heißen soll, dass ich lesbisch wäre«, stellte Helen klar. »Ich gehe auch mit Männern ins Bett. Ab und zu wenigstens. Aber ich habe keine Lust auf eine Beziehung. Frauen sind einfach viel interessanter. Männer sind so beschränkt, so eindimensional. Ich habe mal mit einem Mann ein Wochenende in einem Hotel verbracht. Er hatte keine Ahnung, wie viel Trinkgeld man gibt, egal wem, ob dem Rezeptionisten, dem Zimmermädchen oder dem Portier. Die ganze Zeit wollte er von mir wissen, wann und wie viel er wem geben soll. Nicht zum Aushalten. Mir wurde klar, dass ich mit einem Mann, der nicht weiß, wie man Trinkgeld gibt, nie etwas Ernsthaftes anfangen könnte. Später musste ich allerdings feststellen, dass das auch für Männer gilt, die beim Trinkgeldgeben die Souveränität in Person sind. Diese Selbstgefälligkeit! Diese Eitelkeit! Und das bedeutet, ich stehe ganz schön dumm da.«

»Es sei denn, es gäbe eine Kategorie mittelprächtiger Trinkgeldgeber«, sagte Florence.

»Nein. Mittelmäßigkeit ist mir ein Gräuel, egal, in welcher Hinsicht.«

Obwohl Florence Dutzende Beispiele für Mittelmäßigkeit hätte aufzählen können und ihr im Grunde die ganze Welt mittelmäßig vorkam, widersprach sie nicht.

»Das Mittelmaß ist für die Mittelmäßigen«, sagte Helen, als ob sie Gedanken lesen könnte.

Als die Teller bis auf die fettigen Knochen und Sehnen leer gegessen waren, blieben sie noch sitzen und tranken den Wein aus. Ihr Gespräch hatte viel von der anfänglichen Steifheit verloren. Von draußen drang an- und abschwellendes Grillengezirp herein.

Irgendwann hielt Florence es nicht mehr aus. »Ist es Ihnen völlig egal, dass keiner weiß, wer Sie sind?«, fragte sie. »Dass Sie *Mississippi Foxtrott* geschrieben haben, meine ich?«

»*Bene vixit, bene qui latuit.*«

Florence nickte erst, dann sagte sie: »Wie bitte?«

»Das ist Lateinisch, von Ovid. Es bedeutet: Gut hat gelebt, wer sich gut verborgen hielt.«

»Aha.«

Helen lachte über Florences verwirrte Miene. »Stören Sie sich nicht an mir. Ich spiele gern die Geheimnisvolle. Die kurze Antwort lautet, ja, es ist mir völlig egal, dass mich niemand als die Autorin von *Mississippi Foxtrott* kennt.«

»Aber wozu dann das Ganze? Wenn es keiner wissen soll?«

Helen zündete sich eine Zigarette an und drehte den Blick zum Fenster. »Klingt das verrückt? Für mich nicht. Aber ich war noch jung. Als ich *Foxtrott* geschrieben habe, war ich Mitte zwanzig. So alt wie Sie jetzt.«

Florence konnte sich nicht zurückhalten: »Dann sind Sie also … erst dreiunddreißig? Vierunddreißig?«

»So viel zum Thema Artigkeiten. Nein, ich bin erst zweiunddreißig.«

Florence war überrascht, sie hatte sie älter eingeschätzt. Obwohl *Mississippi Foxtrott*, wenn sie es sich recht überlegte, vieles enthielt, was sie an ihre eigene Jugend erinnerte. Einige Klassenkameraden von Maud und Ruby besaßen schon Handys; Bush war Präsident. Von einer Sekunde auf die andere fühlte sie sich wie eine Versagerin. Was sie zu erzählen hatte, reichte noch nicht mal für eine Short Story, geschweige denn für einen Roman. Vielleicht wirkte Helen deshalb älter, weil sie schon so viel mehr zuwege gebracht hatte.

Die Schriftstellerin erzählte weiter, ohne zu merken, wie entmutigt Florence sich plötzlich fühlte. »Damals habe ich in Jackson gewohnt. Ich war Korrektorin bei einem Schulbuchverlag und habe den Roman fast ganz während der Mittagspause geschrieben. Soll ich Ihnen sagen, was verrückt ist? Ich wollte unbedingt nach New York und als Schriftstellerin berühmt werden … aber nicht mit diesem Buch. *Mississippi Foxtrott* war etwas, was ich erst von der Seele haben musste, bevor ich richtig loslegen konnte.« Sie wandte sich wieder Florence zu. »Wissen Sie, wie man sich von einem Bandwurm befreit?«

Florence schüttelte den Kopf.

»In einem stockfinsteren Zimmer hält man sich eine Tasse warme Milch vors Gesicht. Wenn der Wurm dann den Kopf aus dem Nasenloch steckt, packt man zu und zieht! So war es für mich, *Mississippi Foxtrott* zu schreiben. Ein brutaler, schmerzhafter, grotesker Prozess. Aber letzten Endes auch heilsam.

Als ich nach New York kam, hatte ich mit dem Buch abgeschlossen. Ich wollte ganz von vorn anfangen. Irgendwo, wo noch nie ein Mensch etwas von Hindsville, Mississippi, gehört hatte.«

Florence prägte sich den Namen ein.

»Ich dachte, ich könnte den Roman unter einem Pseudonym veröffentlichen und dann in New York als Helen Wilcox groß rauskommen, mit einem Mehrgenerationenwälzer über eine Siedlerfamilie auf dem großen Treck im Wilden Westen. Aber sooft ich auch damit anfing, ich blieb jedes Mal stecken. Ich konnte mich meiner eigenen Geschichte nicht entziehen.«

Helen stieß ihren Stuhl zurück, stand auf und holte eine Flasche Whiskey und zwei Gläser aus dem Schrank. Sie goss mit solchem Schwung ein, dass einige Tropfen danebenschwappten.

Sie reichte Florence ein Glas. »Jedenfalls hatte ich den Erfolg von *Mississippi Foxtrott* nicht vorhergesehen. Ich konnte mir nicht vorstellen, dass sich auch nur ein Mensch für diese staubige kleine Weltgegend interessieren würde, geschweige denn Millionen. Dass ich das Manuskript überhaupt verschiedenen Agenturen angeboten habe, lief nach der Devise: Aus den Augen, aus dem Sinn. Ich wollte es nicht mehr um mich haben. Als ich den Anruf von Greta Frost bekam, hätte es mich fast aus den Schuhen gehauen.

Nachdem es sich dann tatsächlich zum Bestseller gemausert hatte, hat Greta mir einen Wahnsinnsdeal für ein zweites Buch vermittelt, auf der Grundlage von nicht viel mehr als heißer Luft – einem einseitigen Exposé, an das ich mich heute kaum noch erinnere. Das ist jetzt über ein Jahr her. Natürlich schmeißt mir der Verlag das viele Geld wegen des Namens hinterher, wegen Maud Dixon. Die Leser wollen Maud Dixon. Würde ich jetzt plötzlich aus der Anonymität auftauchen und mich outen, ginge alles den Bach runter. Die Menschen bilden sich immer ein, dass sie die Wahrheit wissen wollen, aber hinterher ist die Enttäuschung nur umso größer. Die Wahrheit ist nie so spannend wie das Rätsel. Ich habe mir bei Greta den Mund fusselig geredet, um sie zu überreden, mich das neue Buch unter meinem eigenen Namen veröffentlichen zu lassen. Aber sie will nichts davon wissen, und sie hat recht. Es bringt niemandem etwas. Ich bin bis an mein Lebensende mit Maud Dixon geschlagen.«

»Woher kommt denn eigentlich der Name?«, fragte Florence.

Helen klopfte die Asche ihrer Zigarette auf einem Teller ab. »Aus dem Gedicht *Maud* von Tennyson. Kennen Sie es?«

Florence schüttelte den Kopf.

»Lesen Sie es. Es ist wunderschön. Eine Liebesgeschichte mit seltsam dunklen Untertönen. Er beschreibt Maud als ›schuldig schuldlos, eisig normal, blendend nichtig.‹ Einfach umwerfend.«

»Und Dixon?«

»Meine Zimmergenossin im College. Es war ihr zweiter Vorname.« Helen zuckte mit den Schultern. »Dabei konnte ich sie nicht mal leiden.«

»Und hatten Sie später noch Kontakt zu Ruby, nachdem Sie von zu Hause weggezogen waren?«

Helen lächelte mit zusammengepressten Lippen, ein Lächeln, das Florence noch sehr gut kennenlernen sollte. »Florence, es ist doch bloß ein Roman.«

Als sie ausgetrunken hatten, war es nach elf Uhr. Helen lehnte Florences Angebot ab, ihr beim Spülen zu helfen. Sie drückte ihre mit Lippenstift verschmierte Zigarette aus. »Gehen Sie ruhig ins Bett.«

»Dito.« Florence freute sich, das Wort benutzen zu können, das am Bahnhof aus Helens Mund so mondän geklungen hatte.

Alles andere als nüchtern machte sie sich auf den Weg zu ihrem Häuschen. Auf halber Strecke drehte sie sich noch einmal um. Alle Fenster waren hell erleuchtet, und Helen, die die Musik wieder eingeschaltet hatte, stand an der Spüle und dirigierte.

Florence lächelte. Helen stellte all das dar, was auch sie sein wollte. Sie schwor sich, die einzigartige Gelegenheit zu nutzen, einen solchen Menschen aus nächster Nähe zu studieren.

FÜNFZEHN

Florence wachte um sechs Uhr auf. Nach dem Duschen unternahm sie bei Sonnenaufgang einen kleinen Spaziergang durch den Wald hinter dem Haus. Bei ihrer Rückkehr fand sie eine neue Sprachnachricht von ihrer Mutter vor, die sie geflissentlich ignorierte. Um neun ging sie ins Haupthaus hinüber. Helen saß im Esszimmer und las die Zeitung.

»Kaffee ist in der Kanne«, sagte sie, ohne aufzublicken.

Als Florence sich einen Becher geholt hatte, schob ihr Helen den Stuhl, der ihr gegenüberstand, mit dem Fuß hin.

»Also dann«, begann sie. »Feuertaufe: Ich habe mehr als hundert ungelesene Mails, die ich beantworten muss. Und das bedeutet? Sie haben mehr als hundert ungelesene Mails, die Sie beantworten müssen.«

Der größte Teil der Korrespondenz bestand aus Mails der Agentur Frost/Bollen – entweder von Greta persönlich oder von ihrer Assistentin Lauren. Es handelte sich um Anfragen bezüglich Interviews oder Lesungen, Antworten auf Leserzuschriften und Ähnliches. Helen klappte den Laptop auf und öffnete ihren Account maud.dixon.writer@gmail.com. Dann drehte sie Florence die Tastatur hin. »Die erste erledigen wir zusammen, ja?«

Die neueste Nachricht kam von Greta:

Hi, M.

Wie kommst du mit Florence zurecht?

Florence lachte verlegen. »Wollen Sie die nicht lieber allein beantworten?«

»Von heute an sind Sie dafür zuständig«, antwortete Helen. »Und zwar für alles, was anliegt.«

»Okay …« Florence wollte lostippen, doch dann hielt sie noch einmal kurz inne. »Augenblick. Greta nennt Sie M. Steht das für Maud?«

»Ja. Wir haben damit angefangen, weil wir verhindern wollten, dass mein richtiger Name bei einem Hackerangriff mit Maud Dixons Agentin in Verbindung gebracht werden kann. Man kann nicht vorsichtig genug sein. Mittlerweile handhaben wir es eigentlich nur noch so. Es ist uns in Fleisch und Blut übergegangen.«

»Aber ich unterschreibe mit meinem eigenen Namen, oder?«

»Hm, darüber habe ich noch gar nicht nachgedacht. Ja, das müsste gehen. Hauptsache, Sie benutzen nie meinen richtigen Namen. Dann legen Sie mal los.«

Florence verfasste die Antwort in dem sachlich professionellen Ton, den Agatha ihr beigebracht hatte:

Hi, Greta,
alles wunderbar. Danke der Nachfrage.
Beste Grüße,
Florence

Helen las sich die Antwort durch und verdrehte die Augen. Sie zog den Computer zu sich rüber und ersetzte, was Florence geschrieben hatte, mit

Läuft wie am Schnürchen.

Sie drückte auf *Senden* und sah Florence an. »Das müssen Sie sich merken: Bei mir gibt es keine halben Sachen.«

Neben dem Erledigen der Korrespondenz zählten auch die Recherche und das Abtippen der Rohfassung zu Florences Aufgaben. Helen gab ihr einen Stapel Blätter, die mit ausladender, schnörkeliger Schrift vollgeschrieben waren. »Damit können Sie schon mal anfangen«, sagte sie. »Ich finde Tippen unendlich langweilig.«

»Kein Problem.« Florence legte die Blätter neben den Laptop und verkniff sich, während Helen weiterredete, erst einmal jeden Blick darauf.

Einmal die Woche komme eine Hilfe zum Putzen und Einkaufen, für alle üblichen Dinge des Alltags sei Florence zuständig. Darunter falle auch das Bezahlen von Rechnungen – Kreditkarten, Telefon, Internet, Nebenkosten für das Haus. Also im Grunde für alle finanziellen Transaktionen, wenn Florence es richtig sah. Helen überließ ihr die Passwörter und Kontonummern mit einer Nonchalance, die entweder komplette Naivität oder komplettes Vertrauen ausdrückte. Florence wäre Letzteres lieber gewesen.

»Ich hab mit der Welt nicht viel am Hut«, erklärte Helen. »Wenn es nicht so unkomfortabel wäre, würde ich wie eine echte Eremitin leben. Außerdem ist Logistik ganz und gar nicht mein Ding. Einmal habe ich einen Flug nicht nur für den falschen Tag, sondern auch noch für das falsche Jahr gebucht. Das Kleingedruckte überlasse ich den Kleingeistern.«

Florence schluckte. Ob ihr wohl klar war, dass sie ihrer neuen Assistentin gerade eine fiese Beleidigung an den Kopf geworfen hatte? Anscheinend nicht, denn die Einführungsstunde ging weiter.

Helen besaß auch noch einen Gmail-Account auf ihren eigenen Namen. Sie zeigte Florence, was sie wissen musste, um ihre verschiedenen Online-Accounts zu managen. Sie warf rasch einen Blick in den Posteingang: Hauptsächlich Bestellbestätigungen von Amazon, Benachrichtigungen von ihrer Bank und die tägliche Artikel-Auswahl der *New York Times*.

Um zehn ging Helen mit ihrem Kaffee nach oben in ihr Arbeitszimmer, nachdem sie Florence aufgetragen hatte, die Mails für Maud Dixon zuerst zu erledigen. Florence öffnete die aktuellste ungelesene Nachricht. Greta hatte sie am Vortag geschickt.

Hi, M.
Deborah sitzt mir wieder wg. Buch Nr. 2 im Nacken. Was soll ich ihr sagen? Wir müssen ihr wirklich etwas anbieten. Als Zeichen unseres guten Willens. Ein erstes Kapitel. Ein ausführlicheres Exposé. Eine Timeline. Egal was! Lass uns reden. Ruf mich an.
G.

Florence sah sich schuldbewusst um. Helen wäre vermutlich nicht sehr begeistert darüber, dass sie diese Mail gesehen hatte. Sie machte sie schnell wieder zu und markierte sie als ungelesen. Die nächste kam ebenfalls von Greta, aber sie entsprach mehr der Art von Mail, die sie erwartet hatte.

M.,
wir hätten da eine Anfrage für ein Radiointerview. Du kannst es in deiner Eremitenklause geben. Wenn du willst, mit einem Stimmenverzerrer. Was meinst du? Wir wollen schließlich

nicht, dass Maud Dixon in Vergessenheit gerät, vor allem, nachdem das zweite Buch nun schon etwas auf sich warten lässt. Was sagst du? G.

Florence fand Gretas Argumente überzeugend. Aber Helen hatte sich unmissverständlich ausgedrückt: Derartige Anfragen waren immer abzuschmettern. Sie rief sich Helens Stimme in Erinnerung, versuchte, alles zu vergessen, was sie jemals über gute Umgangsformen in der Geschäftskorrespondenz gelernt hatte, und schrieb:

Greta,
du kennst die Regel: keine Interviews. Keine Ausnahmen!

Sie bewegte den Mauszeiger auf *Senden*, aber sie brachte es einfach nicht über sich, Greta Frost eine solche Antwort zu schicken. Sie löschte den Text und schrieb stattdessen:

Hi, Greta,
ich muss Ihnen leider mitteilen, dass Maud das Radiointerview nicht machen möchte. Ich hoffe auf Ihr Verständnis.
Beste Grüße,
Florence

So, klick und weg. Gretas letzte Mail, in der es um Helens Zweitling ging, war verschwunden. Florence sah zur Decke. Helen musste sie gelöscht haben. Wahrscheinlich hatte sie da oben noch einen Laptop.

In den nächsten Stunden arbeitete Florence die Maud-Dixon-Mails ab, die sich im Postfach stauten. Dazwischen gönnte sie sich nur eine einzige klitzekleine Ablenkung –

einen Blick in Helens Bankkonto. Ihr gingen die Augen über: knapp über drei Millionen Dollar. Dabei hatte sie sich schon gedacht, dass *Mississippi Foxtrott* einiges abgeworfen haben musste, vor allem nach dem Verkauf der Fernsehrechte, aber erst mit den krummen Cent-Beträgen hinter dem Komma wurde die Summe real und damit umso überwältigender. Florence überlegte, was sie mit so viel Geld anfangen würde, aber dafür reichte ihre Fantasie nicht aus. Ihr fiel nur das ein, was auch Helen mit dem Geld gemacht hatte: ein Haus kaufen, der Welt den Rücken kehren, Tomaten züchten.

Um zwei Uhr nachmittags war Helen immer noch nicht wieder heruntergekommen. Florence aß ein Sandwich mit kaltem Truthahnbraten aus dem Kühlschrank, machte die Kaffeekanne leer und spülte sie aus. Erst als sie wieder im Esszimmer an ihrem provisorischen Schreibtisch saß, wagte sie es endlich, sich Helens handgeschriebenes Manuskript vorzunehmen.

Sie hielt ihn in Händen. Den zweiten Maud-Dixon-Roman!

Ganz oben auf der Seite stand, was Florence für eine Kapitelüberschrift nahm: »Das Zeitalter der Ungeheuer«. Als sie den Text überflog, merkte sie sofort, dass sie Helens Handschrift kaum entziffern konnte. Sie kniff die Augen zusammen. Der erste Satz lautete:

> Während der Nacht IRGENDWAS der Wind und das Wetter IRGENDWAS, und am IRGENDWAS Himmel stand …

Sie blätterte um. Auch auf der nächsten Seite wimmelte es nur so von unleserlichen Wörtern:

Sie horchte und überlegte, ob ein IRGENDWAS Lärm sie aufgeweckt IRGENDWAS; aber sie hörte nichts als das ewige Geräusch des Meeres an den Felsen, so tief unter ihr, dass es nicht stärker war als das Rauschen einer IRGENDWAS, die man ans IRGENDWAS hält. Sie öffnete ihre Augen. Der Raum schwamm im hellen Mondlicht. Es strömte von IRGENDWAS herein, aber von allen Seiten her konnte sie das IRGENDWAS des Nachthimmels draußen über dem Wasser sehen. Sie schlüpfte aus dem IRGENDWAS und ging zur Tür, um zu sehen, ob sie auch wirklich versperrt war.

Florence legte das Manuskript weg. Einigermaßen ratlos biss sie sich auf den Finger. Sie kam sich vor wie bei einer Klassenarbeit, bei der sie einen Lückentext ausfüllen sollte. Sie stand auf und ging zur Treppe. Im ersten Stock war sie noch nicht gewesen. Sie wagte sich so weit nach oben, dass sie in den Korridor lugen konnte. Bis auf eine Tür standen alle offen. Das musste Helens Büro sein. Bei jedem Knarren zusammenfahrend stieg Florence die letzten Stufen hinauf. Sie lauschte an der Tür. Erst hörte sie lange gar nichts, dann unvermittelt ein lautes Krachen. Sie schrak zusammen. Es klang, als wäre etwas an die Wand geworfen worden. Sie verharrte noch einen Augenblick, dann drehte sie sich um und schlich auf leisen Sohlen zurück zur Treppe.

Genau in der Sekunde flog die Bürotür auf, und Helen trat heraus. Sie wirkte aufgebracht.

»Was haben Sie hier oben verloren?«

»Entschuldigen Sie. Ich …«

»Ich dachte eigentlich, es versteht sich von selbst, aber da lag ich wohl falsch. Also dann: Stören Sie mich nie bei der

Arbeit. Wenn ich einmal die Konzentration verloren habe, komme ich nur ganz schwer wieder rein.«

»Es tut mir so leid. Bin schon wieder unten.«

»Jetzt können Sie mir auch genauso gut sagen, was die Störung sollte.«

Florence hielt den Papierstapel hoch. »Ihre Handschrift. Ich kann sie ziemlich schlecht lesen.«

»Herrgott noch mal!« Helen riss ihr gereizt das Manuskript aus der Hand.

Während sie es sich ansah, erhaschte Florence einen Blick ins Arbeitszimmer – vollgestopfte Bücherregale und ein abgetretener Perserteppich.

»Wo hakt es denn?«

Florence zeigt ihr die Stellen. »Da und da. Und da auch.«

»Da steht *Leuchten*. Und das ist bloß so ein schnörkeliges Und-Zeichen.«

»Und hier?« Florence zeigte auf den nächsten Krakel.

Helen drehte das Blatt ins Licht und studierte es genau. Mit einem tiefen Seufzer reichte sie ihr das Manuskript zurück. »Ich weiß es nicht, Florence. Das müssen Sie selber austüfteln. Geben Sie Ihr Bestes, und unterstreichen Sie die Stellen. Ich kümmere mich später darum.«

Während Florence sich noch einige Male entschuldigte, knallte Helen ihr auch schon die Tür vor der Nase zu.

Als Florence sich wieder ins Esszimmer setzte, kam sie sich wie der letzte Volltrottel vor. Sie starrte auf das Wort, das Helen selbst nicht hatte entziffern können. Es fing mit p an, aber damit hatte es sich auch schon. Sie las sich den Satz noch einmal durch.

> Doch wenn sie das Wort »energisch« im Zusammenhang mit der eigenen Person hörte, fühlte sie sich, obwohl sie wusste, dass es völlig berechtigt und nicht herabsetzend gemeint war, sofort wie ein IRGENDWAS Raubtier, und das Gefühl behagte ihr nicht.

Florence tippte sich mit dem Finger an die Unterlippe. *Plump* vielleicht? Ja. Sie nickte. Das war's. Wie ein plumpes Raubtier. Sie gab es ein und unterstrich es. Sie konnte nur hoffen, dass sie richtig geraten hatte, nicht nur, weil sie auf Helens Lob erpicht war, sondern auch, wie ihr schlagartig klar wurde, weil sie sich ein kleines bisschen vor ihr fürchtete.

SECHZEHN

Im Laufe der nächsten Tage fanden Helen und Florence sich allmählich in ihre neuen Arbeitsabläufe. Um neun oder zehn ging Florence ins Haupthaus, wo sie meistens bei einer Tasse Kaffee die Pläne für den Tag besprachen. Wenn nicht, wartete in der Küche eine Liste der zu erledigenden Arbeiten auf sie. Normalerweise musste sie das Manuskript abtippen und Helens Mails bearbeiten. Außerdem sollte sie sich in die marokkanische Geschichte und Kultur einlesen und Helen alles Wissenswerte zusammenfassen.

Zweimal lieh Helen ihr das Auto und schickte sie nach Hudson, um zur Post zu gehen und ein paar Flaschen Châteauneuf-du-Pape, ihren Lieblingswein, abzuholen. Jedes Mal sagte sie, Florence solle sich ruhig Zeit lassen und ihren Ausflug genießen.

Florence entdeckte, dass das Örtchen genauso entzückend und malerisch war, wie sie es sich vorgestellt hatte. Die Spuren des Niedergangs zeigten sich erst nach der Brücke, hinter der es in Richtung Cairo ging. In der Hauptstraße gab es Bäckereien, schicke Einrichtungsboutiquen und sonnige Restaurants.

Beim zweiten Besuch allerdings fiel Florence auf, dass dem Charme der Stadt etwas Künstliches anhaftete, als wäre sie für Leute gedacht, die das Landleben genießen wollten, ohne Brooklyn verlassen zu müssen. Außerdem hätte sie selbst sich die in der japanischen Shibori-Technik handgefärbten Tischdecken und die aus Treibholz gefertigten Kunstobjekte im Upcycling-Stil niemals leisten können. Sie verstand, warum Helen sich im weniger angesagten Cairo niedergelassen hatte.

Helen fuhr selten in die Stadt. An den meisten Tagen verließ sie das Anwesen nicht. Erst nach zwei Wochen blieb Florence zum ersten Mal allein im Haus zurück. Helen hatte ihr nicht gesagt, was sie vorhatte, bloß, dass sie mehrere Stunden weg sein würde.

Kaum war der Wagen nicht mehr zu sehen, tat Florence etwas, was sie schon seit dem ersten Tag hatte tun wollen: Sie schlich in den ersten Stock, in Helens Büro. In den Sonnenstrahlen, die durch die beiden Fenster hereinfielen, tanzten Staubflöckchen. Florence setzte sich auf Helens Platz, einen ergonomisch geformten Stuhl aus abgewetztem karamellfarbenem Leder. Sie strich über die zerschrammte Schreibtischplatte. In der obersten Schublade fand sie einen Laptop. Sie warf einen Blick zur Tür, nahm ihn heraus und öffnete ihn. Der Bildschirm leuchtete auf, aber sie sollte ein Passwort eingeben. Florence klappte ihn rasch zu und legte ihn wieder in die Schublade. Sie lehnte sich auf dem Stuhl zurück, schloss die Augen und stellte sich vor, sie säße in ihrem eigenen Büro und bräuchte im Leben nichts mehr zu tun, als in diesem schönen Zimmer zu schreiben, wonach ihr der Sinn stand.

Plötzlich hallte von unten ein lautes Geräusch herauf. Sie schoss wie der Blitz zur Tür hinaus, sodass der Stuhl quer durchs Zimmer rollte. Unten stellte sie fest, dass es nur der Wind gewesen war, der das Küchenfenster zugeknallt hatte. Sie sprintete wieder nach oben und versetzte das Zimmer in genau den Zustand zurück, in dem sie es vorgefunden hatte.

Der gescheiterte Vorstoß in die oberen Gefilde trug nicht dazu bei, ihre Neugier zu dämpfen. Wenn überhaupt, ermutigte er sie. Sie durchkämmte Helens Posteingang nach irgendeiner privaten Nachricht, und sie wurde fündig: eine Mail mit dem Betreff *Turandot?* Sie machte sie auf.

Helen,
was hältst du von Turandot am 5. April? Klar, wir waren erst letztes Jahr drin, aber diese Inszenierung soll spektakulär sein. Gibst du mir Bescheid?
Sylvie

Florence googelte den Namen der Absenderin: Sylvie Daloud. Eine Architektin, die in New York lebte. Florence durchforstete den Eingang nach weiteren Mails von ihr. Es waren Dutzende, und in fast allen ging es um die Oper. Helens Antworten klangen genauso höflich und förmlich wie Sylvies Nachrichten. Von wegen »keine halben Sachen«.

Florence musste bis zum November zurückgehen, um eine persönliche Mail zu finden, die nicht von Sylvie kam.

Helen!!! Hoffentlich bist du die Richtige. Ich bin letztens Daphne über den Weg gelaufen, und sie hat mir deine Mailadresse gegeben, aber sie hat auch gleich dazugesagt, dass sie dir schon ewig nicht mehr geschrieben hat. Wie geht es dir?? Bist du verheiratet? Hast du Kinder? Wo wohnst du? Ich wohne noch in Jackson und bin mit Tim verheiratet. Wir haben zwei wunderbare Töchter und erwarten gerade unser drittes Kind. Sagen wir so: Tim kennt sich mit Disney-Prinzessinnen inzwischen besser aus, als er es in seinen kühnsten Albträumen befürchtet hat. Nichtsdestotrotz wollte ich dir mal ein kleines Lebenszeichen schicken. Ich treffe mich immer noch ziemlich regelmäßig mit der alten Clique, und irgend-

wie kamen wir darauf, dass seit Jahren keiner mehr Kontakt zu dir hat. Bist du manchmal in der alten Heimat? Zu Besuch bei deiner Mutter? Tim und ich haben gerade angebaut. (Sag nichts, ich bin immer noch ganz fix und fertig). Wir haben jetzt ein Gästezimmer, also, wenn du mal wieder im Lande bist …
VLG Tori

Sie durchsuchte den Postausgang. Helen hatte nicht geantwortet, Tori hatte sich nicht noch einmal gemeldet. Florence fand es nicht sehr verwunderlich, dass Helen keinen gesteigerten Wert auf jemanden legte, der in seine Mail ganz nebenbei ein *Nichtsdestotrotz* einbaute.

Als Nächstes nahm sie sich Helens Suchverlauf vor. Sie fand eine bunt gemischte Sammlung von Begriffen: Guerlain KissKiss Formgebender cremiger Lippenstift in der Farbe »Red Passion«. Wie man im Ausland einen Ersatzpass beantragt. Bewährungsauflagen in Mississippi. Eine Frau namens Lisa Blackford. Ein Restaurant im Ort Semat in Marokko. Florences LinkedIn-Seite und ihren traurigen Instagram-Account mit den gerade mal dreißig Followern, auf dem hauptsächlich Bilder von niedlichen Hunden zu finden waren, die sie auf der Straße fotografierte, sowie Zitate aus Büchern, die sie gerade las.

Natürlich hatte Helen sie recherchiert, bevor sie ihr den Job gab. Außerdem wäre sie die Letzte gewesen, die sich über Florences Mangel an Sozialkontakten hätte mokieren können. Sie selbst schien nämlich, abgesehen von Sylvie und Tori, überhaupt keine Freunde zu haben. Seit Florence hier wohnte, hatte das Festnetztelefon erst zweimal geklingelt. Beim ersten Mal war es ein Telefonverkäufer, beim zweiten Mal Greta, die sie auf Helens Bitten hin mit einer Ausrede abwimmeln musste.

Ein paar Tage nach Gretas gescheitertem Versuch hatte sie Florence direkt angerufen.

»Freut mich, dass ihr so gut zurechtkommt«, sagte sie.

»Ja, danke. Alles läuft bestens.« Florence verstand nicht, warum Greta sie auf ihrem Handy anrief.

»Ich bin ehrlich froh, dass Sie den Berg alter E-Mails von mir und meinem Team abtragen. Keine sehr spannende Arbeit, fürchte ich, aber einer muss sie ja leider machen.«

»Ist doch selbstverständlich.« Florence blieb auf der Hut. Bei ihrer ersten Begegnung war von so viel Einfühlungsvermögen nichts zu spüren gewesen.

»Aber warum ich anrufe … Ich wollte Sie nur wissen lassen, dass ich Ihre Storys gelesen habe und finde, dass Sie viel Potenzial besitzen. Natürlich gibt es noch Spielraum für Verbesserungen, aber wir können gern zusammen daran arbeiten.«

Wir?

Greta fuhr fort: »Vermutlich wissen Sie selbst, dass Kurzgeschichtensammlungen – vor allem aus der Feder einer noch unbekannten Autorin – unglaublich schwer bei einem Verlag unterzubringen sind. Schwer, aber nicht unmöglich.«

»Ich weiß, ich weiß«, sagte Florence. »Deshalb entwickle ich auch gerade ein Romanprojekt. Das ist mein Plan für die Zeit hier oben, während ich für Helen arbeite.«

»Wunderbar. Wenn Sie wollen, können Sie mir das Manuskript dann gern schicken.«

»Wirklich?«

»Auf jeden Fall. Machen Sie mit Lauren einen Termin aus, wenn Sie so weit sind. Aber wo ich Sie schon mal in der Leitung habe, Florence, möchte ich Sie um einen Gefallen bitten.«

Florence runzelte die Stirn. Was hatte sie einer Greta Frost anzubieten?

»Ich habe keinerlei Zweifel, dass der Roman, an dem Helen schreibt, ein Geniestreich sein wird. Leider lässt sie sich überhaupt nicht näher darüber aus, und das macht mir meine Arbeit unendlich schwer.

Ich sehe ein, dass der Rechercheaufwand höher ist als bei ihrem ersten Buch. Genau das war ja der Grund dafür, dass sie eine Assistentin haben wollte. Aber ich tappe vollkommen im Dunkeln, wie viel Zeit man für die Recherche veranschlagen muss, warum sie nötig ist oder worum es dabei geht. Ich weiß so gut wie gar nichts. Mir ist klar, dass Helen manche Aspekte der Schriftstellerei nerven – das Tippen, die Interviews, die Vermarktung, aber irgendjemand muss sich um diese banalen Details kümmern. Sie verstehen?«

»Ich glaube schon …«

»Mir geht es um Folgendes. Ich möchte Sie bitten, mich bei den strategischen Überlegungen zu unterstützen. Davon dürften Sie in Zukunft auch für Ihre eigene Karriere profitieren.«

»Bei den strategischen Überlegungen?«

»Damit meine ich im Wesentlichen das, was wir dazu beitragen können, dass das Buch ein Erfolg wird. Die Kommunikation mit Helens Lektorin und anderen wichtigen Akteuren. Das Austüfteln des besten Zeitplans für Manuskriptabgabe und Veröffentlichung. Konzeption des Marketingplans. So wäre es zum Beispiel ideal, wenn das Erscheinen des Zweitlings in etwa mit der Ausstrahlung der *Mississippi-Foxtrott*-Miniserie zusammenfiele. Aber um irgendetwas davon auf die Beine stellen zu können, muss ich natürlich wissen, worum es in dem Buch überhaupt geht und was für Fortschritte Helen bis jetzt gemacht hat. Und da kommen Sie ins Spiel.«

Florence schwieg.

»Natürlich würde ich Sie niemals fragen, wenn es nicht zu Helens Bestem wäre«, fuhr Greta aalglatt fort.

Florence spielte weiter auf Zeit. »Also, sehr viel kann ich noch nicht sagen. Ich habe selbst erst ein paar Kapitel gelesen.«

»Kein Problem. Mailen Sie mir einfach alles, was Sie schon abgetippt haben.«

Florence biss sich auf die Lippe. »Hm. Mir wäre nicht ganz wohl bei dem Gedanken.«

»Schon gut, vergessen Sie es. Gehen wir es etwas lockerer an. Können Sie mir ungefähr sagen, worum es geht?«

Florence senkte die Stimme. »Helen ist oben im Büro. Sie könnte mich hören.«

»Ah, verstehe.« Greta hielt inne. »Ein Vorschlag. Wie wäre es, wenn Sie mich heute Abend anrufen? Dann können wir auch über Ihren Roman reden. Es geht hier ja nicht nur um Helen. Ich kann mir nicht vorstellen, dass Sie bis an Ihr Lebensende Assistentin einer Schriftstellerin sein möchten.«

Florence war nicht dumm. Sie wusste, dass Greta versuchte, sie zu manipulieren. Aber deswegen hatte die Agentin trotzdem recht: Auf lange Sicht konnte sie sehr viel nützlicher für sie sein als Helen. Außerdem standen Greta und Helen ja sowieso auf derselben Seite.

»Ich helfe Ihnen gern«, sagte sie.

»Großartig. Ich wusste doch, dass Sie eine clevere junge Frau sind. Sie erinnern mich sehr an Helen, damals, als ich sie kennengelernt habe. Hat sie Ihnen davon erzählt?«

»Nur dass sie ihr Manuskript an Dutzende Agenturen geschickt hat und ihr Glück nicht fassen konnte, als Ihre Zusage kam.«

Greta ließ ein bellendes Lachen hören. »Ja, ich kann mir gut vorstellen, dass sie es so geschildert hat. Die Wahrheit ist etwas komplizierter. Ich habe ihr geschrieben, dass ich ihr Buch für ungeheuer wirkmächtig und gut geschrieben halte, es aber auch noch einiges an Feinschliff vertragen könne. Dass ich mich normalerweise für eine andere Art von Büchern einsetze und es Agenturen gibt, die ihr Werk besser betreuen könnten. Es kann sogar sein, dass ich ihr ein paar Namen vorgeschlagen habe.

Einige Wochen später hat sich meine Assistentin Rachel – Laurens Vorgängerin – vor meiner Bürotür lautstark mit jemandem gestritten. Als ich nachsehen wollte, worum es ging, stand da diese Frau mit dem stählernen Blick und dem stärksten Südstaatenakzent, den ich je gehört habe. Er war so ausgeprägt, dass ich im ersten Moment dachte, sie würde ihn vortäuschen. Die Frau – Helen, wie Sie sich denken können – wiederholte immer wieder, sie hätte einen Termin und würde erst wieder gehen, wenn sie mit mir gesprochen hätte.

Rachel erklärte mir, was passiert war. Helen hatte Anfang der Woche angerufen, sich als Mitarbeiterin einer meiner renommierten Klientinnen ausgegeben, um in deren Namen einen Termin auszumachen. Nun war sie einfach unter ihrem richtigen Namen aufgekreuzt, überzeugt, dass man sie trotzdem zu mir vorlassen würde.

Wie sagt man so schön? Frechheit siegt. Ich habe mich tatsächlich zu einem Gespräch breitschlagen lassen, wenn auch hauptsächlich wegen Rachel, die allmählich in Panik geriet.

Helen hat mir ihr Manuskript auf den Tisch gepackt. Sie hätte es aufgrund meines Feedbacks überarbeitet und erwarte nun, dass ich es noch einmal lese. Dann hat sie sich in einen Sessel gepflanzt und gesagt – ich habe heute noch den Südstaatenton im Ohr – ›Ich warte.‹

Ich wusste nicht, ob ich lachen oder die Security-Leute rufen sollte. Langer Rede kurzer Sinn, ich konnte sie irgendwann überreden, mein Büro wieder zu verlassen, aber dafür musste ich ihr versprechen, das Manuskript übers Wochenende zu lesen. Letzten Endes habe ich sie dann tatsächlich als Klientin unter Vertrag genommen. Wie Sie wissen, kann Helen sehr … überzeugend sein. Und ich habe ganz den Eindruck, dass Ihnen diese Zielstrebigkeit, dieser Ehrgeiz auch nicht völlig fremd sind.«

»Danke«, sagte Florence, obwohl sie sich nicht sicher war, ob das tatsächlich als Kompliment gemeint war. Sie wäre lieber wegen ihres Talents bewundert worden als wegen ihres Ehrgeizes.

»Lesen Sie doch heute Nachmittag noch ein bisschen das Manuskript quer, und heute Abend rufen Sie mich dann auf dem Handy an. Ich gehe nie früh ins Bett.«

Florence willigte ein, erfüllt von einer Mischung aus Euphorie und Scham.

Florence fiel es nicht leicht, Greta Bericht zu erstatten, ohne sie zu enttäuschen. Sie hatte nur einen Teil der Erstfassung zu Gesicht bekommen, und vieles war noch nicht mal chronologisch geordnet.

»Ich glaube, bis jetzt sind es ungefähr sechzig Seiten«, sagte sie. »Es geht um eine Frau, die nach Marokko zieht, um für eine Freundin aus Kindertagen zu arbeiten. Bis jetzt ist noch nicht viel passiert. Ich glaube allerdings, dass es auf eine Katastrophe zuläuft. Der Ton ist sehr dunkel und unheilschwanger. Ich habe keine Ahnung, was für ein Unglück das sein wird, und ich glaube, sie weiß es selbst noch nicht. Sie ist sehr frustriert beim Schreiben. Sie schmeißt Sachen an die Wand und schimpft laut vor sich hin.«

»Als besonders sanftmütig würde ich Helen nicht gerade bezeichnen.«

»Das gilt vermutlich für einige große Schriftsteller.«

Greta hielt inne. »Streicheln Sie ihr Ego nicht zu sehr, Florence. Das hilft ihr nicht.« Sie schlug einen versöhnlicheren Ton an. »Wie gefällt es Ihnen überhaupt da oben in der Pampa? Helen kann bestimmt ganz schön schwierig sein. Ich darf gar nicht daran denken, wie es sein muss, so eng mit ihr zusammenzuleben, und dann auch noch am Ende der Welt.«

»Soll ich Ihnen was sagen? Ich bin hin und weg«, antwortete Florence.

Es war die Wahrheit. Die Abgeschiedenheit tat ihr gut. Aus ihrer Kindheit und Jugend war sie ein Leben bei knallenden Türen, bei ständig laufendem Fernseher oder Radio gewöhnt. Für ihre Mutter war Stille ein Fremdwort. Sie sang, sie summte, sie redete mit sich selbst, sie redete mit Florence, sie redete am Telefon, sie redete mit Besuchern. Und vor allem redete sie über ein Thema: ihre Tochter, ihre geniale Tochter.

Florence hatte sich in das blaugrün geflieste Badezimmer geflüchtet, das mit Veras Beautyprodukten vollgestopft war. Sie konnte stundenlang in der Wanne liegen. Am liebsten tauchte sie mit dem Kopf unter, um die vollkommene Stille in sich aufzusaugen, die im Rhythmus ihres Herzschlags leise vibrierte.

Hier, tief im Wald, herrschte immer Stille, außer wenn Helen Musik hörte. Aber Opern störten Florence weit weniger als das Radiogedudel ihrer Mutter, gespickt mit Autowerbung und Verkehrsberichten, präsentiert von sarkastischen DJs. Im Gegenteil, die Oper erschien ihr als eine sehr laute Spielart von Stille.

Florence fand Helens Verhältnis zur Oper faszinierend. Sie hatte es weit gebracht: eine Frau aus Hindsville, Mississippi – Bevölkerung 3200 (Florence hatte es gegoogelt) –, die das Libretto einer Verdi-Oper mitsingen konnte. Und wusste, was Cocktailtomate auf Französisch hieß.

In den Anfangstagen ihrer New Yorker Zeit war Florence zutiefst beeindruckt gewesen von dem geballten Weltwissen zu den entlegensten Themen, das alle Menschen um sie herum zu besitzen schienen, bloß sie selbst nicht. Sie hatte versucht, sich online weiterzubilden, aber die schiere Masse an Informationen, die das Internet zu bieten hatte, und die leidenschaftlich ausgetragenen, uferlosen Diskussionen waren zu viel für sie. Sie wollte nicht die Meinung aller wissen. Sie wollte wissen, was zählte, was angesagt war. Zum Beispiel, dass rote Rosen abgeschmackt waren. Menschen wie Amanda Lincoln und Ingrid Thorne würden nie verstehen, wie überaus privilegiert sie waren. So wurde das soziale Gefüge aufrechterhalten. Wer mit Eltern aufgewachsen war, die Philip Roth lasen, ins Theater gingen und den Kindern erklärten, wie sie Messer und Gabel abzulegen hatten, wenn sie mit dem Essen fertig waren, konnte den Rest der Menschheit als unkultivierte Banausen abtun. Er oder sie hätte genauso gut »Weißes Proletenpack« sagen können. Die Wirkung war die gleiche, dafür musste man gar nicht erst die Überlegenheit der eigenen Gesellschaftsschicht hervorkehren. Wie aber stand jemand da, dessen Mutter knallenge Klamotten trug, sich mit Selbstbräuner einschmierte und Philip Roth für einen Möbel-Discounter in Jacksonville hielt? Wie stand so jemand da, wenn er oder sie sich ein anderes Leben wünschte? Wie kam man von A nach B? Wie wurde man zu dem Menschen, der nach B gehörte?

Florence wusste es nicht. Aber Helen. Irgendwie hatte sie die ungeschriebenen Regeln gelernt.

Nach einiger Zeit nahm Florence allen Mut zusammen und fragte Helen, wie sie das geschafft hatte. Sie konnte nur hoffen, dass sie die Frage überhaupt verstehen und, wenn ja, nicht beleidigt darauf reagieren würde. Aber Helen hatte ihr frei heraus geantwortet.

»Genauso, wie man es erwarten würde«, sagte sie. »Ich habe mir so lange alles abgeguckt, bis ich die Rolle spielen konnte. Irgendwann wird sie einem dann zur zweiten Natur. Man verinnerlicht sie. Wenn es mir gegen den Strich ginge, würde ich keine Opern hören oder teuren Wein trinken.«

Florence musste daran denken, dass sich ihre Mutter, als sie noch ein Kind war, eine Zeit lang eine Filmkarriere für sie in den Kopf gesetzt hatte. Sie hatte sie zum Schauspielunterricht angemeldet und unzählige Male zum Vorsprechen geschleppt. Sie selbst konnte dem ganzen Intermezzo nicht viel abgewinnen – die lächerlichen Rollenspiele, das überkandidelte Getue der anderen Kinder, die Kritik waren ihr zuwider. Nur eine Sache gefiel ihr daran: so zu tun, als wäre sie eine andere. Schicht um Schicht legte sie ihre Eigenarten ab, wurde ein sauberes, leeres Gefäß. Dabei erlebte sie zum ersten Mal, dass sie einen anderen Menschen aus sich machen konnte. Einen besseren Menschen.

In der fast völligen Abgeschiedenheit der Wälder gelang es Florence, die erste Phase dieses Prozesses zu meistern: die Demontage des alten Ichs. Sie hatte ihre Persönlichkeit immer auf den Interaktionen mit anderen aufgebaut, und nachdem diese Kontakte allmählich einschliefen, wusste sie nicht mehr, wohin mit sich. Ohne ein Ventil für ihr Ausdrucksbedürfnis schien sich die alte Florence zunehmend aufzulösen.

Es machte ihr sogar Spaß, dabei ein bisschen nachzuhelfen. Sie rangierte alles an Kleidungsstücken aus, was Helen niemals tragen würde – also fast ihre gesamte Garderobe. Auf jeden Fall alles Bunte oder Gerüschte. Von wenigen Ausnahmen abgesehen, bevorzugte Helen eine schlanke Silhouette in Marine-, Schwarz- und Weißtönen. Hin und wieder legte sie einen dezent gemusterten Schal um oder trug ein auffälliges Schmuckstück, aber meistens verzichtete sie auf jegliches Accessoire. Weil ihre Marken für Florence unerschwinglich waren, bestellte sie sich im Internet billige Imitate von Zara und H&M. Sie checkte Helens Amazon-Bestellungen und notierte sich die Bücher, die sie gekauft, und die Filme, die sie sich angesehen hatte.

Sie stellte sich eine Art Selbstoptimierungsprogramm zusammen und bat Helen sogar, ihr das Kochen beizubringen.

Florence verspürte den starken Drang, ganz langsam zu verschwinden, um anschließend triumphal in neuer Gestalt zurückzukehren. Bei diesem Prozess konnte sie keine Zuschauer gebrauchen. Genauso wenig, wie sie jemandem ihre Schreibversuche gezeigt hätte. In dieser Hinsicht war sie ganz anders als Helen.

In der ersten Kochstunde lernte Florence die Zubereitung von Coq au Vin.

Seite an Seite standen die beiden Frauen im blassen Licht der hereinfallenden Frühlingssonne in der Küche. Obwohl es erst vier Uhr nachmittags war, hatte Helen ihnen Wein eingeschenkt.

»Okay, wo ist denn unser kleiner Racker?«, fragte Helen. »Als Erstes braucht er eine Waschung.«

Florence holte das Hähnchen aus dem Kühlschrank und packte es in die Spüle. Sie ekelte sich davor, wie sich die Knochen unter der Haut bewegten. »Er fühlt sich lebendig an«, sagte sie. Kaum zu glauben, jetzt nannte sie es auch schon »er«!

»Ihr Glück, dass er tot ist. Ich war noch keine acht Jahre alt, da hat meine Großmutter von mir verlangt, dass ich den Hühnern die Köpfe abhacke.«

Florence warf Helen einen skeptischen Blick zu. Das klang eher nach Landleben in Mississippi 1945 statt 1995. Falls es ein Scherz gewesen sein sollte, ließ Helen es sich nicht anmerken.

Nachdem Florence den glitschigen Vogel auf das Hackbrett gelegt hatte, griff Helen zu einem schweren scharfen Messer mit schwarzem Griff.

»Wir müssen ihn zerteilen«, sagte sie. »Der erste Schnitt geht durch die Haut, die den Schenkel mit dem Körper verbindet, und dann …« Sie bog die Keule mit solcher Kraft nach hinten, dass mit einem Knacken das Gelenk heraussprang. »So, und jetzt Sie.« Sie hielt ihr das Messer hin.

Florence durchtrennte die Haut, aber als sie die Keule nach hinten bog, passierte nichts.

»Mehr Gewalt«, befahl Helen. »Keine halben Sachen machen. Sonst kommt man nicht weit.«

»Höchstens bis zur Mitte«, witzelte Florence.

»Ganz oder gar nicht, lautet die Devise.« Helen umfasste Florences Hände mit ihren kalten nassen Fingern und drehte mit einem energischen Ruck das Gelenk heraus.

Florence wiederholte das Ganze mit den Flügeln, dann

nahm Helen sich den Rumpf vor, löste mit ein paar raschen Schnitten die Brustfilets und zerteilte sie. Sie legte die Hähnchenteile in eine große Schüssel, wusch sich die Hände und goss den Wein, den sie im Glas hatten, direkt aus der Flasche darüber.

»Wie viele Milliliter waren das?« Florence griff zum Stift, um sich Notizen zu machen.

»Keine Ahnung. Wie oft hat es gegluckert? Dreimal?«

Florence schrieb zögernd »drei große Schluck« auf. Mit dieser Anweisung würde sie bestimmt nicht viel anfangen können, wenn sie Coq au Vin jemals allein zubereiten sollte.

Helen zog einen Stängel Thymian zwischen Daumen und Zeigefinger hindurch, sodass die Blättchen in die Schüssel rieselten.

»Nicht so schnell«, rief Florence. »Wie viel Thymian war das?«

Helen verdrehte die Augen. »Eins Komma drei Gramm.«

Florence machte Anstalten, es sich zu notieren.

»Das war ein Witz, Florence. Ich wiege die Kräuter nicht ab.«

Sie legte den Stift weg und klappte das Notizbuch zu. Sie kam sich sehr dumm vor. Aber wie sollte sie es lernen, wenn Helen nur improvisierte? Sie brauchte ein Bezugssystem.

»Kochen Sie wirklich nicht nach Rezept?«

»Ich kann mich kaum überwinden, ein Rezept auch nur zu lesen. ›Die Zwiebeln karamellisieren, bis sie goldgelb und butterweich sind.‹ – ›Die Kartoffeln fein pürieren.‹« Sie schüttelte sich. »Das ganze hochtrabende Geschwätz, auch wenn die Autoren ach so rustikal und bodenständig daherkommen. Wenn ich noch einmal lesen muss, dass ich zu dem Gericht knuspriges Brot und gute Butter reichen soll, kriege ich einen

Schreikrampf. Meistens werfe ich nur einen Blick auf die Zutatenliste und überfliege die Anleitung. Den Rest reime ich mir selbst zusammen. Wenn es schiefgeht, geht es eben schief. Ich finde, die Menschen haben viel zu viel Angst davor, etwas falsch zu machen. Klar, man sollte einen Plan haben und sich überlegen, wie man vorgehen will, aber wenn die Zeit zum Handeln gekommen ist, muss man eben handeln.«

Um sich zu bewähren, schnappte Florence sich das Messer und hackte einen Champignon mittendurch. Ohne lange zu überlegen, machte sie sich wie eine Wilde über die restlichen Pilze her. Plötzlich war alles voll Blut. Erstaunt hielt sie den Zeigefinger in die Höhe. Er hatte einen tiefen, zentimeterlangen Schnitt genau über dem Knöchel.

Helen lachte. »Mein Gott, wer konnte denn ahnen, dass Sie meinen Rat so wörtlich nehmen?« Sie warf Florence die Küchenrolle zu. »Brauchen Sie ein Pflaster?«

Florence sah sich ihren Finger an. Schon quoll das Blut aus dem Knäuel Küchentücher, das sie auf den Schnitt gepresst hielt. Dass sie ein Pflaster brauchte, war offensichtlich. Sie konnte froh sein, wenn die Wunde nicht genäht werden musste.

»Wäre vielleicht besser«, antwortete sie.

»Oben im Badezimmerschränkchen müssten welche sein. Sagen Sie Bescheid, wenn Sie sie nicht finden können.«

»Das Bad neben Ihrem Schlafzimmer?« Noch immer hatte sie keine Führung durch den ersten Stock bekommen.

»Ein anderes gibt es nicht.«

Fast ängstlich drückte Florence die Tür zum Schlafzimmer auf. Womöglich hatte sie Helens Anweisungen ja doch missverstanden. Die Wände waren in einem tiefdunklen, fast schwarzen Indigoblau gestrichen. Vor einem offenen Kamin lag ein abgetretener Perser in verschiedenen Orangetönen. Die weiße Tagesdecke auf dem Doppelbett war hoch-, aber nicht besonders gut stramm gezogen. Leise schlich sie zu Helens Nachtschränkchen. Auf einem Bücherstapel und einem gelben Schreibblock lag eine aufgeklappte Lesebrille. Der Block war leer, nur die geisterhaften Abdrücke der abgerissenen Seite waren zu erkennen. Das oberste Buch war die *Odyssee* in der Übersetzung von Emily Wilson.

Florence ging nach nebenan ins Bad und öffnete den Spiegelschrank. Obwohl ihr die Schachtel mit dem Heftpflaster sofort ins Auge sprang, bewegte sich ihre Hand wie von selbst auf das Medizinfläschchen zu, das daneben stand. Laut Etikett enthielt es Clonazepam-Tabletten mit 0,5 mg Wirkstoff. Florence kannte das Medikament, Lucy nahm es gegen Angstzustände ein. Sie war überrascht. Dass Helen ein Mensch war, der unter nervösen Störungen litt, hätte sie nicht gedacht. Schnell stellte sie das Fläschchen wieder weg und verarztete ihren blutenden Finger.

Als sie wieder nach unten kam, köchelte der Vogel im blauen Le-Creuset-Topf auf dem Herd, Helen saß am Tisch und trank ihren Wein. Sie tippte auf den Platz neben sich.

»Ihre Mutter kocht nicht?«, fragte sie, nachdem Florence sich zu ihr gesetzt hatte.

Florence schüttelte den Kopf. »Sie arbeitet in einem Restaurant. Sie kann es nicht ertragen, auch noch in ihrer Freizeit in der Küche zu stehen.«

»Und was haben Sie dann in Ihrer Kindheit und Jugend zu essen bekommen?«

»Meistens Fertiggerichte von Lean Cuisine, glaube ich. Auf jeden Fall etwas Kalorienreduziertes. Meine Mutter hat immer irgendeine Diät gemacht.«

»Lean Cuisine?« Helen verzog das Gesicht. »Wie trostlos.«

»Ach, das Barbecue-Hähnchen könnte schlimmer sein«, murmelte Florence.

»Nein, Florence.« Helen lächelte fast mitleidig. »Schlimmer geht's nicht.« Florence biss die Zähne zusammen, als Helen ihr die verletzte Hand tätschelte.

Als Florence am Abend vor ihrem Teller mit dem Coq au Vin saß, erspähte sie in der Soße die Champignonstücke, die sie vollgeblutet hatte. Ob Helen sie wenigstens abgespült hatte, bevor sie im Topf gelandet waren? Und wie man Coq au Vin kochte, hatte sie auch nicht gelernt.

SIEBZEHN

In der ersten Aprilwoche, als der Kirschbaum vor ihrem Fenster blühte, lernte Florence endlich einen Nachbarn kennen. Sie hatte es sich angewöhnt, vor dem Abendessen eine Runde spazieren zu gehen. Obwohl der Wald hinter dem Haus nicht besonders groß war, erschien er ihr grenzenlos, und wenn sie von der im Dämmerlicht liegenden Wiese unter die dunklen Bäume vordrang, überkam sie jedes Mal ein banges Gefühl. Manchmal fragte sie sich, ob sie je wieder herausfinden würde. Andererseits liebte sie die Einsamkeit, und sie genoss es, sich durch eine Landschaft zu bewegen, die sich seit der Zeit der ersten Siedler im siebzehnten Jahrhundert vielleicht kaum verändert hatte. Als einmal eine Chipstüte auf der Erde lag, war sie so geschockt, als hätte sie eine Leiche gefunden.

In Florida war ihr Leben permanent durch ein Gefühl von Klaustrophobie beherrscht gewesen. Die enge Wohnung. Die kleinen Klassenzimmer. Sogar die Orte, die vor Jahrhunderten von Weite und Offenheit geprägt gewesen sein mussten, waren verschandelt. Der Hafen vollgestopft mit Booten, die Strände von Sonnenbadenden übersät.

Und in New York hatte sie sich sogar noch eingeengter gefühlt.

Nur in den Büchern war ihr die Welt jemals als schön und groß begegnet. Als Jugendliche war sie vom *Herrn der Ringe* fasziniert gewesen. Es gefiel ihr, sich in ein Universum zu flüchten, das vollkommen anders war als das ihre. Auch darauf ließ sich ihr Wunsch, Schriftstellerin zu werden, zurückführen. Sie wollte diese Unermesslichkeit in Händen halten. Ganze Welten nach ihrer Vorstellung formen.

An jenem kühlen Aprilabend war es ihr während des üblichen Spaziergangs plötzlich so, als ob es hinter ihr im Wald raschelte. Sie blieb stehen, um zu lauschen. Zuerst hörte sie nur ihren eigenen, schwer gehenden Atem, doch dann mischte sich ein Keuchen hinein, gefolgt von trommelnden Schritten, die rasch näher kamen. Sie befahl sich, wegzulaufen oder sich zu verstecken, aber sie konnte sich nicht vom Fleck bewegen. Es war wie in einem Traum, wenn man verfolgt wird, aber wie angewurzelt stehen bleiben muss, unfähig, sich zu retten. Sie war starr vor Angst.

Plötzlich teilte sich vor ihr das Gebüsch, und ein gelber Blitz schoss heraus, direkt auf sie zu. Sie streckte abwehrend die Hände von sich, ein Wimmern entrang sich ihrer Kehle.

Es war ein Golden Retriever.

Aufgeregt kam er auf sie zugesprungen, regelrecht mit dem ganzen Hinterteil wedelnd. Fröhlich drückte er ihr die Nase ans Bein. Sein Schwanz fuhr im weiten Bogen hin und her, Blätter und kleine Zweige über den Boden fegend.

Florence lachte erleichtert und kraulte ihn hinter den Ohren.

Ein Mann von Anfang, Mitte sechzig kam hinter dem Hund hergelaufen. »Bentley! Platz, Junge!«, rief er. »Entschuldigung, Miss. Bentley, Platz!«

Florence tat seine Entschuldigung mit einer Geste ab. Sie tätschelte dem Hund Kopf und Hals. Verzückt drehte der den Blick himmelwärts.

»Sieht ganz so aus, als ob er Sie leiden mag«, sagte der Mann, der vor ihr stehen geblieben war. Er trug ein blaues

Polohemd, das er in die Cargoshorts gestopft hatte. In der Hand hielt er ein Hundespielzeug aus Plastik, mit dem man einen Tennisball schleudern konnte. Er war etwas außer Atmen. »Bentley wittert einen Hundefreund eine Meile gegen den Wind.«

»Hi, Bentley«, sagte Florence leise. »Hi, Kumpel.«

Der Mann sah ihr freundlich lächelnd zu. »Wohnen Sie in dem alten Haus da hinten?« Und deutete mit dem Kopf in die Richtung, aus der Florence gekommen war. Sie nickte.

»Und sie hat Sie nicht vor dem bösen Untier Bentley gewarnt?«, fragte er glucksend.

»Nein, sie hat ihn mit keinem Wort erwähnt.« Bentley leckte ihr mit seiner nassen Raspelzunge die Hände.

»Er ist ein-, zweimal in ihren Garten gelaufen, da wäre sie fast durchgedreht. Wenn Bentley sie seitdem irgendwo sieht, zieht er sofort den Schwanz ein.«

Florence fühlte sich verpflichtet, Helen zu verteidigen. »Vielleicht ist sie bloß kein Hundemensch.«

»Das würde ich auf jeden Fall auch so sehen. Aber immerhin ist sie ein Hundemensch-Mensch, und das ist ja auch schon was wert. Sie sind in den letzten beiden Monaten schon der zweite Besuch, den Bentley am liebsten vor Begeisterung aufgefressen hätte.«

Florence hob erstaunt den Kopf. »Der zweite? Wann war denn der erste?«

»Tja, das weiß ich nicht genau. Vielleicht ist es auch schon länger her. Auf jeden Fall lag noch Schnee.«

Plötzlich verharrte Bentley und spitzte die Ohren. In der nächsten Sekunde verschwand er genauso schnell im Unterholz, wie er daraus hervorgebrochen war.

»O nein, jetzt geht's schon wieder los«, sagte der Mann

kopfschüttelnd und rannte mit einem Abschiedswinken hinter seinem Hund her.

Nach dem Abendessen erzählte Florence Helen von ihrer Begegnung und fragte sie, wer der andere Besuch gewesen war.

»Keine Ahnung«, antwortete Helen. »Mein Besuch war's nicht.«

»Ach.«

»Mann, dieser Hund ist echt eine Landplage.«

»Bentley? Ich fand ihn ja so süß.«

»Wir sprechen uns wieder, wenn er Ihnen mal die ganzen Rosen ausgegraben hat.«

Plötzlich zerriss ein Schrei die Stille, der einer Frau, so wie es sich anhörte.

Florence warf Helen einen erschrockenen Blick zu. »Was war das?«

Helen zuckte mit den Achseln. »Wahrscheinlich bloß ein Tier.«

»*Wahrscheinlich?*«

Florence trat ans Fenster, doch sie sah nur ihr eigenes welliges Spiegelbild. Erneut gellte ein Schrei, er kam aus Richtung der Straße.

Sie sagte: »Ich gehe mal nachschauen.«

Es war eine kalte Nacht. Nach dem hell erleuchteten Haus war es, als hätte sie sich eine schwarze Kapuze übergeworfen. Sie tappte zur Einfahrt und spähte ins Dunkel. Da hörte sie den Schrei ein drittes Mal. Sie ging darauf zu.

Auf der Erde lag eine Eule, die großen gelben Augen panisch aufgerissen, die Pupillen schwarz wie Tintentropfen. Sie zeigte keinerlei Anzeichen einer Verletzung, und es war auch kein Blut zu sehen. Wieder stieß sie einen Schrei aus.

Florence ging zurück ins Haus.

»Es ist eine Eule«, sagte sie. »Es geht ihr nicht gut. Hätten Sie vielleicht ein Handtuch für mich?«

»Wozu?«

»Damit ich sie reinholen kann. Wissen Sie, ob es in der Stadt einen Tierarzt gibt, den wir anrufen könnten?«

»Sie bringen mir kein Viech ins Haus!«

»Wenn wir der Eule nicht helfen, stirbt sie.«

»Das soll vorkommen, und gar nicht mal so selten. Sie fressen Mäuse, die Rattengift gefressen haben.«

»Was? Das ist ja furchtbar.«

»Auch nicht furchtbarer als Mäusekot im Bett.« Helen lächelte mit zusammengepressten Lippen.

Florence ließ sie nicht aus den Augen.

»Himmel noch mal, Florence. Es ist eine Eule«, sagte Helen genervt. »Ich schaffe es kaum, mir genug Empathie für die Menschen abzuringen. Jeden Tag soll ich wen anderen bemitleiden: syrische Flüchtlinge, schwule Männer in Tschetschenien, Muslime in Myanmar. Das ist zu viel. Der menschliche Verstand ist nicht dafür ausgelegt, so viel Leid zu verarbeiten. Er schafft es, gerade so viel Empathie aufzubringen, dass es für sein unmittelbares Umfeld reicht. Also verlangen Sie bitte nicht von mir, dass ich meine schwindenden Reserven an eine Eule verschwende.«

»Okay, schon gut.« Florence setzte sich wieder. Dann sagte sie leise: »Ich glaube nur, dass die Eule zu unserem unmittelbaren Umfeld gehört. Sie ist hier, draußen vor dem Haus.« Sie deutete matt zur Tür.

»Sie missverstehen mich, Florence. Ich habe kein Wort von einem realen Umfeld gesagt. Die Zeiten sind lange vorbei. Heute gilt: Rette sich, wer kann. Jeder für sich. Mein Umfeld bin ich. Und ich bin für keinen anderen verantwortlich, sei es Mensch, Vogel oder sonst etwas.«

Florence war sprachlos. Konnte man so etwas einfach entscheiden? Dass man niemandem etwas schuldig war? Sie wusste nie, wann Helen einen Standpunkt vertrat, um mutwillig Öl ins Feuer zu gießen, oder wann es ihr tatsächlich ernst damit war.

Wie sähe wohl ihr eigenes Leben aus, wenn sie sich jeglicher Verantwortung entzöge?

Sie konnte es sich nicht vorstellen. Nach einigen Minuten hörten die Schreie auf.

ACHTZEHN

Bis Mitte April, ungefähr einen Monat nach ihrem Jobwechsel, war Florence einer Unart verfallen, die sie sich niemals hätte angewöhnen dürfen.

Je mehr sie von Helens neuem Buch las, desto mehr ließ ihre Begeisterung nach. Die Sprache war klar, die Handlung spannend, aber irgendwie leblos. Anders als bei *Mississippi Foxtrott* sprang kein Funke über.

Als der Roman herauskam, arbeitete Florence noch in der Buchhandlung in Gainesville. Zutiefst ergriffen hatte eine Kollegin es ihr verehrt, als handele es sich um das geheime Tagebuch des jungen Jesus. Bei Forrester hatte Amanda dann Florences Einstellung gegenüber Maud Dixon mit einem einzigen Satz präzise zusammengefasst: »Ich könnte sie umbringen.« Daraus sprach natürlich der pure Neid, der unvermeidliche Begleiter des Ehrgeizes.

Der selbstbewusste, lebenspralle Stil hatte Florence regelrecht umgehauen. Sie tippte sich Sätze daraus ab, weil sie mal gelesen hatte, dass Joan Didion das Gleiche mit Hemingway gemacht hatte. Sie kam sich wie in eine andere Sphäre emporgehoben vor, als hätte sie ihre eigenen Texte bis dahin mit arthritischen Fingern geschrieben und wäre plötzlich geheilt worden.

Während sie Helens handschriftliche Fassung des zweiten Romans abtippte, empfand sie nichts dergleichen. Im Gegenteil. Erfüllt von einem gänzlich anderen Hochgefühl, dachte sie: Das kann ich genauso gut.

So fing es an.

Wenn sie ein Wort nicht entziffern konnte, entschied sie sich immer schneller und zielsicherer für die eine oder andere Lesart. Anfangs nur, weil sie sich so eine weitere Begegnung der gruseligen Art wie an ihrem ersten Arbeitstag ersparen wollte. Doch schon bald entwickelte sie eine regelrechte Vorliebe für diesen Aspekt ihrer Tätigkeit. Jedes Mal, wenn ihre Wahl auf ein bestimmtes Wort fiel und sie es ins Manuskript eingab, verspürte sie einen kleinen Kick, als wäre sie weniger Helens Assistentin als vielmehr ihre Koautorin.

Von Tag zu Tag wurde sie kühner. Sie fügte Wörter ein, von denen sie wusste, dass Helen sie nicht geschrieben hatte. Aber sie taten dem Buch gut, definitiv. Wenn es Helen auffiele, wäre sie sicher der gleichen Meinung. Vielleicht würde sie Florence sogar danken.

Doch Helen bemerkte nichts. Wenn Florence wieder einen Schwung fertig hatte, speicherte sie die neue Version auf dem Laptop und mailte ihr die Datei. Eigentlich ging sie davon aus, dass Helen ihr den Text nach dem Korrekturlesen wieder zurückschicken würde, damit sie die Änderungen einarbeiten konnte, aber es kam nichts. Auch äußerte sie sich mit keinem Wort zu den Eingriffen. Allmählich kam Florence der Verdacht, dass ihre Verbesserungen tatsächlich den Weg in den Roman finden würden.

Eines Morgens hatte sie gerade das unleserliche Gekrakel auf dem Papier durch das Wort »katastrophal« ersetzt, als vor dem Haus Autoreifen über den Kies knirschten. Sie stutzte. Helen hatte noch nie Besuch bekommen.

Florence stand auf und spähte aus dem Esszimmerfenster. In der Einfahrt stand ein Polizeiwagen. Sie überkam die irrwitzige Angst, dass man sie verhaften wollte, weil sie sich an

Helens Manuskript vergriffen hatte. Als hinter ihr die Treppenstufen knarrten, fuhr sie schuldbewusst herum.

»Die Polizei ist da«, sagte sie.

»Was haben Sie angestellt?«, fragte Helen. »Einen Schnapsladen überfallen?«

Sie ging gemächlichen Schrittes zur Haustür und schlüpfte, als die Autotür ins Schloss fiel, nach draußen.

Florence verrenkte sich den Hals, um mehr erkennen zu können. Ein übergewichtiger Polizist mit graustichiger Haut und schütterem Haar zog sich die Hose hoch und watschelte so respektgebietend man eben watscheln kann, auf Helen zu, die kerzengerade am Fuß der Treppe stand. Zum Schutz gegen die Sonne hielt sie sich die Hand über die Augen, genau wie bei ihrer ersten Begegnung mit Florence.

Florence konnte nicht verstehen, was gesagt wurde. Der Mann deutete auf das Haus, Helen hob die Augenbrauen und lachte fröhlich. Sie drehte sich um und zeigte ebenfalls auf das Haus. Dabei entdeckte sie Florence im Fenster und ließ sekundenlang den Blick auf ihr ruhen. Florence wich zurück. Sie setzte sich wieder an den Tisch und tat so, als wäre sie ganz in die Arbeit vertieft.

Nach einer Weile kam Helen zurück.

»Alles in Ordnung?«, fragte Florence.

»Mein Gott, wenn ich für solche Clowns Steuern bezahle, sollte ich mein Geld vielleicht doch lieber auf den Cayman Inseln bunkern.«

»Was wollte er?«

»Ich war zu schnell unterwegs und bin geblitzt worden.«

»Deshalb kommt er extra her?«

»Nicht nur einmal. Ich handele mir dauernd Strafzettel ein.«

Wenn Florence an die Fahrt vom Bahnhof hier heraus dachte, konnte sie sich das lebhaft vorstellen.

»Soll ich sie bezahlen?«

»Hm? Nein, schon okay. Das mache ich selber. Ich glaube, ich habe sie in meine Schreibtischschublade gestopft und vergessen.«

Aus einer ihr selbst unerklärlichen Verärgerung heraus löschte Florence das Wort »katastrophal« Buchstabe um Buchstabe genüsslich wieder weg.

NEUNZEHN

Als sie am Abend nach dem Besuch des Polizisten beim Essen saßen, sah Helen von ihrem Teller hoch und legte das Besteck weg. »Florence«, sagte sie. »Ich wollte Sie schon länger etwas fragen.«

Florence überlief es eiskalt. Sie war aufgeflogen, glasklar.

Was um alles in der Welt hatte sie geritten, an Helens Manuskript herumzupfuschen? Wie blöd konnte man sein?

Sie war durch ihre Schüchternheit und Unsicherheit so gehemmt, dass sich von Zeit zu Zeit ein selbstzerstörerischer Impuls in ihr regte, der nach einer unbesonnenen Tat verlangte. Es war der gleiche Impuls, der sie dazu gebracht hatte, Simon die Fotos zu schicken. Sie hatte keine Kontrolle darüber.

Der zur Faser zerkaute Bissen Lamm blieb ihr im Hals stecken. Angeleitet von Helen, hatte sie das Fleisch am Nachmittag selbst geschmort. Sie spuckte das Stück unauffällig in ihre Serviette.

»Haben Sie einen Reisepass?«, fragte Helen.

Florence war baff. Sie schüttelte den Kopf.

»Können Sie sich einen besorgen?«

»Ja. Warum?«

Helen komponierte mit Messer und Gabel ein perfektes Häppchen aus Lamm, Reis und Tomatenconfit und verzehrte es nachdenklich. Sie ließ sich Zeit dabei. Anscheinend wollte sie Florence auf die Folter spannen.

»Hätten Sie Lust, mich auf eine Rechercheneise nach Marokko zu begleiten? Was sagen Sie?«

Florence brauchte noch einen Augenblick, um sich wieder zu fangen. »Ja, auf jeden Fall.« Ihre Erleichterung war riesig.

»Super. Ich schlage vor, Sie gehen am Montag aufs Passamt und beantragen eine Eilausfertigung. Die Gebühren zahle natürlich ich.«

»Warum? Wann wollen Sie denn los?«

»So bald wie möglich. Ich komme mit dem Roman nicht weiter, und ich glaube, es würde mir helfen, vor Ort zu sein. Außerdem geht mir das Landleben ein bisschen auf den Geist. Ihnen nicht?«

Florence behielt ihre Antwort für sich. Sie war nie glücklicher gewesen. Wenn sie morgens in dem rosafarbenen Sonnenlicht aufwachte, das durch den blühenden Kirschbaum ins Zimmer fiel, dachte sie jedes Mal, dass sie endlich da gelandet war, wohin sie gehörte. »Soll ich mich um den Flug kümmern?«

»Ja, bitte. Heute haben wir – was? Samstag? Peilen wir Ende nächster Woche an. Mittwoch oder Donnerstag, wenn es noch Plätze gibt.«

»In vier Tagen?«

»Warum nicht? Wozu warten? Wir fliegen bis Marrakesch und fahren am nächsten Tag mit dem Auto weiter nach Semat.« Semat war das Städtchen am Meer, wo Helens Roman spielte.

»Soll ich auch Hotels buchen?«

»Buchen Sie zwei Zimmer in Marrakesch, in einem guten Haus. Bei den Hotels in Semat bin ich mir nicht so sicher. Probieren Sie lieber, eine Villa zu mieten. Etwas Schönes.«

»Für wie lange?«

»Sagen wir … zwei Wochen?«

Florence nickte.

Ihr Handy, das neben ihr auf dem Tisch lag, brummte. Sie warf einen Blick aufs Display: Ihre Mutter. RUF MICH AN!!!!! Sie hatte sich angewöhnt, immer zwei, drei Tage zu warten, bevor sie Vera zurückrief. Seit sie Frauen wie Helen Wilcox und Greta Frost kannte, stachen ihr die Fehler und Schwächen ihrer Mutter umso schmerzhafter ins Auge.

»Sorry«, sagte Florence und drehte das Handy um.

»Gehen Sie ruhig ran.«

»Muss nicht sein. Es ist bloß meine Mutter.«

»Gibt es Stress? Sie können es mir ruhig erzählen – mit Familiendramen kenne ich mich aus.«

»Nein, nein, es ist nichts weiter vorgefallen. Bloß … Na ja, anfangs habe ich ihre Anrufe weggedrückt, weil ich ihr nicht sagen wollte, dass ich bei Forrester aufgehört habe. Und dann habe ich gemerkt, dass ich viel glücklicher bin, wenn ich nicht mit ihr rede.« Florence stieß ein leises, verlegenes Lachen aus.

Helen nickte. »Als ich Hindsville verlassen habe, ging es mir ähnlich. Ich habe versucht, mit meiner Familie in Verbindung zu bleiben, aber sie war wie ein Mühlstein um meinen Hals, der mich nach unten zieht, der mich zurückhält. Meine Mutter war zu der Zeit schon tot, aber mein Vater und meine Großmutter konnten mir nicht verzeihen, dass ich weggezogen bin. Sie dachten, ich wäre eine eingebildete City-Pute geworden. In Oxford, Mississippi, das muss man sich mal vorstellen! Ist ja schließlich nicht so, als wäre ich nach Paris gejettet. Deshalb haben sie ewig lange versucht, mich wieder auf ihr Normalmaß zurechtzustutzen. Bei jedem Anruf war es das Gleiche. Bis ich irgendwann einen Schlussstrich gezogen habe.«

»Einen Schlussstrich?«

»Ja, ich habe sie nicht mehr angerufen. Ihnen nicht mehr geschrieben. Sie nicht mehr besucht. Es war ein Gefühl, als hätte ich mich von einer Last befreit. Als hätte man mir die Fesseln abgenommen. *Mississippi Foxtrott* konnte ich erst schreiben, als ich nicht mehr darüber nachdenken musste, was sie wohl davon halten würden. Ich habe mir gar keine Gedanken mehr über sie gemacht und mir dadurch den nötigen Freiraum geschaffen. Der Text sprudelte nur so aus mir heraus.«

Florence dachte an die Lähmung, die sie jedes Mal befiel, wenn sie etwas schreiben wollte. Ob vielleicht Vera das Problem war?

»Glauben Sie mir.« Helen gestikulierte mit ihrer Gabel. »Mich von ihnen zu trennen, war die beste Entscheidung meines Lebens. Hätte ich es nicht gemacht, wäre ich heute keine Schriftstellerin.«

In der Nacht lag Florence im Bett und starrte an die Dachschräge, keine zwei Meter über ihrem Kopf.

Wäre sie dazu fähig? Könnte sie ihre Mutter komplett aus ihrem Leben streichen?

Was sie Helen erzählt hatte, stimmte. Sie war glücklicher, seit sie nicht mehr so oft mit ihr telefonierte. Aus der Ferne erkannte sie viel klarer, wie schwach und minderwertig sie sich nach jedem Gespräch fühlte.

Es war fast so, als hätte Vera zwei verschiedene Ausgaben von Florence vor Augen: auf der einen Seite die Tochter, die sie vergötterte, die mit dem Potenzial, die für Großes bestimmt war, und auf der anderen die echte Florence, die ständig Veras Hoffnungen und Träume zerstörte. Wenn sie mit ihr sprach, warf sie mit Kosenamen wie »Spatz« oder

»Liebes« um sich, nannte aber andererseits auch ihre Gäste im Restaurant »Liebes«, obwohl sie das gar nicht durfte. Die dauernd wiederholte Floskel »Wer hat dich lieb?« war so leer und hohl, dass es wehtat.

Sie wollte ihrer Mutter beweisen, dass die wahre Florence ganz allein erfolgreich sein konnte: als Schriftstellerin, als Künstlerin. Sie hatte die Nase voll davon, immer so hingestellt zu werden, als würde sie hinter Veras Erwartungen zurückbleiben.

Möglicherweise war es eine Prüfung. Vielleicht musste sie sich erst von ihrer Mutter lossagen, um die gleiche Belohnung zu bekommen wie Helen – das Ende ihrer Schreibblockade. Eine Entfesselung ihres Talents, ein Hervorbrechen ihres Genies. Ihr ureigenes *Mississippi Foxtrott.*

Was hatte Helen gesagt? *Glauben Sie mir. Hätte ich es nicht gemacht, wäre ich heute keine Schriftstellerin.*

Florence warf einen Blick auf das Handy, das in dem dunklen Zimmer leuchtete. Kurz nahm sie es in beide Hände, hielt es wie ein Amulett. Dann schrieb sie ihrer Mutter eine Nachricht: *Ich bin beruflich eine Zeit lang im Ausland und deswegen nicht erreichbar.* Es war kein endgültiger Schnitt, nur eine Trennung auf Probe.

Sie hatte die Nachricht kaum abgeschickt, da rief ihre Mutter an.

Florence drückte sie weg und schaltete das Handy aus.

ZWANZIG

Am Montagnachmittag stand Florence vor dem Dunkin' Donuts und kaute nachdenklich auf dem Strohhalm herum, der in ihrem Eiskaffee steckte. Sie war eben erst mit dem Zug in Manhattan angekommen. Die am schnellsten zu erreichende Passstelle befand sich in der Hudson Street, zufälligerweise direkt gegenüber der Verlagszentrale von Forrester. Nach dem Wortlaut des Kontaktverbots, das Simon gegen sie erwirkt hatte, durfte sie sich dem Gebäude höchstens bis auf hundertfünfzig Meter nähern. Aber das Risiko war es ihr wert.

Sie ließ den Blick an der Fassade emporwandern und suchte nach seinem Fenster. Waren hundertfünfzig Meter Luftlinie gemeint? Simons Büro lag im vierzehnten Stock, und allein die Fahrt mit dem Aufzug würde schon fast ein Drittel der Entfernung fressen.

»Florence?«

Sie drehte sich um. Amanda Lincoln kam auf sie zu, ein erstauntes Lächeln im Gesicht.

»Dachte ich's mir doch, dass du es bist! Was führt dich hierher? Arbeitest du wieder bei Forrester?«

»Nein, ich habe in der Nähe eine Besprechung«, antwortete Florence automatisch. Sie deutete unbestimmt nach Westen. Dabei war das Einzige, was westlich vom Forrester Verlag lag, das Sortierzentrum von UPS.

»Dann wohnst du noch in New York? Du warst so schnell

verschwunden, dass wir dachten, du wärst vielleicht ganz weggezogen.«

Amanda fischte offensichtlich nach ein paar Bröckchen Klatsch und Tratsch, um sie später aufgeregt mit den Kollegen zu teilen. (»Ihr glaubt nicht, wen ich gerade getroffen habe!«) Florence hätte zu gern gewusst, wie sie sich nach der Kündigung den Mund über sie zerrissen hatten. Von Lucy hatte sie gehört, dass sich die Geschichte mit den Fotos herumgesprochen hatte.

»Nein, ich wohne jetzt in der Nähe von Hudson. Ehrlich gesagt fand ich schon immer, dass New York überschätzt wird.« Plötzlich gingen die Pferde mit ihr durch. »Komm mich doch mal besuchen.«

»Das wäre wunderbar.« Stumm hielten sie den Blickkontakt sekundenlang aufrecht. Beiden war klar, dass es dazu im Leben nicht kommen würde. Sie waren keine Freundinnen. Noch nie gewesen.

Florence gab zuerst nach. »Leider kannst du nicht bei mir schlafen. Ich wohne in einem Gästehaus. Das ist zwar sehr fein, aber auch recht klein.«

»Das klingt spannend. Ein Gästehaus? Du hast dir wohl einen reichen Gönner geangelt«, sagte Amanda lachend.

»Eine Mentorin.«

»Entschuldige, da war ich anscheinend etwas voreilig.«

Florence prickelte es in den Fingern wie schon lange nicht mehr, in ihren Eingeweiden brodelte es. Sie wünschte sich nichts sehnlicher, als Amanda zu erniedrigen, sie lächerlich zu machen. Wahrscheinlich hatte die sich in ihrem ganzen Leben noch nicht wie eine Witzfigur gefühlt. Florence grub sich die Fingernägel in die linke Handfläche. Sie waren nicht scharf genug.

»Ich muss los«, sagte sie. »Ich will nicht zu spät kommen.«

»Auf keinen Fall, nein. Es war so schön, dich zu sehen!«

Als sie sich vorbeugte, um Florence auf die Wange zu küssen, reagierte die verlegen mit einer Umarmung und hatte prompt Amandas Haare im Mund.

In der Warteschlange im Passamt ließ sie die Begegnung noch einmal Revue passieren. Amanda konnte sie wegen des Verstoßes gegen das Kontaktverbot anzeigen. Oder sie bei Simon melden. Ja, genau dazu wäre sie fähig. Florence würde natürlich alles abstreiten. Und sie war ja ohnehin nur noch ein paar Tage im Land.

Sie war noch nie weiter als bis nach Los Angeles gereist, wo sie als Neunjährige für eine Rolle vorgesprochen hatte. Ihre Mutter war auf dem Hinflug zappelig vor Aufregung gewesen und auf dem Rückflug bitter vor Enttäuschung.

Florence hatte das Gefühl, dass sie als anderer Mensch von der Reise zurückkehren würde. Veränderungen verliefen nie geradlinig, sondern ruckartig und sprunghaft, mit Höhen und Tiefen. Nachdem die alte Identität von einem abgefallen war und bevor sich die neue komplett herausgebildet hatte, befand man sich in einem Schwebezustand der Straflosigkeit. In dem einem nichts mehr etwas anhaben konnte. Man war nicht mehr ganz man selbst. Man war im Grunde niemand.

Sie spielte auf Zeit, bis sie Florence ausmustern konnte, den Menschen, der sie jetzt noch war. Ihr gefiel der Gedanke. Sie hatte die Nase voll von sich. Das war das Problem, wenn man dauerhaft im eigenen Kopf gefangen war: Die Welt war nicht laut genug, um den inneren Monolog zu übertönen. Derselbe Mist, tagein, tagaus. Mag sie mich? Sehe ich okay aus? Werde ich irgendwann glücklich sein? Oder erfolgreich?

Als hörte man jahrelang immer und immer wieder denselben Song. Galt so etwas nicht als Foltermethode?

»Florence Darrow?«

Das kam von dem Mann, bei dem sie vor zwanzig Minuten das Formular und ihr Foto abgegeben hatte. Florence hörte ihn nicht. Sie hockte auf einer harten Holzbank und sah zu, wie eine alte Frau langsam und mit zittriger Hand einen Passantrag ausfüllte. Florence musste sich beherrschen, um ihr nicht den Stift aus den arthritischen Fingern zu reißen und an die Wand zu pfeffern. Wie wollte die alte Tante durch den Zoll und die Sicherheitskontrolle kommen, wenn sie noch nicht mal ein Formular ausfüllen konnte? Florence war starr vor Wut. Sie wusste selbst nicht, warum sie sich so aufregte. Vielleicht konnte sie die Gebrechlichkeit der Frau nicht ertragen.

Sie wandte den Blick ab und atmete ein paarmal tief durch. Ihre Wut würde wieder verrauchen, das sagte ihr die Erfahrung. Sie durfte nur nicht mehr an Simon und Amanda denken – und an die alte Frau, die sie nicht einmal kannte.

»Florence Darrow?«

Sie gab sich einen Schubs. »Ja, das bin ich!«

DRITTER TEIL

EINUNDZWANZIG

Mit einem dumpfen Schlag setzte das Flugzeug, bedenklich nach links ziehend, in Marrakesch auf. Sie waren mehr als sechzehn Stunden unterwegs gewesen, von New York nach Lissabon, von Lissabon nach Marrakesch, Helen flog Business Class, Florence Economy.

Während die Maschine ausrollte, wandte sich der kleine Araber, der neben Florence saß, zu ihr um und sagte: »Sehen Sie den Wind in den Bäumen da drüben?« Er beugte sich über sie hinweg und drückte seinen perfekt manikürten Zeigefinger an die Plastikscheibe. »Das ist der Chergui, ein Wind aus der Sahara. Normalerweise kommt er erst später im Jahr.«

»Was macht er?«

»Er bringt Hitze und Staub.« Der Mann schmunzelte. »Und wenn Sie meine Großmutter fragen, bringt er auch Unglück.«

Das Flugzeug blieb in einiger Entfernung zum Terminal stehen, und zwei Männer schoben eine wackelige Gangway an den Rumpf heran. Schon beim Aussteigen spürte Florence den Chergui. Er peitschte ihr die Haare ums Gesicht und in den Mund. Sein Rauschen mischte sich in das verstummende Motorengeräusch. Die plötzliche Hitze und der Lärm hatten eine desorientierende Wirkung auf sie. Helen dagegen schien durch die heißen, heftigen Böen wie verjüngt. Ihre Augen leuchteten, sie lachte übers ganze Gesicht.

»*Bonjour, l'aventure!*«, rief sie in den Wind.

Zwei gelangweilt aussehende, uniformierte Männer mit Maschinenpistolen folgten den Passagieren über den Asphalt. Der Flughafen hatte zwei Terminals. Neben einem alten rosafarbenen Gebäude mit dem windschiefen Schild AEROPORT MARRAKECH MENARA auf Französisch und Arabisch prangte ein hochmoderner Neubau aus glänzend weißem Plastik mit einer durchbrochenen Messingfassade.

Sie wurden in das zweite Gebäude gebracht, dessen kaleidoskopisch bunte Teppichböden und glänzende Oberflächen an ein amerikanisches Konferenzzentrum erinnerten. Florence war enttäuscht. Sie hatte sich etwas Exotischeres erhofft.

Vor ihrer Ankunft am Flughafen JFK hatte sie Helen noch nie in der Öffentlichkeit erlebt. In der Abflughalle konnte sie Helens ungeduldiges Temperament und die gelegentlich auftretende Strenge, an die Florence sich inzwischen gewöhnt hatte, aus nächster Nähe beobachten. Helen trieb die Menschen wie mit einer Schrotflinte auseinander, während Florence im Laufschritt hinterherlief. Dabei empfand sie Helens aggressives Durchsetzungsvermögen tatsächlich als Befreiung. Fürs Erste fügte sie sich in die Rolle als Helens Schützling und gönnte sich eine Auszeit von der Verantwortung. Sie hielt den Blick auf Helens Rücken geheftet und blendete alles andere aus.

Auch in Marrakesch übernahm Helen sofort die Führung der Herde, die zum Terminal schlurfte. Bis sie auf die schier endlos lange Warteschlange stießen, die sich in der großen Halle zum Schalter der Passkontrolle wand. Hier und da beulte sie sich um eine Familie oder eine Touristengruppe herum aus, ganz so, als verdaute die Schlange ganze Mäuse. Bei diesem Anblick blieb Helen wie angewurzelt stehen, dann änderte sie blitzschnell den Kurs und steuerte eine Frau in Uniform an.

»Ich bin schwanger«, sagte sie ohne weitere Umschweife auf Englisch zu ihr. Sekundenlang musterte die Frau Helens Bügelbrettbauch, dann sagte sie: »Gewiss.« Sie begleitete sie zu einer kürzeren Schlange, in der nur sechs oder sieben Leute warteten, angewiesen auf Buggys, Rollstühle oder Gehhilfen. Florence warf einen Blick zurück auf die Hunderte von Menschen, die in der langen Schlange sicher noch eine Wartezeit von ein bis zwei Stunden vor sich hatten. Sie war froh, dass sie nicht dazugehörte. Keine kleingeistige Regeltreue mehr für sie. Keine Konformität, keine Spießigkeit.

Der Fahrer, den Florence über das Hotel gebucht hatte, wartete nach der Gepäckausgabe auf sie, ein Schild mit dem Namen WILCOCK in Händen. Er trug eine lange staubfarbene Tunika über schwarzen Jeans und Reeboks. Er stellte sich als Hamza vor und führte sie auf den Parkplatz, wo ein neuerer Fiat für sie bereitstand. Wieder war Florence enttäuscht. Aber was hatte sie erwartet? Ein Kamel?

Auf glatt asphaltierten Straßen ging es vorbei an angestrahlten Plakatwänden – teilweise auf Englisch – und herum um manierliche Kreisverkehre mit gepflegten Blumenbeeten. Vor großen bunten Gebäuden mit Neonschildern sprudelten dekorative Springbrunnen. Es sah aus wie in Las Vegas.

Doch dann lag plötzlich die Stadtmauer der Medina vor ihnen, das Marrakesch aus dem Reiseführer. Hamza erzählte, dass die Mauer im zwölften Jahrhundert errichtet worden war. Sie hatte einen warmen Ockerton, der im Licht der Nachmittagssonne rot leuchtete. Die Mauer selbst war von großen Löchern durchzogen, in denen stellenweise Holzbalken steckten. Marrakesch, so hatte Florence gelesen, hieß die »Rote Stadt«, weil sie ursprünglich mit dem roten Lehm aus dem Umland erbaut worden war; später verfügte die Regierung, dass Neubauten in der gleichen Farbe gestrichen werden mussten.

Sie fuhren durch das Bab el Djedid, eines der verkehrsreichsten Stadttore, in die Medina. Über ihnen erhob sich das kunstvoll verzierte Minarett der Koutoubia-Moschee, dessen Spitze von vier vergoldeten Kugeln gebildet wurde, eine über der anderen. Das Bauwerk war in der Stadt von jeder Stelle aus zu sehen. Im Zuge ihrer Recherchen hatte Florence gelesen, dass die erste Moschee kurz vor der Fertigstellung wieder abgerissen werden musste, weil sie nicht genau nach Mekka ausgerichtet war. Das Hotel, zu dem sie wollten, lag nicht weit davon entfernt.

Obwohl der Verkehr auf dieser Seite des Tors chaotischer war als auf den modernen Schnellstraßen außerhalb der Stadtmauern, kam es zu keinem Zwischenfall. Autos, Esel, Pferdekarren und Mopeds kurvten gekonnt umeinander herum. Die Gebäude besaßen eine dezente Schönheit, die man so weder in Florida noch in New York fand. Die geometrischen Muster und die farbenprächtigen Fliesen sahen sehr aufwändig aus. Florence gefiel die romantische Einstellung, dass das Magische über dem Praktischen stand. Palmen zeichneten schwankende Schatten auf die Fassaden.

Nachdem sie ungefähr zehn Minuten durch die Altstadt gefahren waren, hielt Hamza an einer verkehrsreichen Kreuzung an und stellte den Motor aus.

»Was ist?«, fragte Florence.

»Wir sind da«, antwortete er.

Florence blickte sich um. Auf dem Weg in die Stadt waren sie an mehreren Gässchen vorbeigekommen, denen etwas Malerisches anhaftete, aber davon konnte hier keine Rede sein. Aus einem Restaurant an der Ecke schepperte laute Musik. Daneben wurden Reifen und Autobatterien verkauft. Am Straßenrand lümmelte ein Dutzend Männer auf weißen Plastikstühlen; die Bezeichnung Bürgersteig wäre zu hoch gegriffen gewesen.

»Hübsch«, sagte Helen ausdruckslos.

»Nein.« Florence schüttelte den Kopf. »Nein.« Sie faltete den Ausdruck der Hotelreservierung auseinander und hielt ihn Hamza noch einmal unter die Nase. Nach einer stundenlangen Internetsuche hatte sie sich dafür entschieden, war es doch laut TripAdvisor »eine verwunschene Oase, die südländischen Charme verströmt«.

»Riad Belsa.« Sie zeigte mit dem Finger auf das Blatt. »Eine verwunschene Oase, die südländischen Charme verströmt.«

»Ja«, sagte er freundlich. »Ein sehr schönes Hotel.« Er stieg aus und ging zum Kofferraum. Das Gepäck gab er an einen groß gewachsenen, dünnen Mann weiter, der neben dem Wagen die Zeit totschlug. Der warf die Sachen in eine große Schubkarre und hielt damit sofort auf eine enge, finstere Gasse zu.

»Warten Sie«, rief Florence hilflos.

»Ab hier geht es mit dem Auto nicht weiter«, erklärte Hamza geduldig. »Der Mann bringt Sie hin.«

»Ich traue dem Braten nicht«, sagte sie leise zu Helen.

Die zückte gleichgültig ihre Brieftasche und drückte Hamza ein Trinkgeld in die Hand. »Das hat bestimmt alles seine Ordnung. Auf seiner Jacke steht der Name des Hotels.«

Widerstrebend schloss Florence sich ihr an.

»Mir ist gar nicht wohl dabei«, flüsterte sie.

»Panik ist Energieverschwendung, Florence.«

Sie folgten dem Mann mit der Schubkarre durch das Labyrinth. Hinter jeder Ecke tat sich die nächste düstere Gasse auf, die eine wie die andere bis auf ein paar magere, verängstigte Katzen wie ausgestorben. Florence hielt die Augen nach Straßenschildern offen, doch es schien keine zu geben. Hier würden sie nie wieder herausfinden.

Von der Koutoubia-Moschee erscholl der Gebetsruf, in Florences Ohren ein trauriger Klagegesang. Sie legte den Kopf in den Nacken, aber die Mauern waren zu hoch und standen zu dicht beieinander, als dass sie das Minarett hätte sehen können.

Irgendwann bogen sie in eine Sackgasse ein. Am Ende erblickten sie eine reich geschnitzte Tür mit einem goldglänzenden Schild, auf dem »Riad Belsa« stand. Florence erkannte sie von den Fotos auf TripAdvisor wieder. Der Mann schwang den großen Messingklopfer, und eine korpulente Frau mit Kopftuch machte ihnen lächelnd auf. Sie begrüßte sie herzlich: »*Salaam alaikum*, guten Tag, *bienvenue*.« Sie bat sie herein. Durch einen kleinen Innenhof ging es in einen größeren mit einem plätschernden Springbrunnen in der Mitte, wo üppig grüne Zitrus- und Granatapfelbäume wuchsen. Der Boden und die Wände waren mit schwarzen, roten und grünen Fliesen ausgelegt. Sie gab ihnen einen Tisch unter blühenden Ranken und brachte ihnen einen Teller mit Datteln und zwei kleine Gläser Milch, die mit Orangenblütenwasser parfümiert war. Florence atmete erleichtert auf.

Es dauerte nicht lange, und ein eleganter Mann, der einen Dreiteiler trug, setzte sich zu ihnen.

»Guten Tag«, sagte er mit dem Hauch eines britischen Akzents. Ein Kamm hatte parallele Linien in seinem schwarz glänzenden Haar hinterlassen. »Willkommen im Riad Belsa. Ich bin Brahim, der Manager.«

Nachdem er sich höflich erkundigt hatte, woher sie kamen und ob sie eine gute Anreise gehabt hätten, sagte er: »Bitte entschuldigen Sie, aber die Formalitäten warten. Danach können Sie dann den Rest Ihres Aufenthalts unbeschwert genießen.« Er legte ihnen zwei Vordrucke hin. »Die Information ist für die Fremdenpolizei. Wir sind verpflichtet, Neuankömmlinge jeden Abend zu melden. Das meiste haben wir auf Grundlage Ihrer Buchung schon vorab ausgefüllt. Wir bräuchten nur noch Ihren Beruf und Ihre Unterschrift. Da und da.« Florence sah sich ihr Formular an. Es trug die Überschrift *Bulletin Individuel d'Hébergement*, und Name, Adresse und Passnummer waren bereits eingetragen.

»Würden Sie mir verraten, welche Berufe Sie ausüben?«, fragte Brahim.

Helen und Florence antworteten in derselben Sekunde: »Autorin« und »Assistentin«.

»Ah, Assistentin. Das ist sehr gut.« Er nickte und wandte sich dann Helen zu. »Aber bitte schreiben Sie nicht Autorin. Damit machen Sie nur die Polizei neugierig. Man wird denken, Sie schreiben politische Artikel oder womöglich etwas Nachteiliges über unser Land. Dann will man von uns wissen, was Sie besichtigt und fotografiert haben. Wir haben nichts als Scherereien, glauben Sie mir. Bitte schreiben Sie ›Verkäuferin‹ oder ›Managerin‹, damit wäre uns sehr geholfen.«

Helen hatte anscheinend Lust, sich einen kleinen Spaß zu erlauben. »Dann schreiben wir Managerin«, sagte sie. »Aber Managerin wovon? Von einer Fabrik?«

»Managerin reicht«, antwortete Brahim leise.

»Ich manage eine Schraubenfabrik«, fuhr Helen aufgedreht fort. »Für Schiffsmotoren. Beziehungsweise Motoren für alle Arten von Wasserfahrzeugen. Was schwimmt, schwimmt …

mithilfe unserer Schrauben. Aber ich glaube, an dem Slogan müssen wir noch feilen. Meinen Sie nicht auch, Florence?«

Florence lächelte unsicher. So verspielt kannte sie Helen gar nicht.

»Managerin reicht«, wiederholte Brahim. Er warf einen Blick auf sein iPad. »Sie bleiben nur eine Nacht bei uns?«

Die Frauen nickten. Am nächsten Tag wollten sie weiter nach Westen, nach Semat.

»Dürfte ich Ihnen dann für die kurze Zeit, die Sie in unserer schönen Stadt verbringen, einige Sehenswürdigkeiten ans Herz legen? El Badi ist eine Palastruine, nicht weit von hier. Ein prächtiges Gebäude. Unbedingt eine Stippvisite wert. Und Sie müssen unseren Suk besuchen. Wir können Ihnen gern einige vertrauenswürdige Händler empfehlen. Lederwaren, Schmuck … was Ihr Herz begehrt.«

»Hm, danke. Mal sehen.« Helens Begeisterung hielt sich in Grenzen. Florence wusste nur zu gut, dass sie es überhaupt nicht vertragen konnte, wenn man über sie bestimmte. Das war ihr klar geworden, als sie, ohne sich etwas Böses dabei zu denken, vorgeschlagen hatte, auf der Fahrt an die Küste einen Abstecher ins Atlas-Gebirge zu machen. Helen hatte sie sekundenlang nur stumm angestarrt und war dann aus dem Zimmer marschiert.

»Ich darf Ihnen versichern, dass Sie dort nichts zu befürchten haben«, sagte Brahim, der Helens Zögern missverstanden hatte. »Im Suk sind Dutzende Polizisten in Zivil unterwegs, deren einzige Aufgabe es ist, die Touristen zu beschützen. Getarnt als Betrunkene oder Bettler, lehnen sie an den Wänden und hocken auf der Erde, doch sobald sie etwas Verdächtiges bemerken, schlagen sie zu.« Dabei klatschte er so laut in die Hände, dass das Echo durch den Innenhof schallte.

Florence hob die Augenbrauen. »Wirklich?«

»Aber ja. In Marrakesch sind wir alle Meister der Tarnung«, fügte er mit einem Augenzwinkern hinzu.

Helen stand auf. »Ich denke, wir ziehen uns jetzt erst einmal auf unsere Zimmer zurück.« Sie wirkte irgendwie ernüchtert. Florence hatte fast vergessen, dass für sie eine Auslandsreise fast so ungewohnt war wie für sie selbst. Es war vier Uhr nachmittags in Marrakesch, und sie waren jetzt seit mehr als zwanzig Stunden auf den Beinen. Müdigkeit und Jetlag dämpften fürs Erste jegliches Interesse an der Stadt.

»Selbstverständlich, Madame.« Brahim führte sie über eine Wendeltreppe in den ersten Stock hinauf. »Unser Hotel ist ein traditioneller Riad«, erklärte er. »Ein Atriumhaus, das um einen Garten herum angeordnet ist.« Auf der Galerie blickte Florence über das schmiedeeiserne Geländer hinunter in den Innenhof, der von den letzten Strahlen der Nachmittagssonne erhellt wurde. Ihre Zimmer lagen einander diametral gegenüber, durch den Innenhof getrennt. Vor Helens Tür langten sie als Erstes an.

Nachdem sie sich für sieben Uhr zum Abendessen verabredet hatten, brachte Brahim auch Florence zu ihrem Zimmer. Beim Eintreten fielen ihr an der Holztür und am Türrahmen zwei ringförmige Halterungen auf, als könnte man eine Stange oder einen Besenstiel hindurchschieben, um jemanden einzusperren.

Ihr schoss kurz die Frage durch den Kopf, wer wohl auf die Idee gekommen sein mochte, so etwas anzubringen, aber sie war zu müde, um sich länger Gedanken darüber zu machen. Sie wollte nur noch schlafen. Wenn jemand sie einsperren wollte, bitte schön.

ZWEIUNDZWANZIG

Florence wachte mit Kopfschmerzen auf. Ihr Mund war ausgetrocknet, und sie hatte einen säuerlichen Geschmack auf der Zunge. Sie tauchte wie aus einem dichten Nebel auf. Das Bett war zerwühlt, das Laken durchgeschwitzt. Sie spürte noch das Adrenalin in den Adern. Vergeblich versuchte sie, sich an ihre Träume zu erinnern. Sie entglitten ihr, schlüpfrig wie Fische. Ob sie gerannt war? Wahrscheinlich. Weil sie verfolgt wurde?

Mit einiger Mühe kam sie zum Sitzen hoch und rubbelte sich das Gesicht. Sie warf einen Blick auf ihr Handy. 6.14 Uhr? Unmöglich. Es war Morgen? Sie hatte vierzehn Stunden am Stück geschlafen? Sie wälzte sich aus dem Bett und stakste steifbeinig ins Badezimmer, wo sie sich als Erstes eine Handvoll kaltes Wasser ins Gesicht spritzte.

Allmählich nahm die Realität wieder schärfere Konturen an. Sie befand sich in Marrakesch. Sie hatte am Abend mit Helen zusammen essen wollen, musste die Verabredung aber verschlafen haben. Und heute sollte es nach Semat gehen.

Florence sprang unter die Dusche und schlüpfte in die erstbesten Sachen, die in ihrer Reisetasche obenauf lagen: Jeans und ein verkrumpeltes T-Shirt. Draußen auf der Galerie lauschte sie an Helens Tür, doch es war nichts zu hören. Als sie in den Innenhof hinuntersah, entdeckte sie Helen. Sie saß unter einem Orangenbaum, einen schwarzen Kaffee vor sich auf dem Tisch. Sie trug ein frisch aufgebügeltes schwarzes Leinenkleid und Riemchensandalen.

Mit einem Seufzer nahm Florence ihr gegenüber Platz.

»Ich dachte schon, Sie wären tot«, sagte Helen munter.

»Ich auch.«

»Das hätte mir überhaupt nicht in den Kram gepasst.«

»Haha.«

»Kaffee.« Helen zeigte auf den silbernen Automaten, der im Schatten auf dem Büfett stand.

Nachdem Florence sich eine Tasse geholt hatte, entschuldigte sie sich erst einmal. »Ich weiß auch nicht, was mit mir los war. Haben Sie dann gestern Abend allein gegessen?«

Helen ließ ihre Frage unbeantwortet. »Ich finde, bevor wir fahren, sollten wir uns noch den el-Badi-Palast ansehen. Ich habe mich heute Morgen mit Brahim darüber unterhalten, und es scheint wirklich eine spektakuläre Sehenswürdigkeit zu sein. El Badi bedeutet ›der Unvergleichliche‹. Toll, was? Das ist wohl einer von Allahs neunundneunzig Namen. Da kommt man sich ganz unterprivilegiert vor, wenn man wie ich nur zwei Namen hat. Ich schlage vor, wir schauen ihn uns gleich nach dem Frühstück an, und danach können Sie dann den Wagen holen.«

Als sie die Reise planten, hatte Florence vorgeschlagen, für die Strecke nach Semat einen Wagen mit Fahrer zu mieten, aber Helen wollte keinen Chauffeur. »Araber können nicht Auto fahren«, hatte sie in dem sachlichen Ton gesagt, den man etwa bei einer Tatsachenbehauptung wie »Ich bin in Boise aufgewachsen« anschlagen würde.

Nach dem Essen holten sie schnell noch ihre Sachen aus den Zimmern und trafen sich unten wieder. Helen hielt Florence Brieftasche, Handy und Zigaretten hin. »Wären Sie so nett? Ich habe keine Lust, eine Tasche mit mir rumzuschleppen.«

»Gern, kein Problem.« Florence steckte die Sachen ein, obwohl ihre Tasche bereits ziemlich voll war.

Es dauerte eine Weile, bis sie aus dem dunklen Labyrinth, in dem das Hotel lag, herausgefunden hatten. Die Wände waren so hoch, dass kaum Sonnenlicht hereinfiel, und sie standen einander so eng gegenüber, dass Florence sie rechts und links mit ausgestreckten Armen erreichen konnte. Einige Gebäude waren, wie sie bei näherem Hinsehen feststellte, mit einer Kunststofffolie bedeckt, die wie Mauerwerk aussah.

Brahim hatte ihnen zwar versichert, es wäre vom Hotel aus nur ein kurzer Spaziergang bis zum el-Badi-Palast, dabei aber nicht mit eingerechnet, wie lange sie brauchen würden, um sich in dem Gassengewirr zu orientieren. Irgendwann fanden sie tatsächlich die große Kreuzung wieder, wo der Fahrer sie am Vortag hatte aussteigen lassen. Hier zweigten breitere, belebtere Straßen ab. Autos, Mopeds, Fußgänger und Esel machten sich gegenseitig den Platz streitig. Die Esel, traurige Klappergestelle, zogen Karren mit Baumaterialien wie Zementsäcke, Ziegelsteine und lange Stahlstangen, die hinten herunterhingen und über den staubigen Asphalt kratzten. Ein paar alte Taxis, cremefarbene Mercedes aus den Achtzigern, hielten neben ihnen an, doch sie winkten sie weiter. Es war noch nicht einmal neun Uhr, aber schon brütend heiß. Florence hätte viel lieber auch ein Kleid angehabt.

Viele Waren, die vor den Geschäften ausgestellt waren, quollen vom Bürgersteig auf die verstopften Straßen, eine seltsame Mischung aus Exotischem und Alltäglichem: lebende Schildkröten, in Plastik verpackte Socken, Kinderschirme, Säcke mit Pigmenten, Gewürzen und Bohnen, Windeln, Sonnenbrillen, blutig glänzende Fleischberge. Und über alles wachten ernste Männer in Djellabas. Eine Katze sauste an ihnen vorbei, einen Vogelkopf im Maul.

Die Hitze war unerträglich. Als sie den el Badi schließlich erreichten, war Florence mit den Nerven einigermaßen am Ende. Sie bezahlten siebzig Dirham, ungefähr sieben Dollar, Eintritt und fanden sich in einer großen, offenen Anlage wieder, totenstill und menschenleer. Der Palast hatte gerade erst geöffnet, und sie schienen die ersten Besucher zu sein. Außer ihnen waren nur noch Wachleute zu sehen.

Florence las in dem Infoblatt, das sie am Eingang bekommen hatten, und fasste für Helen das Wichtigste zusammen: »1578 vom Sultan in Auftrag gegeben, nach fünfzehn Jahren vollendet. Hundert Jahre später ließ ihn ein anderer Sultan teilweise abtragen und die Steine für den Bau seines eigenen Palastes in Menkes – nein, Entschuldigung, Meknès – im Norden wiederverwenden.«

Helen riss Florence das Heftchen aus der Hand und fächelte sich damit Luft zu. »Ich sterbe vor Hitze.«

»Das macht der Chergui«, sagte Florence.

Helen ging auf einen abgesenkten Garten in der Mitte des Innenhofs zu. Florence duckte sich in den schmalen Streifen Schatten am Fuß der hohen Wände, die ebenso von großen Löchern durchsetzt waren wie die Mauern der Medina. Hier allerdings drängten sich Tauben darin – Hunderte von Tauben. Das Gurren klang aggressiv und beruhigend zugleich, wie ein Kindergedicht in einem Horrorfilm. Strohhalme segelten herab. Florence fuhr mit den Händen über die Mauer und legte den Kopf in den Nacken. Riesige Störche starrten aus struppigen Nestern ausdruckslos auf sie herunter. Alles war voller Vogelkot.

Über eine steile Treppe stieg sie zu einigen stark beschädigten, zum Himmel hin offenen Räumen mit zersprungenen Fliesenböden hinunter. Hier unten waren die Vögel sogar noch lauter zu hören. In einer vor der Sonne geschützten Nische presste sie die Wange gegen die Wand. Der Stein war erstaunlich kalt. Nicht lange darauf wagte sich ein Tourist die Treppe herunter. Er konnte Florence nicht sofort sehen, und als er sie nach ein paar Schritten doch bemerkte, zuckte er zusammen.

»Himmel!«, rief er. »Sie haben mich erschreckt.«

Sie trat aus dem Schatten ins Licht. »Sorry.«

»Verstecken Sie sich?«

»Nur vor der Sonne.«

»Ja, die brennt heute besonders fies.« Der Mann hatte einen englischen Akzent – und ein typisch englisches, zahnlückiges Lächeln. »Urlaubsreise?«

»Eher nicht«, antwortete Florence. »Studienreise.«

»Ach ja? Lassen Sie mich raten.« Er musterte sie von oben bis unten. »Archäologiestudentin!« Er deutete mit seinem langen, dünnen Zeigefinger auf sie.

»Romanautorin«, sagte Florence. Der Mann hob die Augenbrauen. »Toll. Darauf wäre ich nie gekommen.«

Nach der Lüge überkam Florence das gleiche Gefühl wie am Meer, wenn sie sich zu weit hinausgewagt hatte, um noch vor den Wellen zurück an den Strand zu laufen, und sich nur noch kopfüber hineinstürzen konnte. Absurderweise hatte sie plötzlich Angst, dass er sie ausfragen würde.

Sie ließ ihn stehen. Wieder oben, im Hellen, durchquerte sie die Anlage, vorbei an den tiefer gelegenen Gärten mit den Orangenbäumen und dem mit Algen zugewucherten Wasserbecken. Auf der gegenüberliegenden Seite führte eine zweite Treppe in die Tiefe. Unten fand sie sich allein in einer Reihe dunkler Gewölbe wieder. Sie betrat einen Raum mit Vitrinen, in denen primitive Ketten und Halseisen ausgestellt waren. An der Wand hingen verblichene Schwarz-Weiß-Fotografien von Gefangenen, die vor Verzweiflung in sich zusammengesunken waren. Sie floh hinauf in die Sonne.

Helen stand im Schatten und schälte eine kleine Orange. Ihre Armreifen klackerten.

»Wo haben Sie die denn her?«, fragte Florence.

Helen deutete mit dem Kopf auf die Orangenbäume.

»Sie haben sich einfach eine abgepflückt?«

Helen zuckte mit den Achseln. »Warum nicht? Wer soll sie sonst essen? Die Störche?«

Ihr lief der Saft über das Handgelenk. Florence war neidisch, doch sie besaß nicht die Dreistigkeit, sich auch eine zu nehmen. Sie warf einen Blick auf einen Aufseher, ein pickeliges Jüngelchen, das in sein Handy tippte. Anscheinend merkte er, dass er beobachtet wurde, denn er sah hoch. Schnell wandte Florence sich ab.

»Wollen wir dann?«, fragte sie.

Helen hielt einen Orangenkern in die Sonne, betrachtete ihn und schnipste ihn weg. »Ja, gehen wir.«

Sie trennten sich am Ausgang des Palastes und verabredeten, sich eine Stunde später an der Kreuzung beim Hotel wiederzutreffen.

»Ah, Moment noch. Ich brauche ja meine Sachen«, sagte Helen. Sie drehte sich um.

Florence nahm Helens Handy, Brieftasche und Zigaretten aus ihrer Tasche und gab sie ihr. Nachdem sie Zigaretten und Handy eingesteckt hatte, klappte sie die Brieftasche auf, nahm ihren Führerschein heraus und gab ihn Florence.

»Wofür?«

»Für die Autovermietung. Wahrscheinlich müssen Sie einen Führerschein mit dem Namen vorlegen, unter dem Sie den Wagen per Kreditkarte reserviert haben.«

Florence warf einen Blick auf das Foto und kippelte die Karte hin und her, bis sich das Hologramm in der Sonne spiegelte. »Meinen Sie, ich komme damit durch?« Sicher, sie waren beide blond und zierlich, aber dass die Ähnlichkeit noch weiter ging, hätte sie nie zu denken gewagt.

»Das wird sich ja dann zeigen.«

DREIUNDZWANZIG

Florence ging nach Westen, mit der Sonne im Rücken. Der Mietwagenverleih befand sich außerhalb der Stadtmauer. Laut Brahim waren es zu Fuß etwa zwanzig Minuten.

»Gehen Sie über den Djemaa el Fna«, hatte er vorgeschlagen und ihr den Marktplatz auf dem Stadtplan markiert. »Das ist einer der berühmtesten Orte in Marrakesch. Da wurden früher die Gefangenen hingerichtet. Ihre Köpfe wurden … Wie heißt das noch gleich? Würstchen in Dosen?«

Florence schluckte. »Konserven?«

»Konserven, ja! Ihre Köpfe wurden konserviert und an den Stadttoren aufgehängt, zur Abschreckung.«

»Ach!«

»Und Sie können sich auf dem Markt die Hände mit Henna bemalen lassen. Sehr schön.«

Der Djemaa el Fna entpuppte sich als großer Platz mit dem Café de France an einem Ende. Sie hatte ihn am Morgen mit Helen überquert, als er noch leer war, ohne zu ahnen, dass es ein berühmter Markt war. Jetzt erwachte er langsam zum Leben. Im Schatten aufgespannter Segeltücher und Sonnenschirme türmten sich Berge von Saftorangen. Ein alter Mann mit heiserer Stimme hatte ein Publikum aus fotografierwütigen Touristen um sich geschart. Wahrscheinlich einer der Geschichtenerzähler, von denen Florence gelesen hatte. Andere Touristen saßen im Schatten und ließen sich Finger und Hände mit kunstvollen Malereien verzieren.

Ein Mann stellte sich Florence in den Weg und versuchte, ihr eine dünne schwarze Schlange um die Schultern zu legen.

»Nein danke.« Sie wich zurück.

Er ließ nicht locker.

Sie musste energischer werden. »Nein!«

Er lachte. »Keine Angst haben.«

Florence knirschte mit den Zähnen. Sie hatte keine Angst! Als gäbe es keinen anderen akzeptablen Grund dafür, dass man keine Schlange um den Hals haben wollte. Sie machte einen Bogen um den Mann und ging weiter. Sein Gelächter hallte rau hinter ihr her.

Jetzt hatte sie es endlich gefunden, das zwar für den touristischen Geschmack aufbereitete, aber dennoch exotische Marrakesch, und es reizte sie nicht die Bohne. Ihr war heiß. Sie war müde.

Sie kam zur Medina. Vor einem der Tore erhob sich ein prachtvolles Gebäude, bewacht von drei Soldaten in unterschiedlichen Uniformen. Als sie ihr Handy rausholte, um ein Foto zu machen, fingen alle drei an, sie anzubrüllen. Einer kam sogar schimpfend über die Straße auf sie zugelaufen. Mehrere Fußgänger drehten sich neugierig nach ihr um. Mit hochrotem Kopf steckte Florence schnell das Handy wieder weg. Sie machte eine entschuldigende Geste, und der Soldat drehte wieder um. Eine voll verschleierte Frau musterte sie; die Sonne spiegelte sich in ihren Brillengläsern. Florence beeilte sich, dass sie weiterkam, und trat prompt in etwas Weiches, vermutlich Eselsmist.

Als sie die Autovermietung nach dreißig Minuten endlich gefunden hatte, war sie über und über mit Staub bedeckt. Er klebte an ihrer verschwitzten Haut und hing ihr in den Augenwimpern. Sie konnte ihn zwischen den Zähnen fühlen.

»*De l'eau?*«, bat sie das magere Jüngelchen am Empfang. Das Schulfranzösisch ging ihr schwer über die Zunge. »Wasser?«

Der Teenager schüttelte nur ernst den Kopf. Seufzend gab sie ihm die ausgedruckte Reservierungsbestätigung.

»*Un moment.*« Er verschwand hinter einer abgesplitterten Sperrholztür.

Florence ließ sich auf einem der beiden Klappstühle nieder und lehnte den Kopf an die Wand. Über ihr drehte sich klappernd ein Ventilator.

Der Junge kam mit einem älteren Mann zurück, der sich mit ihr verständigen konnte. Sie legte ihm Helens Führerschein hin. Nach einem flüchtigen Blick schob er ihn ihr über die Theke hinweg wieder zu.

»Kommen Sie«, sagte er. Sie folgte ihm nach draußen. Die Plastiksandalen des Mannes klatschten laut gegen seine Fußsohlen. Er hatte wunde, schrundige Fersen.

Die Garage lag nebenan. Der Mann deutete mit schwungvoller Geste auf einen weißen Ford Fiesta. »Nagelneu.« Er tätschelte das Dach. Sie dankte ihm, und er ließ sie einsteigen. Sie drehte die Klimaanlage voll auf. Die heiße, muffige Luft kühlte rasch ab und trocknete ihr den Schweiß von der Haut. Dabei hob sich nach und nach auch die dumpfe Umnebelung, die sie seit dem Aufwachen nicht hatte abschütteln können. Der Mann stand noch immer da und beobachtete sie. Sie knallte den Rückwärtsgang rein und hätte, als sie aus der Garage in den reißenden Verkehrsstrom hinausrollte, um ein Haar eine alte Frau umgefahren.

VIERUNDZWANZIG

Als Florence die Kreuzung mit einer Viertelstunde Verspätung erreichte, wartete Helen bereits, neben ihr der Mann mit der Schubkarre, in der wieder das Gepäck lag. Sie trug einen breitkrempigen Strohhut, den sie sich, nachdem sie eingestiegen war, auf den Schoß legte.

»Neu?«, fragte Florence und zeigte darauf.

»Ja, den hab ich mir auf dem Rückweg vom Palast gekauft. Vierzig Dirham. Brahim hatte recht – der Suk ist unglaublich.«

Florence nickte. Mit einem Lächeln lehnte sie kurz den Kopf zurück. Sie war total verspannt, nachdem sie auf der Fahrt schwer mit den Verkehrsschildern zu kämpfen gehabt hatte. Beinahe wäre sie mit einer Pferdekutsche zusammengestoßen, in der zwei erschrockene Touristen saßen. Der Mann vom Hotel schloss den Kofferraum und klopfte mit der Hand darauf. Florence reagierte nicht.

»Los, Florence.« Helen schnippte auffordernd mit den Fingern. Ob das wirklich nur scherzhaft gemeint war, ließ sich nicht genau sagen.

»Sorry.« Florence drückte den Rücken durch, packte das Lenkrad und fuhr los.

Nach ungefähr einer Stunde gab die Klimaanlage den Geist auf. Helen ruckelte ein paarmal an dem Lüftungsschlitz, dann warf sie sich wütend auf dem Sitz nach hinten und schloss die Augen. Sie hatten noch zwei Stunden Fahrt vor sich.

Florence öffnete die Fenster. Ihre Haare wehten im Fahrtwind, als wären sie in einer Meeresströmung gefangen.

Als ein Lastwagen vorbeirauschte, verriss sie leicht das Lenkrad.

»Mensch, Florence – passen Sie doch auf«, ächzte Helen.

Sie hatte die Augen nach wie vor geschlossen und war nicht angeschnallt, wie immer. Wenn Florence voll auf die Bremse treten müsste, würde ihr Kopf wie ein Fußball gegen das Armaturenbrett knallen.

Es gab nicht viel Verkehr. Florence drückte das Gaspedal weiter durch und sah zu, wie die Tachonadel nach oben kletterte. An der nächsten Kurve musste sie gleich wieder abbremsen. Die Strahlen der schon etwas tiefer stehenden Sonne blitzten durch die Bäume. Helen öffnete die Augen, schaltete das Radio ein, schaltete es wieder aus und steckte sich eine Zigarette an. Sie konnte sie nicht aus dem Fenster halten, weil der Wind sie ihr aus den Fingern gerissen hätte. Der Rauch kratzte Florence im Hals.

Während der nächsten Stunde blieben sie schweigsam. Die Landschaft wurde immer trockener und staubiger. Es stimmte, was Florence gelesen hatte: Marrakesch war tatsächlich eine Oase in der Wüste. Vom üppigen Grün und der Farbenpracht der Stadt war auf der Landstraße nichts mehr zu sehen. Die Hitze und das ununterbrochene Wummern der Räder auf dem Asphalt versetzten die Frauen in eine Art Trance. Sie wurden erst wieder munter, als sich die hereinströmende Luft plötzlich anders anfühlte. Sie war kühler, frischer, unverbrauchter. Florence glaubte, das Meer riechen zu können. Auch die Natur wurde grüner. Florence warf einen Blick auf ihr Handy. Laut der Navigations-App waren es nur noch zehn, fünfzehn Kilometer bis Semat.

Nachdem sie die Steilküste erreicht hatten, führte die Straße am Abgrund entlang. Unter ihnen lag schäumend und strudelnd der Atlantik, auf dem sich weiter draußen glänzend die Sonne spiegelte. Kaum zu fassen, dass es dasselbe Meer war, an dem Florence aufgewachsen war. Statt der marokkanischen Stadtmauern und Minarette nur noch amerikanische Lagerhallen mit Flachdächern. Was für eine Enttäuschung für den armen Ozean.

Die Küstenstraße war kaum breit genug für zwei Fahrspuren. Wenn ihnen ein Auto oder Motorrad entgegengerast kam, brachte Florence den Wagen fast zum Stehen. Ständig musste sie die schweißnassen Hände am Sitzpolster abwischen.

Ein Lastwagen mit flatternden Planen fuhr fast auf sie auf, bis es ihm irgendwann doch noch gelang, an ihnen vorbeizuziehen. Nur mit Müh und Not schaffte er es, wieder rechts einzuscheren, bevor ein Auto um die Kurve auf ihn zugeschossen kam. Die Fahrer veranstalteten ein Hupkonzert, bei dem Florence sich kaum noch konzentrieren konnte.

Irgendwann ließen sie die Küste hinter sich. Bald danach bog Florence nach links in eine kleine Seitenstraße ab, deren Name dem auf dem Mietvertrag entsprach. Sie atmete tief ein. Es roch nach feuchter Erde.

Sie rumpelten steil bergauf, bis ein weißes Haus mit leuchtend blauen Verzierungen vor ihnen aufragte, ebenfalls ein Riad. Es thronte ganz allein auf einer Bergkuppe. Auf einem weiß gestrichenen Felsen stand in blauer Schrift VILLA DES GRENADES.

Florence hatte sich bei der Buchung über den Namen gewundert. »Haus der Handgranaten?«

»Haus der Granatäpfel«, hatte Helen sie korrigiert.

Florence fuhr durch das Tor und parkte den Wagen in der Einfahrt. Aufatmend lehnte sie sich zurück. Sie war klitschnass geschwitzt.

Eine stämmige grauhaarige Frau in den Sechzigern kam mit leicht hinkendem Gang aus dem Haus. Florence und Helen stiegen aus, um sie zu begrüßen.

Die Frau gab Florence die Hand. »*Bonjour, Mesdames, bienvenue.*«

»Sprechen Sie unsere Sprache?«, fragte Helen.

»Ja, ein wenig«, sagte sie mit einem scheuen Lächeln.

Sie stellte sich als Amina vor und erklärte, dass sie schon seit über zwanzig Jahren in der Villa des Grenades arbeite. Sie sei für das Kochen, Einkaufen und Putzen zuständig. Wenn sie einen Wunsch hätten, bräuchten sie bloß zu fragen. Sie wohne nur ein paar hundert Meter entfernt, den Berg hinunter. Als sie ihnen das Gepäck abnehmen wollte, bestand Florence darauf, es selbst zu tragen.

Sobald sie das Haus betreten hatten, überkam Florence die große Panik. Im Fliesenboden klafften zahlreiche Löcher, in allen Ecken hatte sich Schimmel eingenistet. Grüne Ranken, die zum Fenster hereinwuchsen, kletterten an den Wänden hoch und über die Decken. Wo sie sich früher festgekrallt hatten, bevor sie abgehackt worden waren, zeichneten sich braune Flecken ab. Sie erinnerten Florence an Schleimspuren von Nacktschnecken.

Die Wände und Böden im ersten Stock zeigten sich in einem ähnlich schlechten Zustand, aber wenigstens war die Bettwäsche frisch gewaschen, und das fließende Wasser, warm und kalt, funktionierte. Wie im Hotel gruppierten sich auch hier die Schlafräume um den offenen sonnigen Innenhof herum.

Hinter dem Haus grenzte eine mit Schieferplatten ausgelegte Terrasse an einen kleinen Pool, der von Palmen beschattet wurde. Mit ihren zottigen Stämmen, von denen sackleinenartige Fasern herabhingen, sahen sie aus, als hätte man sie beim Ausziehen überrascht. Das Becken selbst war nur zu drei Vierteln mit Wasser gefüllt, darauf eine Algenschicht, die so dick war, dass Käfer furchtlos darüber hinwegkrabbeln konnten. Am Rand standen drei ramponierte Sonnenliegen mit abgerissenen Plastikbändern, die auf den Boden hingen. Amina zeigte auf einen Gartentisch mit einem Stapel Handtücher. Helen musste lachen.

»Ich rufe bei der Hausvermittlung an«, sagte Florence. »Vielleicht haben sie ja noch etwas anderes frei. Sie müssen mir glauben, aber auf der Website sah das Haus ganz, ganz anders aus.«

Aber Helen antwortete nur: »Das macht doch nichts. Ist schon in Ordnung.«

Weil Helen am Nachmittag schreiben wollte, setzten sie sich in das große helle Wohnzimmer, dessen Türen sowohl nach hinten auf die Terrasse als auch nach vorn in den gefliesten Innenhof führten. Helen schrieb in schnellen, fieberhaften Schüben. Ihr Stift flog so ungestüm dahin, dass sie sogar hier und da ein kleines Loch in die Seite stanzte.

Florence saß auf der Couch, ihr Notizbuch auf dem Schoß, den Füller in der Hand, aber sie hatte noch kein Wort geschrieben.

Einen Satz, befahl sie sich. Schreib wenigstens einen Satz.

Sie schrieb: *Ich bin.*

Toll. Ging es nicht noch kürzer?

Ich bin … was? Was bin ich?

Sie schraubte den Füller wieder zu und sah zu Helen hinüber, die konzentriert die Stirn runzelte.

Florence knallte das Notizbuch auf den Couchtisch, womit sie sich einen vorwurfsvollen Blick von Helen einhandelte, stand auf und ging auf die Terrasse. Sie legte sich in einen der Liegestühle und schloss die Augen. Fast sieben Uhr abends, und es war draußen immer noch warm. Sie lauschte dem Rascheln der Palmwedel und dem Zwitschern der Vögel.

Sie fühlte sich verraten und verkauft. Hatte sie nicht ihre Mutter abserviert? Warum konnte sie trotzdem nicht schreiben? Wo blieb der verheißene Schreibrausch? War diese Belohnung etwa nur Helen vergönnt?

Die schrillen Stimmen der Vögel nervten. Sie ging wieder ins Wohnzimmer und checkte auf dem Laptop, den sie auf einem reich geschnitzten Schreibtisch aufgestellt hatte, Helens Korrespondenz.

Ein paar Mails von Gretas Assistentin Lauren, aber nichts Dringendes. Und eine private Nachricht auf dem Helen-Wilcox-Account.

»Eine Mail von Sylvie Daloud für Sie«, sagte sie.

Helen hob den Kopf und blinzelte ein paarmal. »Sorry? Ich war mit den Gedanken ganz woanders.«

»Sie haben Post von Sylvie Daloud. Sie schreibt, dass sie gerade das Abo für die neue Spielzeit an der Met bestellt, und möchte gern wissen, ob Sie Lust haben, sich mit ihr für die eine oder andere Aufführung zu verabreden.«

Helen legte Block und Stift beiseite. »Danke. Ich schreibe ihr später.«

Florence nickte und klappte den Laptop zu. »Helen, ich weiß, dass es eine blöde Frage ist, aber trotzdem … Woher wissen Sie, worüber Sie schreiben wollen?«

Helen überlegte. »Woher ich weiß, worüber ich schreiben will? Ich glaube, damit zäumt man das Pferd von hinten auf.

Bei *Mississippi Foxtrott* war es ja nicht so, dass ich mir vorgenommen hätte, Schriftstellerin zu werden und mir deswegen irgendeine Story ausgedacht habe. Nein, ich hatte eine Geschichte, die ich erzählen musste, und die habe ich aufgeschrieben.«

»Ach«, sagte Florence. Sie war enttäuscht, auch wenn sie nicht genau verstand, worauf Helen hinauswollte: Hatte sie die Geschichte im Kopf gehabt oder war sie tatsächlich passiert? Aber weil bei ihr sowieso keine der beiden Alternativen zutraf, konnte es ihr im Grunde auch egal sein. »Und diesmal?«, fragte sie. »Läuft es beim zweiten Buch genauso ab?«

»Nein, nicht ganz. Nein.«

Sie hielt so lange inne, dass Florence das Gespräch schon für beendet hielt. Doch schließlich fuhr sie fort: »Manchmal muss man sich seine Geschichte selbst zusammenzimmern.«

»Was meinen Sie damit?«

»Eine Geschichte muss auf einem realen Ereignis fußen, sonst kommt sie nicht authentisch rüber. Aber natürlich ist die Realität formbar.«

»Meinen Sie?«

»Was für eine Frage! Natürlich lässt sie sich formen. Man trifft seine eigenen Entscheidungen. Man handelt. Mit alldem hier …« Ihre Geste umfasste Haus und Garten. »Mit unserer Reise verändern wir die Realität.«

»Da ist was dran«, sagte Florence. Wahrscheinlich war ihre Realität schon eine andere. Hätte sie Simon die Fotos nicht geschickt, wäre sie jetzt nicht in Marokko. War das bereits eine Geschichte? Vielleicht reichte ihre Reise, die von Florida über New York nach Marokko führte, als Handlung aus. Was wusste sie schon über Frauen, die ihre Ehemänner auffraßen? Aber ihr eigenes Leben kannte sie. Womöglich wurde es langsam doch noch so spannend, dass es sich lohnte, darüber zu schreiben.

Sie aßen unter den raschelnden Palmen auf der Terrasse zu Abend. Aus der Flasche Duty-free-Whiskey, die sie am Lissaboner Flughafen gekauft hatten, gossen sie sich zwei große Gläser ein.

Amina brachte eine Speise nach der anderen heraus – Harira-Suppe mit Kichererbsen und Linsen, exotisch gewürztes Kürbispüree, Auberginenmus, eine Schüssel mit in Öl eingelegten Oliven, ein Fladenbrot mit Sesam, das Florence an den Boden eines englischen Muffins erinnerte, und als Höhepunkt eine dampfende Lamm-Tajine mit Backpflaumen. Die Servietten mussten sie beim Essen unter die Teller klemmen, damit der Wind sie nicht wegwehte. Der Mond stand als scharf gezeichnete Sichel hell am Himmel.

»War el-Badi nicht wunderschön?«, fragte Helen, während sie Whiskey nachschenkte.

»Ich weiß nicht, ob ›wunderschön‹ das richtige Wort ist. Der Palast ist eine Ruine.«

»Aber man kann sich vorstellen, wie er einst in seiner ganzen Pracht ausgesehen haben muss. Allein die Ausmaße. Was für ein Wahnsinn, so etwas zu bauen. Dreihundertsechzig Zimmer. Marmor aus Italien. Gold aus dem Sudan. Was für ein Unterfangen. Auf jeden Fall ein starkes Argument gegen die Demokratie.«

»Wieso das denn?«

»Weil ein solches Bauwerk in einer Demokratie natürlich nie hätte errichtet werden können. Genauso wenig wie die Pyramiden oder das Schloss von Versailles. Trotzdem dürfen wir uns glücklich schätzen, dass es sie gibt. Weil sie uns zeigen, zu welchen Leistungen im Dienst der Schönheit der Mensch fähig ist, wenn er frei von Einschränkungen handeln kann. Sicher, die Demokratie ist *gerecht*.« Sie rahmte das Wort *gerecht* gestisch mit Anführungszeichen ein. »Aber ist Gerechtigkeit immer das Ziel? Wie wäre es stattdessen mit Größe? Manchmal kann man eben nicht beides haben.«

»Ich weiß nicht so recht. Hat die Gleichheit denn nicht auch etwas für sich?«

»Alles hat irgendetwas für sich, Florence. Aber wenn alle Menschen gleich sind, sind auch alle Menschen austauschbar. Unterschiede werden platt gewalzt.«

Darauf fiel Florence keine Antwort ein.

»Verraten Sie mir eins«, sagte Helen. »Dachten Sie in Ihrer Kindheit und Jugend tatsächlich, dass Ihnen die anderen ebenbürtig sind?«

Florence zuckte hilflos mit den Schultern.

»Das dachten Sie nicht. Ich kenne Sie doch. Sie haben sich für etwas Besseres gehalten.« Helen hielt inne. »Und ich würde vermuten, dass Sie mit dieser Meinung richtiglagen.«

»Vielleicht«, murmelte Florence. Sie nippte an ihrem Whiskey und wandte den Kopf ab, um sich ihre Genugtuung nicht anmerken zu lassen.

»Glauben Sie mir«, fuhr Helen fort. »Wenn Sie Ihr Leben damit verbringen wollen, nach Gerechtigkeit zu suchen, können Sie sich auf eine Enttäuschung gefasst machen. Es gibt sie nicht. Und wenn es sie doch gäbe, wäre es langweilig. Es bliebe kein Platz mehr für das Unerwartete. Doch wer nach Größe sucht – nach Schönheit, Kunst, Transzendenz –, der wird belohnt. Diese Qualitäten machen das Leben erst lebenswert.« Helen stellte so heftig ihr Glas ab, dass der Whiskey auf den Tisch spritzte. »Ich bin mir sicher, dass es so manche Gestalten aus meiner Vergangenheit nicht für fair halten, wie sich mein Leben entwickelt hat. Und wer weiß? Vielleicht haben sie ja sogar recht. Aber eins dürfen Sie mir glauben: Ich würde alles wieder genauso machen. Ganz genauso.«

Florence genoss es, wenn Helen mit ihr sprach wie mit einer würdigen Jüngerin. Es schmeichelte ihr, dass sie auf die Reise mitgenommen worden war. Zwar fungierte sie offiziell nur als Assistentin, aber es gab für sie kaum etwas zu tun. Helen ließ es sich sehr viel kosten, sie täglich eine Stunde tippen zu lassen. Möglich, dass Helen einfach etwas an ihrer Gesellschaft lag. Dass sie sie mochte.

»Helen?«, platzte es in einer tollkühnen Anwandlung aus ihr heraus.

»Hm?« Helen trommelte leise mit den Fingern auf dem Tisch.

»Wie viel davon ist wahr?«

»Wovon?«

»*Mississippi Foxtrott.*«

»Spielt das denn eine Rolle?« Sie schüttelte den Kopf. »Ich habe noch nie verstanden, warum die Leute so auf Fakten fixiert sind.«

Florence zuckte mit den Schultern. »Stimmt, wahrscheinlich würde es gar nicht so viel ausmachen. Ich hätte es bloß gern gewusst.«

Helen starrte sie so lange schweigend an, bis Florence schon fürchtete, sich zu weit aus dem Fenster gelehnt zu haben. Doch dann sagte Helen: »Ach, was soll's. Sie werden es schon nicht weitererzählen.«

»Um Gottes willen, nein.«

Ein amüsiertes Lächeln huschte über Helens Lippen. »Ruby«, sagte sie schließlich. Mehr nicht.

Irgendwann hielt Florence es nicht mehr aus. »Ruby? Wieso? Gibt es Ruby wirklich?«

Helen nickte bedächtig. »Ruby ist real. Abgesehen von ihrem Namen.« Sie verzog das Gesicht. »Ein fürchterlicher Name, Ruby. Was hab ich mir bloß dabei gedacht? Der Name passt überhaupt nicht zu ihr.«

»Und wie heißt sie wirklich?«

Helen lächelte wie abwesend, verträumt. »Jenny. Sie war meine beste Freundin.« Sie unterbrach sich, um sich eine Zigarette anzuzünden. »Wie Sie wahrscheinlich aus dem Buch herausgelesen haben, war mein Vater ein nutzloser Mistkerl und meine Mutter ... wie soll ich sagen? Nicht ganz von dieser Welt. Sie war einfach ein armes Luder, für das Leben nicht gemacht. Als ich acht war, ist sie gestorben. Da hatte ich nur noch Jenny. Wir waren unzertrennlich, Jenny und ich.« Helen seufzte. »Dann hat sie diesen Kerl umgebracht, und alles war zu Ende.« Sie schnippte mit den Fingern. »Unsere Freundschaft. Die Kindheit. Alles. Meine ganze Welt.«

Florence riss die Augen auf. »Der Mord ist tatsächlich passiert?«

»Natürlich habe ich einige Details verändert. Der Mann war nicht auf der Durchreise, er lebte schon länger in der Stadt als wir. Als Jenny fünfzehn war, hat sich dieser Widerling plötzlich in sie verguckt. Er hat sie verfolgt, sie zu Dates eingeladen, ihr vor dem Haus aufgelauert. Irgendwann konnte sie es nicht mehr ertragen, und sie hat ihn mit der Schrotflinte ihres Vaters erschossen.«

»Wie furchtbar.«

Helen blickte erstaunt auf. »Ach ja? Ehrlich gesagt habe ich es noch nie als furchtbar empfunden. Im Gegenteil. Ich war ... ja, was? Ich war stolz. Und vielleicht auch neidisch. Sie hatte sich etwas zugetraut, was kein Mensch, den wir kannten, je gewagt hatte. In der Zeit zwischen ihrem Entschluss, ihn zu erschießen, und dem tatsächlichen Betätigen des Abzugs war ihre Wahrnehmung aufs Äußerste geschärft. So hat sie es mir erzählt. Ihre Sinne und ihre Emotionen. Sie konnte hören, wie die Luft in seine Lunge strömte, wie das Blut durch seine Adern floss. Und sie spürte eine ungeheure Kraft in sich, wie elektrischen Strom. Das alles konnte ich nicht nachempfinden. Es war ein Gefühl, als hätte man sie in einen exklusiven Club aufgenommen, zu dem ich keinen Zutritt hatte. Ich kam mir wie eine Hochstaplerin vor. Immer hatte ich die Erwachsene gespielt, der keiner etwas vormachen konnte, abgebrüht, kalt und zynisch. Und jetzt? War sie das alles. Und ich fühlte mich ganz klein. Ich konnte ihr nicht mehr das Wasser reichen. Sie hatte mich abgehängt.«

Helen tastete nach ihren Zigaretten, nahm sich eine aus der Packung und zündete sie an dem Stummel der Zigarette an, die sie noch in der Hand hielt. Florence schwieg, weil sie hoffte, so ihren Redefluss wieder in Gang zu bringen, aber sie sagte nichts mehr. Sie rauchte nur und starrte stumm vor sich hin.

»Was ist aus ihr geworden?«

»Sie hat fünfundzwanzig Jahre bekommen.«

»Aber im Buch …«

»In dem Roman!«

»Ja gut, ja. Im Roman. Im Roman waren Sie die Täterin. Sie haben die Figur Maud zur Mörderin gemacht.«

Helen winkte ab. »Bloß weil dadurch die Geschichte besser wurde. Außerdem war es wohl auch der Neid. Ich wollte wenigstens einen Hauch von dem empfinden, was sie umgetrieben hat.«

»Und sitzt Jenny immer noch?«

»Wie bitte?«

»Im Gefängnis.«

Helens Blick wurde wieder klar. Florence hatte den Bann gebrochen. »Ja, natürlich.«

Sie atmete laut aus und riss die Augen auf. »Wow!«, sagte sie und setzte damit praktisch einen Schlusspunkt hinter das Gespräch. »Wer hätte gedacht, auf was für abseitige Themen wir hier kommen?« Sie lachte leise, stützte sich auf den Oberschenkeln ab und drückte sich zum Stehen hoch. »Und jetzt muss dieses alte Gerippe ins Bett. Wir sehen uns morgen früh. Wollen wir ein bisschen die Stadt erkunden?«

Florence nickte.

An der Tür drehte Helen sich noch einmal um. »Ich muss Sie doch nicht daran erinnern, dass unser Gespräch unter uns bleibt?«

Florence schüttelte den Kopf.

»Braves Kind.« Sie hielt inne. »Ich bin froh, dass ich Sie bei mir habe, Florence.«

Sie verschwand in dem dunklen Haus, ohne eine Antwort abzuwarten.

FÜNFUNDZWANZIG

Durch die Ranken im Fenster gefiltert, fiel das Licht der frühen Morgensonne herein und zauberte wellige Schatten an die Wand. Florence sah auf die Uhr, kurz nach acht. Sie schwang die Beine aus dem Bett, die kühlen Terrakottafliesen unter den nackten Füßen.

Amina hatte den Frühstückstisch auf der Terrasse gedeckt. In einem Korb, der mit einem Tuch abgedeckt war, lagen frisch gebackene Brioches. Es gab Butter in einem Keramiktöpfchen, drei Sorten Marmelade und Honig, der so dickflüssig war, dass der Holzlöffel darin stehen blieb. Dazu Teller mit Datteln, Granatapfelkernen und Apfelsinenspalten und drei Krüge mit unterschiedlichen Säften.

Als Florence Platz nahm, schreckte sie einen sperlingartigen Vogel auf, der am Brotkorb pickte. Er flatterte auf einen Stuhl.

»Sorry, Kerlchen.« Sie warf ihm ein paar Krümel Brioche hin. Irgendwo hatte sie mal gelesen, dass die Federn eines Vogels mehr wogen als sein Skelett.

Bald darauf kam auch Helen heraus. Sie blieb in der Tür stehen und drehte das Gesicht in die Sonne. »Mann, fühlt sich das gut an«, sagte sie.

Sie aßen langsam und bedächtig. Leicht verkatert, war ihnen beiden nicht sehr nach Sprechen zumute. Nach dem Frühstück checkte Florence im Wohnzimmer am Laptop die Mails.

»Post von Greta«, rief sie Helen zu, die auf der Terrasse noch eine Zigarette rauchte und in die Ferne sah.

Sie drehte sich nicht einmal um. »Was schreibt sie?«

»Sie hofft, die Reise ist ein Erfolg, bla, bla, bla, und sie würde gern kurz mit Ihnen reden, wenn Sie mal ein Sekündchen Zeit für sie haben.«

»Worüber?«

»Sagt sie nicht. Bloß, dass Sie sie anrufen sollen.«

»Okay.«

»Soll ich ihr antworten?«

»Nein, das mache ich selbst.«

Florence selbst hatte nur eine Mail im Posteingang, von ihrer Mutter. Sie überflog sie rasch. Ihr Blick blieb kurz an dem Wort *Verrat* hängen, dann klickte sie die Nachricht schnell wieder weg.

Um zehn Uhr fuhren sie in die Stadt. Vorher musste Florence wieder Helens Sachen in Verwahrung nehmen.

»Den Pass auch?«, fragte sie.

»Lebensregel Nummer eins: Auf einer Auslandsreise immer den Pass mit sich führen. Man weiß nie, wann man ihn plötzlich braucht. Außerdem traue ich der Frau nicht.«

»Amina?«, sagte Florence lachend. »Ich bitte Sie.«

»Verwechseln Sie Naivität nicht mit Mitgefühl. Bei Ihnen selbst, meine ich. Sie kennen sie doch überhaupt nicht.«

Zähneknirschend lief Florence noch einmal nach oben und holte ihren Pass.

Mit dem Auto brauchte man von der Villa eine Viertelstunde bis in die Stadt Semat. Die Häuser standen dicht aneinandergedrängt auf einer Anhöhe oberhalb der Küste, eingefasst von einer Mauer in der gleichen Farbe wie der

Sandstrand. Die Mauer hielt den kräftigen Wind ab, der vom Wasser kam und es zu schaumigen Wellen hochpeitschte. In der Medina, einer Ansammlung weiß getünchter Gebäude, die sich vom strahlend blauen Himmel abhoben, gab es kaum Autos. Der Ort war im ersten Jahrhundert von Berbern gegründet worden und hatte danach Römern, Portugiesen und Franzosen gehört. Obwohl er im Reiseführer noch als Fischerdorf beschrieben wurde, war inzwischen der Tourismus der wichtigste Wirtschaftszweig, wenngleich Semat weit weniger beliebt war als Küstenorte wie Essaouira und Agadir.

Florence parkte zentrumsnah an der Place Hassan II vor einem Gebäude mit einer himmelblau gestrichenen Rundbogentür. Nach links ging es zum Hafen und zum Strand, nach rechts in die Stadt. Beim Aussteigen knirschte es unter ihren Sandalen. Sie sah hinunter. Es war Sand, vom Strand her angeweht.

Sie schlug vor, in den Suk zu gehen. Seit sie Helens neuen Hut gesehen hatte, wollte sie shoppen gehen. Auf dem Markt, der nur einen Bruchteil so groß war wie der in Marrakesch, fiel das Sonnenlicht flackernd durch die Schatten spendenden Schilfmatten. Berge von Gewürzen türmten sich auf den Verkaufstischen, Safran, Kreuzkümmel und Harissa, wie die Schilder verrieten. Auf einem anderen Tisch standen bunte Tajine-Töpfe in ordentlichen Reihen nebeneinander. Ein Mann verkaufte Ledertaschen, hinter ihm schnitzte ein anderer ein kunstvolles Muster in eine Klappe aus Rohleder. Florence nahm eine kleine rote Tasche in die Hand und öffnete sie.

»Zweihundert Dirham«, sagte der Verkäufer. »Zwanzig Dollar.«

Florence wendete die Tasche hin und her. Sie drehte sich nach Helen um, um sie nach ihrer Meinung zu fragen, doch die sah ein paar Meter weiter einem Mann dabei zu, wie er ein Huhn rupfte.

»Okay«, sagte Florence zu dem Lederhändler. »Ich nehme sie.« Sie fischte das Geld aus ihrer Brieftasche.

Sie packte den Inhalt ihrer alten Tasche in die neue um und hängte sie sich über die Schulter, froh, dass sie jetzt ein Souvenir hatte, für das man sie bewundern würde. Und wenn sie erzählte, wo sie die Tasche gekauft hatte, konnte sie auch noch Eindruck schinden. Sie ging zu Helen hinüber, die jetzt vor den Tajines stand, und zeigte sie ihr.

»Schön, was?«

»Wie teuer?«

»Zwanzig Dollar.«

»Um wie viel runtergehandelt?«

»Gar nicht. Zwanzig Dollar kam mir günstig vor.«

»Sie haben nicht gehandelt?«

Florence zuckte mit den Schultern. »Er braucht das Geld bestimmt nötiger als ich.«

»Darum geht es nicht. Die Einheimischen respektieren einen mehr, wenn man sich aufs Verhandeln versteht. Sie haben ihm einen weiteren Grund geliefert, alle Amerikaner für rückgratlose, verweichlichte Clowns zu halten.«

Florence konnte es gar nicht vertragen, dass Helen sie immer als minderbemittelt abstempelte, aber sie nahm sich zusammen und verlegte sich aufs Kontern. »Stimmt doch auch«, sagte sie. »Und man will ihn ja schließlich nicht in die Irre führen.«

Helen rang sich ein Lachen ab.

Nachdem sie den Suk verlassen hatten, gingen sie über die Place Hassan II zurück und weiter hinunter zum Hafen. Überall am Straßenrand wurden Fische gebraten. Den aufsteigenden Rauch trug der Wind davon. Dutzende, wenn nicht Hunderte von Booten dümpelten im Wasser, hauptsächlich zerschrammte, blau gestrichene Ruderboote und Ein-Mann-Fischerkähne, dazwischen auch einige große Holzschiffe und kleine hässliche Jachten. Irgendwie erinnerte Florence der Anblick an zu Hause. Als sie noch auf der Highschool gewesen war, hatte sie sich mit ihrer Freundin Whitney manchmal im Hafen auf ein leeres Boot geschlichen. Sie kamen zwar nicht hinein, aber sie konnten sich aufs Deck legen und so tun, als ob es ihnen gehörte.

Am Hafen sahen sie einen Mann, der einen Tintenfisch immer wieder auf den Boden klatschte. Sie blieben stehen.

»Was macht er da?«, fragte Florence.

»Er schlägt das Fleisch weich«, sagte Helen. »Sonst ist es viel zu zäh.«

Sie aßen in einem der zahlreichen Fischrestaurants zu Mittag. Die Brise, die vom Wasser kam, führte nur noch mehr heiße, schwüle Luft heran. Sie bestellten Tintenfisch, frisch aus dem Meer, wie es hieß, eine Auswahl an gegrilltem Gemüse und heimisches Bier, Casablanca. Während die Sonne immer höher stieg, wanderte der Schatten ihres Schirms, bis Helens nackte Beine nicht mehr geschützt waren. Sie bat Florence, den Platz mit ihr zu tauschen.

»Mit Ihrer jungen Haut können Sie die Sonne besser aushalten«, sagte sie.

Florence runzelte pikiert die Stirn, denn schließlich war sie nur sechs Jahre jünger. Aber dann dachte sie daran, dass sie ohne Helen gar nicht hier wäre, und stand schnell auf.

Das grelle Licht setzte ihr zu. Sie hielt sich die Bierflasche an Stirn und Hals, um sie zu kühlen. Den Tintenfisch konnte sie kaum ansehen, nachdem sie miterlebt hatte, wie er totgeprügelt worden war. Sie schob den Teller weg.

»Keinen Appetit?«, fragte Helen.

Florence schüttelte den Kopf.

Helen zog den Teller zu sich herüber. »Ich sterbe vor Hunger.«

Nach dem Essen steckte sie sich eine Zigarette an, deren Asche sie auf den übrig gebliebenen Tentakeln abstreifte. Florence wandte angeekelt den Blick ab.

Der Rückweg in der brennenden Sonne hinauf in die Stadt war steiler, als Florence ihn in Erinnerung hatte. Ihr fiel wieder ein, dass sie sich eigentlich einen Hut hatte kaufen wollen. »Ich sterbe vor Hitze«, murmelte sie.

»Wie bitte?«, fragte Helen.

»Nichts, nichts.«

Weil Florence nicht daran gedacht hatte, im Schatten zu parken, ließen sich die Türgriffe nur durch den zusammengeknüllten Stoff ihrer Kleider hindurch anfassen. Die Klimaanlage funktionierte immer noch nicht.

Den Nachmittag verbrachten die Frauen auf ihren Zimmern. Florence, die gern ein Schläfchen gehalten hätte, wälzte sich unruhig hin und her und fühlte sich hinterher wie zerschlagen. Sie schlüpfte in ein weißes Baumwollkleid und teure Ledersandalen, die sie sich in Hudson gegönnt hatte, und hängte sich ihre neue Tasche um. Ihr Gesicht war von der Sonne gerötet.

Sie klopfte bei Helen an. »Können wir?«

»Sekunde noch«, kam es von drinnen zurück. »Ich muss nur noch schnell etwas zu Ende schreiben.«

Eine Schublade knallte, dann schwang auch schon die Tür auf. Helen trug ein auf der Vorderseite geknöpftes marineblaues Kleid und um die Schultern einen blau-weiß gestreiften Schal. »Dann los«, sagte sie, einen Zigarettenstummel im Mundwinkel. Das ganze Zimmer stank nach Rauch. So viel zur Nichtraucherklausel im Mietvertrag, dachte Florence.

Auf der Galerie schnipste Helen die Kippe mit tintenfleckigen Fingern über die Brüstung. Fünf Meter tiefer landete sie auf den Fliesen. Florence durfte gar nicht daran denken, dass Amina sich später danach würde bücken müssen. Bevor sie das Haus verließen, lud Helen wieder ihren Pass und die anderen Sachen bei ihr ab.

Es war acht Uhr abends und fast noch genauso warm wie am Tag, die Luft duftete nach Jasmin. Sie hatten die Autofenster heruntergelassen, und der salzige Fahrtwind peitschte ihnen ins Gesicht. Sie wollten in ein weiter oben am Berg gelegenes Restaurant, nördlich von Semat, das Helen von einer Freundin empfohlen worden war.

Freundin? Was denn für eine Freundin?, hätte Florence am liebsten gefragt, aber sie biss sich auf die Zunge.

»Sie haben mir noch gar nicht verraten, was für Recherchen Sie in Marokko genau anstellen wollen«, sagte sie stattdessen.

Helen sah stur aus dem Seitenfenster. »Hm?«

»Ich meine ja bloß. Soll ich irgendwas Bestimmtes für Sie rausfinden, während wir hier sind? Mit irgendwem reden? Etwas besichtigen? Ich bin mir nicht ganz sicher, was meine Aufgaben sind.«

»Ach, da schwebt mir nichts Konkretes vor. Ich wollte mir nur ganz allgemein einen Eindruck von dem Land verschaffen.«

Der Motor brummte, und es ging immer höher bergauf. Bald waren sowohl die Stadt als auch die Villa des Grenades aus dem Rückspiegel verschwunden. Die Straße folgte dem Küstenverlauf, drei, fünf, zehn Meter über dem aufgewühlten Atlantik. Florence hielt das Lenkrad fest umklammert. Es war ein windiger Abend, der Fiesta wurde von jähen Böen durchgerüttelt. Florence hielt sich scharf rechts, so weit wie möglich vom Abgrund entfernt.

»Ganz schön tückische Strecke, was?«, sagte Helen.

Florence nickte stumm, ohne den Blick von der Straße zu nehmen. Sie wollte sich ihre Nervosität nicht anmerken lassen, um sich nicht wieder einen spöttischen Kommentar einzufangen.

Eine Viertelstunde später kamen sie ohne Zwischenfall am Restaurant an. Während Helen, sich gegen den Wind stemmend, die Tür aufzog, rubbelte Florence sich einen Krampf aus der Schulter.

Bis auf zwei weitere Gäste, ein älteres britisches Ehepaar, das bereits beim Dessert saß, war der Gastraum leer.

Der Besitzer begrüßte sie herzlich. »*Bienvenue,* willkommen.«

»Zwei Whiskey«, antwortete Helen und hielt zwei Finger hoch.

Erst nachdem die Reise längst gebucht war, hatte Florence entdeckt, dass sie um ein Haar am Ramadan vorbeischrammen würden. Nicht auszudenken, wenn Helen in Marokko nichts hätte trinken dürfen.

Ein Kellner, der dem Aussehen nach auf die neunzig zuging, brachte sie zu ihrem Tisch. Einige Minuten später kam der Whiskey, in Gläsern, mit fettigen Fingerabdrücken übersät.

»Andere Länder …«, sagte Florence achselzuckend und griff nach ihrem Glas.

»… andere Magenkrankheiten«, beendete Helen den Satz für sie.

Sie stießen an. »Na dann, auf Ihr ganz Spezielles«, sagte Helen.

Helen bestellte für beide die Delikatesse des Hauses, Kamelbraten, aber als das Essen kam, verdarb der Fleischberg auf dem Teller Florence den Appetit. Sie spürte die Wirkungen von Sonne und Hitze und vermutete stark, dass sie auf nüchternen Magen zu viel getrunken hatte. Aus dem Lautsprecher über dem Tisch drang blecherne arabische Musik, die immer lauter zu werden schien, im Rhythmus der flackernden Lampen wummernd.

Was Helen sagte, drang wie aus weiter Ferne zu ihr. Alles schien ihr wie entrückt. Florence hatte das Gefühl, als wäre ihr ganzes Ich, ihr gesamtes Bewusstsein auf die Größe eines Kieselsteinchens zusammengeschrumpft, das nun in ihrem Kopf hin und her kullerte. In ihr herrschte ein unermessliches Dunkel. Die Außenwelt war zu weit weg, um noch irgendeine Bedeutung zu haben, wie ein Film, der auf eine weit entfernte Leinwand projiziert wurde. Es kam ihr so vor, als ob das Fleisch auf ihrem Teller schwitzte. Schwitzte man weiter, wenn man tot war? Nein, ach was. Sie meinte Haare und Fußnägel. Die wuchsen weiter.

Die Musik wurde leiser. Alles wurde leiser. Als wäre sie unter Wasser. Alle Geräusche vom Wasser verschluckt. Der schnell fließende Strom lullte sie ein, die Wellen trugen sie davon, starke Hände zogen sie zurück, dann wurde sie wieder fortgeschwemmt, und die ganze Zeit hörte sie Helens Stimme, tief und pulsierend, wie ein Walgesang, wie ein Echo, wie ein Schallschatten, als wäre alles schon gesagt und würde wieder gesagt werden, aber tiefer und voller, bis es endgültig verklang, und nur noch die Wellen übrig waren. Leise plätschernd, leise plätschernd, leise plätschernd …

VIERTER TEIL

SECHSUNDZWANZIG

»Madame Wiel-Kocks?«

Als Florence erneut aufwachte, fühlte sie sich nicht mehr ganz so benebelt. Sie war in einen Autounfall verwickelt gewesen, hatte der Arzt gesagt. Und er hatte sie mit Madame Wilcox angesprochen. Was konnte das bedeuten? Wo war Helen? Vielleicht in einem anderen Zimmer, unter dem Namen Madame Darrow?

Bei der nächsten sich bietenden Gelegenheit fragte sie die Krankenschwester danach: »Die Frau, die mit mir im Auto war, ist sie auch hier?«

Sie erntete lediglich einen verständnislosen Blick.

»Ist hier noch eine amerikanische Frau im Krankenhaus?« Mit einiger Mühe kramte sie ihre wenigen Brocken Schulfranzösisch zusammen. »*Autres américaines? Ici? A l'hôpital?*«

Die Schwester schüttelte den Kopf. »*Il n'y a que vous.*« Nur Sie.

»Es war noch eine Frau im Auto. Wissen Sie etwas über sie? *L'autre femme?*«

Ratloses Schulterzucken.

»Hatte ich Besuch? *Quelqu'un visite*, äh, *moi?*«

Abermaliges Kopfschütteln. »*Personne*«, sagte die Frau. Damit ging sie hinaus.

Florence starrte an die Decke. Niemand. Niemand hatte sie besucht.

Sie drehte den Kopf zum Fenster und bemerkte dabei zum

ersten Mal eine zerknitterte Plastiktüte auf dem Nachttisch. Als sie danach greifen wollte, fuhr ihr ein stechender Schmerz durch die Rippen. Mit verzerrtem Gesicht zog sie die Tüte zu sich herüber.

Sie enthielt die Kleidung, die sie am Vorabend getragen hatte: das weiße Kleid, die Unterwäsche, dazu die Tasche, die sie am Morgen gekauft hatte. Alles war pitschnass. Im Seitenfach der Tasche steckten Helens Reisepass, ihre Brieftasche, ihr Handy und ein durchgeweichtes Päckchen Zigaretten. Das erklärte schon mal, warum sie alle mit Madame Wilcox anredeten. Sonst befand sich nichts mehr in der Tasche. Ihre eigene Brieftasche, ihr Handy und ihr Pass waren verschwunden.

Florence versuchte, Helens Handy einzuschalten. Es blieb tot.

SIEBENUNDZWANZIG

Florence fuhr aus dem Schlaf hoch. Sie bekam keine Luft, und ihr Herz schlug viel zu schnell. Während sie sich die Augen rieb, wurde ihr bewusst, dass sie nicht allein war. Neben ihrem Bett saß der Uniformierte, den sie gesehen hatte, als sie im Krankenhaus zum ersten Mal wieder zu sich gekommen war. Der Mann, den die Schwester hinausgescheucht hatte. Warum kam er nur, wenn sie schlief? Wie eine Traumgestalt.

»Madame Wiel-kocks«, sagte er. »Erinnern Sie sich an mich? Hamid Idrissi von der Gendarmerie Royal. Es ist wichtig, dass ich Ihnen Fragen über den Unfall stelle.« Sein Englisch war nicht ganz perfekt, aber besser, als sie es bei einem marokkanischen Kleinstadtpolizisten erwartet hätte.

Auf eine weitere Gnadenfrist hoffend blickte Florence sich suchend nach der Schwester um. Vergeblich. Sie nickte dem Polizisten zu.

Er klopfte sich die Taschen ab und holte ein beigefarbenes Notizbuch samt zerkautem Stift hervor. Seine Bewegungen hatten etwas Abgehacktes, als wären seine Gelenke nagelneu und er hätte sich noch nicht ganz an sie gewöhnt.

»Erstens. Erinnern Sie sich an die Ereignisse von gestern Abend?«

Florence schüttelte den Kopf.

Idrissi blätterte in dem Notizbuch ein paar Seiten zurück und sagte: »Ihr Auto ist um ungefähr zweiundzwanzig Uhr dreißig von der Rue Badr abgekommen und ins Meer gefallen. Zum Glück war ein Fischer mit seinem Boot in der Nähe, der den Unfall gesehen hat. Er hat Sie aus dem Wagen gezogen und gerettet. Um dreiundzwanzig Uhr wurden Sie ins Krankenhaus eingeliefert. Bewusstlos.«

Ohne Florences Zutun verbreitete sich ein begriffsstutziges Grinsen auf ihrem Gesicht. Sie kam sich veralbert vor.

»Mein Auto ist ins Meer gestürzt?«, fragte sie ungläubig. »Und jemand hat mich rausgezogen, während es untergegangen ist?«

»Ja, genau. So war es.«

Florence wartete immer noch auf die Pointe. Er fixierte sie ebenfalls, einen misstrauischen, müden Blick in den Augen. Ihr Lächeln verschwand. Sie kriegte die Informationen nicht in den Kopf. Nicht zu fassen auch, dass sie sich nicht daran erinnern konnte. Das dramatischste Ereignis ihres Lebens, und sie hatte es verpasst. Typisch.

Auf der Rue Badr waren sie zu dem Restaurant gefahren. Sie wusste noch genau, wie steil es neben dem unbefestigten Fahrbahnrand nach unten gegangen war. Unglaublich, dass der flotte kleine Fiesta nur wenige Stunden später abgehoben und sich ins blauschwarze Wasser gestürzt hatte.

Sie versuchte sich vorzustellen, wie Helen und sie durch die Luft geflogen waren. Hatten sie realisiert, was mit ihnen geschah?

Eine Frage aber war noch wichtiger: Wo war Helen?

Sie wollte den Polizisten gerade danach fragen, als er ihr zuvorkam. »Madame, was ist das Letzte, woran Sie sich von gestern Abend noch erinnern?«

Florence dachte zurück. Der Kamelbraten. Die blecherne Musik. »Das Essen«, sagte sie. »Das Restaurant.«

»Was für ein Restaurant?«

»Oben in den Bergen. Dar Amal oder so ähnlich.«

Er schrieb es sich auf.

»Und Sie haben Alkohol getrunken?«

Florence zwang sich zur Ruhe. »Wie bitte?«

»Haben Sie zum Abendessen Alkohol getrunken?«

Sie schwieg. Wollte er damit andeuten, dass der Unfall ihre Schuld war? An seinem Gesicht konnte sie es nicht ablesen.

»Madame Wiel-kocks?«

»Das weiß ich nicht mehr«, sagte sie schließlich. »Ich kann mich nicht erinnern. Sorry.« Sie schüttelte den Kopf.

»Wissen Sie, dass Alkohol am Steuer in Marokko verboten ist? Auch wenn Sie nur ein Glas getrunken haben?«

Florence fielen die schmierigen Whiskeygläser ein und wie gut ihr nach der nervenaufreibenden Fahrt der erste Schluck getan hatte. Und dann? Wie war es nach dem ersten Glas weitergegangen? Sie wusste es nicht. In ihrem Kopf war nur eine schwarze Leere.

Die unbeantwortete Frage ließ sie nicht los: Wo war Helen?

Und noch eine andere: Warum hatte Helen sie nicht besucht? Warum hatte sie immer noch Helens Pass und ihre Brieftasche? War es denkbar, dass Helen nicht im Wagen gesessen hatte? Nein, sie mussten zusammen vom Restaurant nach Hause gefahren sein.

Wo also war Helen?

Sie umkreiste die Frage langsam von allen Seiten. Und als sich eine Antwort abzeichnete, suchte sie trotzdem weiter nach Alternativen, als könnten ein paar Augenblicke der Ungewissheit noch etwas am Ergebnis ändern.

Der Polizist beobachtete sie aufmerksam.

Konnte das sein? War Helen bei dem Unfall ums Leben gekommen?

»Madame Wiel-kocks, ich frage Sie noch einmal: Wissen Sie, dass es verboten ist, Auto zu fahren, wenn man Alkohol getrunken hat?«

Florence zwang sich zu einer Antwort: »Ja, das weiß ich. Wenn ich wüsste, dass ich noch fahren muss, würde ich niemals etwas trinken.«

Er nickte bedächtig, ohne sie aus den Augen zu lassen.

»Also …« Sie wollte ihn etwas fragen, aber sie wusste nicht, was. Warum hatte er die zweite Person im Wagen mit keinem Wort erwähnt?

»Aber sagen Sie … wer? Wer hat mich gerettet?«

»Ein Fischer.«

»Aber wer?«

»Sie wollen seinen Namen wissen?«

»Seinen Namen? Ja, schon. Ich will mich ja schließlich bei ihm bedanken.«

Der Polizist rieb sich die Schläfen. Er schrieb den Namen und eine Telefonnummer in sein Notizbuch, riss die Seite heraus und gab sie ihr. »Ich glaube kaum, dass er Ihre Sprache spricht.«

Sie legte den Zettel aufs Bett, ohne einen Blick darauf zu werfen, und kniff die Augen zu. Sofort sah sie, wie auf ihre Augenlider projiziert, Helen panisch von innen gegen das Autofenster hämmern, während sie hilflos mit ansehen musste, wie Florence in Sicherheit gebracht wurde. War es so gewesen? Hatte der Fischer Helen im Wagen zurückgelassen? Weil er sie nicht gesehen hatte? Oder hatten seine Kräfte und die Zeit nicht ausgereicht, um sie beide zu retten? Schön dumm. Er hatte sich für die falsche Frau entschieden.

Florence schüttelte den Kopf. Sie wollte das Bild der ertrinkenden Helen nicht mehr sehen. Sie müsste es ja wohl wissen, wenn sie für Helens Tod verantwortlich wäre.

Oder doch nicht?

Ihre Überzeugung geriet ins Wanken. Ihr fiel ein, dass sie gestern weder etwas zu Mittag noch zu Abend gegessen hatte. Womöglich hatte sie den Wagen wirklich betrunken in den Abgrund gesteuert. Das war die einzige plausible Erklärung. Wenn es eine andere gäbe, wäre Helen jetzt hier bei ihr, entweder als Patientin oder als Besucherin, die den Unfall auf wundersame Weise mit heiler Haut überlebt hatte.

Florence konnte die Tränen nur mit Mühe zurückhalten.

Der Polizist schlug ein paarmal die Beine übereinander. Dann wollte er wissen, woher sie kam.

»Wie bitte?« Sie war überrascht, dass er ihr plötzlich eine so einfache Frage stellte.

»Woher kommen Sie?«

»Aus den USA.«

Idrissi hängte noch eine ganze Reihe harmloser Fragen an. Wie lange sie sich schon in Marokko aufhalte? Wo sie wohne? Was der Zwecke ihrer Reise sei?

»Recherchen«, antwortete sie.

Er musterte sie streng. »Sie sind Journalistin?«

»Nein«, sagte sie rasch, erschrocken über seinen Ton. »Nein. Ich recherchiere für ein Buch, einen Roman.«

Er schien besänftigt. »Sie sind Schriftstellerin?«

Florence senkte den Blick und nickte einmal kurz.

In der halben Stunde, die sein Besuch dauerte, erwähnte er Helen mit keinem Wort. Zuletzt stand er auf und bemerkte abschließend: »Sie haben sehr viel Glück gehabt.« Bei ihm klang es fast wie ein Vorwurf. Als er den Bettvorhang aufziehen wollte, sagte Florence: »Warten Sie.«

Er drehte sich um.

»Was ist mit dem Wagen? Wurde er geborgen?«

»Geborgen? Was heißt das?«

»Aus dem Wasser gezogen?«

»Ja, natürlich. Aber er ist kaputt«, erklärte er, als spräche er mit einem Kind. »Der Motor ist nass. Die Windschutzscheibe ist raus.«

»Nein, das meinte ich …« Florence hielt inne.

Keine Windschutzscheibe. Sie musste beim Aufprall zu Bruch gegangen sein. Und Helen, Helen, die sich nie anschnallte …

Er ließ sie nicht aus den Augen.

»Und sonst war … sonst war nichts in dem Auto?«

»Was sonst?«

Sie überlegte.

»Meine Schuhe«, sagte sie schließlich. »Meine Schuhe sind weg. Sie waren teuer.«

Idrissi schnaubte. Er holte sein Handy heraus und wählte. Ein paar rasend schnelle Sätze auf Arabisch folgten. Dann sagte er zu ihr: »Keine Schuhe. Nur einen Schal.«

»Einen Schal?«

»Ja. Einen blau-weiß gestreiften Schal. Haben Sie ihn getragen?«

Vor ihrem inneren Auge sah Florence, wie Helen die Zigarette über die Brüstung schnippte und ihr dabei der gestreifte Schal von den Schultern rutschte.

»Ja, der gehört mir«, hauchte sie.

»Okay. Ich hole ihn für Sie.«

»Danke.« Sie starrte eisern auf die dünne Bettdecke. Wenn er doch endlich ginge! Er tat ihr den Gefallen, riss den Vorhang auf und verschwand.

Sie zwang sich, langsamer zu atmen.

Idrissi wusste nicht, dass noch jemand im Auto gewesen war. Er wusste nicht, dass sie ein Menschenleben auf dem Gewissen hatte. Er wusste es nicht. Helen war einfach … davongetrieben worden. Es gab keine andere Erklärung.

Florence schlug die Hände vors Gesicht. So verharrte sie minutenlang, bis ihr aufging, dass sie eine Rolle spielte. Ohne Publikum. Sie nahm die Hände wieder herunter.

ACHTUNDZWANZIG

Am nächsten Morgen legte eine Krankenschwester Florence einige Papiere zum Unterschreiben vor. Sie sollte entlassen werden. Die Formulare waren auf Arabisch, was Florence nicht weiter kümmerte. Sie schrieb den Namen Helen Wilcox in Druckbuchstaben auf die gepunkteten Linien, auf die die Frau zeigte, und setzte eine unleserliche Unterschrift darunter.

Damit war sie dann auch schon vorbei, Florence Darrows große Chance, der Welt zu gestehen, dass sie nicht Helen Wilcox war.

Als sie aus dem Bett aufstand, hätten ihre Beine sie fast nicht getragen. Die Schwester half ihr in das Gemeinschaftsbad auf dem Gang. Es war klein und schmutzig. Zum ersten Mal war sie froh, dass sie bis jetzt die Bettpfanne hatte benutzen dürfen.

Während sie sich mit steifen Gliedern anzog, passte sie gut auf, dass sie nicht in die bräunliche Pfütze auf dem Betonboden trat. Anschließend stand sie lange vor dem Spiegel. Ihr Gesicht war geschwollen und blaugrün verfärbt. Es überkam sie ein seltsames Gefühl der Desorientierung, als wäre der Spiegel in Wahrheit ein Fenster oder ein Foto von jemand anderem. Sie musste an ihre Studienzeit denken. Wenn sich jemand an der Uni sinnlos betrunken hatte, malten ihm die anderen mit Permanentmarker eine Fratze auf. Genauso fühlte sie sich. Als hätte ihr jemand Blutergüsse und Platzwunden ins Gesicht geschminkt.

Aber ihre Wunden waren natürlich real. Sie taten weh. Der salzstarre Stoff ihres Kleids rieb sich schmerzhaft an ihren Schrammen. Der Tapeverband, der sich um ihren Oberkörper spannte, riss an ihrer lilablau verfärbten Haut.

Sie drehte das heiße Wasser auf und hielt die Hände in den dünnen, spritzenden Strahl, der auch nach mehreren Minuten nur ekelhaft lauwarm wurde. Frustriert drehte sie den Hahn wieder zu.

Bevor sie entlassen wurde, präsentierte man ihr die Rechnung. Florence bezahlte die neunzig US-Dollar mit Helens Kreditkarte. Danach fand sich der Polizist Idrissi ein, um sie zur Villa des Grenades zu fahren. Sie hätte lieber ein Taxi genommen, aber sie wollte ihn nicht misstrauisch machen. Welcher unschuldige Mensch hätte wohl das Angebot abgelehnt, sich von der Polizei kostenlos nach Hause bringen zu lassen? Vor allem, wenn dieser Mensch noch nicht mal Schuhe an den Füßen hatte.

Im Wagen drehte sie sich zu ihm. »Stecke ich in Schwierigkeiten?«

»Wie ich schon sagte, Fahren unter Alkoholeinfluss ist verboten.«

»Aber warum gehen Sie davon aus, dass ich getrunken hatte? Hat man mich ins Röhrchen pusten lassen?«

»Was heißt das? Das verstehe ich nicht.«

»Können Sie beweisen, dass ich angetrunken war?«

»Im Restaurant hat man es mir bestätigt.«

»Sie haben sich im Restaurant erkundigt?«

»Natürlich.«

Florence rutschte unbehaglich auf ihrem Sitz hin und her. Der Sicherheitsgurt drückte ihr auf die Rippen. »Wie geht es jetzt weiter?«, fragte sie.

Der vorausfahrende Wagen wurde abrupt abgebremst, Idrissi drückte auf die Hupe. Er streckte den Kopf aus dem Fenster und beschimpfte den anderen Fahrer. Als sie wieder anrollten, lehnte er sich zurück und atmete tief durch. An der nächsten Ampel sah er Florence an: »Wie es weitergehen wird? Für Sie? Vermutlich gar nicht. Der Tourismus ist wichtig für uns. Sie verstehen?«

Florence nickte beschämt, was er mit Sicherheit beabsichtigt hatte.

»Mein Neffe hat dafür sechs Monate im Gefängnis gesessen. Aber mein Neffe ist ja auch kein Amerikaner.«

»Das tut mir leid«, sagte Florence matt. Sie hätte gern gewusst, warum er als Polizist nicht seine Beziehungen hatte spielen lassen, um seinen Neffen herauszuhauen, aber sie behielt die Frage lieber für sich. Vielleicht kannte man ja in Marokko keine Vetternwirtschaft.

»Sie sprechen meine Sprache sehr gut«, sagte sie. Mit Komplimenten kam man meistens weiter.

»Ja, man hat mich in die neue *brigade touristique* versetzt«, antwortete er zähneknirschend. »Polizei. Nur für Touristen.«

»Herzlichen Glückwunsch«, sagte Florence unsicher.

Er schnaubte verächtlich und gab Gas.

An der Villa des Grenades kam Amina ihnen schon auf dem Gartenweg entgegengelaufen. Als sie den Polizisten am Steuer sah, blieb sie stehen. Idrissi nickte ihr zu. Sie starrte stumm zurück.

Als Florence aussteigen wollte, fragte er unvermittelt: »Wo ist Ihre Freundin?«

Sie fuhr zu ihm herum. »Was für eine Freundin?«, fragte sie scharf. Der Anflug eines Lächelns huschte über sein Gesicht, als ob er sich freute, sie mit seiner Frage überrumpelt zu haben.

»Die Freundin, mit der Sie in Dar Amal zu Abend gegessen haben.«

Aber natürlich. Er hatte ja im Restaurant herumgefragt.

Florence überlegte kurz, ob es wohl zu spät war, ihm reinen Wein einzuschenken. Ihm von dem Whiskey und dem Schal und ihrem Filmriss zu erzählen.

»Sie ist schon früher mit dem Taxi heimgefahren«, sagte sie schließlich so leise, dass Idrissi sich zu ihr beugen musste.

»Warum?«

»Es ging ihr nicht gut.«

»Hat das Restaurant das Taxi bestellt?«

Sie schüttelte den Kopf. »Nein, sie selbst, mit dem Handy.«

»Und wo ist sie jetzt? Sie hat sie nicht im Krankenhaus besucht.«

Florence zuckte mit den Schultern. »Sie wollte am nächsten Morgen nach Marrakesch fahren. Wahrscheinlich hat sie das auch gemacht. Wahrscheinlich hat sie von dem Unfall gar nichts mitgekriegt.«

Idrissi sagte keinen Ton.

Zögernd streckte Florence erneut die Hand nach dem Türgriff aus. Nachdem der Polizist keine Anstalten machte, sie zurückzuhalten, stieg sie einfach aus.

Während sie sich von dem Wagen entfernte, kurbelte Idrissi das Fenster auf der Beifahrerseite herunter und rief: »Madame Wiel-kocks?«

Florence drehte sich um.

»Geben Sie mir Bescheid, wenn Sie beabsichtigen, Semat zu verlassen.« Er hielt ihr seine Visitenkarte hin. Sie verstaute sie in der noch immer feuchten Tasche und trippelte auf bloßen Füßen vorsichtig die Einfahrt entlang, bis zu Amina. Die Frauen sahen Idrissi nach, wie er den Berg wieder hinunterfuhr.

Als der Wagen außer Sicht war, drehte sich Amina zu Florence um und deutete auf die Schrammen in ihrem Gesicht und den Gips am Handgelenk. »Ist es schlimm?«, fragte sie.

»Es geht«, sagte Florence. Es tat ihr unendlich gut, an einem vertrauten Ort zu sein, in Gesellschaft einer Frau, die ihr nicht mit Zorn und Argwohn begegnete wie der Polizist, sondern mit Mitgefühl.

Im Haus begab sie sich schnurstracks nach oben. Sie fühlte sich wie zerschlagen und wollte so schnell wie möglich ins Bett. Doch bevor sie in ihr Zimmer ging, kundschaftete sie erst noch Helens aus. Ihre Kleider hingen vollzählig im Schrank. Ihr Schmuck lag auf der Kommode verstreut. In dem Becher auf dem Waschbeckenrand stand ihre Zahnbürste. Alles sah so aus, als ob die Besitzerin der Sachen jeden Augenblick zurückkommen könnte. Der kleine Funken Hoffnung, an den Florence sich geklammert hatte, dass Helen tatsächlich allein aus Semat abgereist war, erlosch. Sie hatte sich etwas vorgemacht. Ohne Klamotten, Zahnbürste und Pass wäre Helen nirgendwohin gegangen.

Florence strich über die Kleider. Die Bügel antworteten mit einem leisen Klirren.

Sie ließ sich auf Helens Bett sinken und holte die Schmerztabletten, die man ihr im Krankenhaus mitgegeben hatte, aus der Tasche. Sie spülte zwei Hydrocodon mit Wasser aus einem halb leeren Glas herunter, das seit zwei Tagen kein Mensch mehr angerührt hatte. Sie ließ sich nach hinten fallen und starrte die Schatten an der Decke an. Es war ein Fehler gewesen, die Polizei anzulügen. Aber wie hätte sie Idrissi sagen können, dass noch jemand im Auto gewesen war? Vielleicht drückte man hier ein Auge zu, wenn sich ein Tourist angetrunken ans Steuer setzte, aber wenn dabei ein anderer

Mensch ums Leben kam, hörte der Spaß auf. Ein Tötungsdelikt war und blieb ein Tötungsdelikt.

Und was hätte es auch genutzt? Helen war offensichtlich nicht mehr am Leben. Sie trieb nicht an ein Stück Treibholz geklammert im Meer und wartete auf ihre Rettung. Sie war tot. Daran konnte niemand mehr etwas ändern.

Wie ging es nun weiter? Sie würde Helen nie wiedersehen, hatte keine Arbeit und kein Zuhause mehr. Kein Mensch würde jemals wieder ein Wort von Maud Dixon lesen. Florence war zum Weinen zumute. Aber die Tränen kamen nicht. Das Schmerzmittel wirkte schon, und sie fühlte sich benebelt. Als hätte sie Watte im Kopf.

Ihre Gedanken kehrten immer wieder zu Helens Leiche zurück. Wo mochte sie sein? Aus den sensationsgeilen Nachrichtensendungen, die ihre Mutter in Florida so gern anschaute, wusste sie, dass eine Leiche schon nach wenigen Tagen im Wasser nicht mehr zu identifizieren war, aufgebläht und von Fischen angefressen. Sie hatte nie verstanden, warum in manchen, ja, in den meisten Kulturen dem Umgang mit den Toten eine nahezu heilige Bedeutung beigemessen wurde. Vermutlich hätte auch Helen mit solcher Gefühlsduselei nicht viel anfangen können. Die Toten waren tot. Die Riten waren nur ein Trost für die Lebenden.

Florence drehte sich auf die Seite und ließ den Blick durch Helens Zimmer wandern. Es war viel größer als ihres.

Mit diesem Gedanken schlief sie ein.

NEUNUNDZWANZIG

Am nächsten Tag blieb Florence im Bett – nicht nur, weil ihr jeder Knochen, jeder Muskel wehtat, sondern vor allem, weil sie vor Angst wie gelähmt war. *Was hatte sie getan?* Konnte es wirklich wahr sein, dass sie innerhalb der letzten sechzig Stunden ihre Arbeitgeberin – eine der renommiertesten amerikanischen Schriftstellerinnen – getötet und die Polizei darüber belogen hatte? Es fühlte sich an, als wäre es jemand anderem passiert.

Immer wieder versuchte sie, sich den Unfallabend in Erinnerung zu rufen. Wenn sie die Augen schloss, sah sie die Fahrt zum Restaurant, den Whiskey, das Kamelfleisch.

Und dann?

Sie bekam die Ereignisse nicht mehr zusammen, sosehr sie sich auch anstrengte. Früher oder später ließ ihr Gedächtnis sie unweigerlich im Stich. Fahrt. Whiskey. Kamelfleisch. Fahrt. Whiskey. Kamelfleisch. *Und dann?* Nichts.

Danach kam nichts mehr, gar nichts.

Hatte sie wirklich so viel getrunken? Bei ihrem letzten Filmriss war sie noch an der Uni gewesen. Aber Whiskey auf nüchternen Magen? Wie blöd konnte man sein?

Sie kniff die Augen zusammen. *Fahrt. Whiskey. Kamelfleisch.*

Und dann, urplötzlich – ein Schwall kaltes Wasser. Bildete sie sich das nur ein? Nein, die Erinnerung kam wieder – kaltes Wasser, das schnell immer höher stieg.

Da war noch mehr. Eine Hand, die ihren Arm umklammerte. Wessen Hand? Die des Fischers?

Florence machte die Augen auf und schob ihren Ärmel hoch. Zwischen den zahllosen Blutergüssen, mit denen ihr ganzer Oberkörper übersät war, zeichneten sich am Arm bei genauer Betrachtung vier kleinere blaue Flecken ab, so groß wie Fingerabdrücke.

Es klopfte an der Tür.

»Herein!«, rief Florence mit heiserer Stimme.

Amina brachte ein Tablett mit Toast und Eiern. Eine Minute später kam sie mit einer großen Messingkanne noch einmal zurück und goss ihr eine Tasse dampfend heißen Pfefferminztee ein. Wenn sie ihn in der Küche eingeschenkt hätte, wäre es einfacher gewesen, aber Florence genoss es, sich so – quasi – zeremoniell umsorgen zu lassen, umso mehr, als ihre Mutter sich für sie, wenn sie als Kind krank gewesen war, kaum einmal einen Tag hatte freinehmen können.

Amina sah zufrieden zu, wie Florence den süßen Tee nippte. »Ihre Freundin ist nicht mehr da?«, fragte sie.

Florence hatte ihr nicht erklärt, warum sie in das größere Zimmer umgezogen oder was Helen zugestoßen war. Nicht einmal einen Grund für ihre Blutergüsse hatte sie Amina genannt. Als Entschuldigung für dieses Versäumnis hätte sie natürlich ihre Benebelung aufgrund der Schmerzmittel anführen können, aber die Wahrheit sah anders aus. Sie konnte den Gedanken nicht ertragen, dass Amina sie mit dem gleichen Blick mustern würde wie der Polizist. Sie schüttelte den Kopf.

»Kommt sie wieder?«

»Ich glaube nicht. Sie ist nach Marrakesch zurückgefahren.«

»Ohne …« Mit einer ausholenden Geste beschrieb Amina das Zimmer mit Helens verstreuten Sachen.

»Sie hatte eine kleine Reisetasche dabei. Den Rest nehme ich ihr mit, wenn ich abreise.«

Amina nickte.

Florence verschlief fast den ganzen Tag. Zwischendurch wachte sie immer wieder verwirrt und panisch auf. Ob sie womöglich eine Lebensmittelvergiftung hatte? Wie froh sie wäre, wenn sie damit die Last der Verantwortung von sich abwälzen könnte. Vielleicht hatte Helen sie betrunken gemacht. Zu Hause in den Staaten war sie mit dem Wein auch sehr spendabel umgegangen.

Als es Abend wurde, nahm Florence eine doppelte Dosis des Schmerzmittels ein. Traumlos schlief sie durch bis zum Morgen.

Über Nacht war die Hitze noch drückender geworden. Wie eine schwere Wolldecke lastete sie auf Florence. Gut möglich, dass draußen schon über dreißig Grad herrschten. Sie strampelte das Oberbett weg, rückte sich zwei Kissen ans Kopfende und schob sich vorsichtig zum Sitzen hoch. Sie fühlte sich immer noch wie zerschlagen, aber die Schmerzen waren nicht mehr ganz so stechend. Erst als sie zum Handy greifen wollte, fiel ihr ein, dass sie gar keins mehr besaß. Sie warf einen Blick auf die Medikamentenschachtel auf dem Nachttisch und beschloss, es von nun an ohne Tabletten zu versuchen. Der gestrige Tag verschwamm in einem Nebel aus Ratlosigkeit, Frustration und Paranoia, was mit Sicherheit zum Teil auf das Schmerzmittel zurückzuführen war. Das durfte sie nicht noch einmal riskieren.

Ihr stieg ein säuerlicher Geruch in die Nase. Nach mehr als zwei Tagen ohne Dusche roch sie streng und betäubend nach sich selbst. Wie viel Zeit und Mühe es einen doch normalerweise kostete, seinen eigenen Geruch zu überdecken.

Auf wackeligen Beinen ging sie in Helens großes gefliestes Badezimmer und duschte lange und ausgiebig, wobei sie aufpasste, dass das Handgelenk mit dem Gips nach Möglichkeit nicht nass wurde. Obwohl ihre Hautabschürfungen brannten, empfand sie die Schmerzen als angenehm, denn dadurch konzentrierte sie sich voll auf ihren Körper. Und das war gut so, denn was in ihrem Kopf vorging, wollte sie noch gar nicht so genau wissen.

Nachdem sie sich in ein Handtuch gewickelt hatte, tupfte sie sich aus einem Töpfchen, das auf der Ablage stand, Feuchtigkeitscreme ins Gesicht. Sie kämmte ihre Haare nach hinten und betrachtete sich im Spiegel.

Florence verstand, warum man sie im Krankenhaus mit Helen verwechselt hatte, zumindest nach dem Foto in deren durchweichtem Reisepass. In den wichtigsten Punkten stimmten sie überein. Sie waren schlank, blond und dunkeläugig. Außerdem war ihr Gesicht so verquollen und zerschrammt, dass ihre individuellen Merkmale dahinter fast nicht zu erkennen waren. Sie musste an den schriftstellerischen Rat denken, den Helen ihr einmal gegeben hatte. Bei der Beschreibung einer Frau reichen ein, zwei Details aus. Mehr braucht der Leser nicht, um sich ein eigenes Bild zu machen. Zusätzliche Einzelheiten lenken nur ab.

Sie zog Helens Unterwäsche an – graue Seide. Sie nahm sich ein vorn durchgeknöpftes beigefarbenes Leinenkleid aus Helens Kleiderschrank. Sie legte ein paar von Helens Armbändern an.

Dabei fiel ihr wieder ein, dass Helen am Abend des Unfalls schwere Armreife getragen hatte. Ob sie versucht hatte, sich schwimmend aus dem Wagen zu retten? Ob der Schmuck sie nach unten gezogen hatte?

Sie gab sich ein paar Klapse auf die Wangen. Es war zu spät, es spielte keine Rolle mehr. Sie durfte sich nicht wieder in einen verhängnisvollen Strudel aus Fragen hineinziehen lassen.

Das Frühstück auf der Terrasse ließ sie sich mit großem Appetit schmecken. Sie bestrich die Brioches dick mit Butter und Marmelade und bat Amina, ihr zwei Spiegeleier zu braten. Sie trank drei Tassen Kaffee mit Sahne. Anschließend ließ sie sich in den Liegestuhl sinken. Amina brachte ihr kaltes Zitronenwasser mit einem Stängel Minze. Das Glas war schon beschlagen, bevor sie es wieder abgesetzt hatte. Florence schloss die Augen und ergab sich der Hitze.

Helen war tot.

Sie wendete den Gedanken hin und her, hielt ihn ans Licht, betrachtete ihn von allen Seiten. Helen war tot.

Vielleicht würde sich ja doch noch ein Gefühl einstellen, Trauer vielleicht. Oder Schuld. Aber sie fühlte gar nichts.

Der Tod war das transformativste Ereignis im Leben eines jeden Menschen. Doch nachdem er eingetreten war, konnte er der Person nichts mehr anhaben, denn sie hatte aufgehört zu existieren. Mit dem Tod zerfiel ihre Bedeutung und verwehte in alle Richtungen. Nur in den Hinterbliebenen fand sie sich wieder.

Wer waren eigentlich Helens Hinterbliebene? Ihre Mutter war tot, und zum Rest der Familie hatte sie keinen Kontakt mehr. Wen gab es noch? Ihre Lektorin? Laut Helen hatten sie kein enges Verhältnis. Greta? Sicher wäre ihr Tod ein schwerer Schlag für die Agentin, aber im Berufsleben musste man immer auf eine Enttäuschung gefasst sein.

Es gab nur einen Menschen, der ihr leidtun musste, und das war sie selbst. Sie war schwer verletzt worden; sie war in einem fremden Land völlig auf sich allein gestellt; sie hatte ihren Job verloren, ihr Zuhause und ihre Mentorin – alles auf einmal und von einem Tag auf den anderen.

Aber sie fühlte nichts. Kein Mitleid, keine Reue. Gar nichts.

Und weil ihr Denken von Emotionen komplett ungetrübt war, konnte Florence die Faktenlage nüchtern von außen betrachten. Dabei sprang ihr eine Tatsache als besonders interessant, um nicht zu sagen, spannend ins Auge: Niemand hatte auch nur die leiseste Ahnung, was passiert war. Sie war der einzige Mensch auf Erden, der wusste, dass Helen Wilcox tot war.

DREISSIG

Hatte Idrissi ihr den Gedanken eingegeben, als er ihr zum ersten Mal den Namen Madame Wiel-kocks ins Ohr raunte? Gut möglich. Oder war die Idee schon viel früher entstanden – vor fünf Wochen, als sie Helens kaltweiß getünchtes Haus betrat und die Ranunkeln im Fenster sah, das Feuer im Kamin? Spätestens an diesem Morgen aber wusste sie, was sie tun würde. In der sengenden Sonne von Semat schmolzen die letzten Zweifel dahin.

Florence würde sich in Helen Wilcox verwandeln.

Und warum auch nicht? Während Helens Identität einer leer stehenden Villa glich, sah ihre eigene wie eine hässliche kleine Hütte aus. Warum sollte sie nicht in das verlassene Haus ziehen? Warum es tatenlos verfallen lassen? Da war es doch viel besser, wenn sie es instand hielt. Die Dachrinnen reinigte, die Fußböden wischte, darauf achtete, dass es nicht verkam.

Den Schlüssel dazu hielt sie auch schon in der Hand. Denn das war das Tollste: Sie beherrschte die Rolle längst. Sie kannte sich in Helens Alltagsleben besser aus als Helen selbst – sie ging bei ihr ein und aus, bezahlte ihre Rechnungen, schrieb ihre E-Mails. Dass sie auch rein äußerlich locker als Helen durchging, hatte sich bereits erwiesen. Helens Pass- und Führerscheinfotos waren klein und veraltet, von Hologrammen verzerrt und durch die Feuchtigkeit verzogen. Ihr auffälligstes Merkmal, der leichte Höcker auf der Nase, war in der Frontalansicht fast nicht zu erkennen. Und überhaupt … Gab es tatsächlich irgendwen, der sich solche Fotos genauer ansah?

Plötzlich fiel Florence ein, dass sie selbst gar keinen Pass mehr besaß. Er war – wie Helen – mit der Strömung davongetragen worden. Unter normalen Umständen würde sie sich jetzt an die Botschaft wenden und sich einen neuen ausstellen lassen. Aber was war schon normal? Und wozu brauchte sie Florence Darrows Pass noch?

Ihr entfuhr ein leises Lachen. Die Situation war so aberwitzig, so unwahrscheinlich, dass es sie nicht gewundert hätte, wenn tatsächlich eine höhere Macht dahintersteckte, womöglich sogar dieselbe, deren Eingreifen ihre Mutter ihr seit Jahren verhieß. Hier war ihre Chance, Größe zu erlangen. Sie brauchte bloß in Helens Fußstapfen zu treten. Und dafür durfte niemand erfahren, dass sie tot war.

Florence legte sich den Arm über die Augen. Minutenlang bewegte sie sich nicht.

Sie fühlte sich leicht. Leicht an Leib und Seele. Die alten Selbstzweifel, Unsicherheiten und Ängste waren die ständigen Begleiter von Florence Darrow gewesen. Jetzt konnte sie ihnen endlich Adieu sagen. Sie musste sich nicht mehr verändern. Veränderung? Was für ein Schwindel! Der Mensch änderte sich nicht. Man dokterte jahrelang an seinen Schwächen herum und bewegte sich millimeterweise vorwärts, immer in der Hoffnung, den Kurs seines Lebens zu beeinflussen – und wofür? Für nichts und wieder nichts. Nein, man musste einfach wissen, wann es genug war und es nur noch um Schadensbegrenzung ging. Florence Darrow war, das stand eindeutig fest, ein Verlustgeschäft, eine Null. Sie hatte nichts, weder Beziehungen noch Veröffentlichungen. Gab es in ihrem alten Leben irgendetwas, das es wert gewesen wäre, bewahrt zu werden? Nein, das alles konnte weg. Sie würde Florence Darrow abschütteln und in die Haut von Helen Wilcox schlüpfen. In ein außergewöhnliches Leben. Das Leben einer Künstlerin, einer Schriftstellerin.

Und Maud! An Maud Dixon hatte sie ja noch gar nicht gedacht. Sie bekam zwei Identitäten zum Preis von einer. Helen Wilcox und Maud Dixon.

Sie konnte Maud Dixon sein.

War das machbar?

Sie würde sich niemals öffentlich als Maud Dixon alias Helen Wilcox zu erkennen geben – damit käme sie bei genauerer Prüfung keinesfalls durch –, aber sie konnte definitiv ihre eigenen Arbeiten unter Maud Dixons Namen veröffentlichen. Der Vertrag für das nächste Buch war bereits unter Dach und Fach, sie brauchte es bloß noch zu beenden. Aber nachdem Greta ja noch nicht mal den Anfang kannte, konnte sie auch gleich das ganze Ding selber schreiben. Dann hätte sie endlich ein veröffentlichtes Werk vorzuweisen. Nicht nur ein paar Wörter hier und da, keine Spielereien wie in dem Häuschen in Cairo, sondern ein ganzes Buch. Ihr Buch. Es störte sie noch nicht mal, dass es nicht unter ihrem eigenen Namen erscheinen würde. »Florence Darrow« kam ihr schon jetzt wie ein Relikt aus vergangenen Zeiten vor. Sie hing nicht daran. Wäre sie erst mit dem Etikett Maud Dixon versehen, würde die Welt endlich ihr Talent erkennen. Was hatte Agatha ihr dauernd gepredigt? Es war alles eine Frage der Verpackung.

Helen hatte recht: Es ging nicht um Ruhm, es ging um Stolz. Florence könnte sich in dem Wissen sonnen, dass die Sätze, die alle lasen, aus ihrer Feder stammten.

Aber natürlich ließ sich nicht völlig ausschließen, dass sie irgendwann als Maud Dixon enttarnt werden würde …

Sie schüttelte den Kopf. Stopp! Nicht zu weit vorpreschen! Sie zwang sich, ein paarmal tief durchzuatmen. Jetzt brauchte sie erst einmal einen Plan für die unmittelbare Zukunft.

Um keinen Verdacht zu erregen, wollte sie den gebuchten Marokko-Urlaub in voller Länge ausschöpfen, also noch eine Woche im Land bleiben. Ganz normal weitermachen. Und dann? Was dann? Nach Hause fahren, in Helens Haus. In ihr Haus. In das große Schlafzimmer ziehen. Feuer im großen Kamin machen. Helens Bücher lesen. Kochen lernen. Tomaten züchten.

Sie würde so viel Geld haben, dass sie nie wieder arbeiten musste, vor allem, wenn sie genauso genügsam lebte wie Helen. Sie konnte ihre ganze Zeit dem Schreiben widmen. Oben, im ersten Stock, in Helens gemütlichem Arbeitszimmer. Sich eine Oper reinziehen und auf den Musenkuss warten. Das Einzige, was man brauchte, war eine anregende Atmosphäre. Natürlich hatte sich die Muse in ihrem kleinen, dunklen WG-Zimmer in Astoria nicht zeigen wollen, inmitten billiger Ikea-Möbel und leerer Joghurtbecher.

Plötzlich war sie voller Tatkraft. Ja, ja! Endlich sollte sie das bekommen, was ihr zustand.

Florence war ihr Leben lang vorsichtig gewesen, sie hatte hart gearbeitet und sich an die Regeln gehalten, weil sich ihr dadurch wahrscheinlich die beste Chance zur Flucht eröffnen würde. Weg aus Florida und weg von Vera. Und es hatte funktioniert. Mit straffer Disziplin hatte sie es zuerst nach Gainesville, dann zu Forrester und schließlich bis zu Helen geschafft.

Erst in den letzten Monaten – seit der Begegnung mit Simon – hatte sie angefangen, die selbst angelegten Fesseln zu lockern, denn ihr war klar geworden, dass die alten Regeln nicht mehr galten.

In Bezug auf das Schreiben hatte Helen ihr einmal etwas gesagt, was man im Grunde auch auf ihre ganze Lebensführung hätte anwenden können: Es kam vor allem darauf an, die Handlung voranzutreiben. Dynamik war alles. Im Allgemeinen verplemperten Frauen viel zu viel Zeit damit, die Konsequenzen ihres Tuns zu bedenken. Bis sie sich endlich eine Entscheidung abgerungen hatten, waren die Männer längst an der Front, schmiedeten Allianzen, stürzten sich in den Kampf und schlugen alles kurz und klein.

Fehler kann man immer korrigieren, hatte Helen gesagt.

Also gut! Florence würde auch handeln. Sie würde alles kurz und klein schlagen und zur Not später alles wieder zusammensetzen.

Sie lächelte. Ja, das war ein guter Plan. Ein sehr guter Plan.

Florence stand auf und klopfte sich ein paar trockene Blätter vom Kleid. Sie ging zu Amina in die Küche und bat sie, ihr ein Taxi zu rufen. Sie saß schon zu lange im Käfig. Und damit meinte sie nicht nur die zwei Tage, die seit dem Unfall vergangen waren. Sechsundzwanzig Jahre lang war sie in Florence Darrows kleinem, engen Leben eingesperrt gewesen.

»Geht es Ihnen besser?«, fragte Amina.

Florence lächelte. »Viel besser.«

EINUNDDREISSIG

Das Taxi setzte sie an der nördlichen Spitze des lang gezogenen, halbmondförmigen Strands ab, unweit des Hafens, wo Helen und sie erst vor vier Tagen den Fischer gesehen hatten, der den Tintenfisch auf den Boden klatschte.

Florence stand vor der kurzen, brüchigen Treppe, die hinunter ans Wasser führte, und starrte aufs Meer. Gleichmäßig rollten die flachen Wellen heran, wie Eiscreme unter einem Kugelportionierer. Der Wind trug den Sand wie mit Händen davon und ließ ihn achtlos hier und da wieder fallen. Am Fuß der Treppe lagerten unter bunten Decken drei Kamele in der Sonne. Neben ihnen döste ein Mann, die Zügel in der Hand.

Florence war seit Jahren nicht mehr an einem Strand gewesen. Zuletzt in Florida, noch zu ihrer Unizeit. Sie war allein schwimmen gewesen und von einer Qualle gestochen worden. Nachdem sie sich an Land zurückgeschleppt hatte, war ihr eine Frau zu Hilfe gekommen und hatte ihr mit einem eviangetränkten Handtuch die verbrannten Hautstellen gekühlt.

»Quallen bestehen ja auch zu fünfundneunzig Prozent aus Wasser«, stammelte Florence, benommen vom Schmerz.

»Aber woher will man wissen, welches Wasser der Qualle gehört und welches dem Meer?«, sagte die Frau. Eine gute Frage.

Florence zog die Sandalen aus und ging den Strand entlang. An einer relativ freien Stelle breitete sie das fadenscheinige Handtuch aus, das sie aus der Villa mitgenommen hatte, und beschwerte die Ecken mit Sand. Es warf flatternde Wellen, aber es flog nicht weg.

Durch den dünnen Stoff konnte sie fühlen, wie heiß der Sand war. Am blauen Himmel waren nur ein paar Kondensstreifen zu sehen. Sie zog sich aus und ging in dem schwarzen Bikini, der Helen gehörte, ins Wasser. Es war kälter, als sie gedacht hatte. Sie watete bis zur Taille hinein. Wie gern hätte sie sich in die Wellen gestürzt, aber der Gipsverband durfte nicht nass werden. Wie sollte sie das Ding wieder loswerden? Na, vermutlich bei einem Arzt, wenn sie wieder in New York war. Sie tauchte mit dem Kopf unter, die gebrochene Hand hoch in die Luft reckend. Als sie aus dem Wasser kam, fühlte sie sich wie neugeboren.

Während sie zu ihrem Handtuch ging, erntete sie wegen der Blutergüsse an Brust und Bauch neugierige Blicke, aber immer nur ganz kurz und nur von der Seite, als wäre es unanständig von ihr, die Zerbrechlichkeit des menschlichen Körpers so offensiv zur Schau zu stellen. Florence hatte zwar die blauen Flecken im Gesicht mit Helens Make-up so gut wie möglich überschminkt, sich die Mühe für die zahlreichen anderen Stellen aber geschenkt.

Sie holte die *Odyssee* aus der Tasche und legte sich vorsichtig auf den Bauch. Doch dann ließ sie, statt zu lesen, den Kopf auf die Arme sinken. In der heißen Sonne roch ihre Haut nach Helens Feuchtigkeitscreme. Sie schloss die Augen und atmete den würzigen Moschusduft ein.

Ein Schatten fiel auf ihr Gesicht. War sie eingeschlafen? Sie wusste es nicht. Florence machte die Augen auf. Eine vielleicht zwanzigjährige Frau stand vor ihr. In ihrem auf Halbmast hängenden Bikinihöschen steckte ein Handy, auf dem Bauch hatte sie ein Delfin-Tattoo.

»Hi«, sagte sie, auf ihrer spröden, geschwollenen Unterlippe kauend.

Sie bekam keine Antwort.

»Sorry, ich will echt nicht stören, aber könntest du mir wohl den Rücken eincremen?«

Florence sah sie weiter schweigend an. »Woher wusstest du, dass wir dieselbe Sprache sprechen?«, fragte sie schließlich.

»Wegen dem Buch.«

Tatsächlich. Homer hatte sie verraten.

»Bist du so nett?« Das Mädchen fuchtelte ihr mit einer verschmierten Sonnenölflasche vor dem Gesicht herum.

Mit einem leisen Schmerzensseufzer stemmte Florence sich hoch. Sie musterte das Mädchen von oben bis unten, den herausgewachsenen dunklen Haaransatz, den schwabbeligen Bauch, das pickelige Dekolleté. Sie schüttelte den Kopf. »Lieber nicht.«

Das Mädchen lachte verlegen. »Was?«

»Ich möchte dir nicht den Rücken eincremen.«

»Ach.« Ihr Lächeln geriet ins Rutschen. »Okay.« Sie wollte sich schon abwenden, als ihr umherschweifender Blick an Florences Blutergüssen hängen blieb.

»Wow! Was ist denn mit dir passiert?« Sie hockte sich neben sie und zeigte mit dem Finger auf die blau und grün verfärbten Stellen. Fast hätte sie dabei ihre Haut berührt.

Florence runzelte die Stirn. Durch ihre Verletzungen war das Gleichgewicht der Kräfte gestört. Es überkam sie wie eine urzeitliche Wahrheit. Sie war ein verletztes Tier und deshalb ungefährlich. Auf ihr Gegenüber wirkten die Wunden wie eine Einladung – eine körperliche Schwäche, die gesellschaftliche Konventionen und abstrakte Hierarchien über den Haufen warf.

»Ich hatte einen Autounfall«, sagte Florence kurz angebunden.

Das Mädchen riss die Augen auf. »Das warst du?«

»Wieso? Hast du was davon gehört?«

»Dass ein Wagen von der Rue Badr abgekommen ist? Das weiß hier jeder. Mann, das muss ja megagruselig gewesen sein.«

Florence konnte sich ein Lachen nicht verkneifen. *Megagruselig?* »Ich hab überhaupt keine Erinnerung daran.«

»Ich kenne die meisten Amis, die hier wohnen – die Stadt ist klein, und ich bin schon ewig lange hier. Du warst bis jetzt die große Unbekannte. Wir haben uns überlegt, dass du wohl gerade erst angekommen sein musst. Du heißt Helen Irgendwas, oder?«

Florence zögerte kurz. Aber irgendwo musste sie schließlich anfangen. »Stimmt«, sagte sie. »Helen Wilcox.«

»Ich bin Meg. Und? Bist du wirklich gerade erst angekommen?«

Florence nickte.

»Na dann, herzlich willkommen! Wenn du Fragen oder Probleme hast, kommst du zu mir. Ich bin hier schon so gut wie eingemeindet. Das kann dir jeder bestätigen.«

Meg ließ sich schwer auf das untere Ende von Florences kleinem Handtuch plumpsen.

»Machst du Urlaub hier?«

»Mehr oder weniger. Ich mache einen Arbeitsurlaub.«

»Ach was. Ist ja cool.«

»Ich recherchiere. Für einen Roman.«

»Wow! Echt? Sag bloß, du bist Schriftstellerin? Wie krass ist das denn? Ich bin eine wahnsinnige Leseratte. Als Kind war ich richtig süchtig nach Harry Potter. Und damit meine ich süchtig. Ich hatte den Schal, die Brille, alles.« Sie bettelte regelrecht um eine Reaktion. »Den Zauberstab«, fügte sie schließlich bedeutungsschwer hinzu.

Gnädig ließ Florence sich zu einem »Toll!« herab.

Meg nickte begeistert. Ohne Vorwarnung hievte sie sich, den Sand in alle Richtungen verteilend, in die Senkrechte. »Sag mal, rauchst du?«

»Ja!«, antwortete Florence bestimmt. Sie hatte morgens extra eine Schachtel von Helens Zigaretten eingepackt. Bei dem Gedanken, in dieser Hitze tatsächlich zu rauchen, wurde ihr ganz anders, aber am Morgen war ihr die Schachtel wie das perfekte Requisit vorgekommen, ähnlich einer Tabakspfeife oder einem Spazierstock, die ein Schauspieler als Krücke benutzte, um sich in seine Figur hineinzuversetzen.

Meg sprang die paar Meter zu ihrem eigenen Handtuch hinüber und fing an, in einer schmutzigen Einkaufstasche zu wühlen.

Als sie zurückkam, hielt sie triumphierend einen Joint in die Höhe.

»Ach«, sagte Florence. Sie hatte noch nie Gras geraucht, ein peinlicher Beweis für ihren sozialen Status an der Highschool und ihren Mangel an Freunden an der Uni. Trotzdem nahm sie Meg vorsichtig den Joint aus der Hand. Warum nicht? *Bonjour, l'aventure.*

Meg gab ihr Feuer. Florence hielt den Joint in die Flamme und zog kräftig daran, wie sie es aus dem Kino kannte. Sofort bekam sie einen Hustenanfall. Mit tränenden Augen gab sie ihrer neuen Bekannten den Joint zurück.

»Ja, der Kif hier ist ein ziemlicher Killer.«

»Kif?«

»Das Hasch.«

»Ja, die Dröhnung ist wohl ein bisschen stark für mich.«

»Wetten? Bei dir zu Hause gibt's mehr so ein Harry-Potter-Kraut.«

Florence lachte. »Da wirst du schon recht haben.« Sie streckte sich auf dem Handtuch aus und hielt sich schützend den Arm vor die Augen. Der Untergrund bebte leicht, als Meg sich wieder vor ihre Füße pflanzte.

»Und wo kommst du her?«, fragte Meg.

»New York.« Dann fügte sie hinzu: »Aber ursprünglich aus Mississippi.«

»Echt? Hört man dir gar nicht an.«

»Ich bin da schon vor Urzeiten weg.«

»Ach so.«

»Und woher kommst du?«

»Toledo. Ohio.«

Darauf gab es weiter nichts zu sagen. In dem weichen Sand kam Florence sich vor wie in einer Hängematte gewiegt. So wohlig entspannt hatte sie sich seit Monaten nicht mehr gefühlt.

Irgendwo rief ein Vogel.

»Ich liebe die Vögel, die wie Eulen klingen«, sagte Meg verträumt.

»Meinst du … Eulen?«

Meg prustete laut los. »Sag bloß, das sind echt welche? Das sind echt Eulen?«

Florence antwortete nicht. Sie hatte keinen Schimmer, was Meg da redete. Deren Stimme schien von sehr weit her zu kommen.

Meg wiederholte das Wort noch ein paarmal in leicht abgewandelten Variationen. »Eule. Eu-le. Eule. Echt strange, das Wort. Und wie heißt der Mann von der Eule? Euler? Oder Heuler?«

»Hä?« Jetzt hatte Florence komplett den Faden verloren.

»Wahrscheinlich Euler. Ein Heuler ist doch ein Baby-Seehund.«

Florences Wohlgefühl verflog. Sie machte die Augen auf und betrachtete sich das Mädchen genauer. Wenn sie lachte, sah der Delfin auf ihrem Bauch aus, als hätte er Krämpfe. Aus ihren Zehen sprossen dunkle Haare, wie die Beine einer auf dem Rücken liegenden Mücke. Florence fühlte sich entblößt und schmuddelig. Sie wollte nach Hause, sich in Helens Zimmer zwischen Helens Sachen verkriechen. Helen hätte sich niemals mit einer wie Meg angefreundet. Florence durfte sich nicht mit ihr einlassen.

Sie sprang auf und suchte ihren Kram zusammen. »Ich muss los.« Sie riss das Handtuch unter dem Mädchen weg. Meg rollte passiv wie ein Baumstamm in den Sand.

»Okay«, sagte sie. »Aber dafür kommst du heute Abend auf die Party.«

»Party?«

»Ja, gut, keine richtige Party, bloß so ... Da treffen sich haufenweise Expats, lauter total interessante, kreative Leutchen. Voll dein Ding, würde ich sagen.«

Eigentlich war es ganz schön dreist von Meg, sich einzubilden, Florences Vorlieben erraten zu können. Doch die ließ es ihr unkommentiert durchgehen. Sie fühlte sich geschmeichelt, dass sich überhaupt jemand Gedanken darüber machte, und sah sich schon vor einer romantischen Kulisse aus Messinglaternen mit flackernden Kerzen darin, umgeben von einem lustigen Dichter- und Künstlervölkchen in bunten Kaftanen.

»Ja.« Sie nickte. »Das wäre genau mein Ding.«

Als sie Meg erklärte, dass sie kein Auto hatte, bot die ihr an, sie um acht in der Villa des Grenades abzuholen.

Florence stapfte durch den heißen Sand zurück zur Straße. Obwohl sie eigentlich vorgehabt hatte, in der Stadt zu Mittag zu essen, flüchtete sie sich jetzt in die erstbeste triste Touristenfalle, wo es »amerikanische Hotdogs« gab, und trank eine Cola, während sie auf ein Taxi wartete. Die Würstchen in ihrem Bratfett erinnerten sie an aufgespießte Köpfe.

ZWEIUNDDREISSIG

Florence zupfte an ihrer Unterlippe. Sie saß in den sandigen, noch feuchten Sachen am Esstisch und starrte auf eine Mail von Greta Frost. Sooft sie den Wortlaut auch las, er war und blieb der gleiche.

Hi, M. Ich bin's mal wieder. Rufst du mich an? Hätte gern ein paar Details zur *TPR* besprochen. G.

Florence versuchte vergeblich, den Wörtern auf dem Bildschirm ihre tiefere Bedeutung zu entlocken. Sie googelte *TPR*. Es war entweder das Logo einer großen Modefirma oder das Akronym einer Lehrmethode für den kindlichen Fremdsprachenunterricht. Nichts davon ergab in diesem Kontext einen Sinn. Sie trommelte sachte mit den Fingern auf die Tastatur. Nach einer Weile drückte sie auf *Antworten* und tippte:

Liege mit einer fiesen Lebensmittelvergiftung im Bett.

Nachdem sie sich den Satz noch einmal durchgelesen hatte, löschte sie ihn wieder. Stattdessen schickte sie die Mail:

Heute geht's nicht. Hab mich mit ranzigem Tintenfisch vergiftet. Das Positive: Ich bekomme tiefere Einblicke in marokkanische Kloschüsseln, als ich es je zu träumen gewagt hätte. M.

Umgehend landete die Antwort mit einem *Ping* im Posteingang.

Du Arme! Gute Besserung. Lass von dir hören.

Florence wischte einen Fleck vom Bildschirm und klappte den Laptop langsam und bedächtig zu. Jetzt hatte sie die Rolle der Helen Wilcox gegenüber jemandem gespielt, der wirklich zählte. Die Scharade hatte begonnen. Auch wenn ihr klar war, dass die Stunde der Wahrheit unweigerlich kommen würde, musste sie Greta möglichst lange auf Abstand halten, zumindest so lange, bis sie eine genauere Vorstellung davon hatte, wie sie mit ihr verfahren sollte.

Die Agentin stellte die größte Gefahr für ihr Vorhaben dar. Sie stand regelmäßig mit Helen in Verbindung, hatte ein ureigenes Interesse an deren Arbeit und wollte jetzt schon persönlich mit ihr reden.

Florence hielt es durchaus für denkbar, dass sie Greta überzeugen konnte, bei dem Rollentausch mitzuspielen. Schließlich lag ihr beruflich ausgesprochen viel daran, den Namen Maud Dixon am Leben zu erhalten. Aber reichte das als Motivation aus, den Tod einer Frau zu ignorieren, mit der sie drei Jahre überaus erfolgreich zusammengearbeitet hatte? Einem Identitätsdiebstahl Vorschub zu leisten? Schwer zu sagen. Wie konnte Florence das Thema ansprechen, ohne gleich alle Karten auf den Tisch zu legen? Es war eine Alles-oder-nichts-Situation.

Aber sie brauchte nichts zu überstürzen. Es gab auch noch andere Alternativen, als Greta zur Komplizin zu machen. Denn eines stand für Florence fest: Diese einmalige Chance, dieses große Geschenk würde sie sich von niemandem mehr wegnehmen lassen.

An diesem Nachmittag schlief Florence lange und fest. Die Sonne ging schon unter, als sie aufstand und duschte. Während sie sich schminkte, klopfte es leise an der Tür.

»Herein!«, rief Florence aus dem Bad.

Amina wagte sich nur ein paar Schritte ins Zimmer. Sie hielt Helens blau-weiß gestreiften Schal hoch. Florence erstarrte, das Mascarabürstchen in der Hand.

»Woher haben Sie das?«

»*Le gendarme*«, antwortete Amina.

»Idrissi? Ist er hier?«

»Schon wieder weg. Sie haben geschlafen«, fügte sie verlegen hinzu. »Er hat nach Ihrer Freundin gefragt. Wann sie nach Hause gekommen ist, wann sie wieder gefahren ist.«

»Was haben Sie ihm gesagt?«

»Die Wahrheit. Dass ich nachts nicht hier bin.«

»Gut«, sagte Florence leise. »Danke.«

Amina ließ sich nicht anmerken, ob sie Florence gehört hatte. Sie legte den Schal aufs Bett und strich eine Falte heraus. In dem Augenblick klingelte es an der Tür, Florence zuckte zusammen. Sie warf einen Blick auf die Uhr. Kurz vor acht. Sicher war es Meg.

Amina ging nach unten, um aufzumachen, Florence folgte ihr einige Minuten später. Meg stand im Innenhof und checkte ihr Handy. Sie sah hoch. »Mann, du siehst echt klasse aus!« Florence trug ein Seidenkleid und Espadrilles. Außerdem hatte sie Helens roten Lippenstift aufgelegt. Als sie sich im Spiegel betrachtet hatte, sah es für sie so aus, als trüge sie eine Maske. Sie war sich vollkommen fremd. Sie hob sogar die Hand, um zu sehen, ob ihr Spiegelbild zurückgrüßen würde.

»Danke«, antwortete sie. »Du aber auch.« Meg trug abgeschnittene Jeans-Shorts und eine bestickte Folklorebluse.

Vor dem Haus stieg Florence auf den Soziussitz von Megs klapprigem Honda-Roller und legte zaghaft die Arme um ihre weiche Körpermitte. Mit der rechten Hand umfasste sie vorsichtig den Gips an ihrem linken Handgelenk.

»Alles klar, da hinten?«, fragte Meg.

»Super. *Bonjour, l'aventure*!«

Die Villa des Grenades lag in einer schmalen, kurvenreichen Straße, die aus der Luft bestimmt wie ein krauses Haar aussah, das auf die Erde gefallen war. Mit aufheulendem Motor schoss der Roller um die Biegungen. Zu Florences Überraschung genoss sie die Fahrt, sie fand es prickelnd, wenn sie sich in die Kurven legten. Plötzlich musste sie an die rasende Fahrt nach Semat denken, als sie sich vorgestellt hatte, dass Helens Kopf wie ein Fußball vom Armaturenbrett abprallte. Sie schüttelte sich.

Nach knapp einer Viertelstunde bog Meg auf den Parkplatz eines reizlosen modernen Wohnhauses knapp außerhalb der Medina ein. Anscheinend hatten hier vier Australier eine Wohnung gemietet, wo alle paar Wochen jemand ein- und auszog. Meist ausländische Kitesurfer, von den günstigen Windverhältnissen angezogen. Meg drückte auf die Klingel.

»Ja?«, kam es knackend aus dem Lautsprecher.

»Ich bin's«, trällerte sie, einen Schmierfleck Lipgloss auf der Gegensprechanlage hinterlassend.

Nach einer kurzen Pause ein erneutes Knacken. »Wer?«

Sie lachte. »Na ich, Meg!« Sie verdrehte belustigt die Augen. Sie wirkte wie eine Frau, die sich damit abgefunden hatte, dass sie keinen bleibenden Eindruck hinterließ. Irgendwann summte der Türöffner, und sie konnten ins Haus. Während sie in den zweiten Stock hinaufstiegen, fragte Florence Meg, wie alt sie war.

»Im September werde ich zweiundzwanzig. Wieso? Wie alt bist du denn?«

Sie entschied sich für den goldenen Mittelwert zwischen Helens und ihrem eigenen Alter. »Neunundzwanzig.«

Ein blonder Typ in Surfer-Shorts machte ihnen auf, drehte sich wortlos um und schlappte zurück ins Wohnzimmer. Florence, die hinter Meg eintrat, ließ die Szene, die sich ihr bot, erst einmal in ihrer ganzen Grässlichkeit auf sich wirken. Acht, neun Leute, hingefläzt auf einer Sitzlandschaft aus schwarzem Leder, die mit Klebeband geflickt war. Volle Aschenbecher und leere Bierdosen auf dem zugemüllten Tisch. Bunte Kaftane, Kerzen in Messinglaternen? Fehlanzeige.

»Hi, Leute«, sagte Meg fröhlich. Mit einer Förmlichkeit, die komplett fehl am Platze war, stellte sie Florence der Reihe nach jedem Einzelnen vor.

Die meisten Gäste trugen die gleiche gelangweilte, gleichgültige Miene zur Schau wie der Typ, der sie reingelassen hatte. Allerdings gerieten ihre blasierten Masken ein wenig ins Rutschen, als sie hörten, dass Florence Schriftstellerin war. Irgendetwas glomm in ihren Augen auf, wenn schon nicht Respekt, dann doch immerhin Neugier.

»Ich schreibe auch«, vertraute ihr ein dürres Mädchen im Bikinitop an, die an einer E-Zigarette paffte. »Ist zwar momentan bloß so was wie ein Reise-Blog, soll aber mal ein Buch draus werden.«

»Toll«, sagte Florence.

»Also, wenn du irgendwelche Tipps hättest, wie man sich zum Beispiel einen Agenten angelt oder so …«

Florence lächelte großmütig. »Geht klar.«

»Und was schreibst du so? Muss man dich kennen?«

»Das kommt darauf an, was du liest.«

Das Mädchen schüttelte lächelnd den Kopf. »Sorry, das war echt eine saublöde Frage. Aber sag doch mal einen Titel, ja?«

Wie hätte wohl Helen auf solche Fragen geantwortet? Florence hatte sie nicht oft unter Leuten erlebt. Vielleicht verriet sie gar nicht, dass sie Schriftstellerin war. Aber da führte für sie selbst jetzt kein Weg mehr hin. »Ehrlich gesagt schreibe ich unter einem Pseudonym«, antwortete sie. »Und das behalte ich lieber für mich.«

Der Typ, der ihnen die Tür aufgemacht hatte, sah auf. Er war gerade dabei, eine Zigarette zu drehen. »Jetzt sag nicht, du bist Maud Dixon.«

Florence lachte gepresst. »Schön wär's.«

»O mein Gott, ich liebe Maud Dixon«, sagte eine sonnenverbrannte Amerikanerin, die auf der Couch saß. Sie wandte sich dem Jungen zu, auf dessen Schoß ihre Beine lagen. »Jay, du kannst das bestätigen. Ich fahre voll auf sie ab.« Er ließ sich nicht anmerken, dass er sie gehört hatte. Sie wackelte mit den Beinen. »Stimmt doch, Babe? Oder? Dass ich voll auf die Killerbraut abfahre?«

»Mm.« Jay scrollte durch sein Handy.

»Ich stech dich ab!«, krähte sie und tat so, als ob sie ihm ein Messer in den Bauch rammte.

»Lass das«, sagte er dumpf.

Meg kam mit zwei Flaschen Casablanca aus der Küche. Sie setzten sich auf den Balkon, zwei Plastikstühle mit Blick auf den Parkplatz.

»Na dann!«, sagte Meg aufgekratzt.

»Na dann«, sagte Florence nicht ganz so aufgekratzt.

»Geiler Abend.«

»Mm.«

»Wie bist du Schriftstellerin geworden? Erzähl mal.«

»Weiß ich auch nicht genau. Aber ich habe immer schon geschrieben, und dann war eines Tages wohl einfach das Glück auf meiner Seite.«

»Echt cool. Ich wäre auch gern Schriftstellerin.«

»Schreibst du?«

»Eher nicht, nein. Weil bei mir die linke Gehirnhälfte dominant ist. Ich bin der totale Kopfmensch.«

»Wie stellst du dir deine Zukunft vor?«

»Keine Ahnung. Meine Eltern wollen ja, dass ich zu Ende studiere. Aber ich weiß nicht, ob ich da Bock drauf habe. Vielleicht werde ich lieber Schauspielerin.«

»Film oder Theater?«

»Lieber Film. Doch, ja. Andererseits … ich bin mir nicht sicher. Kann auch sein, ich heuere bei einer Versicherung an, wie mein Vater. Er ist Mathematiker.«

»Aha, also Hollywood oder Versicherung. Dazwischen liegen ja Welten.«

»Schon klar, ich weiß«, sagte Meg und sah sie rehäugig an. Sie griff zu der Zigarettenschachtel, die auf dem Tisch lag, und bot Florence eine an. Die schüttelte den Kopf.

»Und warum schreibst du unter falschem Namen?«

Florence versuchte sich zu erinnern, was Helen ihr auf diese Frage geantwortet hatte. Irgendetwas mit … Bandwürmern? »Das ist kompliziert«, sagte sie. Mehr fiel ihr nicht ein.

Meg nickte. »Voll kompliziert.«

Ein Bewohner des Apartments kam auf den Balkon geschlendert. Er hieß Nick, wie er sagte. Ein hochgewachsener, braun gebrannter Typ, der ohne die langen blonden Dreadlocks, die Florence so unendlich peinlich fand, ein echter Hingucker gewesen wäre.

»Krieg ich auch eine, Meg?«, fragte er.

Täuschte Florence sich, oder wurde Meg tatsächlich ein kleines bisschen rot, als sie ihm die Zigarettenschachtel hinschob? Er war der erste Mensch auf der Party, der sie mit ihrem Namen angesprochen hatte.

Nachdem Nick sich eine angesteckt hatte, wandte er sich Florence zu. »Dann bist du die Wahnsinnige, die vor ein paar Tagen von der Rue Badr abgekommen ist?«

»Hab ich auch schon gehört.«

»Wenn du einen Kick suchst, kann ich dir auch einfach mein Board leihen.«

Florence lächelte. »Danke, ich werd's mir merken.«

Nick schüttelte den Kopf. »Aber mal im Ernst. Die Straße ist echt voll die Todesfalle. Oben in den Bergen hab ich erst vor ein paar Wochen mein Moped geschrottet.«

»Da hat es allein in diesem Jahr schon vier Unfälle gegeben«, mischte Meg sich ein.

Florence empfand diese Information als aufbauend. Vielleicht war es doch nicht ihre Schuld gewesen. »Und woher wusstet ihr noch mal von meinem Unfall?«

»Ich hab's in *Le Matin* gelesen«, antwortete Nick.

»Du kannst Französisch?«

»*Un peu*«, sagte er mit einem grauenvollen Akzent.

»Ich hol mir noch ein Bier. Soll ich wem eins mitbringen?«, fragte Meg. Nick und Florence schüttelten den Kopf. Nick ließ sich auf Megs Stuhl sinken und rieb sich den Nacken. »Und du bist Schriftstellerin?«

Florence nickte.

»Cool.«

Irgendwie erinnerte er sie an jemanden, sie kam bloß nicht darauf, an wen.

»Und du?«, fragte sie. »Was machst du so?«

»Ich studiere noch.«

»Echt? Du siehst älter aus.«

»Ich bin vierundzwanzig. Ich hab mir ein paar Jahre Auszeit gegönnt. Im Herbst mache ich an der UC San Diego meinen Abschluss.«

»Und was hast du dann vor?« Florence wusste selbst nicht so recht, warum sie hier die Berufsberaterin spielte. Wohl, um ihre Unsicherheit zu überspielen – allein unter Fremden auf einer kleinen, miesen Party in einem fremden Land. Ganz zu schweigen davon, dass sie auch noch die Identität einer anderen Frau angenommen hatte.

»Wahrscheinlich gehe ich in die Immobilienbranche. Mein älterer Bruder Steve ist Makler und verdient Kohle ohne Ende.«

»Das hat sich meine Mutter immer für mich gewünscht. Dass ich Maklerin werde!«

»Echt jetzt?«

»Echt. Die Tochter ihrer Freundin wohnt in Tampa und ist sehr erfolgreich in dem Beruf. Sie lebt ihren Traum: verheiratet, vier Kinder, Visitenkarte mit Foto. Aber für mich wäre so ein Leben der Albtraum.«

»Wieso? Hört sich doch gar nicht so übel an – Partner, Kinder, Haus am Meer.«

»Es ist so eine unendlich banale Existenz. Von der Wiege bis zur Bahre jeden Tag der gleiche Trott. Können wir uns nicht höhere Ziele setzen?«

»Ich will ja nichts sagen, aber wieso soll die Schriftstellerei besser sein?«

»Weil nichts über die Kunst geht.«

»Schreiben ist besser, als jemandem zu helfen, ein Haus zu finden? Ein Heim? Das ist das wahre, reale Leben.«

»Die Kunst ist auch real.«

»Ich hätte lieber ein Haus als eine Story.«

»Okay, aber jetzt hör mal kurz auf, wie ein Konsument zu denken. Reden wir über dein Leben. Glaubst du wirklich, dass du es als Erfüllung empfinden wirst, den größten Teil deiner Zeit auf Erden damit verbracht zu haben, mit irgendwelchen Leuten irgendwelche Häuser zu besichtigen? Darin besteht für dich der Sinn deines Lebens?«

»Mir kommt es im Leben darauf an, ein … ja, ein guter Mensch zu sein.«

Florence sah ihn an. Meinte er das ernst? Anscheinend.

»Klar, das ist natürlich auch wichtig«, murmelte sie.

Nick schüttelte den Kopf. »Du darfst mich nicht falsch verstehen. Natürlich muss sich nicht jeder dieses Ziel stecken. Ich finde es voll gut, dass du dir über solche Sachen Gedanken machst und deine Erfüllung gefunden hast. Ich sage bloß, dass kein Ziel von Natur aus besser oder schlechter ist als ein anderes. Okay?«

Florence zog skeptisch die Augenbraue hoch, Nick lachte. Er warf einen verstohlenen Blick auf die gläserne Schiebetür. »Okay«, sagte er leise. »Du darfst mich nicht zitieren, aber es gibt hier ein paar Mädchen, deren einziger Traum es ist, sich als Influencerin zu verwirklichen, womit sie – ich gebe es zu – nicht ganz so edelmütig rüberkommen wie zum Beispiel … Gandhi.«

Florence lachte. »Ich hab ungefähr sieben Follower auf Insta. In diese Karrierefalle werde ich also nicht so leicht geraten.«

Nick nickte begeistert. »Siehst du? Genau das meine ich. Scheiß auf die Meinung der anderen. Scheiß auf die Likes, die Kommentare und das ständige Posen.«

»Genau!«, sagte Florence, obwohl sie sich durchaus darüber im Klaren war, dass das Urteil anderer sie eigentlich ständig beschäftigte.

Aber Helen war aus einem anderen Holz geschnitzt. Was der Rest der Welt von ihr hielt, war ihr herzlich egal.

Florence beugte sich vor und nahm Nick die brennende Zigarette aus den Fingern. »Was hat dich denn nach Semat verschlagen?«, fragte sie.

»Der Wind.«

»Bist du einer von den Kitesurfern?«

»Ja. Du auch?«

Florence lachte »Nein. Im Leben nicht.«

»Das war vorhin übrigens ernst gemeint, dass ich dir gerne mal mein Board leihe. Du solltest es ausprobieren. Ich könnte dir zeigen, wie es geht.«

Florence legte den Kopf schief. »Ich überlege es mir.« Ob Helen sein Angebot angenommen hätte? Oder wäre sie sich zu gut dafür gewesen? Es fiel ihr außerordentlich schwer zu erraten, was Helen in einer bestimmten Situation getan hätte, dafür war sie einfach viel zu unberechenbar gewesen.

Tja, aber unberechenbar sein konnte sie genauso gut. Sie legte Nick die Hand aufs Bein. »Komm her«, sagte sie.

Eine Viertelstunde später saß sie rittlings auf ihm, unter sich eine unbezogene Matratze, einen schmuddeligen Schlafsack zerwühlt zu ihren Füßen. Grob knöpfte sie sein Hemd auf. Er kam hoch und umfasste ihr Gesicht. »Wie schön du bist«, sagte er. Sie drückte ihn wieder auf die Matratze.

»Sag meinen Namen«, befahl sie.

»Helen«, stieß er hervor.

»Noch mal.«

»Helen.«

DREIUNDDREISSIG

Florence tunkte den letzten Zipfel Croissant in das Marmeladentöpfchen und steckte es in den Mund, leerte die Kaffeekanne in ihre Tasse und zündete sich eine Zigarette an. Das Päckchen hatte sie aus Helens Zimmer mit nach unten genommen. Sie klopfte die Asche am Teller ab und lächelte. Roter Lippenstift am Filter. Es kam ihr fast so vor, als beobachte sie Helens Hand bei dieser sicher hundertmal gesehenen Geste. Unheimlich. Sie nahm noch einen Zug. Während der Rauch tief in ihre Lunge drang, hatte sie das Gefühl, sich von innen nach außen in Helen zu verwandeln. Ihr wurde schwindelig, und sie drückte die Zigarette in der Marmelade aus.

Die letzte Nacht war wie ein Rausch gewesen. Nicht der Sex, dafür war Nick viel zu betrunken. Nein, aber der Rest des Abends, eine einzige Offenbarung. Sie war Helen gewesen. Durch und durch.

Was Florence anfangs gestört hatte – die gammelige Wohnung, die reizlose Gesellschaft –, entpuppte sich im Nachhinein als die perfekte Kulisse für die Herausbildung ihres neuen Ichs. Der beste Katalysator für die Entfaltung einer selbstbewussten Persönlichkeit war und blieb nun mal die souveräne Missachtung anderer. Überheblichkeit statt Unsicherheit und Selbstzweifel. Florence war es gewöhnt, sich unter den Helen Wilcoxes und Amanda Lincolns dieser Welt klein und minderwertig vorzukommen. Aber gestern Abend hatte sie tatsächlich gefühlt, wie beeindruckt Meg und Nick und die Möchtegernautorin von ihr gewesen waren. Ausnahmsweise hatte *sie* den Ton angegeben.

Helen genoss es, die Starke zu sein. Nicht körperlich, sondern emotional und psychologisch. Sie genoss es, ihre Macht auszuüben, so wie sich eine Musikerin oder Tänzerin daran erfreut, ihre Kunst auszuüben. Bei Gesprächen hatte Helen meist die Richtung und den Ton vorgegeben, willkürlich Informationen zurückgehalten und Florence auch gern einmal mit haarsträubenden Aussagen überrumpelt. Sogar *Mississippi Foxtrott* war im Kern eine Erkundung von Machtstrukturen, erst der des notgeilen Frank, der Ruby zu seinem Objekt macht, und dann der von Maud, die ihm die Macht in einem einzigen Gewaltakt entreißt.

Florence selbst war mit ihren Versuchen, bei zwischenmenschlichen Machtspielchen die Fäden zu ziehen, fast immer gescheitert. Ihre Schulfreundschaften gründeten auf wenig mehr als auf der geteilten Angst vor der absoluten Ausgrenzung, und während des Englischstudiums an der Uni waren ebenfalls keine besonders engen Freundschaften entstanden. Sie hielt es nicht länger als ein paar Stunden unter Menschen aus und suchte dann schnell wieder die Einsamkeit.

Jetzt aber konnte sie ein völlig neues Auftreten einüben. Hier war sie nicht die Bittstellerin, sondern diejenige, auf die man mit einer Bitte zukam.

Allein die Tatsache, dass sie unter einem Namen auftrat, der für sie unendlich viel Anziehungskraft entfaltete, hatte ihre innere Grundhaltung verändert. Sie war sich wie verklärt vorgekommen, im wahrsten Sinne des Wortes wie verwandelt. Sogar unter Menschen, die nicht zählten, die nicht wussten, dass Helen eine weltberühmte Autorin war. Und dieses Hochgefühl hielt auch noch auf der Heimfahrt im Taxi an. In der Rolle der Helen hatte sie sich tatsächlich dominanter, interessanter und auf jede erdenkliche Weise wertvoller gefühlt. Aber seltsamerweise auch mehr wie sie selbst – wie die Frau, von der sie immer vermutet hatte, dass sie in ihr steckte.

Sie hatte sogar Nick verführt, nur um zu sehen, ob sie es draufhatte. Sie, die immer nur verführt worden war, und auch das selten genug.

Florence trank einen Schluck Orangensaft, um den Nikotingeschmack loszuwerden. Sie stand auf und ging zu dem Tisch, auf dem der aufgeklappte Laptop stand. Wieder eine Mail von Greta, diesmal für sie selbst bestimmt:

Hi, Florence,
wie geht es Maud heute? Meinen Sie, sie ist fit genug, um zu telefonieren? Ich will sie nicht stören, wenn sie noch nicht wieder auf dem Damm ist, aber ich hab gerade erfahren, dass *TPR* das Interview gern in der Herbstausgabe bringen würde, und das heißt, uns läuft ein bisschen die Zeit davon.

Plötzlich dämmerte es Florence. Ja, natürlich, die Zeitschrift! *TPR* stand für *The Paris Review*, die literarische Vierteljahresschrift, die für ihre tiefgründigen Interviews mit renommierten Schriftstellerinnen und Schriftstellern berühmt war.

In der anderen Mail hatte Greta davon gesprochen, sich mit Helen »noch über ein paar Details zur *TPR*« austauschen zu wollen. Hieß das, dass Helen sich bereit erklärt hatte, ein Interview zu geben? Florence runzelte die Stirn. Das ergab keinen Sinn. Helen hatte nicht den geringsten Grund, über sich und ihr Werk Rede und Antwort zu stehen. Wollte sie vielleicht ihren Klarnamen benutzen, das Geheimnis ihrer Identität lüften? *The Paris Review* hatte bis jetzt erst ein einziges Mal ein Interview veröffentlicht, in dem das Pseudonym des Autors gewahrt blieb.

Florence durchforstete rasch Helens Postfach, doch sie fand keine anderen Mails, in denen *TPR* erwähnt wurde. Sie sprang schnell nach oben, um auf Helens privatem Laptop nachzusehen. Sie war sich ziemlich sicher, dass sie ihn am Flughafen im Handgepäck bei sich gehabt hatte. Sie brauchte nicht lange zu suchen. Er lag in der Nachttischschublade. Aber sie kam nicht rein, genauso wenig wie vor ein paar Wochen in Cairo, als sie in Helens Sachen herumgeschnüffelt hatte. Ohne Passwort keinen Zugang. Florence tippte halbherzig ein paar Wörter ein: *MississippiFoxtrott, Jenny, Ruby.* Keines funktionierte.

Als sie wieder an ihrem eigenen Laptop saß, schrieb sie eine Antwort an Greta:

Maud ist leider immer noch krank. Aber sie hat gesagt, dass sie es sich mit dem Interview noch mal anders überlegt hat.

Ausgeschlossen, dass sie selbst sich von *TPR* interviewen ließ.

Sekunden später landete auch schon eine Antwortmail in ihrem Postfach. In New York war es fünf Uhr am Sonntagmorgen.

Können Sie mich mal eben anrufen, Florence?

Florence knirschte mit den Zähnen. Sie telefonierte nicht gern. Man konnte sich nichts vorab zurechtlegen oder irgendwelchen Feinschliff betreiben. Schon möglich, dass andere Leute gerade deswegen so gern am Telefon quasselten. Widerwillig stapfte Florence zum Festnetzapparat in die Küche und wählte die Nummer, die in der Mail angegeben war.

»Hi, Florence«, meldete sich die bekannte rauchige Stimme.

»Hi, Greta. Ganz schön früh am Morgen bei euch.«

»Ach, ich schlafe nie länger als bis um fünf. Eine typische Alterserscheinung. Senile Bettflucht. Aber wie steht es denn nun mit Helen?«

»Sie hat verdorbenen Tintenfisch gegessen.«

»Und sie kann noch nicht mal ans Telefon kommen?«

»Sie hängt eigentlich seit vierundzwanzig Stunden über der Kloschüssel.«

»Das hört sich nicht gut an. Haben Sie einen Arzt gerufen?«

»Ja, natürlich. Er hat nur gesagt, ich soll dafür sorgen, dass sie viel trinkt.«

»Vierundzwanzig Stunden sind bei so einer Vergiftung eine lange Zeit. Vielleicht wäre sie in Marrakesch besser aufgehoben. Soll ich im Krankenhaus anrufen und sagen, dass Sie kommen? Wo Sie jetzt sind, ist die medizinische Versorgung wahrscheinlich nicht gerade vom Feinsten.«

»Die Klinik hier am Ort könnte schlimmer sein.«

»Sie waren da?«

»Ja, sicher. Ich hab Helen hingefahren.«

»Und?«

»Da gab es den Rat, dass sie viel trinken soll.«

»Hm.« Greta legte eine längere Kunstpause ein. »Sie haben geschrieben, dass Helen ihre Meinung zu dem *TPR*-Interview geändert hat?«

»Ja, sie will es nicht mehr machen.«

»Interessant.« Wieder hielt sie inne. »Sie hat ja bis jetzt gar nicht zugesagt. Ich war noch dabei, sie zu bearbeiten. Wenn ich nicht total danebenliege, heißt das doch wohl, dass sie ihre Meinung kein bisschen geändert hat.«

Fuck. »Ach, nein. Wirklich?«

»Wirklich.«

»Seltsam. Vielleicht hat sie sich versprochen. Sie steht ziemlich neben sich, redet ein bisschen im Fieberwahn.«

»Hm.«

Wieder Schweigen.

»Florence, ich muss gestehen, ich mache mir langsam Sorgen. Sie sagen, dass Helen im Fieberwahn redet, dass sie nicht ans Telefon kommen kann, dass sie über der Kloschüssel hängt. Das hört sich schlimm an. Sie müssen sie unbedingt nach Marrakesch bringen, damit sie die nötige Behandlung bekommt. Lauren würde das gern für Sie organisieren. Ich könnte Ihnen heute noch einen Wagen schicken.«

»Nein ... Sie kommt auch so wieder auf die Beine. Ich kann sie natürlich fragen, aber sie besteht darauf, hierzubleiben und ihre Recherchen abzuschließen. Das lässt sie sich nicht ausreden.«

»Nach Ihrer Beschreibung ist Helen vielleicht gar nicht in der geistigen Verfassung, solche Entscheidungen allein zu treffen. Hören Sie, Florence, Sie sind noch jung, und ich kann mir gut vorstellen, dass Sie sich von Helen eingeschüchtert fühlen. Natürlich wollen Sie es sich nicht mit ihr verscherzen. Aber ihre Gesundheit ist wichtiger. Wir müssen dafür sorgen, dass sie wiederhergestellt wird.«

»Ja, ich weiß. Ich lasse mir was einfallen, okay?«

»Okay. Ich melde mich heute Nachmittag noch mal, um zu hören, wie sich die Lage entwickelt. Wobei mir einfällt – ich habe es auf beiden Handys probiert, aber ich komme auf keinem durch.«

»Ja, wir haben hier ein ziemliches Funkloch.«

»Soll ich dann auf dieser Nummer anrufen?«

»Ja, das ist der Festnetzanschluss.«

»Gut. Also bis nachher.«

Florence knallte den Hörer auf die Gabel. *Mist.* Was sollte sie Greta bloß sagen, wenn sie Helen auch in ein paar Stunden – oder Tagen – nicht ans Telefon holen konnte?

»Hi, Greta. Tja, sorry, Helen ist tot, ich hab sie umgebracht. Kann ich jetzt Maud Dixon sein?«

Grandios.

VIERUNDDREISSIG

Florence saß am Strand, die Zehen im Sand vergraben. Der gnadenlose Wind hatte sich urplötzlich gelegt, schwer und schwül lastete die Luft auf ihr. Es gab keinen Schutz vor der unbarmherzigen Sonne.

Sie versuchte, das Telefongespräch mit Greta zu verdrängen. Sie wollte das Hochgefühl wiederfinden, mit dem sie am Morgen aufgewacht war: das elektrisierende Gefühl, Helen zu sein. Mit Greta zu reden und wieder in die alte Rolle der Florence zurückzufallen, hatte ihr ganz und gar nicht behagt. Das Gespräch hatte einen unguten Nachgeschmack hinterlassen, den sie zu gern wieder losgeworden wäre. Sie wünschte sich die Leichtigkeit zurück, das Selbstvertrauen, die Stärke.

Sie ließ eine Handvoll Sand durch die Finger rieseln. Ihre Haut leuchtete pink in der Sonne. Die lila Blutergüsse wurden langsam gelb und grün. Sie schaufelte sich Sand auf die Beine.

Nach Gretas Anruf hatte sie den *Le Matin*-Artikel gegoogelt und, so gut es ging, übersetzt. Er umfasste nur ein paar Zeilen. Eine New Yorker Touristin, eine Frau namens Helen Wilcox, sei am Samstagabend gegen zehn Uhr mit ihrem Mietwagen von der Rue Badr abgekommen. Zufälligerweise sei ein Fischer wegen eines Maschinenschadens noch um diese Uhrzeit draußen auf dem Meer gewesen. Der Mann sei Ohrenzeuge geworden, wie der Wagen ins Wasser stürzte. Bevor er in den Fluten versank, habe der Fischer ihn erreicht, Ms Wilcox durch das offene Fenster gezogen und in Sicherheit gebracht. Leicht verletzt sei sie ins Krankenhaus eingeliefert worden. Man gehe von ihrer vollständigen Genesung aus. Es sei bereits der fünfte Unfall auf der Rue Badr in diesem Jahr, nachdem dort im Vorjahr zwei Menschen bei einem Unfall ums Leben gekommen seien.

Frustriert hatte Florence den Laptop zugeklappt. Da stand nichts Neues, das alles wusste sie längst. Ihr Gedächtnis war noch immer wie ausgelöscht, und sie hatte panische Angst davor, dass Inspektor Idrissi die Lücken für sie schließen würde, bevor ihre Erinnerungen von selbst zurückkamen. Denn das wäre nicht nur das Ende für ihr neues Leben als Helen Wilcox, sondern auch für ihr altes als Florence Darrow.

Sie stand auf und klopfte sich den Sand ab. Ein Stück entfernt hatte sich ein bunter Haufen Kitesurfer am Strand versammelt. Florence suchte ihre Sachen zusammen und schlenderte zu ihnen hinüber. Einige von ihnen drehten sich um und streiften sie flüchtig mit den Augen. Ganz kurz nur, denn offensichtlich passte sie mit ihrer ungebräunten Haut und Helens halb gefülltem Bikinitop überhaupt nicht ins Bild.

Nick hockte auf einem Handtuch, das nicht größer war als ein Tischset. Die obere Hälfte seines Neoprenanzugs, der bis zur Hüfte geöffnet war, lag ausgebreitet hinter ihm wie ein Schatten. Er lutschte an einem roten Wassereis. Sie blieb vor ihm stehen. »Hi.«

Nick sah hoch und lachte. »Hi, du!« Die eine Sekunde Unachtsamkeit reichte aus, dass ihm das schmelzende Eis auf den Unterarm tropfte. »Mist.« Er leckte sich die rote Suppe vom Ellenbogen bis zum Handgelenk vom Arm.

Auf einmal wusste Florence, an wen Nick sie erinnerte – an Bentley, den Golden Retriever von Helens Nachbarn.

»Und? Wie läuft's so?«, fragte sie.

»Tut sich nichts. Da draußen herrscht tote Hose.« Er deutete auf das fast wellenlose Meer.

Florence sah hinaus und nickte nachdenklich.

Nick warf den Rest von seinem Eis in den Sand. »Mann, das Ding hat mich fertiggemacht.« Er wischte sich die Hände an den Anzugbeinen ab und lächelte zu Florence hoch. »Und wie läuft's bei dir so?«

»Tut sich auch nicht viel. Ich wollte was lesen, aber hier am Strand ist es viel zu heiß dafür. Da dachte ich mir, ich schaue mir ein bisschen die Stadt an.« Sie hielt inne. »Möchtest du mitkommen?«

Er freute sich wie ein kleiner Junge. »Ja. Ich bin dabei.« Schon schälte er sich aus dem Neoprenanzug und kramte ein zusammengeknülltes T-Shirt aus seinem kleinen Rucksack. Dabei fiel ein Buch heraus. Florence hob es auf. *Himmel über der Wüste* von Paul Bowles.

»Liest du das?«

»Hab's gerade durch. Ich kann es dir leihen, wenn du willst. Voll krass.«

Florence ließ sich ihre Überraschung nicht anmerken. Sie hatte Nick nicht als jemanden eingeschätzt, der einen Autor las, auf den Helen große Stücke hielt. Vor der Reise hätte sie sich fast noch ein Buch von Paul Bowles gekauft, aber dann hatte Helen ihr so viele Recherchen aufgehalst, dass sie nicht mehr dazu gekommen war. Sie las sich den Klappentext durch. Es handelte von drei Amerikanern, einer Frau und zwei Männern, die in den 1940er-Jahren durch die nordafrikanische Wüste reisen. Es war Bowles' erstes Buch und ein ungeheurer Erfolg. Gleich die ersten Sätze des Romans gaben Nick recht: Der Mann schrieb wirklich gut.

»Wollen wir dann?«, fragte Nick.

Florence nickte und gab ihm das Buch zurück.

Nach ein paar Schritten drehte er sich noch einmal halb zu seiner Clique um. »Bis später.«

Während sie langsam über den Strand schlenderten, schwärmte Nick ihr irgendetwas übers Kitesurfen vor, aber Florence hörte nicht zu. Sie hing ihren Gedanken nach.

Sie stapften den Berg hinauf, überquerten die Place Hassan II und hielten sich in Richtung Stadtzentrum. An der verkehrsreichen Straße, die an der Mauer der Medina entlangführte, hielt Nicks braun gebrannter Arm sie zurück, damit sie nicht in den Strom der Motorräder geriet. Florence blickte lächelnd zu ihm auf.

Plötzlich fiel ihr ein bekanntes Gesicht auf. Vor einem prunkvollen Gebäude stand kerzengerade Idrissi, der Polizeibeamte aus dem Krankenhaus. Ihr Atem ging schneller. Dabei gab es doch überhaupt keinen Grund, Angst vor ihm zu haben. Für ihn war sie bloß eine dumme Touristin, die im alkoholisierten Zustand einen Unfall mit einem Mietwagen verursacht hatte und ungestraft davonkam, weil sie eine Devisenbringerin mit jeder Menge Dollars in der Tasche war. Aber sie erinnerte sich noch genau an seinen Blick, als er sie im Auto nach ihrer Freundin aus dem Restaurant gefragt hatte. Er traute ihr nicht.

Kein Wunder eigentlich, denn sie hatte ja auch tatsächlich ein Geheimnis. Beklommen dachte sie an Gretas Telefonanruf zurück. Sie schob den Gedanken beiseite. Langsam ließ Idrissi den Blick in alle Richtungen über die Menschenmenge wandern. Instinktiv drückte Florence sich gegen die Mauer.

»Was hast du?«, fragte Nick.

»Nichts. Ich dachte, ich hätte eine Ratte gesehen.«

»Du bist göttlich.« Er zog sie an sich und gab ihr einen dicken Schmatz, der nach Sonnenöl und Erdbeereis schmeckte.

»Komm«, sagte sie und zog ihn in den Suk.

In den engen Gassen war es kühler und dunkler. Staubflöckchen glitzerten in den Sonnenstrahlen, die sich durch die Ritzen in der löchrigen Überdachung bohrten.

»Was meinst du?«

Florence drehte sich um. Nick stand vor einem Verkaufstisch mit bunten Stoffen und hielt sich eine lange blaue Tunika an.

Florence lachte. »Nein.«

Der Ladenbesitzer kam auf sie zu. »Ein Kaftan«, sagte er. »Für Frauen.« Er zog ein schwarzes Gewand aus einem Stapel hervor. »Für Männer. Probieren?« Und schon zog er Nick das Kleidungsstück über den Kopf. Der versuchte sich zu wehren: »Nein danke, Mann.« Aber es nützte nichts, er steckte schon halb darin. Der Mann strich den Stoff glatt. »Und noch das.« Er rollte eine graue Stoffbahn zusammen und wickelte sie ihm um den Kopf. Ein Turban. Nick stand starr und verlegen da, die Arme weit abgespreizt. Er sah Florence an. »Und?«

Florence schüttelte lachend den Kopf. »Nein, nein und noch mal nein.«

»Sie warten, ich mache Foto.« Der Verkäufer wollte sich ein Handy geben lassen. Florence zeigte ihm die leeren Hände. »Ich habe keins.« Der Mann wandte sich Nick zu.

»In meiner Tasche«, sagte der. Der Verkäufer steckte die Hände in die Taschen des Kaftans, die nichts weiter als Schlitze waren, damit man an die Hosentaschen herankam.

»Wow, cool!«, rief Nick. »Da kann man ja reingreifen!« Florence musste schon wieder lachen.

Der Ladenbesitzer schoss ein verschwommenes, dunkles

Bild von ihnen, auf dem sie sich vor Lachen ausschütteten. Nachdem Nick sich aus dem Gewand herausgekämpft und den Turban vom Kopf gewickelt hatte, hielt er den Kaftan hoch, den er am Anfang ausgesucht hatte, und fragte den Mann: »Wie viel?«

»Für schöne Lady? Zweihundert Dirham.«

»Nein, nicht nötig«, sagte Florence zu Nick. »Du brauchst mir nichts zu kaufen.«

»Doch, wir müssen ihm etwas abnehmen.«

»Nein, müssen wir nicht. Den Trick probiert er bestimmt fünfzigmal am Tag.« Aber er hatte bereits das Portemonnaie gezückt und bot dem Verkäufer 150 Dirham an, die dieser mit einem Kopfnicken akzeptierte. Dann überreichte Nick ihr die zerknitterte Plastiktüte mit dem Kaftan.

»Danke«, sagte sie verlegen.

»Bitte keine übertriebene Dankbarkeit. Ich schenke ihn dir nur, damit ich ihn mir mal ausleihen kann.«

Florence verdrehte die Augen. Sie wollte sich nicht anmerken lassen, wie sehr sie sich freute. Nick war längst in die Säcke mit den Bohnen am Nachbarstand vertieft.

Sie sah einem Fischhändler dabei zu, wie er einen silbernen Fisch blitzschnell mit dem Messer häutete und entgrätete. Sie musste an das Hähnchen denken, das Helen während ihrer Kochstunde zerlegt hatte. Der Mann warf den ausgenommenen und geputzten Fisch auf einen Haufen. Sofort ließ sich eine Fliege darauf nieder und fing an, das tote Tier mit ihren haarigen, zwirndünnen Armen und Ellenbogen zu kneteln.

Florence wanderte tiefer in den Suk hinein. Immer stärker ähnelten die Waren denen, die sie in Marrakesch gesehen hatte – eine Mischung aus Pittoreskem und Nützlichem.

Plötzlich legte sich eine Hand auf ihren Arm; sie fuhr herum. Ein runzliges Männchen wollte sie am Ärmel zu einem Stand mit Silberschmuck ziehen. »Amethyst«, flüsterte er. »Sehr gut Qualität. Sehr schön.« Sie riss sich los.

»Nein danke.«

Er machte einen Schritt auf sie zu. »Da hinten nur Modeschmuck. Hier lang echter Schmuck.«

»Nein«, wiederholte sie in etwas schärferem Ton. Sie entfernte sich raschen Schrittes und bog in eine schmale Gasse ein, die von der Hauptstraße abzweigte. Hier war es noch dunkler. Ein paar Männer, die auf kleinen Hockern saßen und aus dampfenden Tassen Tee tranken, warfen ihr einen kurzen Blick zu und wandten sich gelangweilt wieder von ihr ab. Florence strich über eine Reihe bunter Lederpantoffel, die einen warmen, muffigen Geruch abgaben, wie ein nasses Tier. Ihr Herz raste, auch wenn sie nicht hätte sagen können, warum.

Plötzlich fühlte sie wieder die Hand auf dem Arm, die an ihr zog. Sie sprang zur Seite und drehte sich um.

»Florence!«

Als sie nach hinten auswich, geriet sie auf dem unebenen Pflaster ins Stolpern. Sie musterte das verdutzte Gesicht, das sie vor sich hatte, das Pferdegebiss, die weit aufgerissenen Augen, die mit dem Eisen geglätteten, spröden Haare – und das knallpinke Poloshirt.

»Whitney?«

Es war ihre alte Freundin aus Florida! Nach einer peinlichen Schrecksekunde kam es zu einer unbeholfenen Umarmung. Whitney war schon in der siebten Klasse eins achtzig groß gewesen, und Florence musste sich dazu auf die Zehenspitzen stellen. Sie hatten sich seit der Abschlussfeier an der Highschool nicht mehr gesehen und danach höchstens noch ein paar Dutzend Nachrichten ausgetauscht. Seit Florence nach New York gezogen war, hatte sie sämtliche Mails unbeantwortet gelassen. Trotzdem schien Whitney sich wirklich über die Begegnung zu freuen, oder aber die Überraschung über das unerwartete Treffen ließ sie ihren Groll zumindest kurzzeitig vergessen.

»Mensch, Wahnsinn!«, rief Whitney. »Ist das die Möglichkeit!?«

»Was machst du hier?«, fragte Florence.

Whitney schnappte nach Luft. »Was ist denn da passiert?« Entsetzt zeigte sie auf Florences Gipshand und das noch immer von Blutergüssen gezeichnete Gesicht. »Üble Sache?«

»Ich hatte einen Unfall. Sieht schlimmer aus, als es ist.«

»Du Ärmste.«

»Aber was machst du hier?«, wiederholte Florence mit etwas schärferem Unterton. Seit sie mit Greta gesprochen und Idrissi gesehen hatte, fühlte sie sich bedroht, und die Begegnung mit dem Amethyst-Verkäufer hatte dieses Gefühl noch verstärkt. Doch bei allem Misstrauen durfte sie nicht vergessen, dass Whitney bloß Whitney war. Das Mädchen, das beim Talentwettbewerb vier Jahre hintereinander die Titelmelodie von *High School Musical* geträllert hatte. Was musste sie von ihr denken? Die Gefahr, die von dieser Frau ausging, die ihr altes Ich aus Kindheitstagen kannte, verschlug Florence sekundenlang den Atem. Doch ihre Angst verging so schnell, wie sie gekommen war.

»Ich bin mit einer Freundin aus der Uni hier, wir machen Urlaub«, sagte Whitney. »Wir sind erst heute Morgen in Semat angekommen. Vorher waren wir ein paar Tage im Atlas-Gebirge.«

Whitney war an der Highschool eine fleißige Schülerin gewesen, wenn auch akademisch bei Weitem nicht so gut wie Florence, die es bis heute nicht verwunden hatte, dass Whitneys Vater – Florences Zahnarzt – seiner Tochter einen Platz an einer teuren Privatuni bezahlen konnte, während sie selbst wie jeder andere an der University of Florida studieren musste.

»Und was machst du hier?«, fragte Whitney.

»Arbeiten. Jedenfalls mehr oder weniger.«

»Echt jetzt? Und was arbeitest du?«

»Ach, das ist eine lange Geschichte. Ich bin zu Recherchen im Land.«

»Wow, cool! Bist du noch in der Verlagsbranche tätig?«

»Ja, aber sicher.«

»Toll, ich freue mich so für dich. Du hattest ja schon immer eine Schwäche für Bücher.«

Florence erlebte nicht zum ersten Mal, dass Bücher für Menschen, denen die Literatur nicht so wichtig war wie ihr selbst und die sie deshalb nicht auf die Ebene eines Naturgesetzes wie Biologie oder Physik hoben, nur irgendwelche Objekte waren. Ob sie wohl auch glaubten, die Macht der Musik auf das Aussehen einer Geigensaite reduzieren zu können? Florence liebte alles an Büchern, auch ihr Äußeres, die duftende Klebebindung, die glatten Seiten, vor allem aber liebte sie, was in ihnen stand, die Welt, die sie ihr eröffneten.

»Und du?«, fragte Florence. »Was machst du beruflich?«

»Ich bin Projektmanagerin bei Verizon in Tampa. Kennst du bestimmt, der Telekommunikationsriese. Vorher war ich in Atlanta, aber da hab ich es ohne meine Familie und das Meer nicht lange ausgehalten. Und Verizon ist … Ja, doch. Der beste Arbeitgeber, den man sich vorstellen kann.«

Florence fiel wieder ein, warum Whitney an der Highschool nicht gerade die Beliebteste gewesen war. In einem

Alter, in dem sich ihre Mitschüler eher ein Bein abgehackt hätten, als irgendeine Form von Gefühlsüberschwang an den Tag zu legen, konnte sie sich grenzenlos für alles begeistern.

Unvermittelt schloss Whitney die Augen, schnaufte tief und fasste Florence bei den Händen. Sie war schon immer gern auf Tuchfühlung gegangen. »Weißt du was, Florence? Ich habe das Gefühl, es ist Bestimmung, dass wir uns hier über den Weg laufen. Es gibt da nämlich etwas, das ich dir schon seit Monaten beichten wollte.«

Florence konnte sich nicht vorstellen, was Whitney ihr nach sechs Jahren Sendepause zu sagen haben könnte.

»Ich bin mit Trevor zusammen«, platzte es aus ihr heraus.

Florence musste sich ein Lachen verkneifen. »Ist ja toll, Whitney. Und weißt du was? Das macht mir überhaupt nichts aus. Echt nicht. Die Sache mit Trevor und mir ist doch Schnee von gestern. Das war noch in einem anderen Leben, und wir waren noch ganz andere Menschen.«

Whitney atmete laut aus. »Mann, da bin ich jetzt aber erleichtert. Trevor und ich hatten deinetwegen so ein schlechtes Gewissen.« Florence nahm Whitney die Schuldgefühle ohne Weiteres ab, aber bei Trevor hatte sie doch ihre Zweifel. Ein Mann, dessen große Leidenschaften Minecraft und Ayn Rand waren, verspürte bestimmt nicht viel Reue.

»Hey, Babe.« Die Frauen drehten sich um. Hinter ihnen stand Nick, eine Tüte mit grellgelbem Kurkuma in der kräftigen Pranke.

»Hi«, sagte Florence gepresst. Schlagartig wurde ihr klar, in was für einer Klemme sie sich befand.

»Hi, ich bin Nick«, sagte er zu Whitney, als Florence keine Anstalten machte, ihn ihr vorzustellen.

»Ich heiße Whitney. Wir kennen uns seit Urzeiten, sind quasi alte Sandkastenfreundinnen, ich und die liebe …«

Florence schnitt ihr das Wort ab. »Ja, wir sind zusammen aufgewachsen!«

»Wow«, sagte Nick. »Die Welt ist echt ein Dorf.«

»Whitney reist mit einer Studienkollegin durch Marokko.«

»Cool.«

»Megacool«, bestätigte Whitney.

Florence blickte sich suchend um. »Ist sie auch hier?«

»Amy? Nein, die ist im Hotel und schläft. Bei uns ist es gestern sehr, sehr spät geworden.«

»Geil«, sagte Nick.

Schweigen machte sich breit.

»Habt ihr nicht Lust, heute Abend mit uns zu feiern?«, fragte Nick. Er drehte sich zu Florence um. »Was meinst du, Babe? Gute Idee, oder?«

Florence runzelte die Stirn. Wo er wohl plötzlich dieses grässliche »Babe« herhatte? »Ich könnte mir gut vorstellen, dass Whitney eher einen ruhigen Abend im Sinn hat«, antwortete sie.

»Ach was, da hätte ich schon Lust drauf«, sagte Whitney. »Wir haben uns doch so viel zu erzählen. Ich müsste aber erst Amy fragen, wenn sie wieder wach ist.« Sie zückte ihr Handy. »Hast du noch dieselbe Nummer?«

Florence schüttelte den Kopf. Nach ihrem Umzug hatte sie sich als Allererstes eine New Yorker Telefonnummer besorgt. Sie diktierte sie Whitney ins Handy.

»Warte, du hast doch gar kein Telefon«, mischte Nick sich ein.

»Ach, stimmt ja.« Sie wandte sich Whitney zu. »Ich habe es bei dem Unfall verloren.«

»Hier, du kannst meine Nummer haben«, sagte Nick.

»Super. Ich melde mich, wenn ich mehr weiß. Ich glaube, Amy hat uns für heute Abend schon einen Tisch reserviert, aber vielleicht kommen wir hinterher noch vorbei.« Sie legte Florence wieder die Hand auf den Arm und sah ihr in die Augen. »Ich kann dir gar nicht sagen, wie froh ich bin, dass wir uns über den Weg gelaufen sind.«

»Schon klar.« Mehr fiel Florence dazu nicht ein.

Nachdem Whitney weitergegangen war, fragte Nick: »Was hast du? Kannst du sie nicht leiden?«

»Doch, doch, aber … ach, ich weiß auch nicht. Es hat mich bloß ein bisschen umgehauen, sie hier zu sehen.«

Hand in Hand traten sie aus der Gasse wieder ins helle Mittagslicht hinaus. Plötzlich hörte Florence eine sattsam bekannte Stimme: »Madame Wiel-kocks.«

Sie fuhr herum.

Neben dem Ausgang des Suk stand Idrissi. Hatte er sie hineingehen sehen? Hatte er auf sie gewartet? »Ich freue mich, dass es Ihnen besser geht«, sagte er.

»Danke«, brachte sie mühsam heraus. Ihr steckte immer noch die Begegnung mit Whitney in den Knochen. Smalltalk mit einem Polizisten war das Letzte, was sie jetzt gebrauchen konnte.

Nick ließ den Blick zwischen Florence und Idrissi hin und her wandern. »Hey, Mann. Ich bin Nick«, sagte er schließlich und wollte dem anderen die Hand geben.

Idrissi warf nur einen abschätzigen Blick darauf und konzentrierte sich wieder auf Florence. »Und? Haben Sie inzwischen von Ihrer Freundin gehört?«

Florence hielt sich zum Schutz gegen die Sonne die Hand über die Augen. Was wäre jetzt der cleverste Schachzug? Sollte sie es riskieren, das Lügengebäude mit einem Ja um ein weiteres Stockwerk zu erhöhen? Das konnte leicht ins Auge gehen. Andererseits würde ein Nein erst recht sein Misstrauen wecken, was das Verschwinden der geheimnisvollen Fremden anging.

Schließlich nickte sie. »Ja. Sie ist in Marrakesch. Genau, wie ich dachte.«

»Gut.« Idrissi musterte sie schweigend. »Wissen Sie, was interessant ist? Ich kann das Taxi nicht finden, das sie an dem Abend in Dar Amal abgeholt hat.«

»Ist das denn wichtig?«, fragte Florence. »Sie ist wieder in Marrakesch, und es geht ihr gut.«

»Ich will nur die letzten offenen Fragen klären. Bei der Polizeiarbeit geht es nicht immer um Verfolgungsjagden und Schießereien«, fügte er mit einem angestrengten Lächeln hinzu. »Hätten Sie Ihre Telefonnummer? Es würde mir helfen, wenn ich selbst mit ihr sprechen könnte.«

»Ihre Nummer? Äh, nein. Die hab ich nicht bei mir. Ich hatte sie auf meinem Handy, aber das ist ja weg.«

»Vielleicht haben Sie sie in der Villa? Nachdem Sie ja mit ihr telefoniert haben.«

»Schon möglich. Aber nein, doch nicht. Sie hat ja mich angerufen. Auf dem Festnetzanschluss.«

»Ach, das macht die Sache einfacher. Dann brauche ich nur die Verbindungsdaten zu überprüfen.«

Florence wurde blass. »Sicher.« Brennend heiß schien ihr die Sonne auf den Kopf. »Mir geht es gerade nicht so gut«, sagte sie unvermittelt. »Ich muss nach Hause, mich ausruhen.« Sie wandte sich von Idrissi ab und trat, ohne nach rechts oder links zu blicken, auf die Straße. Um ein Haar wäre sie von einem Moped umgefahren worden, dessen Fahrer eine Salve unverständlicher Flüche losließ.

Nick nahm ihren Arm und brachte sie heil auf die andere Seite. »Was hatte das denn zu bedeuten?«, fragte er. »Um was für eine Freundin ging es da?«

»Eine Freundin? Wieso?«

»Na, die Freundin, nach der er dich gefragt hat.«

»Ach so, ja. Ich war eine Zeit lang mit einer anderen Frau unterwegs, aber sie ist wieder nach Marrakesch zurückgefahren. Der Mann da, das ist der Polizist, der den Autounfall untersucht. Er ist total fixiert auf sie. Ich weiß auch nicht, warum. Es war nur ein Unfall, aber er fragt mich deswegen immer wieder Löcher in den Bauch.« Sie klang leicht hysterisch. »Keine Ahnung, was er noch von mir hören will. Ich erinnere mich doch an nichts!«

Nick hielt sie am Arm zurück. »Hey, hey, jetzt komm runter. Ich sag dir was. Die marokkanischen Cops sind bestechlich. Das weiß hier jedes Kind. Wahrscheinlich ist er bloß angepisst, dass du noch nicht versucht hast, ihn zu kaufen.«

Florence blieb stehen. »Ehrlich wahr?«

»Aber ja. Mein Kumpel Liam hat einem Bullen, der ihn mit einem Tütchen Gras erwischt hat, vierzig Dollar rübergeschoben, und die Sache war erledigt.«

»Ach.«

Sie drehte sich um. Der Polizist hatte sie immer noch im Blick. War alles nur ein Missverständnis? Konnte sie es gleich hier und jetzt aus der Welt räumen?

Florence sah in ihr Portemonnaie, knapp 1500 Dirham von Helen. Sie nahm zwei Scheine heraus und knüllte sie in der Hand zusammen. Während sie über die Straße zurück auf ihn zuging, ließ Idrissi sie nicht aus den Augen. Sie lächelte verlegen.

»Hi noch mal«, sagte sie, als sie vor ihm stand.

Er nickte bloß.

»Ich wollte Ihnen nur sagen, wie dankbar ich Ihnen für Ihre Hilfe nach dem Unfall bin – mich nach Hause zu fahren, mir den Schal zu bringen und überhaupt. Dazu noch die ganze Arbeit, die Sie in die Ermittlungen stecken. Danke.« Verlegen hielt sie ihm das durchgeschwitzte Geldscheinknäuel hin. So musste sich Helens Lover gefühlt haben, wenn er, kritisch von ihr beäugt, dem Hotelpersonal ein Trinkgeld spendierte.

Idrissi senkte nur einmal rasch den Blick, blieb ansonsten aber vollkommen regungslos.

»Das ist für Sie«, sagte sie, ohne die Hand zurückzuziehen. »Ein kleines Dankeschön.«

»Ich beherrsche Ihre Sprache nicht ganz so gut, wie es wünschenswert wäre«, antwortete er nach kurzem Zögern. »Aber nennt man das nicht Bestechung?« Er lächelte traurig. »Ich kann mich natürlich auch irren.«

»Um Gottes willen, nein! Das ist ein Geschenk oder … was auch immer.«

»Dann geben Sie der Polizei in den USA auch oft solche Geschenke?«

»Aber sicher. Manchmal schon.« Florence lief knallrot an.

»Ja? Ich dachte, das wäre bei Ihnen verboten. Genau wie übrigens bei uns, dass Sie es wissen.«

»Ach was. Das wusste ich nicht.« Florence steckte das Geld wieder ein. »Sorry, ich wollte mich …«

»… nur bedanken?«, beendete Idrissi den Satz für sie.

Sie nickte.

»Vielleicht wollen Sie aber auch nur, dass ich meine Nachforschungen zum Unfallhergang einstelle.«

»Nein, wieso das denn? Und was soll es dabei auch schon groß zu ermitteln geben? Es liegt doch alles ziemlich klar auf der Hand.« Was ganz und gar nicht der Wahrheit entsprach. Die Ereignisse jener Nacht ergaben für sie keinerlei Sinn.

»Tatsächlich, Madame Wiel-kocks? Mir ist zum Beispiel gar nicht klar, warum Sie und Ihre Freundin das Restaurant getrennt verlassen haben. Mir ist nicht klar, warum ich den Taxifahrer, der sie zurück in die Villa gefahren hat, nicht ausfindig machen kann. Mir ist nicht klar, warum sie am Tag nach dem Unfall verschwunden ist. Und mir ist auch nicht klar, warum Sie mir nicht einfach ihre Kontaktdaten geben, damit ich all diese Unklarheiten beseitigen kann.«

»Entschuldigen Sie. Ich wollte Sie nicht kränken«, sagte Florence leise und wandte sich ab.

Sie lief zu Nick hinüber.

»Alles gut?«, fragte er mit einem aufmunternden Lächeln.

Sie rang sich ebenfalls ein Lächeln ab. »Alles gut.«

FÜNFUNDDREISSIG

Einige Stunden später lag Florence in der Wanne, den Gips auf dem Rand abgelegt. Sie tauchte unter, ließ sich von ihren schwerelosen Haaren umwehen und kam erst zum Luftholen wieder hoch. Sie hatte fast ein wenig gehofft, dass sich unter Wasser weitere Erinnerungen an den Unfall einstellen würden, denn die wenigen Bruchstücke, die sie greifen konnte – die Hand auf ihrem Arm, das kalte Wasser –, verschwammen mit der Zeit immer mehr, statt klarer und deutlicher zu werden.

Während ihre Erinnerungen schwächer wurden, nahmen ihre Probleme zu.

Die unmittelbarste Herausforderung stand ihr schon in wenigen Stunden bevor, wenn Whitney bei Nick aufkreuzte. Da sie ihm weder ihre Handynummer gegeben noch erwähnt hatte, in welchem Hotel sie abgestiegen war, hatte Florence keine Möglichkeit, sich mit ihr in Verbindung zu setzen und sie auszuladen. Den Gedanken, ihr von Nick ausrichten zu lassen, dass es ihr nicht gut ging, hatte sie gleich wieder verworfen. Die beiden hätten garantiert über sie geredet – mit jeweils einem anderen Namen für sie. Dann erführe Nick, dass sie in Wahrheit Florence Darrow hieß, und Whitney würde entdecken, dass sie sich nun Helen Wilcox nannte.

Florence hatte sich den ganzen Nachmittag ausgemalt, mit welchen Konsequenzen sie wohl dadurch zu rechnen hätte. Wäre ihre Bloßstellung wirklich das Ende der Welt? Sie könnte sich eine halbwegs plausible Erklärung ausdenken. Vielleicht reiste sie unter einem angenommenen Namen, um »noch einmal ganz von vorn anzufangen«. Sicher, das war eine ziemlich lahme Ausrede, aber weder Nick noch Whitney hatten einen Grund, sich etwas Böses dabei zu denken.

Andere Menschen waren leider nicht so leichtgläubig.

Idrissi zum Beispiel, der ihr Lügengebäude immer mehr erschütterte, und Greta, die darauf bestand, mit Helen zu sprechen, und sich kaum noch abwimmeln ließ. Solange die Gefahr von zwei Fronten kam, durfte niemand – auch kein noch so kleines Licht wie Nick oder Whitney – wissen, dass Florence Darrow und Helen Wilcox inzwischen ein und dieselbe Person waren.

Am liebsten hätte sie die nächsten Wochen oder Monate einfach im Schnelldurchlauf übersprungen. Bis zu dem Zeitpunkt, da alles ausgestanden und die Normalität wieder eingekehrt war. Wenn sie in Helens Haus wohnte, wo sie schrieb, kochte, gärtnerte und Florence Darrow der Vergangenheit angehörte. Aber bis dahin lag noch ein langer Weg vor ihr.

Sie trocknete sich ab und wickelte sich in Helens Bademantel. Florence wäre nie auf den Gedanken verfallen, sich einen seidenen Bademantel zuzulegen – und schon gar nicht, damit zu verreisen. Sie stand vor dem Schrank und strich über die ordentlich aufgehängten Sachen. Sie entschied sich für ein cremefarbenes Kleid mit roter Stickerei und hielt es sich an. Das Rot passte perfekt zu Helens Lippenstift.

Nach dem Anziehen schminkte sie sich vor dem Badezimmerspiegel sorgfältig das Gesicht. Sie war gerade dabei, ihre Sandalen zu schnüren, als das Telefon klingelte. Sekunden später klopfte Amina an die Schlafzimmertür.

»Was gibt es?«, fragte Florence bang.

Amina steckte den Kopf zur Tür herein. »Eine Madame Greta Frost, am Telefon.«

»Sagen Sie ihr bitte, dass ich nicht zu Hause bin?« Immer schön ein Problem nach dem anderen.

»Ja, Madame. Natürlich.« Leise zog sie die Tür zu und verschwand wieder nach unten.

Bald darauf traf Nick ein, um sie abzuholen.

Als er die Villa betrat, dämmerte ihm wohl zum ersten Mal so richtig, in welch unterschiedlichen Preisklassen Florence und er unterwegs waren.

»Du wohnst hier ganz alleine? Das ist ja eine Riesenhütte!«

Florence zuckte mit den Schultern. »Kostet auch nicht viel mehr als ein Hotelzimmer. Und siehst du da? In den Ecken? Überall Schimmel.«

»Trotzdem. Besser als meine Bude ist es allemal.«

Sie konnte ihm nicht widersprechen, und weil er Lust dazu hatte, machte sie mit ihm eine Hausführung. Nur das Zimmer, in dem sie anfangs gewohnt hatte, ließ sie aus. Seit dem Unfall hatte sie es nur ein einziges Mal betreten. Um ihre Zahnbürste zu holen.

»Die Villa ist der Wahnsinn«, verkündete Nick nach dem Ende der Besichtigungstour.

Florence kam eine Idee. »Sag mal, wir könnten doch einfach hier abhängen. Was meinst du?«

»Echt jetzt? Das wäre klasse. Soll ich den anderen Bescheid geben?«

Florence zuckte mit den Schultern. »Na klar, wenn du willst.«

»Ach ja, und Whitney dürfen wir auch nicht vergessen. Sie hat übrigens geschrieben, dass sie so um zehn mit ihrer Freundin bei mir aufläuft.«

Sie lächelte steif. »Okay. Dann bleiben wir für heute Abend bei dem ursprünglichen Plan. Morgen können wir uns dann hier treffen.«

»Okay, cool. Und Liam hat für nachher auch schon Pizza bestellt.«

Die Pizza war trocken und ungenießbar. Florence stocherte abwesend auf ihrem Stück herum. Jedes Mal, wenn es an der Tür klingelte, riss sie den Kopf herum. Bis jetzt hatte Whitney sich nicht blicken lassen. Sie trank einen Schluck warmes, abgestandenes Bier, das hauptsächlich nach Dose schmeckte. Seit einer Stunde nuckelte sie jetzt schon daran herum. Sie musste ihre Sinne beisammenhalten.

Und nicht nur heute Abend, sondern bis an ihr Lebensende. Sie musste clever sein, so clever wie Helen. Sie durfte sich keine Schwäche, keine Unentschlossenheit mehr leisten. Ihre Ausrutscher im Umgang mit Greta und Idrissi waren ein Weckruf gewesen. Sie durfte sich nie mehr eine Blöße geben. Ein Identitätsdiebstahl war wie eine Organtransplantation – ein nicht enden wollender Gang über dünnes Eis.

Um halb elf klingelte es zum – gefühlt – dutzendsten Mal, und dann quäkte auch schon Whitneys aufgekratzte Stimme aus der Sprechanlage. Florence sprang auf, stürzte in die Küche, kippte Wodka in zwei leere Tassen und füllte sie mit Sprite auf. Sie holte ein Briefchen Papier aus ihrer Tasche und faltete es vorsichtig auseinander. Es enthielt ein weißes Pulver – drei Hydrocodon, die sie vor ein paar Stunden mit dem Deckel von Helens Gesichtscreme zerstoßen hatte.

Nachdem sie Whitney betäubt hatte, wäre der Abend hoffentlich schnell zu Ende, und irgendwelche Bemerkungen, die sie über »Florence Darrow« von sich gab, würden von den anderen Gästen unter betrunkenem Gelalle verbucht werden. Florence war klar, dass sie es mit der Vorsicht etwas übertrieb, aber sie musste unter allen Umständen dafür sorgen, dass ihre neue Identität keinen Schaden nahm. Sie war Helen Wilcox; daran durfte es keinen Zweifel geben.

Sie schüttete das Pulver vorsichtig in eine der Tassen und rührte heftig mit einem Messer um. Nachdem das Papier im Müll und das Messer in der Spüle gelandet waren, lief sie zur Tür, wo Nick gerade Whitney und ihre Freundin hereinließ.

»Chin-chin!«, rief Florence zur Begrüßung und drückte den Frauen die Drinks in die Hände. Obwohl sie etwas überrumpelt wirkten, ließen sie sich die Tassen aufdrängen.

»Na dann«, sagte Whitney lachend. »Hier wird ja nicht lang gefackelt!«

»Wir sind im Urlaub!«, rief Florence, eine Spur zu überschwänglich.

»Ja, und das muss gefeiert werden. Das ist übrigens meine Freundin Amy.« Whitney deutete auf die sportliche Brünette, die neben ihr stand. Dann wandte sie sich Amy zu und sagte, auf Florence zeigend: »Und das ist …«

»Ach, komm, warum so spießig?«, fiel Florence ihr ins Wort. »Das ist doch öde. Nennt mich Kleopatra! Nennt mich Königin Elisabeth!«

Nick, Whitney und Amy musterten sie besorgt. Keiner sagte ein Wort. Irgendwann brach Nick das Schweigen.

»Alles okay, Babe?«, fragte er und beugte sich zu ihr.

»Alles bestens, Babe! Jetzt ist Partytime! Hoch die Tassen!« Sie prostete den anderen mit der Bierdose zu. Die folgten brav ihrem Beispiel.

Als Whitney das Gesicht verzog, konnte Florence nur hoffen, dass es am Wodka lag und nicht an den Pillen.

Jedenfalls sagte sie arglos: »So kenne ich dich gar nicht, Florence!«

»Wir haben uns schon ewig nicht mehr gesehen, Whit. Ich hab mich eben weiterentwickelt.«

»Sieht ganz so aus.«

»Kann ich dich mal eben unter vier Augen sprechen?«, flüsterte Florence ihr ins Ohr.

»Äh … klar.« Whitney warf Amy einen fragenden Blick zu. »Du kommst zurecht?«

»Keine Sorge, Whitney. Was brauch ich dich, wenn ich Wodka habe.«

»Herzlichen Dank auch.«

»Gern geschehen.«

Florence zog Whitney hinter sich her in Nicks Zimmer und schloss die Tür. Die Matratze, die sie in der vergangenen Nacht mit Nick geteilt hatte, sah bei eingeschaltetem Licht noch angeranzter aus. Sie setzte sich trotzdem und klopfte einladend neben sich. Whitney hockte sich unbeholfen dazu.

Obwohl es Florence vor diesem Gespräch graute, war es die einzige Lösung. Bis das Schmerzmittel wirkte, musste sie Whitney mindestens zehn Minuten von den anderen fernhalten. Sie durfte sich erst wieder zu ihnen gesellen, wenn sie schwer außer Gefecht gesetzt war.

»Ich weiß, ich hab heute Morgen gesagt, dass es mir egal ist, ob du mit Trevor zusammen bist. Aber dann hat mich der Gedanke den ganzen Tag nicht mehr losgelassen. Und ich muss zugeben, es nimmt mich doch ganz schön mit.«

Whitney schlug die Hände vors Gesicht und schüttelte den Kopf. »Ich wusste es.«

Florence biss sich in die Backe. Sie musste zwei widerstreitende Impulse niederkämpfen: laut loszulachen oder Whitney eine Ohrfeige zu verpassen. Für sie war und blieb Trevor der Typ, der nach Pizzabrötchen roch. Der geweint hatte, als er sie entjungferte, nicht nur ein, zwei Tränchen, sondern ganze Sturzbäche. Der fand, das Literaturstudium wäre eine sinnlose Zeitverschwendung. Nein, dass sie sich die letzten acht Jahre nach Trevor Gilpin verzehrt hätte, konnte man wahrhaftig nicht behaupten.

»Willst du mir erzählen, wie es dazu gekommen ist?«, fragte Florence.

Whitney nippte an ihrer Tasse. »Hm. Also, er arbeitet auch bei Verizon, genau wie ich. Wusstest du das?«

»Kann sein, dass meine Mutter es mal erwähnt hat.«

»Als Systemingenieur.« Whitney sah sie erwartungsvoll an.

»Okay.« Florence wusste nicht, was ein Systemingenieur machte, und es interessierte sie auch nicht weiter.

»Da hat er mit einem großen Konkurrenzdruck zu kämpfen.«

»Kann ich mir vorstellen.«

Whitney nickte und trank einen Schluck. So gestärkt gab sie die Geschichte ihrer Romanze zum Besten: die zufällige Begegnung beim Sport im firmeneigenen Fitnessraum. Die vielen gemeinsamen Interessen. Die Absicht, zusammen eine Katze zu adoptieren.

Florence konnte Katzen nicht ausstehen.

»Es tut mir so leid«, schloss Whitney. »Ich habe gegen die oberste Freundschaftsregel verstoßen.«

Wahrscheinlich hatte eher Florence die oberste Regel gebrochen, indem sie besagte Freundschaft einseitig beendet hatte, aber sie schwieg. Sie rieb sich die Augen und machte ein tragisches Gesicht.

»Ich komme mir ja so mies vor«, sagte Whitney. »Wie kann

ich das jemals wiedergutmachen?« Sie nuckelte an ihrer Tasse. Sie war halb leer.

»Willst du ihn heiraten?«, fragte Florence, der beim besten Willen kein anderes Konversationsthema einfiel. Sie hatte den Eindruck, dass Whitney sich ein selbstgefälliges Lächeln verkneifen musste.

»Ach, ich weiß nicht«, lautete die Antwort. »Aber ich hoffe es sehr. Sorry, das hätte ich jetzt nicht sagen dürfen.«

Florence hielt das Gesabbel kaum noch aus.

»Weißt du was? Ich freue mich für euch. Echt wahr. Komm, lass uns anstoßen – auf Trevor und dich.«

»Im Ernst jetzt?«

»Aber klar. Wir sind doch inzwischen erwachsene Menschen.«

Florence erhob die Bierdose und stieß mit Whitneys Tasse an. Die nahm nur ein winziges Schlückchen. Florence bedeutete ihr mit großer Geste weiterzutrinken. »Mensch, Whitney, wir haben was zu feiern! Trink, Schwester, trink.«

Die andere trank einen tüchtigen Zug, verschluckte sich prustend und lachte. Sie wischte sich mit dem Handrücken über den Mund.

»Du bist eine gute Freundin, Florence.« Whitney hatte eine schwere Zunge. »Florence« klang bei ihr inzwischen wie »Florsch«.

»Apropos Freundin«, warf Florence munter ein. »Amy wird sich bestimmt schon wundern, was ich mit dir gemacht habe. Komm, wir mischen uns wieder unters Volk.«

Stolpernd stand Whitney auf. Florence musste sie festhalten. »Geht's?«

»Alles gut.«

Florence entwand ihr die Tasse. »Ich glaube, das reicht.« Sie kippte den Rest des Drinks aus dem Fenster. Nur ein weißer Pulvermatsch lag noch auf dem Grund der Tasse, die sie kurzentschlossen hinterherwarf. Sie nahm Whitney bei der Hand und brachte sie erst ins Wohnzimmer und, als sie Nick und Amy dort nicht antrafen, weiter in die Küche, wo die beiden lachend neben der Spüle standen.

»Hey«, krähte Amy fröhlich. Doch als sie Whitneys leere Miene sah, machte sie ein besorgtes Gesicht. »Hoppla, alles okay mit dir, Whit?«

»Alles gut.«

Amy warf Florence einen fragenden Blick zu.

»Sie hat den Drink mehr oder weniger auf ex gekippt«, sagte die. »Sorry, ich hatte ihn wohl zu stark gemacht.«

Amy sah ihrer Freundin tief in die Augen. »Whit?«

Whitneys Augen waren glasig. Sie versuchte zu lächeln, aber sie konnte die Spannung in den Lippen nicht halten.

»Okay«, seufzte Amy. »Machen wir für heute Schluss. Das müssen ja wilde zehn Minuten gewesen sein. Hast dich ganz schön rangehalten, Whit.« Und zu Nick sagte sie: »Rufst du uns ein Taxi? Mein Handyvertrag deckt keine Auslandsgespräche ab.«

Nick zückte sein Telefon. »Klaro.«

»Wir wohnen im Riad Lotus.« Sie wandte sich an Florence. »Du musst entschuldigen, das sieht ihr sonst gar nicht ähnlich.«

»Ach was. Im Urlaub ist alles erlaubt.«

»Fünf Minuten«, sagte Nick und steckte das Handy wieder ein.

Zu dritt halfen sie Whitney die Treppe hinunter und bugsierten sie auf den Rücksitz des Taxis. Sie landete mit dem Kopf in Amys Schoß. Die strich ihr leise über die Haare und entschuldigte sich noch einmal bei Florence.

»Ist schon gut. Das kann doch jedem mal passieren.«

»Ihr seid so lieb. Danke.«

Nachdem sie gefahren waren, legte Nick den Arm um Florence und zog sie an sich.

Als Florence sich später in der Nacht, in Nicks Armbeuge geschmiegt, liebevoll von ihm den Rücken kraulen ließ, raunte er ihr ins Ohr: »Kann ich dich was fragen?«

»Hm.«

»Amy hat dich die ganze Zeit Florence genannt.«

Sie öffnete die Augen.

»Und als ich dich Helen genannt habe, kam sie gar nicht richtig mit.«

Florence antwortete nicht gleich. Das Kraulen hörte auf.

Schließlich erklärte sie: »Als Kind und in der Schule hieß ich Florence, meinen zweiten Vornamen Helen hab ich erst an der Uni angenommen.«

Nick schwieg. Sein Gesicht war im Dunkeln nicht zu erkennen. Nach einer Weile sagte er: »Verstehe, okay. Aber Florence gefällt mir auch als Name.«

Sie atmete auf. Nicks grenzenlose Gutgläubigkeit war, zumindest im Hinblick auf ihre eigenen Zwecke, einer seiner ganz großen Pluspunkte. Er sah immer nur das Gute im Menschen und kaufte einem alles ab.

»Also ich finde ihn öde.«

»Nein, er ist schön.«

»Danke dir, aber ich habe mich inzwischen an Helen gewöhnt. Okay?«

»Wenn du Helen lieber magst, klar. Mir ist es egal, wie du heißt. Hauptsache, du bist du.« Er zog sie an sich, und Florence lächelte mit strahlenden Augen ins Dunkel.

SECHSUNDDREISSIG

Am nächsten Morgen wachte sie vor Nick auf. Die Angst schnürte ihr die Brust zusammen. Dazu kam quälend die Einsicht, einen Fehler gemacht zu haben. Warum bloß hatte sie Nick mit Amy allein gelassen? Natürlich hätte sie Whitneys Freundin auch etwas in den Drink mischen müssen. Das erkannte sie jetzt überdeutlich. Aber sie war davor zurückgeschreckt, beide Frauen außer Gefecht zu setzen. Zwei verletzte Lämmlein, hilflos durch die Nacht irrend. Was für ein sentimentaler Blödsinn. Die zwei waren erwachsen und hatten bestimmt schon öfter einen Filmriss erlebt.

Ihr Plan war zu kleinmütig gewesen. Sie musste ihre Hemmungen ablegen. Kühnheit und Wagemut waren jetzt gefragt. Keine halben Sachen mehr! Wie oft musste sie sich das noch einhämmern?

Am liebsten hätte sie sich umgedreht und an Nicks Brust geschmiegt – sich in die Wärme und Geborgenheit der vergangenen Nacht geflüchtet. Aber das war eine Falle, sie durfte sich nicht verkriechen. Sie zwang sich aufzustehen, schlüpfte in ihre Sachen und ging in die Küche, wo sie aus der hohlen Hand kaltes Wasser in sich hineinschüttete. Dann klatschte sie sich ein paarmal mit den nassen Händen ins Gesicht. Weiter im Text! Ihr Plan stand noch. Nur wegen der unwillkommenen Begegnung mit einer alten Freundin würde sie ihre große Chance nicht sinnlos vergeuden.

Florence stockte. Sie begriff: Bei Greta hatte sie genau den gleichen Fehler gemacht. Sie war viel zu vorsichtig gewesen. Die Geschichte mit der Lebensmittelvergiftung war zu dünn, zu zahm, zu beschränkt gewesen. Ganz und gar nicht Helens Stil.

Sie ging wieder in Nicks Zimmer und weckte ihn.

»He«, flüsterte sie. »Kann ich mir mal kurz deinen Laptop borgen?«

Er setzte sich auf und rieb sich verschlafen die Augen. »Klar, der steht da drüben.« Er zeigte auf einen Stapel Wäsche.

Nachdem Florence einen ramponierten alten Dell darunter hervorgewühlt hatte, loggte sie sich auf Maud Dixons Gmail-Account ein und tippte los. Anschließend las sie sich die Mail noch einmal durch:

> Liebe Greta,
> ich war nicht ehrlich. Ich bin nicht krank, und es ist nicht fair von mir, dass ich Florence für mich lügen lasse. Ich brauchte einfach ein paar Tage Abstand, um mir über einige Dinge klar zu werden. Die Klarheit habe ich nun, und ich bin zu einer wichtigen Entscheidung gekommen.
> Ich werde die Agentur wechseln. Ich bin dir dankbar für alles, was du in den letzten Jahren für mich getan hast, aber ich brauche eine Agentin, die meine literarischen Ziele vorbehaltlos unterstützt. Ich verstehe, warum du mich drängst, eine Fortsetzung von *Mississippi Foxtrott* zu schreiben, aber mir schwebt eine andere Art von Buch vor. Und das braucht seine Zeit. Da du mir diesen Freiraum nicht geben kannst, werde ich mir jemanden suchen, der es kann.
> M.

Florence glaubte, den richtigen Ton getroffen zu haben: direkt und wohlüberlegt. Den Finger auf der Maus, zögerte sie noch kurz, dann klickte sie entschlossen auf *Senden*. Sie loggte sich aus, klappte den Laptop zu und verfrachtete ihn wieder auf den Wäschehaufen.

Erledigt.

Nick war wieder eingeschlafen. In einer Zimmerecke stapelten sich mehrere zerfledderte Taschenbücher. Als Florence sie sich etwas genauer ansah, entdeckte sie ein weiteres Buch von Paul Bowles. Sie zog es zwischen den anderen heraus. Es trug den seltsamen Titel *So mag er fallen*. Laut dem Klappentext handelte es sich um Bowles' zweiten Roman. Die Handlung drehte sich um einen Bankangestellten, der nach Tanger zieht und dort moralisch verkommt. Als Florence es aufschlug, sprang ihr eine Überschrift ins Auge: »Das Zeitalter der Ungeheuer«. Sie runzelte die Stirn. Wo war ihr dieser Ausdruck erst kürzlich begegnet? Sie las ein paar Seiten:

> Doch wenn sie das Wort »energisch« in Zusammenhang mit der eigenen Person hörte, fühlte sie sich, obwohl sie wusste, dass es völlig berechtigt und nicht herabsetzend gemeint war, sofort wie ein plumpes Raubtier, und dieses Gefühl behagte ihr nicht.

Bei dem Wort »Raubtier« fiel es Florence schlagartig ein. Das war die Stelle, die sie in Cairo für Helen transkribiert hatte. Helen hatte den Text Wort für Wort mit der Hand abgeschrieben und ihr als Rohfassung ihres zweiten Romans präsentiert. Wieso? War das als Seitenhieb gedacht, als Statement gegen den männlich dominierten literarischen Kanon? Nein, so ein Quatsch. Es war ein Plagiat und sonst gar nichts.

Das war mit Sicherheit auch der Grund, warum sie Greta das Manuskript nicht zu lesen gab. Aber was bezweckte sie damit? Es ergab überhaupt keinen Sinn. Helen hätte gewusst, dass sie niemals damit durchkommen würde. Irgendjemand wäre ihr auf die Schliche gekommen, noch bevor das Buch überhaupt erschienen war. Wollte sie Maud Dixons Namen in den Dreck ziehen?

»Whitney hat gerade eine Nachricht geschickt«, hörte sie Nick sagen.

Verwirrt drehte Florence sich um. Sie hatte glatt vergessen, wo sie war. »Sorry?«

Er hockte im Schneidersitz auf der Matratze, nackt, und hielt ihr das Handy hin. Sie warf einen Blick auf das Display: »Hi, Nick, sag doch bitte Florence, dass es mir wegen gestern Abend leidtut. Ich hab selber keine Ahnung, was mit mir los war. Kann ich es vielleicht heute wiedergutmachen?«

Florence war erleichtert. Zum Glück wirkte Whitney gesund und munter.

Sie schrieb zurück: »Hey, ich bin's, Florence. Alles gut, keine Ursache, aber wir wollten uns heute einen ruhigen Abend machen.« Nachdem sie die Nachricht abgeschickt hatte, löschte sie den gesamten Nachrichtenverlauf, blockte Whitneys Nummer und gab Nick das Handy zurück. Ohne auch nur einen Blick darauf zu werfen, warf er es auf die Matratze und streckte die Arme nach ihr aus.

»Frühstück?«, fragte er. Sie nickte. Es ging ihr besser. Allmählich kriegte sie die Sache in den Griff.

In einem nahe gelegenen Café, das von einem Pärchen aus Neuseeland betrieben wurde, sahen sie bei Kaffee und Avocado-Toast zu, wie sich der hellblaue Himmel violett verfärbte.

»Der Wahnsinn.« Florence zeigte zum Horizont, wo sich schwarze Wolken auftürmten. Servietten und Zigarettenkippen wirbelten über den Boden.

»Was für ein Wind«, sagte Nick. Die Blätter der Bäume rissen an den Zweigen. Es war, als hätte der Wind seit dem ereignislosen Tag gestern seine gesamten Kräfte für diesen Augenblick aufgespart. »Ich muss sofort auf mein Board.«

»Du willst doch nicht bei diesem Wetter aufs Wasser?«

»Scheiße, ja! Deswegen bin ich doch hier.«

»Ist das nicht gefährlich?«

Nick lächelte sie an. »Du bist ja so süß. Mir passiert nichts. Versprochen.«

Auf der anderen Straßenseite kämpfte ein Mann mit einer Markise, die er provisorisch über seinem Verkaufsstand mit kleinen geschnitzten Tieren aufspannen wollte, aber der Wind riss ihm den Stoff immer wieder aus der Hand.

»Warst du bei so einem Sturm schon mal draußen?«

»Na klar, zigmal. Gleich in meiner ersten Woche hier, zum Beispiel. Das war voll irre. Dreißig Knoten, auflandiger Wind. Und dann wurde ein Hai an Land gespült. Ein Scheißhai! Echt nicht zu fassen.«

Florence erstarrte.

Nick lachte. »Keine Bange. Ich lasse mich nicht von einem Hai fressen.«

Sie schwieg.

»Babe? Alles okay mit dir?«

Plötzlich erkannte Florence, dass in ihrem Plan ein riesiges Loch klaffte. Irgendwann würde Helens Leiche angeschwemmt werden. Leichen wurden immer angeschwemmt. Es war reines Glück, dass es bis jetzt noch nicht passiert war. Von einer neuen Angst erfüllt sah sie in den heraufziehenden Sturm hinaus. Wie hatte sie das bloß übersehen können?

»Ich muss gehen«, sagte sie zu Nick, ausdruckslos wie ein Roboter.

»Was? Jetzt gleich?«

»Mir geht es auf einmal nicht so gut. Aber lass dich deswegen auf keinen Fall vom Kiten abhalten, okay?«

»Na schön, dann bring ich dich jetzt nach Hause.«

Sie nickte.

Auf der Fahrt zur Villa des Grenades starrte Florence unverwandt zum Himmel. Er hatte die Farbe von dunklem Granit, und die jagenden Wolken verhießen nichts Gutes. Sie konnte nicht in Semat bleiben. Sie musste packen. Einen Mietwagen reservieren. Und womöglich sogar den Abflug aus Marokko vorziehen. Früher oder später bliebe ihr sowieso nichts anderes übrig, als ihr Glück mit Helens Reisepass zu probieren.

Würde jemand die logischen Schlüsse ziehen, wenn eine Leiche auftauchte? Würde Idrissi sich alles zusammenreimen?

Keine Frage. Die Tote wäre das fehlende Puzzleteilchen, auf das er gewartet hatte. Die Gerichtsmedizin würde feststellen, wie lange sich die Leiche im Wasser befunden hatte, und auf der Grundlage von Gezeiten und Strömungen womöglich sogar berechnen können, an welcher Stelle sie hineingeraten war.

Und schon stünde ruck, zuck Idrissi bei ihr auf der Matte.

Nick brachte das Motorrad in der Einfahrt zum Stehen. Nachdem Florence abgestiegen war, blieb sie noch einen Augenblick versonnen bei ihm stehen. Vermutlich würde sie ihn nie wiedersehen. Gern hätte sie deshalb noch etwas Weltbewegendes von sich gegeben, aber ihr fiel nichts ein.

»Bis heute Abend?«, fragte er.

Sie nickte.

Nach diesem zwanglosen Abschied schaltete er mit dem

Fuß in den ersten Gang und fuhr los, eine Hand zum Gruß erhoben.

»Sei vorsichtig«, rief sie ihm noch nach, als er bereits hinter der Kurve verschwunden war.

Sie drehte sich zum Haus um. Die Blätter flirrten im auffrischenden Wind, dass ihre blassen nackten Unterseiten zu sehen waren. Alle Vögel waren verschwunden. Die ersten dicken Tropfen fielen aufs Pflaster. Als das Wasser zu dunklen Flecken zusammenlief und der Boden schwarz glänzte, lief sie hinein.

Florence steuerte schnurstracks den Laptop an und checkte Helens E-Mails. Noch keine Antwort von Greta. Gut. Schön. Sie fand eine Autovermietung in Semat und buchte den einzigen SUV, den es gab, einen Dacia Duster. Schlechtes Wetter konnte ihm nichts anhaben, und er war sofort verfügbar. Sie sah aus dem Fenster. Der Regen drosch gegen die Scheibe, in der Ferne donnerte es. Sekunden später tauchte ein Blitz das Zimmer in grelles Licht. Ob sie bei diesen Bedingungen überhaupt fahren konnte? Mit ihrer Gipshand? Sie würde es bald wissen.

Sie ging in die Küche, um bei Delta anzurufen und zu erfragen, ob sie ihren Flug umbuchen könnte, aber als sie den Hörer abnahm, um zu wählen, tönte eine blecherne Stimme heraus: »Hallo? Ist da wer?«

Sie hielt sich den Hörer ans Ohr.

»Wer ist da?«

»Und wer ist da?« Wahrscheinlich hatte sie genau in dem Moment abgenommen, als das Telefon klingeln wollte.

»Hier spricht Greta Frost, ich möchte gern Helen Wilcox sprechen.«

»Ach. Hi.«

»Helen?«

Florence überlegte nicht lange. »Ja.«

»Helen, ich habe deine Mail bekommen. Können wir bitte darüber reden?«

»Okay.«

»Helen?«, wiederholte sie.

»Hm.«

»Oder Florence?«

Mist. »Ja?«

»Ist da Florence?«

»Ja.«

»Warum haben Sie sich als Helen ausgegeben?«

»Wie bitte? Sorry, die Verbindung ist schlecht. Wir haben ein fürchterliches Unwetter.«

Florence wischte mit dem Stoff ihrer Bluse über die Sprechmuschel, damit es in der Leitung schön statisch knackte.

»Würden Sie mir bitte Helen an den Apparat holen?«, fragte Greta barsch.

»Wie bitte?«

»Ich möchte Helen sprechen. Sofort.«

»Tut mir leid, sie ist nicht da.«

»Wo ist sie?«

»Kann ich Ihnen auch nicht sagen.« Ein Geistesblitz: »Sie hat mich gefeuert.«

»Gefeuert?«

»Ja.«

»Ach.« Greta hielt inne. »Mich auch.«

»Im Ernst jetzt?«

»Ja.«

»Sie muss verrückt geworden sein.«

»Ja, genau meine Reaktion.« Die Agentin fragte: »Hat sie Ihnen einen Grund genannt?«

»Es war sehr verworren. Ich weiß zwar nicht, was sie mir damit zu verstehen geben wollte, aber sie hat mir immer wieder vorgeworfen, dass ich auf Ihrer Seite stünde. Ich soll Ihnen irgendwelche Informationen zugespielt haben.« Florence hielt kurz inne. »Wissen Sie, was sie gesagt hat? Es wäre am besten, wenn ich die Fortsetzung von *Mississippi Foxtrott* schreiben würde, dann wären wir beide zufrieden, Sie und ich.«

»Ich bitte Sie!«

»Das war natürlich bloß ein böser Scherz.«

»Was auch sonst?«

Sie schwiegen.

»Hat sie gesagt, wo sie hinwollte?«, fragte Greta schließlich.

»Nein … nur, dass sie diesen Weg alleine gehen muss.«

»Was denn für einen Weg?«

»Ich hatte den Eindruck, dass sie so etwas wie eine schöpferische Reise meinte. Einen kreativen Selbstfindungstrip.«

»Helen hat gesagt, sie geht auf einen kreativen Selbstfindungstrip?« Man hörte Greta den Zweifel an.

»Hm.«

»Und hat sie Ihnen das Ziel ihres Trips verraten?«

»Ist das nicht genau der Sinn der Sache? Dass so ein Trip kein Ziel hat?«

»Was meinen Sie, war sie ganz klar im Kopf? Das klingt mir so gar nicht nach der Helen, die ich kenne.«

»Sie war sehr überzeugend.«

Nach einer erneuten längeren Pause fragte Greta: »Wo genau sind Sie noch mal?«

»Sorry?«

»Können Sie mir bitte noch mal den Namen der Stadt sagen?«

»Weshalb?«

»Ich muss rüberkommen.«

»Hierher? Nach Marokko?«

»Mir bleibt wohl nichts anderes übrig. Helen ist eines meiner besten Pferde im Stall. Und ganz ehrlich? Ich mache mir Sorgen um sie. In letzter Zeit war sie kaum wiederzuerkennen.«

»Greta, ich weiß noch nicht mal, wo sie abgeblieben ist.«

»Wir finden sie.«

Florence schwieg.

»Machen Sie sich keinen Kopf, Florence. Das kommt schon alles wieder ins Lot. Helen geht leicht hoch, aber sie landet auch schnell wieder auf dem Teppich.«

»Hm.«

»Ich sage Lauren, sie soll mir einen Flug buchen. Nach Marrakesch, richtig?«

»Ja.«

»Und von da aus weiter nach …?«

Florence überlegte. Dann legte sie bedächtig den Hörer auf.

Keine Minute später fing das Telefon an zu klingeln. Florence machte keine Anstalten, noch einmal abzunehmen. Amina stand stumm daneben.

Am liebsten hätte Florence laut losgebrüllt: *Verfluchter Mist! Scheißtelefon!!!* Ein kreativer Selbstfindungstrip? Was zum Henker sollte das denn sein? Und jetzt wollte Greta auch noch nach Marokko kommen? Nein. Nein!

Sie knurrte sich den Frust in einem tiefen Grollen von der Seele. Wie aufs Stichwort ging flackernd das Licht aus. Amina sah Florence erschrocken an, als wäre sie dafür verantwortlich.

SIEBENUNDDREISSIG

Als Florence die Treppe hinaufging, merkte sie auf einmal, dass sie geistesabwesend an ihrem Finger kaute. Sofort nahm sie die Hand herunter. Helen hatte recht: Panik war Zeitverschwendung.

Sie hatte einen Plan. Sie würde noch heute aus Semat abreisen und dann so schnell wie möglich aus Marokko verschwinden. Sie würde sich Helen Wilcox' Leben aneignen und sich von niemandem aufhalten lassen. Weder von Inspektor Idrissi. Noch von Greta. Von keinem.

Florence packte ihre Sachen. Wenn es nicht zu verdächtig gewesen wäre, hätte sie ihr eigenes Zeug am liebsten dagelassen, aber es durfte nicht so aussehen, als wären zwei Frauen in die Villa ein- und nur eine wieder ausgezogen. Vor allem, wenn eine Leiche angeschwemmt wurde. Also packte sie zwei Taschen, eine mit Helens Sachen, die andere mit ihren. Ohne Rücksicht auf ihr schmerzendes Handgelenk schleppte sie das Gepäck nach unten.

Während sie beim Packen war, hatte es aufgehört zu regnen. Sie stellte die Taschen neben der Haustür ab und ging noch einmal auf die Terrasse hinaus. Alles tropfte. Die ersten mutigen Vögel trippelten schon wieder herum, um nachzusehen, ob ihnen der Sturm etwas Interessantes beschert hatte. Sie wurden für ihre Neugier belohnt: Dutzende dick aufgequollene Regenwürmer hingen tot an den Grashalmen. Florence atmete tief durch. Die Hitze war abgeklungen.

Jetzt musste sie sich nur noch von Amina verabschieden und sich von ihr ein Taxi zum Büro der Mietwagenfirma bestellen lassen. Bereits am frühen Abend wäre sie wieder in Marrakesch, in einem anderen Hotel diesmal, eingecheckt als Helen Wilcox.

Plötzlich erstarrte sie. Waren das Stimmen im Haus? Sie steckte den Kopf durch die Tür.

Jemand sagte: »Das ist sie.«

In der Diele standen Inspektor Idrissi und ein Mann von Anfang dreißig. Der Fremde, offenbar Amerikaner, trug eine khakifarbene Hose und ein hellblaues Hemd mit Button-down-Kragen.

Einigermaßen verlegen hielt Amina ihnen die Tür auf. Mit weit ausholenden Schritten kamen die Besucher auf Florence zu. Beim Anblick des Schlamms, den sie mit den Schuhen hereintrugen, wirkte Amina alles andere als begeistert.

Der Unbekannte gab Florence die Hand und stellte sich vor: »Dan Massey. US-Außenministerium. Mitarbeiter der Botschaft in Rabat.«

Florence sah zwischen den Männern hin und her. »Worum geht es?« *Sie haben Helens Leiche gefunden.*

»Vielleicht setzen wir uns lieber.« Massey zeigte in Richtung des Wohnzimmers. Als sie am Fuß der Treppe vorbeigingen, warf er einen Blick auf ihr Gepäck.

»Wollen Sie verreisen?«

»Ja«, sagte sie kurz angebunden.

Sie nahmen Platz. Massey legte seinen Aktenkoffer vor sich auf den Tisch und klappte ihn auf. »Also dann, Ms Wilcox.« Er sah hoch. »Ich gehe doch recht in der Annahme, dass Sie Helen Adelaide Wilcox sind, wohnhaft in Cairo, New York?« Er sprach den Namen falsch aus.

Florence nickte.

»Nun denn. Die Cairoer Polizei versucht seit Tagen, Sie zu erreichen.«

»Ich hatte einen Unfall.« Sie hielt ihren Gips hoch. »Mein Handy ist weg.«

»Wissen Sie, worum es gehen könnte?«

»Nein.«

»Auf Ihrem Grundstück wurde eine Leiche gefunden.«

Florence schoss der Gedanke »Helen?« durch den Kopf. Aber nein, das ergab ja überhaupt keinen Sinn.

»Eine Leiche?«, wiederholte sie ausdruckslos.

Massey nickte. »Im Komposthaufen.« Er konsultierte eine Akte. »Vor knapp einer Woche.« Er räusperte sich. »Anscheinend war die Verwesung der Leiche schon recht weit fortgeschritten. Der Hund Ihres Nachbarn hat sie gefunden.«

»Bentley?«

»Wie bitte?«

»Heißt der Hund, der die Leiche gefunden hat, Bentley?«

Massey runzelte die Stirn »Ich weiß nicht, wie der Hund heißt, Ms Wilcox.«

»Das ist ja eigentlich auch nicht wichtig.« Sie hielt inne. »Um wessen Leiche handelt es sich?«

»Das wäre die allererste Frage, die ich von jemandem erwarten würde, der gerade von einem Leichenfund auf seinem Grundstück erfahren hat. Und nicht, wie der Hund heißt.« Er warf einen erneuten Blick in seine Aufzeichnungen. »Die Tote wurde als Jeanette Byrd identifiziert.« Er musterte sie gespannt. »Sagt Ihnen der Name etwas?«

»Nein.«

»Nein?« Er hob die Augenbrauen. Seine blasse, sommersprossige Haut spannte sich über harten, knochigen Zügen auf der Stirn so straff, dass sich kaum Falten bilden konnten. Es war kein Gesicht, dem es leichtfiel, Milde auszudrücken.

»Nein.«

Massey nickte. »Laut Leslie Blackford aus Jackson, Mississippi, haben Sie mit ihr Anfang des Jahres ein Gespräch über Jeanette Byrd geführt.« Er blätterte in seinen Papieren. »Am ersten März, um genau zu sein. Klingelt da etwas?«

Florence schüttelte den Kopf. Sie hatte nicht die leiseste Ahnung, wer Leslie Blackford war.

»Außerdem werden Sie in Jeanette Byrds Entlassungspapieren als die Kontaktperson geführt, die im Notfall zu informieren ist. Wäre schon seltsam, jemanden zu benennen, den man gar nicht kennt, oder?«

»Was für Entlassungspapiere?«

»Ms Byrd wurde am 24. Februar dieses Jahres aus der Central Mississippi Correctional Facility auf Bewährung entlassen. Aus dem Gefängnis.«

Als hätte Amina genau diesen Augenblick abgepasst, kam sie mit einem Tablett herein. Während sie die dampfenden Teetassen vorsichtig auf den Tisch stellte, herrschte einvernehmliches Schweigen. Ein letztes Untertellerklappern, und schon huschte sie wieder hinaus.

Massey fuhr fort: »Leslie Blackford ist die Bewährungshelferin von Ms Byrd, die nicht zum ersten Termin bei ihr erschienen ist. Einige Tage danach hat sie vom Festnetzapparat in Ihrem Haus mit Ms Blackford telefoniert.«

Das unerschütterliche Lächeln, das Florence sich seit Masseys Eintreffen abquälte, bekam erste Risse.

Der Mann vom Außenministerium war noch nicht fertig. »Ms Blackford hat Sie am nächsten Tag angerufen. Sie haben behauptet, von Ms Byrd weder etwas gesehen noch gehört zu haben.«

Er atmete kurz durch. »Wegen Verstoßes gegen die Bewährungsauflagen erließ der Bundesstaat Mississippi am 27. März einen Haftbefehl gegen Jeanette Byrd. Zu diesem Zeitpunkt hatte sie drei Termine bei Ms Blackford nicht eingehalten. Ich lese hier, dass Detective Michael Ledowski von der Cairoer Polizei Sie daraufhin zu Hause aufgesucht hat, um Sie wegen Ms Byrds Verbleib einzuvernehmen. Sie sagten aus, sie nicht gesehen zu haben.« Er sah Florence in die Augen. »Aber mir wollen Sie weismachen, dass Sie sich an das Gespräch mit Leslie Blackford nicht erinnern? Dass Sie Jeanette Byrd nicht kennen? Die Frau, deren halb verweste Leiche auf Ihrem Grundstück gefunden wurde?«

Florence schüttelte langsam den Kopf. »Ich weiß nicht, was ich dazu sagen soll.« Das entsprach immerhin der Wahrheit.

Idrissi stützte sich auf seine Knie und beugte sich vor. Zum ersten Mal, seit sie sich gesetzt hatten, ergriff er das Wort. »Schon komisch. So viel Pech in so kurzer Zeit.«

Florence schwieg.

»Oder ist Pech vielleicht nicht das richtige Wort, Madame Wiel-kocks? Der Autounfall? Die tote Frau in Ihrem Haus ... Sagt man da Pech?«

Sie wurde blass. »Pech?«, flüsterte sie. »Ja, doch. Pech.«

Der Inspektor ließ sie nicht aus den Augen. Obwohl er ihr nicht über den Weg traute und sie eindeutig irgendeines Verbrechens verdächtigte, tappte er, was des Rätsels Lösung anging, anscheinend immer noch völlig im Dunkeln. Es war ja auch wirklich nicht einfach. Wie stellte man eine Verbindung zwischen einem Autounfall in Marokko und einer tausende von Kilometern entfernten Leiche in Amerika her? Sie selbst war damit jedenfalls auch überfordert.

Sie hielt seinem Blick stand und gab sich möglichst unbeeindruckt.

Massey beendete das angespannte Patt. »Okay«, sagte er und lehnte sich etwas zurück. »Ich bin nicht hier, um Sie einem Verhör zu unterziehen. Ich bin kein Polizist. Fest steht allerdings, dass die Strafverfolgungsbehörden in Mississippi und New York sehr darauf erpicht sind, mit Ihnen zu sprechen. Ich möchte Ihnen dringend raten, so bald wie möglich nach Hause zurückzukehren. Am besten noch heute. Beim Organisieren Ihres Rückflugs kann ich Ihnen gern behilflich sein.«

»Mit einem Anruf bei der Polizei ist es nicht getan?«

»Nein, Ms Wilcox. Sie müssen zurück.«

»Ich muss? Bin ich verhaftet?«

»Ich bin nicht befugt, Sie zu verhaften, Ms Wilcox. Ich möchte Ihnen nur einen dringenden Rat geben.«

»Zwischen den USA und Marokko gibt es kein Auslieferungsabkommen«, warf Idrissi ein. »Wir sind nicht verpflichtet, Sie nach Hause zurückzuschicken.«

»Das stimmt«, sagte Massey. »Trotzdem wäre es keine gute Idee hierzubleiben, Ms Wilcox. Sie gelten offiziell als Verdächtige in einem Mordfall. Wenn Sie sich weigern, zurückzukehren und zu kooperieren, wird Ihr Pass ungültig gemacht und Sie können das Land bis an Ihr Lebensende nicht mehr verlassen. Wenn Sie sich hier irgendetwas zuschulden kommen lassen – und nach allem, was mir mein Freund sagt …« Er deutete auf Idrissi. »… scheinen Sie das bereits getan zu haben –, sind Sie der marokkanischen Polizei ausgeliefert, ohne dass die US-Botschaft eingreifen könnte. Und eines dürfen Sie mir glauben, Ms Wilcox: Amerikanische Gefängnisse sind weit komfortabler als marokkanische.«

Idrissi lächelte. »Ich würde sagen, dass marokkanische Gefängnisse weit komfortabler sind als der elektrische Stuhl, der unter Ihren Landsleuten so beliebt ist.«

Massey verdrehte die Augen.

»Okay, warten Sie. Das ist doch verrückt«, sagte Florence. »Ich habe niemanden umgebracht.« Kaum hatte sie den Satz ausgesprochen, wurde ihr klar, dass er nicht stimmte. Aber hier ging es schließlich nicht um den Autounfall. »Im Februar, oder wann auch immer das Verbrechen begangen worden sein soll, habe ich noch nicht mal in Cairo gewohnt.«

Der Amerikaner sagte: »Laut Ihrer Steuererklärung haben Sie die Immobilie in der Crestbill Road 174 vor zwei Jahren erworben und sind seitdem ununterbrochen mit Hauptwohnsitz dort gemeldet.«

Florence stand auf und trat ans Fenster. Es hatte wieder angefangen zu nieseln.

Fuck.

Fuck, fuck, fuck.

Das war es dann wohl. Sie hätte es wissen müssen. Das Schicksal hatte ihr alles, was sie sich je gewünscht hatte, auf einem Silbertablett serviert. Und jetzt zog man es ihr vor der Nase wieder weg. Ein Witz. Die zum Einschlagen ausgestreckte Hand des Universums im letzten Augenblick weggerissen.

Dabei konnte sie sich nichts vorwerfen. Sie hatte in der Schule fleißig gelernt, ein Stipendium ergattert, ihre gesamte freie Zeit dem Schreiben gewidmet – und das fast völlig ohne Ermutigung von außen – und sich in einem sinnlosen Job halb kaputtgeschuftet. Amanda Lincoln dagegen war alles, was sie selbst – und was auch Florence – sich erträumte, in den Schoß gefallen. War es denn wirklich so vermessen von Florence gewesen, sich in der Illusion zu wiegen, endlich die Belohnung für all ihre harte Arbeit einstreichen zu können?

Anscheinend ja.

Sie seufzte. »Soll ich Ihnen was verraten?« Sie drehte sich zu den beiden Männern um. »Ich bin nicht Helen Wilcox.«

Idrissi und Massey tauschten einen Blick aus.

»Wie bitte?«, fragte der Mann aus der Botschaft.

»Helen Wilcox?« Sie zeigte auf die Akte. »Die bin ich nicht.«

Massey ordnete die Papiere auf seinem Schoß zum Stapel und legte sie bedächtig auf den Tisch. »Ms Wilcox, gewiss haben Sie für alles eine sehr einleuchtende Erklärung. Sie müssen nur die Polizei davon überzeugen und entsprechend aussagen, dann können Sie Ihr Leben weiterleben. Wenn Sie wollen, dürfen Sie sogar wieder nach Marokko einreisen.«

»Nein, es ist mir ernst. Ich heiße Florence Darrow. Ich wurde 1993 in Daytona Beach, Florida, geboren. Sie können es nachprüfen. Helen war meine Chefin. Aber sie … sie ist nicht mehr unter uns. Ich habe mich lediglich ein paar Tage für sie ausgegeben. Es war so etwas wie ein Streich.«

»Ein Streich«, wiederholte Massey ausdruckslos.

Idrissi meldete sich zu Wort. »Vor fünf Tagen im Krankenhaus haben Sie mir gegenüber behauptet, dass Sie Helen Wilcox heißen.«

»Ganz so war es nicht. Sie haben mich so genannt, und ich habe Ihnen nicht widersprochen.«

Der Marokkaner seufzte. »Ihre Kreditkarten, Ihr Führerschein und Ihr Reisepass weisen Sie als Helen Wilcox aus. Der Mietvertrag für den Wagen, mit dem Sie den Unfall hatten, läuft auf den Namen Helen Wilcox. Dieses Haus …« Er machte eine alles umspannende Geste. »… wurde auf den Namen Helen Wilcox gemietet.« Er hielt inne. »Wenn ich es richtig sehe, haben Sie Freunde hier. Wie nennen die Sie?«

Florence musterte ihn scharf. »Haben Sie mich beobachtet?«

»Unter welchem Namen kennen Ihre Freunde Sie?«

Florence warf die Hände hoch. »Sie kennen mich als Helen! Okay? Als Helen Wilcox! Ich weiß, wie das aussieht. Schon klar. Aber ich schwöre, es war bloß ein dummes Spiel.«

Massey sagte: »Betrachten Sie die Dinge mal von unserer Warte, Ms Wilcox. Was ist wahrscheinlicher? Dass Sie sowohl als Verletzte im Krankenhaus als auch im Freundeskreis und in rechtsverbindlichen Dokumenten einen falschen Namen angegeben haben – oder erst jetzt, wo Sie in Schwierigkeiten stecken?«

»Mir egal, wie sich das anhört. Ich bin Florence Darrow. Und wenn Sie sich auf den Kopf stellen.«

»Schön. Aber dann haben Sie sicher auch Papiere, mit denen Sie sich ausweisen können.«

»Nein, tut mir leid.« Florence zuckte mit den Schultern und lachte schrill. »Verrückt, aber wahr: Ich habe keine Papiere. Sie waren bei dem Unfall im Wagen. Wahrscheinlich schwimmen sie inzwischen mit Ziel Amerika auf dem Atlantik herum.«

»Soso«, sagte Massey gedehnt.

»Können Sie nicht meine Fingerabdrücke überprüfen?«

»Wurden Sie schon einmal festgenommen?«

»Nein.«

»Dann sind Sie nicht im System.«

»Puh!«

Die Männer zeigten sich unbeeindruckt.

»Warten Sie!«, rief Florence plötzlich. »Nicht vom Fleck

rühren!« Sie sprang nach oben, schnappte sich Helens Pass, der in deren Zimmer auf der Kommode lag, sprang wieder nach unten und händigte ihn dem Amerikaner triumphierend aus. »Da, sehen Sie selber. Das bin ich nicht. Man erkennt es ganz deutlich.« Misstrauisch klappte er den Pass auf, sah sich das Foto an und gab das Dokument an Idrissi weiter. Immer wieder aufblickend verglichen sie das Bild mit Florence.

»Ich weiß nicht.« Massey schüttelte den Kopf.

»Eindeutig ist es nicht«, gab Idrissi ihm recht.

»Aber sie hat doch eine ganz andere Nase als ich.«

»Nasen kann man verändern«, sagte Massey.

Florence riss den Pass an sich und betrachtete ebenfalls das Foto.

»Das bin ich nicht. Da gibt es keinerlei Ähnlichkeit.« Ganz überzeugend klang sie nicht, bei aller Entschiedenheit. »Nicht die geringste.«

Massey streckte die Hand aus. Sie gab ihm das Dokument zurück. »Mir fällt jedenfalls kein guter Grund ein, warum Sie Helen Wilcox' Pass in Ihrem Besitz haben sollten, wenn Sie nicht Helen Wilcox sind«, sagte er. »Aber es ist nicht meine Aufgabe, Ihre Identität festzustellen. Wie ich schon sagte, das ist Sache der Polizei.« Er steckte den Pass ein.

»Augenblick mal – den können Sie nicht haben!«, rief Florence. »Geben Sie ihn wieder her.«

»Ms Wilcox, nachdem Sie im Bundesstaat New York als Zeugin in einer Mordsache gesucht werden, bin ich tatsächlich befugt, Ihren Pass einzuziehen. Ich kann Ihnen vorläufige Papiere ausstellen, die es Ihnen ermöglichen, in die Vereinigten Staaten auszufliegen. Aber ausschließlich dorthin. Am Flughafen werden Sie von einem uniformierten Polizeibeamten abgeholt und zur Vernehmung an die Cairoer Polizeibehörde überstellt. Ich frage Sie noch einmal: Wäre das ein Vorgehen, mit dem Sie sich anfreunden könnten?«

Florence starrte stumm auf den Couchtisch.

Massey nickte, als hätte sie geantwortet. »Wie Sie wollen. Bitte rufen Sie mich im Büro an, wenn Sie es sich anders überlegt haben.« Er legte ihr seine Visitenkarte auf den Tisch. »Wenn nicht ... Wie gesagt, ich kann Sie nicht zwingen. Aber die Vereinigten Staaten werden Ihnen keinen neuen Pass ausstellen, bevor dieses Verbrechen nicht aufgeklärt ist.«

Er stand auf und packte seine Unterlagen wieder in den Aktenkoffer.

Florence blickte hilflos hoch. »Und wie geht es jetzt weiter?«

»Die Entscheidung liegt nicht bei mir«, sagte Massey. »Fliegen Sie nach Hause, nach New York. Das ist mein Rat. Ich hoffe, Sie nehmen ihn an.« Er zeigte auf die Reisetaschen, die am Fuß der Treppe standen. »Und ich hätte noch einen Rat. Halten Sie mich auf dem Laufenden, wenn Sie beabsichtigen, Semat zu verlassen. Reisen Sie nicht mit unbekanntem Ziel ab. Auf lange Sicht tun Sie sich damit keinen Gefallen.«

Florence ignorierte ihn. »Und was ist mit Ihnen?«, fragte sie Idrissi. Obwohl er ihr nie etwas Gutes beschert hatte, bedauerte sie es fast, ihn gehen zu sehen.

Der Inspektor zuckte mit den Schultern. »Ich habe keine Ahnung, Madame.« Zum ersten Mal schien er wirklich nicht weiterzuwissen.

ACHTUNDDREISSIG

Kaum waren die beiden Männer aus dem Haus, googelte Florence als Erstes Jeanette Byrd. Im *Clarion-Ledger* aus Mississippi fand sich ein Artikel von 2005. Eine Siebzehnjährige dieses Namens sei vom Gericht für schuldig befunden worden, in einem Hotelzimmer in Hindsville einen gewissen Ellis Weymouth ermordet zu haben. Sie habe bis zum Schluss ihre Unschuld beteuert, aber ihr Alibi, sie habe die ganze Nacht bei einer Freundin verbracht, sei geplatzt, als besagtes Mädchen seine Aussage änderte. Der Name der Freundin wurde nicht erwähnt, da sie noch minderjährig war, aber Florence konnte ihn sich denken: Helen Wilcox.

Jeanette Byrd war Jenny. Die Ruby aus dem Roman.

Sie musste im Februar auf Bewährung entlassen worden sein. Und dann? Hatte sie sich nach fünfzehn Jahren Knast auf die Suche nach ihrer alten Freundin Helen gemacht? Das war nachvollziehbar, erklärte aber noch lange nicht, wieso sie als Leiche im Komposthaufen geendet hatte. Helen war zwar selbstsüchtig und narzisstisch, aber doch im Leben keine Mörderin.

Florence verharrte.

Ach nein? Im Leben nicht? Woher wollte sie das wissen bei einer Frau, deren Launen so wechselhaft wie das Wetter waren und die sogar von ihrer Freundin Greta als jemand beschrieben wurde, der »leicht hochgeht«?

Laut Massey hatte Jennys Leiche seit Februar im Komposthaufen in der Crestbill Road vor sich hin gerottet, nur wenige Meter von Florences Schlafplatz entfernt. Sie hatte Bananenschalen darauf geworfen.

Was hatte der Mann aus der Botschaft noch gesagt? Dass Helen nicht nur Jennys Bewährungshelferin aus Mississippi, sondern auch den Polizisten aus Cairo belogen hatte. Florence fiel der übergewichtige Beamte wieder ein, der vor dem Haus stand und seine Hose zurechtrückte, und den Helen, die auf der Treppe stand, kühl von oben herab abserviert hatte. Nicht zu fassen: Sie selbst hatte das ganze Gespräch beobachtet.

Wie sie es sah, gab es zwei mögliche Erklärungen: Helen wollte Jenny decken – oder sie hatte sie tatsächlich getötet. Das hieße, dass Florence wochenlang mit einer Mörderin zusammengelebt hätte.

Sie klappte den Laptop zu, blieb aber noch wie angewachsen davor sitzen. Eine bleierne Müdigkeit hatte sich auf sie gelegt. Der starke Drang, Semat so schnell wie möglich zu verlassen, hatte sich in Luft aufgelöst. Sie wollte nur noch schlafen – nichts mehr sehen, nichts mehr hören.

Abreisen konnte sie sowieso nicht mehr. Sie hatte ja keinen Pass. Das einzige Ausweisdokument in ihrem Besitz war Helens Führerschein, aber als Helen ausgeben konnte sie sich nun auch nicht mehr. Sie wurde wegen Mordes gesucht. Und sie, Florence, hatte keinen Beweis, dass sie Florence war. Sie war ein Niemand. Ein Nichts.

Sie stemmte sich hoch, holte sich die Whiskeyflasche aus dem Esszimmer und kippte sich einen Schuss in die leere Teetasse. Draußen tropfte es immer noch von den Blättern.

Früher oder später würde sie die amtlichen Stellen, auf die es ankam, überzeugen, dass sie Florence Darrow war. Das stand fest. Sie konnte jederzeit ein paar Leute anrufen und sich von ihnen aussagekräftige Unterlagen ausgraben lassen.

Doch auch bei diesem Gedanken wurde es ihr nicht leichter ums Herz. Im Gegenteil, sie fühlte sich wie beraubt, allein und verlassen. Nach Helens Tod hatte sie nicht getrauert, aber der Verlust von deren Identität schmerzte umso mehr.

Außerdem musste sie immer noch Helens Verschwinden erklären und die Lügen, die sie nach dem Unfall verbreitet hatte. Selbst wenn sie niemanden ermordet und in einem Komposthaufen verscharrt hatte, war sie für den Tod eines anderen Menschen verantwortlich, Unfall hin oder her. Auch sie war eine Kriminelle. Und irgendwer, irgendwo würde sie dafür bezahlen lassen, ob in New York oder in Marokko. Davon war sie überzeugt. Denn das kennzeichnete das Leben der Florence Darrow: Bei ihr blieb keine Rechnung offen.

Sie spielte mit dem Gedanken, Helens Geld auf Florence Darrows Konto zu überweisen, bevor sie ihre alte Identität wieder annahm. Oder auf ein Nummernkonto. Wie stellte man so etwas an? Aber dann würde man sie auch noch wegen Diebstahls drankriegen. Nicht wegen Identitätsdiebstahls, sondern wegen stinknormalen Diebstahls.

Irgendwann kam Amina herein und fragte, ob sie zu Abend essen wolle. Florence schüttelte den Kopf. Als die Marokkanerin sich wieder zum Gehen wandte, rief sie hinter ihr her: »Warten Sie, Amina. Wissen Sie, wie ich heiße?«

»Ihren Namen, Madame?«

»Ja, meinen Namen.«

»Madame Wilcox, *n'est-ce pas*? Das steht im Vertrag.«

»Ganz recht, so steht es im Vertrag.« Florence stieß einen resignierten Seufzer aus. »Amina, hatten Sie schon einmal das Gefühl, dass Sie … so viel falsch gemacht haben, dass kein Weg mehr herausführt? Dass Sie nicht einmal mehr wissen, ob Sie den Weg zurück überhaupt finden wollen?«

»Zurück? Nach Amerika?«

»Nein. Aber egal. Ich rede wirres Zeug. Sorry, Amina.«

»Amira.« Die ältere Frau klopfte sich auf die Brust. »Ich heiße Amira.«

»Amira? Ich dachte, Amina.«

Die Marokkanerin zuckte mit den Schultern.

»Es tut mir leid«, sagte Florence. Amira verschwand wieder in der Küche.

Florence seufzte. Was hatte sie von der Frau erwartet? Eine Lösung? Die Erlösung? So oder so, es lag ganz allein an ihr selbst, es zu finden.

Sie schenkte sich noch etwas Whiskey ein.

Florence riss die Augen auf. Jemand hämmerte an die Tür. Sie setzte sich auf und blickte um sich. Es war dunkel. Sie war im Wohnzimmer auf der Couch eingeschlafen, die fast leere Whiskeyflasche neben sich auf dem Tisch. Sie sah auf die Uhr. Kurz vor zehn.

»Amina?«, rief sie. »Amira?«

Keine Antwort. Sicher war sie bereits nach Hause gegangen.

Langsam stakste Florence zur Haustür. »Wer ist da?«

»Ich!«

Florence runzelte die Stirn. »Wer, ich?«

»Meg!«

Da fiel es ihr wieder ein. Vor dem Frühstück – vor einer Ewigkeit – hatte sie die ganze Truppe für den Abend in die Villa eingeladen. Sie öffnete die Tür einen Spalt. Megs Mondgesicht drückte sich dagegen, erst das eine, dann das andere Auge.

»Hattest du uns vergessen?«, fragte Meg fröhlich.

Florence nickte und rieb sich die Augen.

»Sollen wir wieder gehen?«

»Nein, schon gut. Kommt rein.« Sie machte die Tür ganz auf. Nick schob sich lächelnd an Meg vorbei und legte ihr den Arm um die Schultern. Die anderen trotteten hinterher.

Florence brachte die Gäste in den Garten. Nach dem Gewitter leuchteten die Sterne wie frisch gewaschen. Meg hatte einen Sixpack Bier mitgebracht, den Florence mit einem dankbaren Kopfnicken entgegennahm.

Sie setzten sich an den Terrassentisch. In nicht allzu ferner Zukunft würde die Clique von einer Mordverdächtigen namens Helen Wilcox erfahren, die sich nach Marokko abgesetzt hatte. Was würden sie denken? Wäre Nick entsetzt, dass er mit einer Mörderin geschlafen hatte? Oder wüsste er bis dahin schon, dass sich die Frau, mit der er im Bett gewesen war, die Identität einer anderen angeeignet hatte?

Nick ertappte sie dabei, wie sie ihn anstarrte. »Alles im Lack?«

Sie nickte. »Bin bloß müde.«

Meg schlug ein Spiel vor, das »Ich hab noch nie …« hieß. Man musste sich etwas ausdenken, was man noch nie gemacht hatte. Hatte es jemand aus der Gruppe schon gemacht, musste der erste Spieler einen Schnaps trinken. Für Florence war alles fremd, worüber die anderen johlten und was ihnen angeblich peinlich war. Sie hatte noch nie einen Dreier gemacht. Sie hatte noch nie Magic Mushrooms gegessen. Sie war kein Mitglied im Mile-High Club.

Zum ersten Mal wurde ihr die Kluft zwischen ihr und dieser bunt gemischten Truppe schmerzhaft bewusst. Obwohl sie nur zwei Jahre älter als Nick war, fühlte sie sich inzwischen eher in Helens Altersklasse als in ihrer eigenen wohl. Flotte

Dreier? Sex im Flugzeug? Daran konnten sich die Kinder aufgeilen? Das war für sie der ultimative Kick? Wie witzlos.

Auch wenn sie wieder Florence Darrow wäre, würde sie niemals auf ein derart triviales Niveau herabsinken. Kein Leben im Mittelmaß mehr für sie. Damit war es ein für alle Mal vorbei. Sie würde …

»Babe, du bist dran.« Nick stupste sie sachte mit dem Ellenbogen.

»Ach, sorry. Okay, ich hab noch nie …« Alle warteten gespannt. »Ich hab noch nie …« *Bananen auf eine Leiche geworfen? Einer Freundin einen K. o.-Drink gemixt? Der Chefin die Identität geklaut?*

Abrupt stand sie auf. »Ihr könnt mich überspringen. Ich hol mir noch was zu trinken.«

Die anderen verstummten. Sie hatte ihnen den Spaß verdorben.

NEUNUNDDREISSIG

Florence hatte einen Kater. Sie drehte sich auf die andere Seite. Nick war schon vor Stunden aufgestanden, um kitesurfen zu gehen. Sie ließ den Blick durch das leere Zimmer wandern. Ihre – und auch Helens – Sachen waren in den Reisetaschen unten in der Diele. Sie wälzte sich aus dem Bett und tapste nach unten, um Helens Tasche zu holen, damit sie sich anziehen konnte.

Sie sah kurz ins Wohnzimmer. Alles war tipptopp aufgeräumt. Amira hatte die Verwüstung der vergangenen Nacht schon beseitigt.

In der Diele blieb sie wie angewurzelt stehen. Sie war überzeugt, Helen gesehen zu haben. Sie drehte den Kopf. Es war nur ihr eigenes Gesicht im Wandspiegel. Sie musterte es genau. Ihre blonden Haare waren von der Sonne gebleicht, und seit die Schwüle durch das Unwetter abgeklungen war, hingen ihre Locken in welligen Strähnen herab. Wenn sie die Augen zusammenkniff, sah sie Helen tatsächlich zum Verwechseln ähnlich.

Sie wäre am Flughafen locker mit Helens Pass durch die Kontrollen gekommen. Wenn … Ja, wenn man ihr das neue Leben nicht so brutal wieder entrissen hätte.

»Florence«, sagte sie laut zu ihrem Spiegelbild.

Plötzlich wurde sie gewahr, dass sie nicht allein war. Amira stand in der Küchentür und beobachtete sie.

Florence rang sich ein Lächeln ab und kratzte so etwas Ähnliches wie Munterkeit zusammen. »Guten Morgen.«

»Guten Morgen, Madame. Kaffee?«

»Wunderbar. Danke.«

Als sie angezogen war, versuchte sie, die Tatkraft von gestern wenigstens ansatzweise in sich wiederzufinden. Helens Leiche konnte schließlich immer noch angespült werden. Aber der Gedanke erfüllte sie nicht mehr mit der gleichen Dringlichkeit. Seit sie beschlossen hatte, nicht mehr Helen zu sein, fühlte sie sich wie von allen Sünden freigesprochen. Als zählte ein Verbrechen, das sich nicht auszahlte, überhaupt nicht. Und auch sonst … Der Fund von Helens Leiche würde beweisen, dass Florence nicht die Mörderin von Jenny war.

Nein, zu früh gefreut. Der Fund würde nur fiese Fragen aufwerfen. Wie war Helen ins Meer geraten? Und warum hatte Florence sie nicht als vermisst gemeldet? Wenn man ihr auch nur halbwegs überzeugend Alkohol am Steuer nachweisen könnte, würde sie wegen fahrlässiger Tötung ins Gefängnis wandern.

Sie war erledigt. Man konnte es drehen und wenden, wie man wollte. Florence Darrow war erledigt und Helen Wilcox genauso. Aber Helen hatte dabei wenigstens noch das Glück, tot zu sein.

Florence warf sich auf die Couch, presste das Gesicht in einen Kissenstapel und schrie, so laut sie konnte. Wäre sie doch bloß nie nach Marokko gekommen. Nein, das war noch zu schwach. Wäre sie doch bloß Helen Wilcox nie begegnet!

Als sie mit zerstrubbelten Haaren wieder hochkam, stellte Amira ihr gerade eine Tasse auf den Tisch.

»Danke«, sagte sie, als wäre alles ganz normal, als müsste die Frau nicht mit ansehen, wie ihr immer mehr die Kontrolle entglitt.

»*Je vous en prie.*«

Während Florence den heißen, starken Kaffee nippte, erwachten nach und nach ihre Lebensgeister.

Als Erstes musste sie raus aus Marokko. Wenn ihr schon eine Vernehmung hinsichtlich Helens Verbleib blühte, dann am besten in Amerika. Ein Auslieferungsabkommen war schließlich keine Einbahnstraße: Marokko konnte die USA nicht zwingen, sie an die eigene Gerichtsbarkeit zu überstellen, um ihr wegen fahrlässiger Tötung den Prozess zu machen.

Sie googelte, wie man sich im Ausland Ersatz für einen verloren gegangenen Reisepass verschaffte. Anscheinend musste sie dafür entweder nach Rabat in die Botschaft oder nach Casablanca ins Konsulat. Außerdem bräuchte sie ein neues Passbild, eine Fotokopie ihres alten Passes und ihren Führerschein.

Super. Sie konnte nichts davon vorlegen. Nachdenklich kaute sie an ihrem Finger. Sie nahm Dan Masseys Visitenkarte vom Tisch und klopfte damit ein paarmal gegen ihre Tasse.

Schließlich stand sie auf.

Es wurde Zeit, den unerfreulichen Prozess, sich in Florence Darrow zurückzuverwandeln, in Angriff zu nehmen.

Sie ging in die Küche, um zu telefonieren.

»Dan Massey?«

»Hi, Mr Massey. Ich bin's, Florence Darrow.«

Keine Antwort.

»Die Frau von gestern«, hakte sie nach. »Sie waren bei mir zu Hause.«

»Bei *Helen Wilcox* zu Hause, ja, ich erinnere mich. Was kann ich für Sie tun, Ms Wilcox?«

»Ms Darrow!«, sagte Florence mit Nachdruck. »Ich möchte in die USA zurück. Aber ich habe keinen Pass. Ich besitze kein amtliches Dokument mit Foto.«

»Ich habe Ihren Pass.«

»Nein, Sie haben Helen Wilcox' Pass.«

Nach sekundenlangem Schweigen sagte er in einem Ton, der seine Zugänglichkeit unter Beweis stellen sollte: »Bitte sehr, wie Sie wollen. Helfen Sie mir auf die Sprünge? Sie sind …?«

»Florence Darrow. Florence Margaret Darrow, geboren am 9. Oktober 1993 in Daytona Beach, Florida.«

»Und Sie haben nichts, worauf Ihr Name steht? Gar nichts?«

»Nein. Aber ich kann Ihnen die Telefonnummer meiner Mutter geben, die wird es Ihnen bestätigen. Ach ja, und momentan hält sich sogar jemand in Semat auf, der mich identifizieren kann. Eine alte Freundin. Sie kennt mich, seit ich sechs bin.«

»Hm. Aber Ihnen ist klar, dass ich Ihnen nur aufgrund der Aussage einer Freundin kein amtliches Dokument ausstellen kann? Das sehen Sie doch ein?«

»Ich weiß, aber …«

»Haben Sie Zugriff auf Ihre Geburtsurkunde oder Ihren Sozialversicherungsausweis?«

»Nein.« Die Papiere lagen zu Hause in Cairo in einem Schuhkarton im Kleiderschrank. »Aber ich kann Ihnen beschreiben, wo sie sind.«

Er seufzte. »Also gut, hören Sie zu. Ich werde mich hier in der Botschaft umhören und mich erkundigen, welche Optionen Sie haben. Vielleicht würde eine eidesstattliche Erklärung Ihrer Freundin genügen. Ich bin mir nicht sicher. Ehrlich gesagt war ich noch nie mit einem solchen Problem konfrontiert. Unter welcher Nummer sind Sie am besten zu erreichen?«

Florence las sie ihm von dem vergilbten Zettel vor, der neben dem Telefon an der Wand hing.

»Okay, warten Sie, bis Sie von mir hören. Ich melde mich so bald wie möglich.«

»Wann?«

»Hoffentlich noch im Laufe des Tages. Auf Wiederhören, Ms …« Er unterbrach sich. »Auf Wiederhören.«

Florence holte den Laptop aus dem Wohnzimmer. Sie hatte nicht die Absicht, untätig herumzusitzen.

Sie googelte die Nummer des Riad Lotus und ließ sich zu Whitneys Zimmer durchstellen. Es war erst halb zehn Uhr, und mit ein bisschen Glück waren die beiden Freundinnen noch nicht ausgeflogen. Mit noch mehr Glück waren sie sogar noch in Semat.

»Hallo?«

Sie atmete auf. »Whitney? Hier ist Florence.«

»Florence, ich freue mich total, dass du anrufst. Es tut mir so schrecklich leid wegen neulich abends. Ich hab keine Ahnung, was mit mir los war.«

»Alles gut, denk nicht mehr dran. Aber wir sind überhaupt nicht dazu gekommen, uns mal so richtig schön auszuquatschen, und jetzt wollte ich dich fragen, wie lange ihr eigentlich noch in Semat bleibt.«

»Nur bis morgen.«

»Ihr reist ab?«

»Ja, wir fahren morgen früh mit dem Bus nach Marrakesch, und so um acht geht es dann ab in die Heimat.«

»Okay. Pass auf, vielleicht rufe ich dich später noch mal an. Es kann sein, dass ich deine Hilfe brauche.«

»Klar. Gern.«

»Super. Danke, Whitney.«

»Alles okay mit dir, Florence?«

»Alles bestens. Es wird sich alles finden.« Sie hielt inne. »Ich bin wirklich froh, dass wir uns getroffen haben.« Vor achtundvierzig Stunden hätte sie den Satz nicht über die Lippen gebracht.

»Ich auch.«

»Bevor ich's vergesse: Es tut mir leid, dass ich dir, seit ich in New York wohne, nie auf deine Anrufe und Mails geantwortet habe. Das war nicht richtig, und ich entschuldige mich dafür.«

»Ist doch nicht schlimm. Man entwickelt sich halt auseinander. Ich verstehe das.«

Nachdem sie das Gespräch beendet hatten, blieb Florence noch beim Telefon stehen und lehnte den Kopf an die Wand. Ihr graute vor dem nächsten Anruf. Aber irgendwann wählte sie dann doch die einzige Nummer, die sie auswendig wusste.

Vera meldete sich mit verschlafener Stimme. Florence sah auf die Uhr. In Florida war es tiefste Nacht.

»Tut mir leid, wenn ich dich aufgeweckt habe, Mom.«

»Florence? Was ist los? Wo bist du?«

»Auf Reisen.«

»Warte mal eine Sekunde.«

Florence hörte das Rascheln der Bettwäsche, dann klickte die Nachttischlampe. Sie konnte das Zimmer direkt vor sich sehen: die rosa Tagesdecke, die verblichenen Monet-Poster an der Wand. Als Vera sich wieder meldete, klang sie mehr wie sie selbst.

»Florence? Ist dir was passiert?«

»Mir geht es gut.«

»Warum rufst du mich dann mitten in der Nacht an?« Plötzlich war sie so unterkühlt, dass Florence eine Gänsehaut bekam. Damit hatte sie nicht gerechnet. Sie war davon ausgegangen, dass Vera vor Dankbarkeit, endlich wieder von ihr zu hören, auf die Knie fallen würde.

»Was hast du denn?«

»Erst sagst du mir, dass du mich nie mehr wiedersehen willst, und jetzt weckst du mich um drei Uhr morgens auf? Du musst dich schon entscheiden, Spatz.«

»Wieso nie mehr? Ich hab doch bloß gesagt, dass ich ein paar Wochen nicht im Lande bin. Musst du denn immer übertreiben?«

»Du hast definitiv *nie* gesagt. Ich hab die Mail noch, ich kann es beweisen.«

Florence packte die nackte Wut. Sie hatte ihre Mutter noch nie um etwas gebeten, noch nie, aber wenn sie einmal Veras Hilfe brauchte, konnte die sie nicht mal für eine Minute mit ihren kleinlichen Vorwürfen verschonen. Sie knallte den Hörer auf die Gabel.

Sie ging zur Spüle und hielt beide Hände unter das kochend heiße Wasser. Es lief ihr in den Gips, und die feuchte Gaze fing an zu jucken. Sie kratzte wie eine Irre daran herum und hörte erst wieder auf, als die brennenden Schmerzen anfingen.

Danach saß Florence am Küchentisch und starrte das Telefon an. Was blieb ihr sonst übrig, als auf Masseys Rückruf zu warten? Bis sie von ihm hörte, befand sie sich in einem bizarren Schwebezustand. Sie war nicht Florence, und sie war nicht Helen. Sie war niemand.

Dieses Wissen brachte ein gewisses Gefühl der Freiheit mit sich. Als ein Niemand konnte sie nicht zur Rechenschaft gezogen werden.

Sie griff noch einmal zum Hörer und rief Nick an. Er ging sofort ran.

»Was gibt's?«

»Bist du noch am Strand?«

»Ja, aber ich kann hier auch Schluss machen.«

»Dann komm.«

Alles um sie herum vergessen … Das war es, was sie jetzt brauchte.

VIERZIG

Florence lag auf der Couch, den Kopf in Nicks Schoß gebettet. Ihr Gesichtsfeld beschränkte sich auf die eine Ecke des Couchtischs, auf der ein Tütchen Gras und eine verbeulte Packung Pringles mit Pizza-Geschmack lagen. Es war zehn Uhr. Vor ein paar Stunden hatte Amira das Abendessen, bestehend aus Röstgemüse und gegrilltem Lamm, serviert, und sie waren wie die Tiere darüber hergefallen. Jetzt hingen sie vollgefressen und müde im Wohnzimmer herum. Nick summte vor sich hin. Auf dem Sofa gegenüber hockte ein Mädchen, das sie noch nie gesehen hatte, breitbeinig auf Liam. Meg tippte auf ihrem Handy.

Florence setzte sich hin. Nick nutzte die Gelegenheit, sich über den Tisch zu beugen und eine Zigarette zu drehen. Florence ging auf die Terrasse. Sie fröstelte. Seit dem Unwetter war die Luft abgekühlt. Sie legte sich in einen Liegestuhl und sah zum Himmel.

Massey hatte am Nachmittag nicht mehr zurückgerufen. Aber dafür Greta, und nicht nur einmal. Florence hatte ihr durch Amira ausrichten lassen, dass sie außer Haus war. Sie wusste nicht, was sie Greta sagen sollte. Selbst wenn sie nüchtern genug gewesen wäre, um sich verständlich zu machen, fühlte sie sich nicht imstande, ihr Helens Tod zu erklären, ganz zu schweigen von dem fehlgeschlagenen Identitätsdiebstahl oder der Leiche im Komposthaufen. Greta durfte nie etwas über ihre Woche als Maud Dixon erfahren. Das Ganze war ihr inzwischen unendlich peinlich, und sie brauchte Greta ja auch noch, damit sie ihr vielleicht doch einen Verlagsvertrag vermittelte.

Sie ging ins Haus, holte sich eine Flasche Wasser aus dem Kühlschrank und leerte sie in einem Zug bis zur Hälfte. Die Wirkung des Alkohols und der Drogen ließen allmählich nach.

Als sie aus der Küche kam, hielt Meg irgendwem die Haustür auf. Sie wandte sich zu ihr um. »Hey, Helen«, sagte sie. »Ich muss dir jemand vorstellen. Das ist Florence. Sie ist gerade erst angekommen.«

Meg zog die Tür weiter auf. Hinter ihr trat eine blonde Frau ins Licht. Sie trug ein kirschrotes Kleid. Breit lächelnd gab sie Florence die Hand. »Hi«, trällerte sie. »Du musst Helen sein.«

Florence war wie gelähmt. Bei manchen Emotionen wie beispielsweise Wut oder Lust hat man das Gefühl, dass sie die Zeit beschleunigen. Ein Schock dagegen erzeugt Stillstand, eine Zeitschlaufe jenseits der vergehenden Sekunden, während der die Gedanken die abrupt unterbrochene Nervenbahn erst neu bilden müssen. Sie schwieg. Sie konnte nur starren.

Vor ihr stand Helen Wilcox, die vor einer Woche bei einem Autounfall ums Leben gekommen war.

EINUNDVIERZIG

»Florence und ich haben uns heute Nachmittag kennengelernt«, erklärte Meg. Sie zeigte mit großer Geste auf Florence und verkündete mit dem üblichen Pathos in der Stimme: »Helen ist Schriftstellerin!«

»Ach nein. Tatsache?« Helen zog die Augenbrauen hoch. »Faszinierend!«

Florence konnte nur stumm nicken.

»Ich wäre auch gern Schriftstellerin geworden, aber ich habe nicht genug Fantasie. Sich ganze Lebensgeschichten auszudenken? Von der Wiege bis zur Bahre? Das könnte ich nie!« Helen lachte glockenhell.

Florence fand endlich ihre Stimme wieder. »Ich verstehe nicht ganz …«

Helen runzelte die Stirn. »Oh, Entschuldigung. Meg meinte, es wäre okay, wenn ich aufkreuze, aber ich will mich natürlich auf keinen Fall aufdrängen.«

Meg sah Florence verwundert an. »Aber natürlich musst du bleiben«, beschwor sie Helen. »Je mehr Gäste, desto besser die Party!«

»Komm mit in die Küche«, sagte Florence zu der Erscheinung in der Diele. »Ich mixe dir einen Drink.«

»Nicht nötig. Ich trinke nicht.«

»Dann kriegst du wenigstens ein Glas Wasser.« Sie legte Helen die Hand auf den Oberarm, wie um sie hinter sich herzuziehen.

Helen warf Meg einen fragenden Blick zu. Die wandte sich an Florence: »Sag mal, hast du was? Stimmt was nicht?«

»Nein, nein. Alles okay.«

Helen schien sich königlich zu amüsieren.

»Los, kommt. Wir gehen ins Wohnzimmer«, sagte Meg, Helen am Arm mitnehmend. Florence trottete wie ein Hund an der Leine hinter ihnen her.

Überschwänglich stellte Meg den anderen die falsche Florence vor, genauso wie sie vor ein paar Tagen die echte in die Clique eingeführt hatte. Nick schien nicht zu merken, dass die Frau den Namen hatte, mit dem Amy sie angeredet hatte, denn er nickte nur und sagte: »Super.«

Während Florence sich steif auf die Sofakante hockte, lümmelte Helen sich in einen Sessel und steckte sich eine Zigarette an, die Coolness in Person. Bis auf die Tatsache, dass sie etwas dunkler gebräunt war, sah sie nicht anders aus als bei ihrer letzten Begegnung. Keine Blutergüsse, keine Schnittwunden, kein Gips.

Widerwillig fügte Florence sich wieder in ihre alte Rolle der nützlichen Idiotin, des braven Mädchens für alles. Wenn Helen dieses Spiel spielen wollte … bitte schön.

»Woher kommst du?«, fragte sie.

Helen schmunzelte. »Aus Florida.«

»Und wo genau da?«

»Port Orange.«

»Hab ich noch nie gehört.«

»Das wundert mich gar nicht. Da regiert das Mittelmaß.«

»Kein Wunder, dass du da weg bist. Das Mittelmaß ist für die Mittelmäßigen.«

Blitzte da etwa so was wie Anerkennung in Helens Blick auf? Wider besseres Wissen fühlte Florence sich geschmeichelt.

»Bist du schon lange auf Reisen?«, fragte sie.

»Seit ungefähr einer Woche.«

»Nur hier in Marokko?«

»Zum Teil. Zuletzt war ich in Rabat.«

»Aber wieso Marokko?«

»Ich bin beruflich hier.«

»Und was machst du beruflich?«

»Ich manage eine Fabrik.«

»Eine Fabrik? Wofür?«

»Hauptsächlich Schrauben.«

Florence fing an zu lachen. »Schrauben?« Sie konnte sich nicht beherrschen. »Für Schiffe?«

»Für alle Arten von Wasserfahrzeugen.«

Gebannt verfolgte der Rest der Gruppe das Geplänkel. Wie die Zuschauer bei einem Tennismatch sahen sie zwischen den beiden Frauen hin und her.

»Sagt mal, seid ihr alte Bekannte, oder was?«, fragte Meg nachdenklich.

»Aber wir doch nicht«, antwortete Helen.

Florence schüttelte nur den Kopf, das Lächeln noch auf den Lippen.

Der Abend verlief zunächst wie viele andere. Das Interesse an Helen und Florence erlahmte, der Alkoholpegel stieg. Aber Florence trank keinen Tropfen mehr, und Helen begnügte sich mit ihren Zigaretten. Es war, als rückten sie allmählich in den Vordergrund eines Gemäldes und nahmen dabei immer schärfere Konturen an, während die anderen zunehmend in den Hintergrund traten und verschwammen.

Als sich der Rest der Gruppe nach Mitternacht noch einen Joint geteilt hatte und kollektiv weggedöst war, stand Helen auf und hielt Florence die Hand hin. »Wollen wir?«, fragte sie, als wäre es das Normalste der Welt.

Florence nickte. Als sie Helens Hand ergriff, überkam sie unwillkürlich ein heftiger Schauder. Als hätte sie einen Geist berührt. Sie fröstelte.

ZWEIUNDVIERZIG

Helen nahm Florence in den ersten Stock mit, in ihr altes Zimmer, dem man deutlich ansah, dass es inzwischen die Besitzerin gewechselt hatte. Sie blickte sich um. »Du hast dich ja richtig häuslich eingerichtet.«

Florence wurde rot. Sie kam sich vor, als wäre sie in Helens Unterwäsche ertappt worden – die sie auch tatsächlich trug. »Ich dachte, du wärst tot«, sagte sie entschuldigend.

In die Stille, die zwischen ihnen stand, platzte ein Lachen von unten.

»Scheinst ja deswegen regelrecht am Boden zerstört gewesen zu sein.«

»Was hat das alles zu bedeuten? Ich verstehe nur noch Bahnhof.«

»Hinsetzen.« Helen zeigte aufs Bett.

Florence gehorchte.

»Ich musste nach Rabat«, sagte Helen.

»Aber du bist einfach verschwunden. Ich dachte, du wärst tot. Warum hast du mir nichts gesagt?«

»Das ging nicht. Es war nur zu deinem Besten.«

Florence schnaubte. Sie hatte keine Lust, darauf zu warten, dass ihr Helen in ihrer Güte die Informationen häppchenweise zukommen ließ. Für dumm verkaufen konnte sie sich selber. »Hat das was mit Jeanette Byrd zu tun?«, fragte sie rundheraus.

Helen kniff die Augen zusammen. »Woher hast du den Namen?«

»Gestern war ein Mann von der Botschaft hier. Jeanette Byrd ist tot. Sie wurde in deinem Komposthaufen gefunden. Alle gehen davon aus, dass du sie ermordet hast. Nein, ich korrigiere: dass *ich* sie ermordet habe. Sie halten mich für Helen Wilcox.«

»Ach was? Wie kommen sie denn bloß darauf?« Helen umfasste mit vielsagender Geste das Zimmer.

»Schon gut, ich gebe zu, dass ich mich für dich ausgegeben habe. Bist du jetzt zufrieden? Mein Fehltritt ist auf jeden Fall um Klassen harmloser als das, was du verbrochen hast.«

Helen hob die Augenbrauen, aber sie schwieg.

»Hast du Jeanette Byrd getötet? Jenny?«

»Die Sache ist kompliziert, Florence.«

»Entweder bist du eine Mörderin, oder du bist keine.«

Sie setzte sich zu Florence aufs Bett. »Ich erzähle dir, was passiert ist, okay? Gleich, ja? Gib mir eine Minute.« Mit leise zitternder Hand steckte sie sich eine Zigarette an.

»Jenny wurde Anfang des Jahres vorzeitig aus dem Gefängnis entlassen, aber weil wir uns aus den Augen verloren hatten, wusste ich nichts davon. Doch dann stand sie plötzlich eines Abends vor meiner Tür, mitten in einem fürchterlichen Schneesturm. Es war sieben, acht Uhr, ich saß am Kamin und habe gelesen. Da kamen Autoscheinwerfer die Auffahrt rauf. Du hast selbst bei mir gewohnt – du weißt, dass ich nie Besuch bekomme. Und dass jemand aus Versehen die falsche Abzweigung nimmt, ist mehr als unwahrscheinlich. Deshalb bin ich nach oben gerannt und hab meine Waffe geholt.«

»Du hast eine Waffe?«

»Ja, natürlich. Man müsste als Frau schon sehr naiv oder strohdoof sein, um unbewaffnet in der Wildnis zu wohnen. Wieder unten, habe ich gesehen, dass es ein Taxi war. Weil ja wohl die wenigsten Vergewaltiger und Mörder mit dem Taxi anreisen, hab ich die Waffe weggelegt und die Tür aufgemacht.

Und da stand sie vor mir. Mein Gott. Ich hab sie erst gar nicht erkannt. Früher war sie sehr schön, Florence. Wunderschön. Alle Jungs in Hindsville standen auf sie. Die erwachsenen Männer genauso. Ein Lehrer hat wie ein waidwunder Hirsch hinter ihr her geschmachtet. Die Frau, die jetzt vor mir stand, hatte nichts Attraktives mehr an sich. Sie sah aus wie ein Meth-Junkie. Komplett graue Haare, lang und fettig. Den Mund voller Zahnlücken. Sie ist in meinem Alter, aber sie sah aus wie sechzig.« Helen unterbrach sich. »Sie war in meinem Alter.«

Sie fuhr fort: »Sie hat mich umarmt und gedrückt. Ich kann nicht beschreiben, wie schrecklich sie roch. Wie ... wie Katzenschweiß. Wie vergorener Katzenschweiß. Trotzdem hab ich sie natürlich auch gedrückt. Was sollte ich machen? Ich hab sie reingebeten. Sie war meine älteste Freundin.

In der Küche habe ich uns erst mal eine Tasse Kaffee eingeschenkt, und dann haben wir uns angeschwiegen. Es war peinlich. Wir hatten uns das letzte Mal als Siebzehnjährige gesehen. Jetzt waren wir Fremde, die nichts mehr verband. Gar nichts. Sie knibbelte die ganze Zeit an ihren Fingernägeln. Ein nervöser Tick. Die Fingerkuppen waren rot und wund, als hätte sie jemand mit Stahlwolle bearbeitet. Als mir irgendwann aufgefallen ist, dass sie dauernd verstohlen zu der Flasche Bourbon auf dem Kühlschrank rüberlinste, habe ich ihr welchen angeboten. Einen Schuss Whiskey in den Kaffee, und schon wurde die Stimmung etwas gelöster. Der Schnaps hat ihr die Zunge gelockert, und sie hat mir erzählt, dass ihr nur der Gedanke an mich durch die Zeit im Knast hindurchgeholfen hat. An *mich*! Sie hat gesagt, sie versteht, warum ich es getan habe, und sie verzeiht mir. Wir wären Schwestern – schon immer und auf ewig.«

»Dass sie dir was verzeiht?«

»Sorry?«

»Du hast gesagt, dass sie dir verziehen hat.«

»Ach so, das. Na, dass ich ihr Alibi nicht bestätigt habe. Ich hatte ihr gesagt, sie dürfte sagen, dass wir in der Mordnacht zusammen waren. Aber dann hat es mir mein Vater, Gott sei Dank, wieder ausgeredet und mir erklärt, was es heißt, einen Meineid zu schwören. Ich dachte, die Polizei anzulügen wäre auch nicht schlimmer, als einen Lehrer anzulügen. Also habe ich eine Kehrtwende hingelegt und die Wahrheit gesagt – dass wir nur am frühen Abend zusammen waren und sie um elf Uhr mit Ellis weitergezogen ist.« Helen hielt inne. »Von da an stand sie natürlich auf verlorenem Posten.«

Sie zog an ihrer Zigarette. »Je mehr Whiskey sie trank, desto aufgedrehter wurde sie. Fast manisch. Sie lief in der Küche auf und ab. Sie nahm Gläser und Vasen in die Hand und wollte wissen, wie viel sie wert waren. Riss die Schranktüren auf, knallte sie wieder zu. Sie wurde immer wütender. Und plötzlich wirft sie mir vor, es wäre meine Schuld, dass sie in den Knast musste. Und ich hätte mich an ihrer Geschichte auch noch bereichert.«

»Sie hatte von dem Buch gehört?«

»Ja, anscheinend wurde auch im Gefängnis darüber geredet. Kaum hatte sie erfahren, worum es darin ging, wusste sie, dass es von ihrem Leben handelte. Sie fand, ich hätte es ihr gestohlen.« Helen verdrehte die Augen.

»Stimmt doch auch, oder nicht?«

»Alle großen Schriftsteller stehlen. Dostojewski, Shakespeare. Alle. Und es war ja im Grunde auch unsere gemeinsame Geschichte. Von Anfang an.«

»Und dann?«

»Dann ist sie durchgedreht. Sie wollte das Geld, das ich mit dem Buch verdient habe. Es wäre ihr Geld, es stehe ihr zu. So ging es stundenlang: Geschrei, Gebrüll, Geflenne. Bis vier Uhr morgens. Da konnte ich sie endlich dazu bringen, sich im Gästehaus schlafen zu legen. Am nächsten Tag sind wir beide erst spät aus dem Bett gekommen, und danach haben wir uns miteinander tatsächlich einen richtig schönen Tag gemacht. Wir sind spazieren gegangen, haben geredet, ich hab uns was zu Mittag gekocht. Aber dann habe ich ihr gesagt, dass es besser wäre, wenn sie wieder nach Mississippi geht. Dass es ein Fehler war, gegen ihre Bewährungsauflagen zu verstoßen. Ich hab ihr sogar angeboten, ihr zu helfen, wieder auf die Beine zu kommen. Aber sie … Ich weiß auch nicht. Sie ist komplett ausgerastet. Sie ist auf mich losgegangen.«

»Inwiefern?«

»Wir waren in der Küche. Sie hat sich mit einem Messer auf mich gestürzt. Ich wusste nicht, was ich machen sollte. Es war wohl der reine Instinkt. Ich habe mir einen Topf geschnappt und ihn ihr mit aller Kraft über den Schädel gezogen. Lächerlich, was? Wie eine Szene aus einem Zeichentrickfilm. Es hätte mich kaum gewundert, wenn sie schieläugig wieder hochgekommen wäre, von tanzenden Sternchen umkränzt. Aber sie rührte sich nicht mehr. Sie war tot.«

»Du großer Gott.«

Helen schwieg.

»Und dann?«

»Bin ich in Panik geraten. Du musst das verstehen. Plötzlich sah es so aus, als ob alles rauskommen würde. Dass ich

Maud Dixon bin, dass ich das Buch geschrieben habe. Kannst du dir die Publicity vorstellen? Das große Grauen. Es wäre fürchterlich geworden. Und so vulgär. Ich konnte den Gedanken nicht ertragen.«

»Helen.« Florence starrte sie ungläubig an. »Du hast Jenny getötet, um Maud Dixons Identität zu bewahren?«

»Nein!« Helen kniff die Augen zusammen. »Das war Notwehr. Aber ich habe sie vergraben, um Maud Dixons Identität zu bewahren. Jenny war tot. Es hätte sie nicht mehr interessiert, was aus ihrer Leiche wird.« Florence musste daran denken, dass sie sich fast genauso herausgeredet hatte, als sie glaubte, Helen wäre tot. Als könnte die ihre Gedanken lesen, fragte sie: »Oder hast du vielleicht irgendwem was von meiner Leiche erzählt, als du dachtest, du hättest mich auf dem Gewissen?«

»Das kann man doch nicht vergleichen«, antwortete Florence, aber sie klang wenig überzeugend.

»Kann man wohl. Wie auch immer ... Alles ging so furchtbar schnell. Es war ja keine rationale Entscheidung. Ich war mit Adrenalin vollgepumpt, wie in einem Rausch, und nur zu dem einen Gedanken fähig, dass sie nicht in meinem Haus gefunden werden durfte. Die Nachforschungen und Fragen hätte ich nicht ertragen. Ich bin ein sehr reservierter Mensch, Florence. Das weißt du.«

Florence nickte, als wäre das ein vollkommen plausibler Grund für das Verschwindenlassen einer Leiche.

»Und deshalb hast du sie im Komposthaufen verscharrt?«

»Es war Februar! Ein Schneesturm tobte. Kannst du dir vorstellen, wie hart der Boden gefroren war? Außerdem ist ein Komposthaufen tatsächlich der ideale Ort, um sich einer Leiche zu entledigen. Darin zersetzt sich eine ausgewachsene Kuh in nicht mal sechs Monaten – Zähne, Knochen, alles. Was man nicht alles lernt, wenn man auf einer Farm aufwächst.«

Florence fiel wieder ein, dass Helen ja angeblich schon als Achtjährige gelernt hatte, ein Huhn zu köpfen. Vielleicht war das doch nicht gelogen gewesen.

Helen fuhr fort: »Natürlich wurde mir am nächsten Morgen klar, dass ich einen Riesenfehler begangen hatte. Aber es war zu spät, die Polizei zu rufen. Ich konnte Jeanette ja schlecht aus dem Kompost zerren, abbürsten und wieder auf den Küchenfußboden legen. Auf Notwehr zu plädieren ist nicht mehr so einfach, nachdem man die Scheißleiche beseitigt hat.«

Florence schwieg. Sie versuchte sich vorzustellen, wie Helen Küchenabfälle, Dreck und Holzspäne auf die Leiche ihrer ältesten Freundin schaufelte. Der Gedanke mutete sie regelrecht fantastisch an. Als ob Helen bloß eine erfundene Story erzählte.

»Und da hab ich mir dann zum ersten Mal überlegt abzuhauen«, sagte Helen.

»Abzuhauen?«

»Aufzuhören, Helen Wilcox zu sein. Den ganzen Krempel hinzuschmeißen. Ich war sowieso reif für einen Tapetenwechsel. Seit Ewigkeiten hatte ich nichts Vernünftiges mehr zu Papier gebracht. Du hast das neue Buch gelesen, du weißt, dass es nicht so gut ist wie *Mississippi Foxtrott*.«

Florence zuckte mit den Schultern. Sollte sie Helen auf das Buch von Paul Bowles ansprechen, auf ihre Entdeckung darin? Aber damit hätte sie nur ihren Redefluss unterbrochen.

»Anfangs war es bloß ein Gedankenexperiment, ein Spiel. Wie stellt man es an zu verschwinden? Und wohin überhaupt? Wie verschafft man sich eine neue Identität? Könnte ich auch weiterhin als Maud Dixon publizieren? Wie käme ich an mein Geld? Sollte ich Greta einweihen?

Ich entschied mich für Marokko, weil es mit den USA kein Auslieferungsabkommen hat. Und das Land war mir irgendwie sympathisch. Auf jeden Fall sympathischer als Nordkorea. Schönes Wetter, interessante Kultur, gutes Essen, jede Menge Landsleute, die Korruption gerade groß genug, um unter falschem Namen unterzutauchen. Aber bis ich den alles entscheidenden Anruf bekam, waren das nur Überlegungen.«

»Von Jennys Bewährungshelferin?«

Helen nickte. »Sie rief Anfang März an. Sie sagte, Jenny hätte ihren ersten Termin verpasst. Ob ich etwas von ihr gehört hätte. Ich verneinte. Daraufhin sie: ›Na, das ist mal interessant.‹ Sie hätte nämlich eine Sprachnachricht von Jenny bekommen, und zwar von meinem Festnetzanschluss.« Sie schüttelte den Kopf. »Idiotischer geht es echt nicht mehr. Nur Jenny käme auf die Idee, ihre Bewährungshelferin nachverfolgbar aus einem anderen Bundesstaat anzurufen.«

»Und die Frau hat dir dann die Cairoer Polizei auf den Hals gehetzt?«

»Das weißt du auch schon? Ach ja, natürlich, da warst du ja schon da. Der Sheriff kam vorbei, als irgendwann ein Haftbefehl gegen Jenny vorlag, weil sie mehrere Termine verpasst hatte. Er ging eindeutig davon aus, dass ich eine Flüchtige bei mir verstecke. Aber weil er keinen Durchsuchungsbeschluss hatte, habe ich ihn nicht reingelassen. Im Nachhinein habe ich eingesehen, was für ein Fehler das war. Wenn er mit einem Beschluss zurückkäme, würde er das Haus auf den Kopf stellen. Womöglich würde er auch im Garten suchen. Und im Komposthaufen. Hätte ich doch bloß kooperiert und ihm eine kleine Hausführung gegeben. Aber die Chance war jetzt ein für alle Mal dahin. Da wurde mir klar, dass ich ernsthaft meine Flucht ins Auge fassen musste. Weißt du noch? Gleich am nächsten Morgen habe ich vorgeschlagen, dass wir noch Marokko fliegen. Bei seinem nächsten Besuch wollte ich schon außer Landes sein, meine neue Identität unter Dach und Fach haben. Sobald die Leiche gefunden wurde, wollte ich den Plan in die Tat umsetzen. Ich würde Helen Wilcox abservieren und eine andere werden.«

Florence schüttelte den Kopf. Die Geschichte hakte gewaltig. »Aber warum hast du mich mitgenommen?«

»Willst du die Wahrheit wissen? Weil ich Schiss hatte. Ich wusste nicht, ob ich es mich alleine trauen würde.«

Florence ließ Helen nicht aus den Augen. In ihr fing es an zu brodeln, aber sie schluckte ihre Wut hinunter. »Das ist doch Bullshit, Helen.«

Die andere lachte leise. »Na schön. Damit du mich als vermisst meldest. Ich konnte nicht spurlos vom Erdboden verschwinden. Man wäre davon ausgegangen, dass ich mich absetzen wollte, und hätte nach mir gefahndet. Aber bei einem Unfall käme erst mal keiner auf dumme Gedanken. Du musstest dir sicher sein, dass ich tatsächlich tot war. Eigentlich war es nur zu deinem Besten. Du solltest ja nicht als Mittäterin verdächtigt werden. Deine Unwissenheit war dein Alibi.«

Florence sprang auf. Da war es, das fehlende Puzzleteil! »Du hast den Unfall geplant? Helen, ich wäre um ein Haar dabei draufgegangen!«

»Nein, natürlich war das nicht geplant! So etwas würde ich dir doch nicht antun. Ich hatte vor, ein Boot zu mieten und im offenen Meer schwimmen zu gehen. Dabei wäre ich dann verschwunden. Der Unfall war bloß … ein Unfall. Ehrenwort. Aber ich gebe zu, dass ich die günstige Gelegenheit beim Schopf gepackt habe.«

»Und wie darf man sich das konkret vorstellen? Warst du überhaupt mit im Auto? Wo sind deine blauen Flecken? Wo sind deine gebrochenen Knochen?« Sie hielt Helen den Gips unter die Nase.

»Gute Frage, Florence«, sagte Helen ruhig. »Ich hatte Glück. Es ging alles so schnell. Ich bin aus dem Wagen raus und zum Strand geschwommen. Wir sind ziemlich genau an der Stelle, wo sich die Felsen aus dem Meer erheben, von der Straße abgekommen und nur ungefähr drei Meter tief ins Wasser gefallen. Als ich am Ufer war, habe ich gesehen, wie dich der Fischer gerettet hat. Nachdem meine Sachen getrocknet waren, bin ich per Anhalter zum Busbahnhof gefahren. In unserem Hotel in Marrakesch hatte ich einen Haufen Geld deponiert. Nachdem ich es eingesammelt hatte, bin ich nach Rabat weitergefahren, wo ich mir die neuen Papiere abgeholt habe, die ich organisiert hatte.«

Helen beschrieb ihre Handlungen so leidenschaftslos, als erklärte sie ein Lasagne-Rezept. Als müsste Florence schwer von Begriff sein, wenn sie es nicht kapierte. Womöglich hatte sie sogar recht damit, denn für Florence ergab längst nicht alles einen Sinn. Die einzelnen Fakten fügten sich noch immer nicht zu einer überzeugenden Geschichte zusammen.

»Und warum bist du jetzt wieder hier?«

»Ein paar Tage nach dem Unfall saß ich in Rabat in einem Café. Am Nebentisch las ein Mann die Zeitung, und da sprang mir auf einmal mein Name ins Auge: Helen Wilcox. Ich bat ihn, mir die Meldung zu übersetzen. Da hab ich zum ersten Mal begriffen, was hier vor sich ging. Dass du dich für mich ausgegeben hast. Konnte natürlich auch sein, du hattest einen Schlag auf den Kopf bekommen und glaubtest selber, du wärst ich. Du hattest jedenfalls keine Ahnung, in was für Schwierigkeiten du stecktest. Ich wusste, dass die Polizei hinter dir her sein würde. Wegen Jenny. Wegen dem Fiasko, das ich angerichtet habe.«

Florences Beine wurden schwach, sie musste sich wieder aufs Bett setzen.

»Ich verstehe schon, dass du das alles erst verarbeiten musst«, sagte Helen nach längerem Schweigen. »Und ich hätte auch Verständnis, wenn du wütend auf mich wärst. Das ist dein gutes Recht. Aber ich habe wirklich bei jedem Schachzug versucht, dich so gut wie möglich aus der Schusslinie herauszuhalten. Nur um dich zu schützen, bin ich wiedergekommen. Ich habe dir nie etwas Böses gewollt.«

In ihrer Stimme schwang ein ungewohnt kleinlauter Unterton mit, und Florence wurde schlagartig klar, dass sie alle Trümpfe in der Hand hielt. Sie konnte Helen ans Messer liefern, bräuchte bloß die Polizei zu rufen. Inspektor Idrissi und Dan Massey würden nicht schlecht staunen, wenn sie plötzlich die echte Helen Wilcox aus dem Hut zauberte.

Doch was dann? Ihr bliebe nichts anderes übrig, als nach Hause zu fliegen, wo kein Job, kein Geld, keine Wohnung auf sie warteten – und alles in dem Wissen, dass sie Maud Dixon hinter Gitter gebracht hatte.

Florence stützte den Kopf in die Hände.

»Du bist erschöpft«, sagte Helen. »Schlaf eine Nacht drüber, wir können morgen weiterreden.«

Florence nickte. »Ich bringe nur noch schnell meine Sachen in mein Zimmer.«

»Ist schon gut. Du kannst sie dalassen. Ich ziehe nach drüben um.«

»Das macht dir nichts aus?«

»Ach was.« In der Tür drehte Helen sich mit einem verschmitzten Lächeln noch einmal um. »Willst du wissen, wie ich in Rabat spontan auf den Zeitungsartikel reagiert habe?«

»Ja, wie?«

»Ich dachte: *Bravo, die traut sich was. Respekt!* Bestimmt nicht ganz die Reaktion, die man von jemandem erwarten würde, der gerade erfahren hat, dass ihm seine Identität geklaut wurde. Aber wie du weißt, habe ich mich noch nie an der Herdenmentalität orientiert.«

Florence lächelte matt. »Du warst eben eine gute Lehrerin.«

»Da könntest du recht haben. Obwohl auch ich nicht unfehlbar bin. Und hier weiß wirklich keiner, dass du Florence Darrow bist?«

»Höchstens der Typ, mit dem ich seit ein paar Tagen abhänge. Der hat es mehr oder weniger mitbekommen.«

»Helen Wilcox hat einen Freund?«, fragte Helen belustigt.

»Schon, ja. Nick, der mit den Dreadlocks. Du hast ihn unten gesehen.«

Helen schnitt eine Grimasse. »Was deinen Männergeschmack angeht, kannst du noch das eine oder andere von mir lernen.«

Florence lachte. »Ich finde ihn süß!«

»Süß ist doch nur ein höflicher Ausdruck für langweilig.« In etwas sanfterem Ton fuhr sie fort: »Aber Spaß beiseite. Ich habe dir mit meiner Beichte sehr viel zugemutet, und du musst den Schock natürlich erst verdauen. Aber vergiss dabei bitte nicht, dass wir auf derselben Seite stehen. Ich habe immer noch vor, von der Bildfläche zu verschwinden, aber diesmal werde ich dich nicht in Gefahr bringen. Und ich will mich erkenntlich zeigen; es soll dein Schaden nicht sein. Okay?«

Florence nickte. »Okay.«

»Braves Kind.« Helen schlüpfte zur Tür hinaus und zog sie mit einem energischen Klicken hinter sich ins Schloss.

Florence wälzte sich unruhig hin und her. Wenn die Musik von unten sie ein ums andere Mal aus dem Schlaf riss, musste sie immer daran denken, dass Helen wieder da war, und die Fragen, die sie nicht gestellt hatte, fuhren in ihrem Kopf Karussell.

Irgendwann in der Nacht merkte sie, dass sie nicht allein war. Sie setzte sich auf. Ein, zwei Meter vor dem Bett stand Helen, zur Hälfte vom Mond beschienen, und beobachtete sie.

»Helen? Ist was passiert?«

»Ich konnte nicht schlafen. Ich dachte, du wärst vielleicht auch noch wach. Sorry. Schlaf weiter.«

»Macht doch nichts.« Sie rutschte im Bett hoch. »Komm, setz dich zu mir.«

»Nein, nein. Schlaf weiter.« Helen verschwand.

Schon Minuten später hätte Florence nicht mehr sagen können, ob Helens Besuch nicht nur ein Traum gewesen war.

Als sie wieder aufwachte, war es noch dunkel. In der Luft lag eine untergründige Spannung, als hätte jemand eine hohe Geigensaite angeschlagen.

Sie schwang die Beine aus dem Bett und tappte über den kalten Steinboden auf die Galerie. Alles war still, nur im Garten gluckerte der Springbrunnen.

Florence ging nach unten. Im Wohnzimmer herrschte ein einziges Chaos, von der Clique war keiner zu sehen. Anscheinend waren Meg und die anderen heimgegangen.

Von der Terrasse drang ein schlurfendes Geräusch herein. Als Florence nachsehen wollte, was es damit auf sich hatte, entdeckte sie Helen neben dem Pool, die sich vor dem dunklen Nachthimmel abzeichnete.

»Helen?«

Sie zuckte zusammen und fuhr herum, die Hand auf dem Herzen. »Florence, du hast mich zu Tode erschreckt.«

»Was machst du da?«

»Ich konnte nicht schlafen. Es ist so friedlich hier draußen, seit es nicht mehr so heiß ist.«

»Alles okay mit dir?«

»Es waren ein paar lange Tage. Wochen, Monate.«

»Soll ich dir Gesellschaft leisten?«

»Nein, nein, geh wieder ins Bett. Ich komme bald auch rauf.«

»Wirklich?«

»Wirklich. Gute Nacht.«

Florence ging nach oben. Sie konnte nicht wieder einschlafen und griff zu ihrem Buch. Eine halbe Stunde später hörte sie Helens Schritte auf der Treppe. Sie verharrten kurz vor ihrem Zimmer und entfernten sich. Leise schloss sich Helens Tür.

DREIUNDVIERZIG

Kurz nach Sonnenaufgang ging Florence nach unten. Nachdem sie Helen am Pool begegnet war, hatte sie keinen Schlaf mehr gefunden. Das musste so gegen vier Uhr gewesen sein.

Amira schrak zusammen, als Florence in die Küche kam.

»Es ist früh«, sagte sie.

Florence nickte. »Gibt es schon Kaffee?«

»Ich koche ihn gerade.«

Florence fragte sich, wann wohl Amiras Arbeitstag begann. Sie war morgens immer schon da.

Ein paar Minuten später ließ sie sich mit einer Tasse Kaffee und einer Brioche auf der Terrasse nieder. Obwohl es langsam hell wurde, waren die Palmen noch schwarz umrissene Silhouetten.

Florence wälzte die Frage hin und her, die sie in der Nacht am meisten beschäftigt hatte: Sollte sie Helen ans Messer liefern?

Schließlich hatte sie jemanden getötet. Gut, sie hatte in Notwehr gehandelt, aber Jenny war deswegen trotzdem tot. Wollte Florence sich wirklich eine Anklage wegen Beihilfe einhandeln?

Andererseits hätte sie nichts davon, wenn Helen in den Knast wanderte. Sie hatte gesagt, sie plane, auf eine Weise unterzutauchen, bei der Florence nicht in Gefahr geriet. Und sie wolle sich »erkenntlich zeigen«. Was war mit diesem Angebot konkret gemeint? Dass Florence den Preis für ihr

Schweigen selbst bestimmen konnte? Außerdem war es ein schrecklicher Gedanke, Helen hinter Gittern zu wissen. Als würde man einen exotischen Vogel in Gefangenschaft halten. Ein absolutes Unding.

»Du hast einen Sonnenbrand.«

Erschrocken fasste Florence sich ins Gesicht. Sie hatte Helen gar nicht herauskommen hören.

»Du bist ganz rot. Das ist mir gestern Abend gar nicht aufgefallen. Du musst besser auf dich achten. In meinem Kulturbeutel ist Sonnenmilch.« Helen setzte sich. »Hast du dann doch noch ein bisschen Schlaf gefunden?«

»Nicht viel. Und du?«

»Doch, einigermaßen. Ich fühle mich sogar halbwegs ausgeschlafen. Jedenfalls nichts, was ein Kaffee nicht heilen könnte.«

Wie aufs Stichwort erschien Amira mit der Kanne. Sie begrüßte Helen mit einer solchen Selbstverständlichkeit, als hätte sie die ganze Zeit mit ihrer Rückkehr gerechnet.

Als sie wieder im Haus war, fragte Helen: »Was hast du Amina erzählt?«

»Nicht viel. Bloß, dass du wieder in Marrakesch bist.« Seltsam eigentlich, dass sie ihr nie erklärt hatte, woher ihre Verletzungen stammten oder warum sie barfuß von einem Polizisten in die Villa chauffiert worden war. »Sie heißt übrigens Amira.«

»Ach ja?« Gleichgültig zerrupfte Helen ein Croissant und strich sich Honig darauf. »Hör zu, ich muss heute Morgen in die Stadt. Wenn ich zurück bin, besprechen wir, wie es weitergeht.«

»Was willst du in der Stadt?«

»Besser, du weißt es nicht.«

»Wir haben kein Auto mehr.«

»Ich schon.« Helen trank einen Schluck Kaffee. »Sag mal, wie heißt der Typ aus der Botschaft?«

»Dan Soundso. Seine Karte liegt im Wohnzimmer auf dem Tisch. Warum?«

»Ich habe einen Plan. Ich muss nur noch ein paar Details klären, dann erzähle ich dir alles.« Sie leerte die Tasse in einem Zug und stand auf.

»Du willst jetzt schon los?« Es war noch nicht einmal sieben Uhr.

»Der frühe Vogel …«

Helen verschwand im Haus, um sich fertig zu machen.

Eine halbe Stunde später war Florence wieder allein.

Sie saß noch auf der Terrasse, als in der Küche das Telefon klingelte. Amira streckte den Kopf zu Tür heraus. »Es ist wieder Madame Greta, Madame.«

»Sagen Sie ihr bitte, dass ich nicht zu Hause bin?«

Amira nickte, kam aber sofort wieder zurück. »Sie sagt, wenn keiner mit ihr spricht, ruft sie die Polizei.«

Florence konnte sich denken, dass Helen ihr nie verzeihen würde, wenn sie bei ihrer Rückkehr in die Villa des Grenades von der Polizei in Empfang genommen würde. Außerdem hatte sie sich auch noch nicht endgültig auf die eine oder andere Seite geschlagen.

Sie stand auf und folgte Amira ins Haus.

»Hi, Greta«, sagte sie abwartend.

»Florence? Was ist los? Ich versuche jetzt seit vierundzwanzig Stunden, Sie zu erreichen.«

Florence sah auf ihre Uhr. »Wie spät ist es denn jetzt bei Ihnen?«

»Florence, ich bin hier. In Marrakesch.«

»Wie bitte?«

»Seit gestern Nachmittag.«

»Wo in Marrakesch?«

»Im La Mamounia.«

Florence erkannte den Namen des Hotels von ihren Reiserecherchen im Internet wieder. Es kostete über fünfhundert Dollar die Nacht. »Aber wo sind denn eigentlich Sie?«, fragte Greta. »Ich weiß gar nicht, wo ich hinmuss.«

»Ich komme zu Ihnen. Wir treffen uns im Hotel.«

»Und Helen?«

»Ich hab's Ihnen doch gesagt – Helen ist weg. Sie ist nicht mehr hier.« Kaum hatte sie die Lüge ausgesprochen, da wusste sie, dass sie Helen nicht verraten würde. Ihre Loyalität würde niemals irgendwelchen kleinkarierten Amtspersonen wie Inspektor Idrissi oder Dan Massey gehören. Nein, und Greta Frost auch nicht.

»Meinen Sie, sie ist nach Marrakesch zurückgefahren?«

»Ja«, sagte Florence bestimmt. »Unser Rückflug geht am Mittwoch. Ich wüste nicht, warum sie nicht mitfliegen sollte.«

»Gut. Dann treffen wir uns hier. Sie kommen heute?«

»Ich muss vorher nur noch ein, zwei Sachen erledigen.«

»Schön. Dann erwarte ich Sie heute Abend auf einen Drink bei mir im Hotel, in der schicken Bar hinter dem Foyer. Um achtzehn Uhr?«

»Ja, das passt. Ich bin da.«

»Rufen Sie mich auf dem Handy an, wenn Ihnen doch noch etwas dazwischenkommt.«

Nachdenklich legte Florence auf. Würde sie sich tatsächlich mit Greta treffen? Und was würde sie ihr erzählen?

Helen wüsste Rat. Helen hatte immer einen Plan.

VIERUNDVIERZIG

Eine halbe Stunde später hielt knatternd ein Motorroller vor dem Haus. Als Florence aus dem Fenster sah, schwang sich gerade Meg vom Sitz. Sie machte ihr die Tür auf.

»Ist Nick da?«, fragte Meg, ohne sich lange mit einer Begrüßung aufzuhalten.

»Nein, wieso?«

»Hast du heute schon was von ihm gehört?«

»Nein. Was ist denn los?«

»Er war vor zwei Stunden mit Liam und Jay zum Kiten verabredet. Aber es kann ihn keiner erreichen. In der Wohnung ist er auch nicht.«

»Ist er gestern Abend nicht mit den anderen nach Hause gefahren?«

»Nein, er wollte noch bleiben.« Meg wirkte verlegen. »Er hat sich mit Florence unterhalten. Natürlich komplett platonisch oder wie das heißt.«

Florence lächelte. »Das ist völlig okay. Er darf mit anderen Frauen reden.«

»Sagst du uns Bescheid, wenn du was von ihm hörst?«

Sie nickte.

Als Meg wieder gefahren war, setzte Florence sich ins Wohnzimmer. Sie hatte ein ungutes Gefühl, das sie nicht mehr ignorieren konnte. Der Kaffee wirkte als Wachmacher, und all die Fragen, die sie in der vergangenen Nacht nicht in Worte hatte fassen können, stürmten jetzt mit Macht auf sie ein.

Wie hatte Helen den Unfall ohne einen Kratzer überstanden? Wie genau war es ihr gelungen, sich aus dem sinkenden Auto zu befreien und an Land zu schwimmen? Hatte sie wenigstens den Versuch gemacht, Florence zu retten? Wieso konnte Florence sich an nichts erinnern, was in jener Nacht geschehen war? Nicht zu vergessen die Frage, die über allem stand: Warum hatte Helen sie angeheuert, um Seiten aus einem bereits veröffentlichten Buch abzuschreiben?

An Helens Geständnis war etwas faul. Sie hatte es viel zu freimütig abgelegt. Helen war genial, sympathisch und aufregend – aber offen und ehrlich? Das konnte man ihr nun wirklich nicht nachsagen.

Es sei denn, das Geständnis wäre gar keins gewesen.

Worauf sich sofort die Frage stellte, was Helen ihr noch verschwieg. Welche dunklen Geheimnisse mochte sie zu verbergen haben, wenn sie keinen anderen Ausweg gesehen hatte, als ihr den Mord an ihrer ältesten Freundin zu beichten?

Plötzlich wusste Florence, wo sie nach einer Antwort suchen konnte.

Nach ihrem vorgetäuschten Tod hatte Helen ihren Laptop in der Villa des Grenades zurücklassen müssen, damit nicht auffiel, dass etwas fehlte. Aber warum hatte sie ihn überhaupt nach Marokko mitgenommen? Und zwar zusätzlich zu dem von Florence, auf dem sie Helens Rohfassung abtippte und ihre Mails beantwortete.

Eilig googelte Florence »Mac-Passwort vergessen«. Wieso war sie nicht schon früher darauf gekommen? Es war das reinste Kinderspiel, ein Passwort zurückzusetzen.

Sie sprang, zwei Stufen auf einmal nehmend, nach oben auf ihr Zimmer und holte Helens Laptop aus der Schublade, in der sie ihn vor drei Tagen gefunden hatte. Er hatte keinen Saft.

Sie stöpselte ihn ein, drückte auf *Power* und auf *Command* und *R* gleichzeitig. Sie überprüfte noch mal die Anweisungen auf ihrem Rechner. Helens Laptop war jetzt im Recovery-Modus, und sie musste nur noch »reset password« eingeben.

Plötzlich erstarrte sie. Von unten drang ein Geräusch herauf. Sie lauschte angestrengt. Es war nur Amira, die leise vor sich hin sang. Kein Grund zur Sorge.

Sie beugte sich wieder über die Tastatur und ersetzte das existierende Passwort mit »Zoodeln«. Jetzt gab es kein Zurück mehr. Sobald Helen den Laptop das nächste Mal benutzte, wusste sie, dass Florence sich daran zu schaffen gemacht hatte.

Gespannt wartete Florence darauf, dass sich der Desktop öffnete. Doch ihre Aufregung hielt nicht lange an. Es waren weder Dateien noch Ordner zu sehen. Sie klickte Dokumenten-Ordner und Papierkorb an: beide leer. Sie öffnete den Internetbrowser, der Suchverlauf war gelöscht.

Florence klopfte mit den Fingern auf die Tastatur, sie überlegte. Dann googelte sie »gelöschte Dateien auf Mac wiederherstellen«. Gleich die ersten Treffer führten sie zu einer genau für diesen Zweck bestimmten Software, die sie sich für 1,99 Dollar schnell herunterlud. Eine neongrüne Statusleiste zeigte ihr die Fortschritte bei der Durchsuchung der Festplatte an: 50 Prozent, 80 Prozent – noch immer nichts.

Erst bei 87 Prozent gab der Computer das ersehnte *Ping* von sich. Das Programm war fündig geworden: ein Ordner mit dem Namen »Buch2«. Florence machte ihn auf. Er enthielt mehrere Dateien »Fassung01« bis »Fassung04«. Sie klickte die neueste Version an. Es war nicht der Roman von Paul Bowles, den sie wochenlang abgetippt hatte. Dieser Text war vollkommen neu für sie.

Auf der Titelseite stand:

Marokko Reset
Roman
von
Maud Dixon

Florence ging auf eine x-beliebige Seite und fing an zu lesen.

Lilian warf einen Blick auf Iris. Während der Fischer den schlaffen Tintenfisch in der Mittagshitze totprügelte, war ihre Freundin kalkweiß geworden. Obwohl Lilian sie brauchte, weil sie ihr die Rolle der nützlichen Idiotin zugedacht hatte, konnte sie ihre kleinmädchenhafte Naivität kaum ertragen. Vor Schwäche ekelte sie sich genauso, wie andere Menschen sich vermutlich vor Grausamkeit oder schlechten Manieren ekelten.

Florence hielt inne und atmete langsam aus. Sie hatte gar nicht gemerkt, dass sie die Luft angehalten hatte. Sie scrollte ans Ende des Dokuments.

Unauffällig steckte Lilian sechs Clonazepam-Tabletten ein. Der Arzt hatte ihr geraten, vor dem Flug eine halbe einzunehmen.

Ein letztes Mal checkte sie auf dem Handy den Weg zum Restaurant. Es war wirklich nur über die Rue Badr erreichbar.

Leise pochte es an ihrer Zimmertür. Iris war wirklich ein Waschlappen. Man hörte es sogar ihrem Klopfen an.

Florence knallte den Laptop zu. Nachdem sie ein paarmal tief durchgeatmet hatte, stand sie auf und schleppte sich auf wackeligen Beinen ins Badezimmer. Trocken würgend beugte sie sich über die Toilettenschüssel. Am Waschbecken drehte sie das heiße Wasser auf und hielt die Hände in den kochenden Strahl, bis ihre Haut brannte. Allmählich beruhigte sich ihr Atem. Sie betrachtete sich im Spiegel. Als sie die Fassung wiedererlangt hatte, drehte sie den Hahn zu.

Nachdem sie das Dokument auf dem Laptop geschlossen hatte, ohne noch einen einzigen Satz zu lesen, googelte sie die Nummer der Cairoer Polizei im Bundesstaat New York.

Sie benutzte das Telefon in der Küche. Nach einigem Warten, untermalt vom tutenden Freizeichen, ging jemand ran.

»Polizeidirektion Cairo.«

»Guten Tag, könnte ich bitte Detective Ledowski sprechen?«

Florence wurde auf einen anderen Apparat durchgestellt. »Ja?«

»Detective Ledowski?«

»Wer will das wissen?«

»Hier spricht Florence Darrow. Helen Wilcox' Assistentin.«

Eine kurze Pause. »Hoffentlich rufen Sie an, um mir zu sagen, mit welchem Flug ich sie zurückerwarten kann.«

»Sie möchte wissen, ob sie im Fall Jeanette Byrd als Verdächtige geführt wird.«

Er schnaubte verächtlich. »Sie ist nicht nur irgendeine Verdächtige oder sogar die Hauptverdächtige. Sie ist unsere *einzige* Verdächtige.«

»Und Jeanette Byrd wurde definitiv ermordet? Es könnte sich nicht um Notwehr gehandelt haben?«

»Bei zwei Kugeln im Hinterkopf? Das würde ich schon Mord nennen. Oder Hinrichtung, das trifft es noch besser.«

Florence legte auf. Sie musste sich erst mal setzen.

Sie hörte Helen sagen: *Deshalb bin ich nach oben gerannt und hab meine Waffe geholt.*

Was hatte Helen ihr am Vorabend noch erzählt? Sie zermarterte sich das Hirn. Was war sonst noch gelogen gewesen? Alles? Davon durfte sie wohl getrost ausgehen.

Und was hatte Helen mitten in der Nacht am Pool zu suchen gehabt? Was hatte sie dort getrieben? Nein, dachte Florence. Nein. Ein hässlicher Verdacht stieg in ihr auf, und sie schüttelte heftig den Kopf. Nein, das konnte nicht wahr sein.

Trotzdem sprang sie auf.

Sie rannte in den Garten, zu dem mit Algen zugewachsenen Pool, und starrte in die schwarzgrüne Tiefe. Nichts zu erkennen. Sie bückte sich nach einem Stein aus dem Blumenbeet und warf ihn hinein. Er hinterließ ein kleines Loch auf der Oberfläche, das sich gleich wieder schloss. Der Stein war spurlos verschwunden.

Nach einem Blick zurück auf das Haus krempelte Florence sich die Schlafanzughose hoch, aber die Hosenbeine rutschten immer wieder runter. Zuletzt zog sie die Hose einfach aus.

»Wollen Sie schwimmen?«

Sie fuhr herum. Amira stand auf der Terrasse, die Gießkanne in der Hand.

Florence nickte. »Ja, ich habe Lust dazu«, sagte sie mit gezwungener Fröhlichkeit.

»Ich hole ein Handtuch.«

»Danke.«

Vorsichtig betrat sie die erste Stufe im Becken. Sie schüttelte sich, das Wasser war kälter als erwartet. Dutzende langbeinige Insekten tummelten sich auf dem zähen, glitschigen Algenteppich.

Mit zusammengebissenen Zähnen stieg sie ganz hinein und watete durch das hüfthohe Wasser. Nichts.

Weitausholend spreizte sie die Beine seitwärts und vorwärts, bis sie fast den ganzen Teich abgesucht hatte. Sie kam sich einigermaßen lächerlich vor.

Doch dann fühlte sie auf einmal etwas. Da! Was war das?

Während sie mit dem Fuß hin und her tastete, hätte sie beinahe das Gleichgewicht verloren, denn das Wasser stand ihr bis zu den Achselhöhlen. Da. Da war es schon wieder.

Sie holte tief Luft, tauchte unter und machte die Augen auf, aber sie konnte nichts erkennen. Es drang kein Licht durch die schleimige Schicht. Als sie die Hände ausstreckte, stieß sie auf etwas Weiches – Stoff. Sie befühlte ihren Fund. Zähne. Eine Nase. Sie schob die Hand weiter. Eine ganze Handvoll Dreadlocks.

Prustend und Wasser spuckend kämpfte Florence sich an das flachere Ende des Pools zurück. »Fuck«, fluchte sie. »Fuck, fuck, fuck.«

Sie kletterte aus dem Wasser und schnappte sich das Handtuch, das Amira ihr hingelegt hatte.

»Fuck!«

Sie wickelte sich das Tuch um den Körper und lief ins Wohnzimmer. Mit den nassen Füßen wäre sie auf den glatten Fliesen fast ausgerutscht. Sie musste sich an der Wand festhalten. Wo war das Ding? Wo war Dan Masseys Karte? Auf dem Tisch lag sie nicht. Darunter auch nicht, auch nicht unter einem Sessel. Sie war verschwunden.

»Fuck.«

Sie griff sich den Laptop, googelte die Nummer für die

Botschaft in Rabat und lief zum Telefon in der Küche, wo sie Amira ein weiteres Mal erschreckte. Als sich am anderen Ende der Leitung eine aufgekratzte Stimme meldete, schrie sie so schrill »Dan Massey!« in den Apparat, dass sie sofort durchgestellt wurde.

»Massey hier.«

»Sie hat ihn umgebracht.« Florences Stimme schnappte über. »Sie hat ihn umgebracht.«

»Wie bitte? Wer spricht da?«

»Florence Darrow.«

»Ach, ich wollte Sie auch gerade anrufen.«

»Helen ist wieder da. Die echte Helen. Sie war hier. Sie hat meinen Freund getötet. Nick. Bitte, Sie müssen mir helfen.«

»Nicht so schnell, nicht so schnell! Und jetzt noch einmal von vorne, bitte.«

Florence atmete durch. »Gestern Abend ist Helen zurückgekommen. Meine Chefin, Helen Wilcox. Die Frau, deren Pass Sie mitgenommen haben. Und sie hat einen Menschen getötet. Sie hat Nick umgebracht.« Ihre Stimme brach. Sie erinnerte sich an den Ausflug in den Suk, als er lachend in Kaftan und Turban vor ihr gestanden hatte. Er war nur ein Junge, erst vierundzwanzig. Was hatte sie ihm bloß angetan? Und wen meinte sie mit »sie«? Wer war die eigentlich Schuldige? Helen oder sie selbst? Sie wusste es nicht mehr.

»Nick und wie weiter?«

»Nick. Nick.« Sie kannte noch nicht mal seinen Nachnamen. »Er liegt im Pool.«

»Ms Wilcox, hören Sie mir jetzt bitte genau zu, okay? Ich komme zu Ihnen, aber ich brauche mehrere Stunden für die Strecke. Vielleicht könnte Inspektor Idrissi schneller bei

Ihnen sein – ich rufe ihn an und gebe ihm Bescheid. Aber Sie sollten wissen, dass ich heute mit Florence gesprochen habe.«

»Wie bitte?«

»Sie hat mich ins Vertrauen gezogen.«

»Was soll das heißen?«

»Dass Sie verzweifelt einen Ausweg aus Ihrer misslichen Lage suchen. Dass Sie mit dem Gedanken an Suizid spielen. Mit der Flucht vor der Polizei. Dass Sie trinken und illegale Betäubungsmittel konsumieren. Sie hat mir sogar gesagt, dass Sie ihr zehntausend Dollar für ihren Pass geboten haben.«

»Nein, das war Helen! Und sie hat mir Ihre Visitenkarte weggenommen.«

»Wir wollen Ihnen alle bloß helfen, okay? Wir stehen auf Ihrer Seite. Gehen wir die Sache ganz ruhig an. Ich fahre jetzt los und bin in ungefähr fünf Stunden bei Ihnen. Sobald wir aufgelegt haben, rufe ich Idrissi an. Wenn ich ihn erreiche, müsste er es in zwanzig, fünfundzwanzig Minuten bis zu Ihnen schaffen, okay? Ich komme, so schnell ich kann. Bleiben Sie bis dahin, wo Sie sind, und tun Sie nichts Unüberlegtes.«

»Gut«, sagte Florence. »Aber beeilen Sie sich.«

Nachdem sie aufgelegt hatte, sank ihr Adrenalinspiegel wie das Meer bei Ebbe. Der Gang der Welt verlangsamte sich. Sie sah sich so, wie Amira sie sah. In einer schlammigen Pfütze stehend. Ohne Hose. Einen Laptop an die Brust gepresst, das Adapterkabel wie eine Schlange bei den Füßen.

Mit einem für Amira bestimmten »Sorry« lief sie nach oben. Sie war nass, sie zitterte, sie hatte Algen in Haaren und Wimpern.

Wie ein Mantra wiederholte sie bei sich den Satz: Idrissi kommt. Sie hätte nie gedacht, dass sie sich jemals so auf ihn freuen würde.

Zum ersten Mal seit dem Unfall ging sie in ihr eigenes Bad und schloss die Tür hinter sich ab. Sie ließ das Wasser in der Dusche laufen, bis es siedend heiß war. Über den Gips brauchte sie sich keine Sorgen mehr zu machen; er war schon nass.

Idrissi war unterwegs. Massey war unterwegs. Sie würde sie von der Wahrheit überzeugen. Whitney konnte eine eidesstattliche Erklärung abgeben. Ihre Mutter könnte herüberfliegen. Auf gar keinen Fall würde sie sich als Helen Wilcox ins Gefängnis stecken lassen. Sie musste nur Geduld haben. Auf Geduld und Ruhe kam es jetzt an.

Während sie sich abtrocknete, klopfte es leise an der Tür.

»Florence?«, sagte Helen.

Sie erstarrte. »Augenblick!«

»Alles okay bei dir?«

»Ja, alles super.«

»Amina hat uns den Lunch nach draußen gestellt. Zieh dich an und komm essen.«

»Bin gleich da.«

Helen ging wieder nach unten. Florence rubbelte sich das Gesicht trocken. Sie zog sich an und sah aus dem Fenster. Noch keine Spur von Idrissi. Aber sie konnte sich nicht den ganzen Tag im Badezimmer verstecken. Immerhin hatte sie einen Vorteil: Helen ahnte nicht, dass sie durchschaut war.

Als sie die Treppe herunterkam, sprach Helen auf der Terrasse mit Amira; ihre Handtasche stand auf dem Tischchen neben der Haustür. Florence vergewisserte sich, dass sie unbeobachtet war, und huschte hinüber. Die Tasche enthielt einen US-Reisepass. Sie nahm ihn heraus und öffnete ihn.

Es war ihr Pass. Was sonst? Da stand ihr vollständiger Name Florence Margaret Darrow, da stand ihr Geburtsdatum. Doch daneben prangte ein Foto von Helen Wilcox.

Sie steckte den Pass in ihre Gesäßtasche.

Wie hatte Helen das bewerkstelligt? War sie deswegen in Rabat gewesen? Nach ihren eigenen Recherchen wusste sie, dass Helen lediglich eine Fotokopie von Florences Pass und ihren Führerschein hätte vorlegen müssen. Und natürlich neue Fotos.

Amira hatte den Mittagsimbiss im Schatten auf der Terrasse angerichtet. Helen zupfte eine Weintraube vom Stiel und schob sie sich zwischen die Lippen.

»Na? Schön geduscht?«

»Ja, danke. Und wie war's in der Stadt?«

»Super. Ich bin deinen Freunden über den Weg gelaufen. Meg und diesem Jungen. Nick heißt er, oder?«

»Ach. Na, das ist ja nett.«

Florence setzte sich. Als sie das Glas Orangensaft, das an ihrem Platz stand, zum Mund führen wollte, dämmerte ihr, dass Helen sich eine ganze Weile daran hätte zu schaffen machen können. Sie tat nur so, als tränke sie einen Schluck, und stellte das Glas wieder hin. Ihr war schlecht. Sie konnte nichts essen. Ihre Hand zitterte. Sie versteckte sie unter dem Tisch. Wo blieb Idrissi?

Womöglich hatte Massey ihn gar nicht erreicht.

»Du siehst blass aus«, sagte Helen.

»Ich bin ein bisschen verkatert.«

Helen butterte sich ein Stück Brot. Um ihren Lippenstift nicht zu verschmieren, bleckte sie bei jedem Bissen die Zähne. Eine Mörderin. Lunch mit einer Mörderin, die zwei Menschen auf dem Gewissen hatte: Jenny und Nick. Und wahrscheinlich auch noch Ellis Weymouth, den Mann, für dessen Ermordung Jenny fünfzehn Jahre im Gefängnis gesessen hatte. Was war wahrscheinlicher? Dass aus zwei besten Freundinnen zwei gemeingefährliche Mörderinnen wurden? Oder dass eine von ihnen eine Psychopathin war, die der anderen aus Sadismus das eigene Verbrechen anhängte? Eins stand jedenfalls fest: Wer bedenkenlos jemanden umbrachte, hatte garantiert keine Skrupel, einen Unschuldigen hinter Gitter zu bringen. Auch wenn es sich dabei um die beste Freundin handelte.

Und jetzt hatte Helen ihren Pass gestohlen. Damit sie ihn benutzen konnte, musste sie natürlich zuerst die echte Florence Darrow für immer aus dem Weg schaffen.

Trotzdem blieb Florence wohl nichts anderes übrig, als mit Helen zusammen an einem Tisch zu sitzen, als wäre es das Normalste der Welt. Sie konnte sie nicht zur Rede stellen. Wer wusste schon, wozu Helen fähig war? Schließlich war sie in Cairo im Besitz einer Waffe gewesen, ohne dass Florence etwas davon ahnte. Nein, sie musste die Sache aussitzen, bis Hilfe kam.

Amira brachte eine Schüssel Geflügelsalat heraus. Nachdem sie sie abgestellt hatte, fragte sie Florence: »War schön, das Schwimmen?«

Florence erstarrte. Helen sah sie aus zusammengekniffenen Augen finster an. Nachdem Amira, die vergeblich auf eine Antwort gewartet hatte, wieder in der Küche verschwunden war, ballte Helen die rechte Hand zur Faust. Florence sprang so ungestüm auf, dass unter lautem Geschepper ihr Stuhl umfiel. Sie lief ins Haus und floh die Treppe hinauf, Helens Schritte hinter sich.

Florence rannte in ihr altes Zimmer und weiter durch bis ins Bad, wirbelte herum und schloss ab. Keuchend setzte sie sich auf den Boden, mit dem Rücken an die Tür gelehnt.

Eine Sekunde später klopfte es. »Ist alles in Ordnung mit dir?«, trällerte Helen.

Florence fuhr hoch und setzte sich in die Wanne. Sie zog die Knie bis zur Brust an.

Helen rüttelte an der Klinke, erst vorsichtig, dann immer heftiger. Zuletzt warf sie sich mit dem ganzen Gewicht gegen die Tür. Das Holz war zwar alt, aber dick und massiv, und es würde standhalten. Das Schloss, ein klobiges Teil aus Messing, sah ebenfalls sehr stabil aus.

Helen hielt inne. Keuchend stand sie auf der anderen Seite der Tür. Minutenlang war sonst nichts zu hören, nur zwei Menschen, die nach Luft rangen.

»Warum musstest du ihn umbringen?«, fragte Florence schließlich. »Er war doch nur ein harmloser, lieber Junge.«

Sie musste Helen zum Reden bringen, denn nur so konnte sie Zeit schinden, bis Idrissi kam. Aber vor allem versprach sie sich dadurch auch eine Erklärung.

Helen gab sich ahnungslos. »Wen soll ich umgebracht haben?«

»Das weißt du genau. Nick. Warum hast du Nick getötet?«

Diesmal fiel die Antwort schärfer aus. »Wenn du jemandem dafür die Schuld in die Schuhe schieben willst, schau in den Spiegel, Florence. Du hast ihn getötet. Seit du ihm gesagt hast, dass du Florence Darrow heißt, war er ein toter Mann. Damit hast du alles kaputtgemacht. Du willst Helen Wilcox sein? Nur zu, tu dir keinen Zwang an! Aber du kannst nicht beides haben. Du kannst nicht Helen und Florence sein. Das ist gierig. Und Florence Darrow bin jetzt ich.«

»Ich hab ihm gar nicht gesagt, dass ich Florence Darrow heiße«, rief Florence. »Bloß, dass Florence mein erster Vorname ist, ich mich aber später für meinen zweiten Vornamen – Helen – entschieden habe. Meinen echten Familiennamen habe ich ihm nicht verraten. Ich bin doch nicht blöd.«

»Du hast mir gesagt, dass er weiß, wie du heißt. Da musste ich natürlich annehmen, dass du den ganzen Namen meinst. Ich konnte kein Risiko eingehen. Du hättest dich eben klarer ausdrücken müssen. Jammerschade. Aber ich bleibe dabei: Sein Tod geht auf deine Kappe, nicht auf meine.«

»Er war doch nur ein harmloser, lieber Junge«, wiederholte Florence leise.

»Ach, Schwachsinn«, fauchte Helen. »Er war ein Kiffer, der nicht erwachsen werden wollte und die Kleine-Jungen-Masche nur abgezogen hat, um Frauen ins Bett zu kriegen.«

Florence schwieg.

Im nächsten Augenblick sagte Helen: »Moment mal eben – ich bin gleich wieder da.« Mit einem irren Lachen fügte sie hinzu: »Nicht weglaufen!«

Ihre Schritte entfernten sich eilig. Florence wartete ein paar Sekunden, dann öffnete sie die Tür einen Spaltbreit und spähte hinaus. Das Zimmer war leer. Sie lief zum Fenster und schaute hinunter. Von Idrissi war noch immer nichts zu sehen. Sie drehte sich um. Wohin konnte sie fliehen? Helen kam bereits wieder die Treppe heraufgelaufen. Florence schlüpfte zurück ins Badezimmer und schloss die Tür ab.

»So, wo waren wir stehen geblieben?«, fragte Helen.

»Helen, sag mir bitte einfach, was los ist. Und diesmal will ich die Wahrheit hören.«

Helen antwortete nicht gleich, aber dann: »Hier, sieh dir das an.« Sie schob einen zusammengefalteten Zettel unter der Tür durch. »Das erklärt alles.«

Misstrauisch musterte Florence die Nachricht. Was könnte da bloß draufstehen? Sie stützte sich auf dem Badewannenrand ab und stemmte sich hoch. Sie hatte sich kaum zum Stehen aufgerappelt, da krachte es dumpf und das Holz zersplitterte auf Hüfthöhe. Das Geräusch war unverwechselbar. Helen hatte in die Tür geschossen, und die Kugel war im Holz stecken geblieben.

»Helen!«, schrie Florence. »Bist du wahnsinnig geworden?«

Hinter der Tür erklang gedämpftes Lachen. »Einen Versuch war es wert.«

Florence duckte sich schnell wieder in die Wanne und fischte mit der Saugglocke nach dem Zettel. Sie faltete ihn auseinander. Er war leer.

Eine Zeit lang herrschte Schweigen. Helen pochte, wohl mit der Waffe, immer wieder leicht gegen die Tür. Vielleicht, weil ihr langweilig war. Florence zog sich ein Handtuch vom schweren Messinghalter an der Wand und legte es zusammengefaltet unter sich in die Wanne.

»Amira muss den Schuss gehört haben«, sagte Florence. »Bestimmt hängt sie schon am Telefon und ruft die Polizei.«

»Ich hab sie nach Hause geschickt.«

Verdammt.

Es wurde Zeit, ihre Trümpfe auf den Tisch zu legen. »Auch egal. Ich habe die Polizei längst verständigt. Vor dem Mittagessen. Die sind schon unterwegs.«

Helen verharrte. »Bullshit.«

»Nein, das stimmt. Ruf Dan Massey in der Botschaft an. Du kannst ihn fragen.«

»Du lügst. Ich merke dir an, dass du lügst. Ich rühre mich nicht vom Fleck, bis du rauskommst, Florence. Und irgendwann musst du rauskommen, das weißt du selber.«

Florence kniff die Augen zusammen. Idrissi musste jede Minute eintreffen. Er würde sehen, dass sie mit der Waffe bedroht wurde. Und damit wäre der Verdacht gegen sie entkräftet.

»Du hast den Autounfall inszeniert«, sagte sie nach einer Weile. »Ich solltе sterben, damit du meine Identität annehmen kannst.«

»Wow! Bravo!«

Entgegen jeder Logik war Florence tatsächlich gekränkt. Schließlich hatte ihr ganzes Streben in den vergangenen Wochen nur dem Zweck gedient, von Helen gemocht zu werden. Stattdessen hatte die versucht, sie umzubringen. So ging man nicht mit Menschen um, für die man etwas übrighatte.

»Wie hast du es angestellt?«

»Mensch, Florence, hast du noch nie einen Krimi gesehen? Ich hab dich betäubt; ich hab den Schalthebel auf Neutral gestellt; ich hab geschoben. Ende Gelände. Na ja, leider nicht ganz. Und deshalb haben wir jetzt den Salat. Der verfluchte Fischer. Was hatte der um die Uhrzeit überhaupt draußen auf dem Wasser zu suchen?«

»Warum hast du mich nicht einfach Helen Wilcox sein lassen?«, fragte Florence. »Wenn du von vornherein wusstest, dass ich mich als du ausgeben würde? Warum bist du wiedergekommen?«

»Na, wegen dem Geld natürlich.«

»Wegen was für Geld?«

»Wegen meinem Geld. Ich habe dir alles vererbt. Helen Wilcox muss sterben, damit Florence Darrow die Kohle kriegt. Und Florence Darrow bin ja nun ich.«

Ob sie es wollte oder nicht, Florence musste die elegante Planung einfach anerkennen. Helen konnte unbehelligt als Florence Darrow weiterleben und auf vollkommen legale Weise an ihr Geld kommen.

»Aber warum hast du mich überhaupt in die Geschichte

reingezogen? Hättest du dir nicht einfach einen falschen Pass besorgen können oder so?«

»Kannst du mir vielleicht verraten, wo, Florence? Im Laden für falsche Pässe? Gibt's da auch Sozialversicherungsnummern? Und Bonitätsauskünfte? Woher soll ich denn wissen, wo man gefälschte Papiere bekommt?«

»Du wolltest mich einfach umbringen?«, fragte Florence leise. »Ohne die leisesten Skrupel?«

Ein Seufzer. »Ich dachte, ich hätte mich dir gegenüber klar ausgedrückt. Jeder ist seines Glückes Schmied. Jeder tut, was er tun muss, um zu überleben.«

Florence schwieg. Es stimmte ja, Helen hatte ihr nie etwas vorgemacht.

Helen schlug einen etwas sanfteren Ton an. »Anfangs hatte ich nicht unbedingt vor, dich umzubringen. Wenn Jenny nach einem halben Jahr friedlich verrottet gewesen wäre, hätte ich dich einfach gefeuert und mich weiter des Lebens erfreut. Aber nach dem Besuch von Detective Ledowski stand für mich fest, dass alles herauskommen würde. Wir mussten schleunigst das Land verlassen. Und nachdem ich dann auf meiner Nest Cam gesehen hatte, dass die Leiche gefunden worden war, wurde es höchste Zeit, den Plan in die Tat umzusetzen.«

»Auf deiner *was*?«

»Auf der Kamera von meinem Überwachungssystem zu Hause. Überall auf dem Grundstück sind Kameras installiert. Die Polizei hat Jenny einen Tag nach unserer Ankunft in Semat gefunden.«

»Das ist auch noch so eine Frage: Warum sind wir überhaupt in Semat? Offensichtlich nicht, um für dein neues Buch zu recherchieren, das ja bloß ein billiges Paul-Bowles-Plagiat ist.«

»Sag bloß, das hast du gemerkt? Na, du konntest ja wohl kaum von mir erwarten, dass ich einen ganzen Roman schreibe, nur damit du was zum Abtippen hast. Warum wir hier sind? Wegen der Rue Badr. Wenn du nach den gefährlichsten Straßen in Marokko googelst, ist sie der erste Treffer.«

Die Lilian in dem Manuskript auf Helens Laptop checkte auf dem Handy mehrmals die Route nach Dar Amal – über die Rue Badr. »Ich hab deinen neuen Roman gefunden«, sagte Florence. »Den echten. *Marokko Reset*.«

»Der ist gut, was?« Der Stolz in Helens Stimme war unüberhörbar.

Florence ging nicht darauf ein. »Jetzt verstehe ich es endlich. Deine Bücher sind überhaupt keine Romane. Wahrscheinlich fehlt dir dazu die Fantasie. Jedes Wort in *Mississippi Foxtrott* entspricht den Fakten. Du hast den Mann umgebracht und Jenny dafür ins Gefängnis wandern lassen, obwohl sie unschuldig war.«

»So unschuldig war sie auch wieder nicht. Sie hatte die Aufgabe, ihn betrunken zu machen. Und das hat sie. Wir wollten bloß ein bisschen Spaß mit ihm haben … aber dann konnte ich nicht mehr aufhören. Ich konnte einfach nicht mehr aufhören. Es war das beste Gefühl aller Zeiten.«

»Und für dein zweites Buch brauchtest du eine zweite Story.«

»Ja, ich gebe es zu. Ich brauchte neuen Stoff. Aber natürlich hätte mir dein Tod auch den besten Ausweg aus dem Chaos geliefert, das Jenny angerichtet hat. Außerdem hatte ich die Nase voll von dem Leben in Cairo. Es war langweilig.« Sie senkte die Stimme. »Wenn das einer verstehen kann, dann du, Florence. Den Wunsch, sich in jemand anderen zu verwandeln. Das Leben hat so viele unterschiedliche Facetten. Was wäre es für ein Jammer, wenn man immer nur ein und dasselbe leben dürfte – vor allem das, in das du und ich hineingeboren wurden. Als ich dich das erste Mal sah, habe ich die suchende Seele in dir gespürt. Das war mit ein Grund, warum ich dich ausgewählt habe. Ich wusste, du könntest dein altes Leben wie einen alten Mantel abstreifen.«

»Ausgewählt?«

»Ja, als meinen neuen Mantel.«

Bei dieser Antwort fiel es Florence wie Schuppen von den Augen. Es war gar kein Glück gewesen, dass sie Helens Assistentin geworden war. Helen hatte sie ganz bewusst ausgesucht. Florence hätte sich niemals gegen andere qualifizierte Bewerberinnen durchsetzen können – schließlich war sie gerade gefeuert worden, weil sie die Familie ihres Chefs gestalkt hatte. Was Helen gesucht hatte, war keine fähige Assistentin, sondern eine neue Identität.

Ihr fiel wieder ein, dass sie ihre LinkedIn-, Instagram- und Facebook-Accounts in Helens Suchverlauf entdeckt hatte. Eines musste man ihr lassen: Sie hatte gründlich recherchiert. So lange, bis sie eine Frau fand, die aussah wie sie und die niemand vermissen würde. Einen besseren »Mantel« als Florence Darrow konnte man sich nicht wünschen. Helen hatte ihre Ermordung schon geplant, bevor sie sich das erste Mal begegneten.

Damit war klar, dass Florence sie nicht von ihrem Vorhaben würde abbringen können, und wenn sie sich den Mund fusselig redete. Ihr blieben nur zwei Möglichkeiten: weiter auf Zeit spielen oder kämpfen. Sie sah sich unauffällig nach einer möglichen Waffe um.

»Und was hast du jetzt vor?«, fragte sie. »Willst du mich erschießen? Oder schmeißt du mich auch in den Pool?«

»Eigentlich wollte ich dir eine Überdosis spritzen; ich hab sogar Massey schon erzählt, dass du auf Heroin bist – also Helen Wilcox. Aber ich vermute schwer, dass du mir nicht freiwillig deinen Arm hinhältst, auch wenn ich noch so lieb bitte, bitte sage, oder?«

»Fick dich, Helen.«

»Dabei wäre der Gedanke gar nicht mal so abwegig, Florence. Ohne unnötig grausam sein zu wollen, aber was hast du denn schon, wofür es sich zu leben lohnt? Dein Leben ist leer. Das hab ich deinen Texten sofort angemerkt.«

»Soll ich auch erst wen umbringen, damit ich etwas habe, worüber es sich zu schreiben lohnt? Geht eine Schreibblockade heutzutage bei einem Mordprozess als mildernder Umstand durch?«

Helen lachte. »Ich sag's ja. Du kannst dir noch nicht mal selber was einfallen lassen, sondern musst mir meine Idee klauen. Aber was hältst du davon? Ich überweise deiner Mutter hunderttausend Dollar, wenn du jetzt aus dem Badezimmer kommst und schön mitspielst. Überleg es dir.«

Florence musste ebenfalls lachen. »Meine Mutter ist mir scheißegal. Ich lass mir von dir keinen Schuss verpassen.«

Helen seufzte. »Auch gut.«

Sie schwiegen. Plötzlich hallte ein lautes metallisches Scheppern durch den Raum. Florence duckte sich in die Wanne. Als das Echo verklungen war, lugte sie über den Rand. Helen hatte auf das Schloss geschossen. Es hing etwas schief im Holz, aber es war noch drin. Wie viele Kugeln mochte Helen wohl noch in der Waffe haben?

Wieder krachte ein Schuss. Das Schloss klapperte in der

Tür. Helen hämmerte darauf ein. Florence sprang auf. Das Schloss war fast völlig herausgesprengt. Noch ein Schlag, und Helen wäre drin.

»Warte!«, rief Florence hilflos. »Warte!«

Helen trat die Tür ein.

FÜNFUNDVIERZIG

Florence drückte sich neben der Tür mit dem Rücken an die Wand, die Handtuchstange aus Messing, die sie losgeschraubt hatte, fest im Griff. Kaum hatte Helen das Bad betreten, holte Florence mit ihrer provisorischen Waffe aus und schlug sie ihr mit solcher Wucht auf den Schädel, dass der Knochen knackte.

Dann rannte sie los. Sie war schon halb an der Treppe, die Stange noch in der Hand, als hinter ihr etwas klappernd auf den Badezimmerfliesen landete.

Die Waffe.

Im Bruchteil einer Sekunde traf sie eine Entscheidung. Sie drehte sich um und lief zurück.

Helen lag auf den Knien und hielt sich mit beiden Händen den Kopf. Zwischen ihren Fingern schoss Blut hervor. Florence griff sich die Waffe, die neben der Toilette lag, und richtete sie auf sie.

Helen sah hoch, aber sie rührte sich nicht.

So verharrten sie eine Weile, wie in Raum und Zeit festgefroren, bis Florence ein heruntergefallenes Handtuch aufhob und es Helen zuwarf. Sie knüllte es zusammen, drückte es sich auf den Hinterkopf und lehnte sich an den Türrahmen.

Ohne sie aus den Augen zu lassen, die Waffe unverwandt auf sie gerichtet, stieg Florence über sie hinweg und trat noch einmal an das Fenster in ihrem Zimmer. Sie warf kurz einen Blick nach draußen. Von Idrissi immer noch keine Spur.

Florence wandte sich wieder Helen zu. »Ich dachte, das wäre alles nur Show«, sagte sie. »Deine Abgebrühtheit. Deine harte Masche: Ich schulde keinem was.«

»Ich habe es nicht nötig, der Welt etwas vorzuspielen«, gab Helen mit heiserer Stimme zurück. »Im Gegensatz zu dir.«

»Ich spiele auch keine Rolle«, sagte Florence.

Helen schnaubte. »So ein Quatsch. Du hast mich doch vom ersten Tag an nachgeahmt. Meinst du, das hätte ich nicht gemerkt? Dass du dich plötzlich für die Oper, für Wein und fürs Kochen interessierst? Darf ich dich zitieren, wie du mich zitierst? ›Ich sterbe vor Hitze.‹ Schau dich doch an. Du trägst sogar meine Klamotten.«

Florence blickte an dem Kleid hinunter, das sie trug. »Na und?«, rief sie. »Ich habe mein Leben gehasst! Ich wollte etwas Besseres. Ist denn das so schlimm?«

»Dann baut man sich ein besseres Leben auf«, sagte Helen. »Man klaut sich nicht einfach eins.«

Florence schwieg, ihr Gesicht brannte. Was für eine gequirlte Scheiße! Jeder stahl, einschließlich Helen. Sie hatte Jenny bestohlen. Sie hatte denjenigen bestohlen, der ihr Verdi und Châteauneuf-du-Pape nähergebracht hatte.

Nein, Florence würde sich nicht rechtfertigen. Sie hatte die Schnauze voll von Entschuldigungen. Sie konnte sein, wer sie wollte, ganz gleich, was es sie kostete. Sie nahm die Waffe, die sie hatte sinken lassen, wieder hoch und richtete sie auf Helen. Ein grausames Lächeln umspielte ihre Lippen.

»Ein Vorschlag.« Helen klang nun doch etwas besorgter. »Wir teilen uns das Geld.« Von ihrem rechten Ohrläppchen tropfte Blut.

Florence schüttelte belustigt den Kopf.

»Okay, du kannst alles haben, auch Maud Dixon. Ich fange noch mal von vorne an.«

Erneutes Kopfschütteln.

Helen hielt inne. Sie lächelte verkniffen, ihre Augen leuchteten aus dem blutverschmierten Gesicht. »Du erschießt mich nicht, Florence. Ich kenne dich. Dafür hast du nicht die Nerven.«

Schwankend kam sie zum Stehen hoch und lehnte sich an den Türpfosten, um nicht umzukippen.

»Stopp«, sagte Florence. »Setz dich wieder hin.«

Helen schleppte sich auf wackeligen Beinen durch das Schlafzimmer zur Tür. »Hast du aus meiner Geschichte denn gar nichts gelernt, Florence?«, fragte sie, sich nach ihr umblickend. »Wenn du mir eine Kugel in den Rücken verpasst, kannst du nicht auf Notwehr plädieren.«

Florence sah hilflos mit an, wie der Abstand zwischen ihnen immer größer wurde. »Stopp!«, wiederholte sie.

Helen blieb direkt in der Türöffnung stehen, das Gesicht nach vorne gewandt, sodass Florence nur von hinten auf sie hätte schießen können. »Was für eine Verschwendung«, sagte sie leise. »Ich hätte Florence Darrow groß und berühmt gemacht. Aber du? Du bist ein Niemand. Eine Null.«

Florence holte tief Luft.

Keine halben Sachen mehr.

Mit drei schnellen Schritten war sie hinter Helen, die direkt an der Brüstung zum Innenhof stand. Florence stieß sie mit voller Wucht in den Rücken.

Helen taumelte, sie schwankte und fuchelte mit den Armen. Aber sie geriet aus dem Gleichgewicht und stürzte kopfüber in die Tiefe.

Mit einem dumpfen Klatschen schlug sie auf den Fliesen

auf. Florence lugte über die Brüstung. Helen lag auf dem Rücken, die Augen geöffnet, den Blick leer.

Plötzlich entrang sich ihr ein leises Stöhnen.

Florence hastete nach unten. Um Helens Kopf hatte sich ein Kreis aus Blut gebildet, wie ein Heiligenschein. Ihre Blicke trafen sich. In Helens Augen lag echte Angst.

»Hilfe«, blubberte sie und fuhr sich mit der Zunge über die Lippen. »Hilf mir.«

Florence lief kurz ins Wohnzimmer. Als sie wieder bei Helen war, sagte sie zu ihr: »Alles wird gut.«

»Arzt?«

»Nein. Sorry. Ich meinte, alles wird gut für mich.«

Sie hob das Sofakissen hoch und drückte es Helen aufs Gesicht. Die versuchte noch, sich zu wehren, aber ihr Körper war viel zu zerschmettert. Florence hielt den Druck aufrecht, bis ihr die Arme wehtaten. Langsam wurde sie auch nervös. Hoffentlich kam Idrissi nicht ausgerechnet jetzt. Irgendwann erstarb Helens krampfhaftes Zucken.

Als sie sich nicht mehr bewegte, nahm Florence das Kissen weg. Helen starrte sie aus toten, glasigen Augen an.

Mit knirschenden Reifen fuhr draußen ein Auto vor.

SECHSUNDVIERZIG

Als Idrissis breite Silhouette in der Tür erschien, stürzte Florence sich in seine Arme. Dem Polizisten war die Umarmung sichtlich unangenehm.

»Gott sein Dank, dass Sie da sind!«, rief sie.

Als sein Blick auf die leblose Gestalt fiel, die hinter ihr auf dem Boden lag, spannte er die Muskeln an. Sanft, aber bestimmt löste er sich von Florence und kniete sich neben Helen auf den Fußboden. Mit zwei Fingern an der Halsschlagader fühlte er ihren Puls. Eine ganze Minute verharrte er fast reglos in dieser Position, nur hin und wieder ein, zwei Millimeter weiter tastend, dann drehte er sich langsam zu Florence um. In seinen dunklen Augen spiegelten sich Trauer und Entsetzen.

Er stand auf und telefonierte kurz. Nachdem er das Handy wieder eingesteckt hatte, sagte er zu Florence: »Das ist Ihre Freundin. Die nach Marrakesch zurückgefahren ist.« Ihr war nicht ganz klar, ob es eine Feststellung oder eine Frage sein sollte.

»Das ist Helen Wilcox«, antwortete sie.

Er warf einen Blick auf den Leichnam, dann sah er Florence wieder an.

»Und Sie sind?«

»Florence Darrow«, flüsterte sie. Und lauter noch einmal: »Ich bin Florence Darrow.«

Den ganzen Nachmittag über gaben sich die Polizeibeamten in der Villa des Grenades die Klinke in die Hand. Einige Stunden nach Idrissi traf auch Dan Massey aus der Botschaft ein. Er hatte Helen Wilcox' Pass mitgebracht, den er Florence vor zwei Tagen abgenommen hatte.

Mit knackenden Gelenken kniete er sich hin, um das Foto mit dem Gesicht der Toten zu vergleichen. An der Heftigkeit, mit der er das Dokument wieder zuklappte, erkannte Florence, dass er seinen Irrtum eingesehen hatte. Sie war also doch nicht Helen Wilcox.

Danach saß Florence fast eine Stunde lang mit Massey und Idrissi im Wohnzimmer und erklärte ihnen, was passiert war. Helen habe versucht, sie zu töten, und ihr anschließend die Identität gestohlen, weil sie wusste, dass die Leiche auf ihrem Cairoer Grundstück entdeckt worden war. Zuerst habe sie den Autounfall inszeniert, dann sei sie wieder zurückgekommen, um sie ein für alle Mal aus dem Weg zu räumen. Was ihr ja auch um ein Haar gelungen wäre.

Obwohl sie ihre Aussage mehrere Male wiederholen musste, machte Florence sich keine Sorgen. An den Fakten war nicht zu rütteln, denn sie entsprachen der Wahrheit, auch wenn man es kaum glauben mochte. Den Namen Maud Dixon erwähnte sie kein einziges Mal. Sie behauptete, Helen wäre beim Kampf um die Waffe über die Brüstung gestürzt.

»Sie haben also geglaubt, Ihre Arbeitgeberin wäre bei dem Autounfall ums Leben gekommen, und kein Wort darüber verlauten lassen?«, fragte Idrissi ungläubig. »Zu niemandem?«

Florence zuckte nur mit den Schultern.

»Aber wenn sie überlebt hätte? Wenn man sie hätte retten können?«

»Aber sie hat ja noch nicht mal mit im Auto gesessen«, antwortete Florence und erlaubte sich ein leises Schmunzeln.

Idrissi starrte sie an.

»Erzählen Sie mir noch einmal, was sich während des Kampfes oben auf der Galerie abgespielt hat«, befahl er.

Mit brechender Stimme schilderte sie ihm das Geschehen erneut. »Sie hat mich mit der Waffe bedroht. Ich habe mich auf sie gestürzt. Wir haben um die Waffe gerungen. Dabei ist Helen über die Brüstung gefallen.« Sie rieb sich die Augen, bis sie rot und wund waren.

Der Marokkaner musterte sie noch immer skeptisch.

»Sie wissen doch genau, dass sie schon einmal versucht hatte, mich zu töten«, sagte Florence mit einigem Nachdruck. »Bei dem Autounfall. Sie hat ihre beste Freundin ermordet. Ich konnte es mir nicht leisten, sie noch einmal zu unterschätzen.«

Massey ergriff das Wort. »Wir waren alle ihre Marionetten«, murmelte er.

Idrissi und Florence sahen ihn erstaunt an.

Der Amerikaner hatte während Florences Aussage die meiste Zeit geschwiegen, kaum eine Zwischenfrage gestellt und oft mit dem Kopf genickt. Die Sache war ihm peinlich. Er hatte ihr nicht geglaubt und war auf Helens Lügen hereingefallen.

Höchste Zeit, den beiden Männern von dem Toten im Pool zu erzählen.

Damit löste Florence abermals hektischen Aktionismus aus. Sie konnte nicht zusehen, wie Nicks Leiche gefunden, geborgen, fotografiert und weggebracht wurde.

Auf Masseys Gesicht machte sich nach und nach die Erkenntnis breit, dass Nick noch am Leben wäre, wenn er ihr geglaubt hätte. Da wusste sie, dass er den Fall genauso dringend abschließen wollte wie sie.

Idrissi war der Einzige, der vor Wut und Zweifeln schäumte. Aber was konnte er machen? Er hatte zwar den Verdacht, dass an ihrer Story nicht alles stimmte, aber keinerlei Beweise, dass sie tatsächlich etwas verbrochen hatte.

Zuletzt erteilte er ihr dann doch die Erlaubnis, am nächsten Morgen nach Marrakesch zurückzukehren. Schließlich würde es keinen Mordprozess geben. Die Täterin war tot.

SIEBENUNDVIERZIG

Vierundzwanzig Stunden später stand Florence in der Avenue Hommane Al Fatouaki in Marrakesch vor dem beeindruckenden Bogentor des Hotels La Mamounia. Sie schritt hindurch, in einen üppig bepflanzten Innenhof mit Olivenbäumen und Palmen. Ein Gebäude mit einer prachtvollen Fassade schimmerte durch das Grün.

Von ihrem Hotel, unweit von dem, wo sie mit Helen abgestiegen war, bis zu diesem Schmuckstück hatte sie nur wenige Minuten gebraucht. Diesmal hatte sie sich in dem engen Gassengewirr erstaunlich gut zurechtgefunden, und als sie in die belebte Allee eingebogen war, fühlte sie sich durch das Chaos eher gestärkt als überfordert.

Obwohl es schon dämmerte, trug sie eine Sonnenbrille und den breitkrempigen Strohhut, den sie am Nachmittag im Suk gekauft hatte.

Zwei Männer in Umhängen und mit weißen Fezen stemmten die schwere Flügeltür für sie auf, über der eine hell leuchtende Laterne hin und her schwang.

Mit einer Yves-Saint-Laurent-Boutique und einem berühmten Pariser Macaron-Shop strahlte das Foyer die Atmosphäre einer Luxusmall aus, ein marmorverkleideter Konsumtempel des obersten Preissegments. Helen hatte recht gehabt: Die kostbarsten Segnungen des Reichtums waren Freiheit und Alleinsein.

Nachdem Idrissi und Massey die Villa des Grenades endlich verlassen hatten, hatte Florence am gestrigen Abend noch Greta angerufen und ihre Verabredung um einen Tag verschoben. Ohne einen Grund zu nennen.

Die Agentin saß in einer schummrigen Ecke der Churchill Bar hinter der Rezeption, vom Schein ihres Handydisplays unheimlich beleuchtet, die Lesebrille auf der Nasenspitze.

Sie fuhr zusammen, als Florence sie begrüßte.

»Gott, was haben Sie mich erschreckt!« Sie nahm die Brille ab und klappte sie zusammen. »Kommen Sie, setzen Sie sich.«

Florence nahm in dem plüschigen Samtsessel ihr gegenüber Platz.

»Da ist ja schon unser Mann.« Greta winkte einen Kellner in burgunderroter Weste heran. »Bestellen Sie sich, was Sie möchten.«

»Ich nehme das Gleiche wie Sie«, sagte Florence und deutete auf das fast leere Weinglas der Agentin.

Greta bestellte. »Zwei Pinot noir.« Der Mann nickte und verschwand genauso unauffällig, wie er gekommen war.

»Was ist denn mit Ihnen passiert?« Mit fragendem Blick musterte Greta Florences Verletzungen.

»Tja, das ist ein Kapitel der Geschichte, die ich Ihnen erzählen muss. Aber seien Sie gewarnt: Es gibt kein Happy End.«

Greta hob die Augenbrauen. »Okay. Ich bin ganz Ohr.«

Als der Kellner den Wein servierte, schwiegen sie, bis er die Gläser auf weißen Spitzenuntersetzern abgestellt und sich wieder entfernt hatte. Florence trank ein Schlückchen und begann:

»Was würden Sie sagen, wenn *Mississippi Foxtrott* gar kein Roman, sondern ein Tatsachenbericht wäre? Wenn der Mord tatsächlich stattgefunden hätte und Helen Wilcox die Mörderin wäre?«

Sie beobachtete Greta genau. Auf deren Zügen wechselte sich ungläubiges Staunen mit einem dunklen Unbehagen ab, als hielte sie es beinahe für denkbar, dass Florence doch nur einen geschmacklosen Witz machte. So oder so, sie war geschockt, das stand außer Frage. Florence war sich nicht sicher gewesen, ob sie nicht vielleicht doch vom ersten Tag an in Helens Geheimnis eingeweiht gewesen war.

»Fangen wir ganz am Anfang an«, sagte sie.

Sie erzählte, was zwischen den Teenagern Jenny und Helen vorgefallen war, dass Helen einen Mann getötet und ihre Freundin dafür ins Gefängnis hatte wandern lassen. Dass diese Freundin ihr nach ihrer vorzeitigen Entlassung im Februar einen Besuch abgestattet hatte und von Helen getötet worden war.

Greta, die ihr die ganze Zeit stumm zuhörte, fiel ihr nur einmal ins Wort, als sie zu der Stelle mit dem Komposthaufen kam: »Florence, das sind ja unglaublich schwerwiegende Anschuldigungen. Haben Sie dafür irgendwelche Beweise?«

»Man kann es googeln«, antwortete Florence. »Sie brauchen nur ›Helen Wilcox Cairo New York‹ einzugeben.« Die ersten Lokalblätter hatten bereits über den Fall berichtet. Für eine Kleinstadt wie Cairo war die Entdeckung einer Leiche im Kompost eine echte Sensation.

Nach kurzem Zögern tippte Greta die Suchbegriffe in ihr Handy. Sie wurde aschfahl im Gesicht.

»Großer Gott«, hauchte sie.

Florence erzählte weiter. Sie führte aus, warum Helen sie eingestellt hatte, nämlich, um ihren eigenen Tod vorzutäuschen und Florences Identität anzunehmen. Dass sie sogar ihr Testament geändert hatte, um sich selbst das Geld zu vererben.

Greta schüttelte den Kopf. »Ich fand es gleich merkwürdig, dass sie eine Assistentin anheuern wollte. Das ergab keinen Sinn. Ihre Anonymität war ihr doch heilig.«

Endlich kam Florence zu dem Autounfall. »Daher habe ich den Gips«, sagte sie. Als sie erzählte, wie Helen in die Villa des Grenades zurückgekommen war, um ihr mörderisches Werk zu vollenden, kamen ihr die Tränen.

»Sie hatte eine Waffe, Greta. Ich wusste nicht, was ich machen sollte.«

»Eine Waffe? Wo hatte sie die denn her?«, fragte Greta verwundert.

»Aus Rabat, glaube ich. Wo sie auch den Pass hat machen lassen. Die Polizei geht der Sache nach.«

Ob das wirklich so war? Sie glaubte es kaum. Massey stellte mit Sicherheit keine weiteren Nachforschungen an. Idrissi wäre es eher zuzutrauen. Florence machte sich deswegen jedenfalls keinen Kopf. Was auch immer die Polizei in Rabat herausfand, würde ihre Aussage nur bestätigen. Helen war die Schuldige, sie selbst das Opfer.

»Die Polizei …?«, sagte Greta. »Dann ist Helen jetzt in Haft?«

Florence schüttelte den Kopf. Eine Träne lief ihr über die Wange. »Ich bin noch nie mit einer Waffe bedroht worden«, stieß sie gepresst hervor.

Greta schnappte nach Luft. »Um Gottes willen, Florence! Was ist passiert?«

»Es war der reine Überlebensinstinkt. Ich hab mich auf sie gestürzt, bevor sie abdrücken konnte. Bei dem Kampf um die Waffe ist Helen über die Brüstung gekippt und in den Innenhof gestürzt. Die Polizei sagt, sie war auf der Stelle tot.«

Greta riss die Augen auf. »Helen ist tot?«

Florence nickte.

»O Gott!«

Sie schwieg, während Greta die Nachricht verarbeitete.

»O Gott!«, wiederholte sie schließlich und schüttelte den Kopf.

»Es tut mir so leid.«

Greta legte Florence die Hand auf den Gips. »Mir auch. Es muss furchtbar gewesen sein, Helen so sterben zu sehen.«

»Es war grauenhaft. Ich frage mich die ganze Zeit, ob ich etwas hätte anders machen können.«

»Das dürfen Sie nicht. Sie haben sich nichts vorzuwerfen. Ihnen blieb doch gar nichts anderes übrig. Sie wurden ja mit einer Waffe bedroht.«

»Ach, vielleicht hätte ich mich mehr bemühen müssen, sie zur Vernunft zu bringen.«

»Helen Wilcox zur Vernunft bringen? Daran sind schon ganz andere gescheitert – und das unter wesentlich günstigeren Umständen.«

Florence lächelte traurig. »Wie wahr.«

Greta schüttelte noch einmal den Kopf. »Ich kann es einfach nicht fassen.«

»Ich weiß. Ich stehe selber noch unter Schock.« Florence hielt inne. »Und dabei habe ich nicht mal halb so viel zu verlieren wie Sie.«

Greta hob den Kopf und musterte Florence scharf. »Inwiefern?«

»Na, weil mit Helen natürlich auch Maud Dixon gestorben ist.«

»Florence, Sie dürfen mir glauben, das ist momentan nicht meine wichtigste Sorge«, sagte Greta. Ihr Ton ließ die übliche Zuversicht vermissen.

»Natürlich nicht. Es ist furchtbar, dass Helen nicht mehr lebt, aber es ist auch eine Tragödie, dass die Welt nie wieder ein neues Buch von Maud Dixon zu lesen bekommen wird. Sie war ja so begabt.«

Die Agentin nickte und schwenkte den Wein im Glas. »Das ist wahr.«

Sie schwiegen. Allmählich füllte sich die Bar. Florence gönnte sich noch einen Schluck. Der Pinot noir schmeckte ihr, er war nicht so schwer und dunkel wie der Châteauneuf-du-Pape, den Helen am liebsten getrunken hatte.

Greta starrte ausdruckslos auf die Tischplatte. Florence hätte zu gern ihre Gedanken gelesen. Ihre Miene war unergründlich.

Florence räusperte sich. »Es sei denn …«

Ihr Gegenüber sah hoch. »Es sei denn … was?«

»Nein, schon gut. Sie haben recht. Darüber will man jetzt noch gar nicht nachdenken.«

»Es sei denn … was?«, wiederholte Greta ungeduldig.

»Ich finde, Sie sollten wissen, dass ich das Manuskript für Helens zweiten Roman habe. Es ist ein komplett anderes Buch als das, das ich in Cairo abgetippt habe. Es heißt *Marokko Reset*. Die Geschichte basiert auf dem Plan, an dem sie während des Schreibens gearbeitet hat – dem Plan, mich zu töten und meine Identität anzunehmen.«

Greta stellte ihr Glas hin. »Helen hatte das zweite Buch fertig?«

»So würde ich es nicht ausdrücken. Es ist definitiv noch kein Buch. Aber ich kann Ihnen schon mal verraten, dass es vom gleichen Kaliber wie *Mississippi Foxtrott* ist.«

Langsam bekam Greta wieder Farbe. »Sie haben es mitgebracht? Sie haben es bei sich?« Sie warf einen Blick auf Florences Tasche, die auf dem Boden stand.

»Nein, das hielt ich nicht für klug. Es liegt im Safe meines Hotels.«

»Florence. Ich muss das Manuskript sehen.«

»Nun, wie ich schon sagte, man muss noch einiges an Arbeit reinstecken.«

»Das macht nichts. Wir finden jemanden, den wir daransetzen können. Als Fitzgerald starb, war sein *Letzter Taikun* auch noch unvollendet.« Sie lachte leise. »Das war übrigens ebenfalls ein Schlüsselroman.«

Florence schmunzelte. »Wissen Sie was, Greta? Eigentlich dachte ich, das könnte ich übernehmen.«

Die Agentin runzelte die Stirn. »Was übernehmen?«

»Den Roman zu Ende schreiben. Ich habe enger mit Helen zusammengearbeitet als sonst jemand, abgesehen von Ihnen, natürlich. Ihr Ton, ihre Stimme sind mir vertraut. Ich weiß, wie sie tickt. Und Sie haben selbst gesagt, ich hätte Talent. Sie haben sogar gesagt, dass ich Sie an Helen erinnere.«

Greta nickte bedächtig. »Ja, das stimmt. Das habe ich gesagt.« Sie trank einen Schluck. Am Nachbartisch setzten zwei junge Frauen ihre Cocktails für ein Foto in Szene. »Dazu stehe ich auch. Sie haben Potenzial. Aber ein solches Unterfangen verlangt viel Fingerspitzengefühl, Florence. Und bei einem Projekt wie diesem … unter diesen Umständen … Also, ich finde, wir sollten uns erst einmal ansehen, was wir haben, bevor wir entscheiden, wie es weitergeht.«

Florence starrte die Agentin schweigend an. Die Kamera am Nebentisch blitzte auf. Greta zuckte zusammen, Florence nicht.

»Greta«, sagte sie ruhig. »Ich habe ein gebrochenes Handgelenk und zwei gebrochene Rippen. Ich habe keine Arbeit, ich habe keine Wohnung. Und um es ganz klar zu sagen: Sie sind diejenige, die mich in diese Lage gebracht hat. Ob bewusst oder unbewusst, Sie waren Helens Komplizin.«

Greta war wieder blass geworden, und Florence schlug noch einmal in dieselbe Kerbe.

»Ganz gleich, wie sehr Sie Helens Verbrechen verurteilen, Sie haben auch davon profitiert. Wie viel haben Sie mit *Mississippi Foxtrott* verdient? Welche anderen Chancen hat Ihnen das Buch eröffnet? Sie sind Mittäterin – bei beiden Verbrechen. Ich bin das Opfer.«

Greta machte große Augen.

»Ich verlange keine Million Dollar, Greta. Ich möchte nur eine Chance. Mehr nicht. Einen Fuß in die Tür. Ich glaube nicht, dass das zu viel verlangt ist.« Sie nippte an ihrem Wein. »Was denken Sie?«

»Florence«, sagte die Agentin nach längerem Schweigen. »Ich verstehe, was Sie meinen, und ich sehe es ein. Ich bin teilweise mitschuldig. Und das nehme ich wirklich nicht auf die leichte Schulter. Aber ich kann Sie nicht guten Gewissens Maud Dixons nächstes Buch schreiben lassen, nur weil Helen Sie zum Opfer gemacht hat. Sehr gut möglich, dass Sie eine Entschädigung verdient haben, aber ich glaube nicht, dass es der Job als Helens Ghostwriterin ist. Es tut mir leid.«

Florence saß eine ganze Weile reglos da. Dann schüttelte sie lächelnd den Kopf. »Sie haben recht, Greta. Natürlich haben Sie recht. Ich weiß selbst nicht, was ich mir dabei gedacht habe. Es waren ein paar sehr harte Tage.« Unter dem Tisch umklammerte sie den Riemen ihrer Tasche, dass ihre Fingerknöchel weiß hervortraten.

»Das glaube ich gern. Ich muss auch erst mal alles sacken lassen. Wollen wir noch etwas trinken? Das haben wir uns doch wirklich verdient.«

Greta blickte sich suchend nach dem Kellner um, obwohl sie längst noch nicht ausgetrunken hatten.

Florence nickte und wollte nach ihrem Glas greifen, doch sie stieß nur dagegen, und es kippte um. Der dunkelrote Wein spritzte auf Gretas weiße Bluse und sammelte sich auf ihrem Schoß. Die Frauen sprangen auf.

»Entschuldigung!« Als Florence hektisch mit dem Papieruntersetzer an ihr herumtupfte, schob Greta ihre Hand weg.

»Schon gut. Lassen Sie. Lassen Sie das! Ich gehe es schnell auswaschen. Bin gleich wieder da.«

Sie lief hinaus, die nasse Bluse von sich abhaltend.

Florence setzte sich wieder. Ein Mann im Smoking nahm am Flügel in der Ecke Platz. Am Nebentisch brach Gelächter aus, jemand hatte einen Witz erzählt.

Als Greta Minuten später zurückkam, sah der Fleck womöglich noch schlimmer aus.

»Es tut mir ja so leid«, sagte Florence.

»Ist schon gut. Wirklich. Meine Reinigung in Manhattan hat schon ganz andere Flecken herausbekommen. Wo waren wir stehen geblieben? Haben Sie noch etwas bestellt?« Sie leerte ihr Glas in einem Zug, leicht das Gesicht verziehend.

»Nein, ich dachte, Sie wollten sich vielleicht umziehen. Ehrlich gesagt geht es mir auch nicht so gut. Von meinen Schmerzmitteln ist mir ein bisschen schwummerig. Deswegen auch das kleine Missgeschick gerade. Vielleicht könnten wir uns einen Happen zu essen auf Ihr Zimmer bringen lassen. Essen hilft meistens.«

»Äh. Ja … sicher. Warum nicht? Ich sage nur eben noch dem Kellner Bescheid, dass er mir den Wein auf die Zimmerrechnung setzen soll.«

ACHTUNDVIERZIG

»Sie müssen das Durcheinander entschuldigen«, sagte Greta, als sie die Tür zu ihrer Suite aufschloss.

Das große, helle Zimmer hatte ein Fliesenmosaik an den Wänden und ein enormes Doppelbett. Bis auf einen Pullover, der über einer Sessellehne hing, war es tipptopp aufgeräumt.

Florence ging zum Fenster und sah hinaus. Unten lag ein riesiger Garten mit in Reihen gepflanzten Orangenbäumen. Der Mond ging gerade erst auf.

Greta reichte Florence die Speisekarte für den Zimmerservice. »Suchen Sie sich aus, was Sie wollen. Und nehmen Sie sich ein Wasser aus der Minibar.«

Florence machte es sich im Sessel gemütlich und studierte die Karte, während Greta sich im Badezimmer umzog. Als sie wieder herauskam, setzte sie sich aufs Bett und rieb sich das Gesicht. »Gott, ich bin fix und alle.«

»Kein Wunder.« Sie nickte.

Der Agentin fielen die Augen zu. Florence dachte schon, sie wäre im Sitzen eingeschlafen, da machte sie die Augen wieder auf und sagte mit belegter Stimme: »Wo waren wir …«

Florence setzte sich zu ihr und drückte sie sanft aufs Bett. »Ich weiß, wie Sie sich fühlen. Sie hatten einen Schock.«

Greta sah sie an, die blauen Augen weit aufgerissen, verständnislos, verwirrt.

»Das macht das Hydrocodon«, erklärte Florence. »Das Schmerzmittel, das ich nach dem Unfall im Krankenhaus verschrieben bekommen habe. Irgendwann habe ich aufgehört, es zu nehmen, weil es so unangenehme Nebenwirkungen hat. Man fühlt sich wie benebelt, stimmt's?«

Greta nickte. »Benebelt … ja … aber Sie …«

»Machen Sie einfach ein bisschen die Augen zu.«

Greta gehorchte, folgsam wie ein Kind. Florence beobachtete sie eine Zeit lang. Sie war selbst überrascht, wie schnell die Tabletten wirkten – und wie gut. Sie hatte bei sich im Hotel vier Stück zerstoßen, eine mehr als für Whitney, und sie Greta in den Drink gemischt, als die zur Rettung ihrer Bluse verschwunden war.

Nachdem Florence sich überzeugt hatte, dass Greta bewusstlos war, holte sie ein Paar Plastikhandschuhe aus ihrer Tasche, zog sie über und nahm als Nächstes eine zerknüllte Papiertüte heraus. Darin befanden sich eine nagelneue Spritze, ein Tütchen mit grauem Pulver und ein Gummiband. In den Sekunden, bevor Idrissi ins Haus gekommen war, hatte sie die Sachen an Helens Leiche gefunden – die notwendigen Utensilien für die Heroinüberdosis, mit der sie Florence hatte töten wollen.

In Semat war es aufs spontane Improvisieren angekommen, in Gretas Hotelzimmer konnte Florence langsam und systematisch vorgehen. Sie warf einen Blick auf die Uhr. Jede Menge Zeit.

Sie ging ins Bad und schüttete das Pulver in einen Zahnputzbecher. Dann nahm sie die Schachtel mit dem Rattengift, die sie auf dem Weg zum Hotel gekauft hatte, aus ihrer Tasche. Das Zeug kam ebenfalls in den Becher. Ihre Online-Recherchen hatten ergeben, dass es im Straßenhandel der am häufigsten verwendete Stoff war, um Heroin zu strecken. Und der tödlichste.

Keine halben Sachen mehr.

Sie gab Wasser dazu und verwirbelte das Ganze.

Aus einer Marmorbox auf der Ablage nahm sie ein Wattebäuschen, hielt es über einen zweiten Becher und filterte die wolkige Flüssigkeit dadurch ab.

Am Nachmittag hatte sie sich auf YouTube eine Schritt-für-Schritt-Anleitung zum Injizieren angesehen, die von einem Spritzentauschprogramm in Columbus, Ohio, hochgeladen worden war.

Sie tauchte die Nadelspitze in den Becher, zog den Kolben hoch und klopfte einige Male gegen den Plastikschaft, damit etwaige Luftbläschen nach oben stiegen.

Florence ging zurück ins Schlafzimmer. Greta hing der Mund offen, ihr Atem klang schwer und verschleimt.

Versuchshalber hob sie Gretas rechten Arm hoch und ließ ihn wieder fallen. Keine Reaktion. Sie band ihr das Gummiband als Aderpresse stramm um den Bizeps, bis lila eine Vene hervortrat. Florence stach zu, aber die Vene zierte sich und rutschte weg. Sie atmete tief durch. Als sie wieder eine ruhige Hand hatte, probierte sie es noch einmal.

Diesmal fand die Nadel ins Ziel. Greta stöhnte, ihre Augenlider flatterten. Während Florence den Kolben vorsichtig herunterdrückte, sah sie zu, wie der Pegel der Flüssigkeit langsam fiel. Als die Spritze halb leer war, nahm sie sich den anderen Arm vor und wiederholte das Prozedere. Und nicht nur einmal. Immer wieder zog sie die Spritze auf, bis Greta fast ein Dutzend Einstiche am Körper hatte. Auch wenn Florence natürlich hoffte, dass die Ermittlungen gar nicht so weit gedeihen würden, sollte sie im Fall der Fälle wie eine gewohnheitsmäßige Fixerin wirken. Sie zählte darauf, dass sowohl das Hotel als auch die Polizei ein gesteigertes Interesse daran hatten, den Vorfall unter den Teppich zu kehren. Schließlich war der Tourismus ein wichtiger Wirtschaftsfaktor.

Als Florence die Spritze zwischen zwei Zehen einstach, verkrampfte sich plötzlich Gretas Körper. Er verfiel in wilde Zuckungen, und eine gelbliche Flüssigkeit lief ihr aus dem Mund. Ihre Augen sprangen auf und wanderten fiebrig durch das Zimmer. Instinktiv zog Florence den Kopf ein.

Als sie sich, halb verlegen, wieder aufrichtete, standen Gretas Augen noch offen, aber ihr Körper regte sich nicht mehr.

Florence legte ihr zwei Finger aufs Handgelenk. Sie fühlte nichts. Um auf Nummer sicher zu gehen, holte sie den Spiegel aus dem Badezimmer und hielt ihn ihr vor den Mund. Es war eine altmodische Methode, aber sie durfte kein Risiko eingehen. Sie konnte es sich nicht leisten, dass Greta wieder aufwachte und irgendwelche Geschichten erzählte.

Als sie überzeugt war, dass die Agentin nicht mehr lebte, brachte sie den Spiegel wieder ins Bad. Sie schloss Gretas Finger ein paarmal um die Spritze und den Becher mit der Flüssigkeit, nahm sich ihr Handy und tippte eine Nummer in die Kontaktliste.

Zum Abschluss ließ Florence noch einmal prüfend den Blick durch das Zimmer schweifen, bis sie sich ganz sicher war, dass es genau so aussah wie am Anfang. Abgesehen von der Toten auf dem Bett.

Sie hängte das »Bitte nicht stören«-Schild an die Tür und schlüpfte hinaus. Im Korridor zog sie die Plastikhandschuhe aus und stopfte sie in ihre Gesäßtasche.

Es war vollbracht.

Während sie auf den Aufzug wartete, sah sie auf die Uhr. Zehn Minuten vor sieben. Der Dealer, zu dem Liam den Kontakt hergestellt hatte, müsste jeden Augenblick eintreffen. Sie hatte ihm gesagt, er solle an der Rezeption nach Greta Frost fragen. Er hätte lieber die Zimmernummer gewusst, aber sie war fest geblieben. Er war ein unverzichtbares Puzzleteilchen. Für Florences Plan war es nicht nur wichtig, dass man seine Handynummer auf Gretas Telefon fand, sondern auch, dass ein Hotelangestellter sein Eintreffen bezeugen konnte.

Schnell durchquerte sie das von Menschen wimmelnde Foyer und trat hinaus in den dunklen, warmen Abend. Die Handschuhe entsorgte sie auf der Straße, wo sie in einem überquellenden Abfalleimer landeten.

NEUNUNDVIERZIG

»Sehr geehrte Fluggäste, wir haben unsere Reiseflughöhe von zehntausend Metern erreicht. Es ist ein wunderschöner Abend. Lehnen Sie sich zurück und entspannen Sie sich. Bitte wenden Sie sich an unsere Kabinencrew, wenn wir irgendetwas für Sie tun können, um Ihnen die Reise noch angenehmer zu gestalten.«

Florence nippte an ihrem Champagner und streckte die Beine aus.

»Haben Sie noch einen Wunsch, Ms Darrow?« Eine Stewardess mit perfekt gezogenem Eyeliner lächelte auf sie herunter.

Sie lächelte zurück. »Noch eine Decke, bitte.« Dann drückte sie auf einen Knopf, und ihr Sitz verwandelte sich in eine Liegefläche. Sie setzte die im Preis inbegriffene Schlafbrille auf.

So etwas nannte man reisen! Es störte sie nicht einmal besonders, mit Ms Darrow angesprochen zu werden. Sie hatte zwar ihren alten Namen wieder annehmen müssen, aber die drei Millionen, die sie – zusätzlich zu dem Haus in Cairo – geerbt hatte, entschädigten sie nicht schlecht dafür. Eigentlich sogar ganz gut.

Formaljuristisch gesehen würden das Geld und die Immobilie erst in einigen Monaten offiziell auf Florence übergehen, aber kleingeistige Bedenken dieser Art waren etwas für Kleingeister. Außerdem hatte sie noch nicht mal für das Upgrade zahlen müssen. Am Flughafen hatte sie die Plätze von Helen Wilcox und Florence Darrow einfach tauschen lassen.

Die Stewardess kam mit der Decke zurück und breitete sie sanft über Florence aus.

Während sie dem Brummen der Motoren lauschte, durchforstete Florence ihr Gewissen nach Schuldgefühlen. Sie fand keine.

Ihr war klar, dass sie Helen nicht hätte umbringen müssen. Fünf Minuten später wäre sowieso Idrissi aufgetaucht. Aber vermutlich hätte Helen den Tod ohnehin einer unwürdigen Knastexistenz vorgezogen. Außerdem wäre es eine Schande gewesen, ihr Vermögen den Bach runtergehen zu lassen.

Auch Greta hätte überleben können, wenn sie bloß bereit gewesen wäre, ihr den Namen Maud Dixon zu überlassen. Sie hatte ehrlich gehofft, dass die Agentin ihren Vorschlag annehmen und sie Helens Roman vollenden lassen würde. Greta umzubringen war ihr Plan B gewesen: nicht schön, aber nötig.

Nein, sie bedauerte nichts. Das Schicksal hatte ihr beschert, was sie sich im Leben am meisten wünschte. Und sei es auch auf die bizarrste, abgründigste Weise, die man sich nur vorstellen konnte. Da nicht zuzugreifen, wäre geradezu absurd gewesen.

Der Einzige, der ihr leidtat, war Nick. Andererseits war sein Tod schließlich nicht ihre Schuld. Helen hatte ihn umgebracht. Wenn sie es sich recht überlegte, hatte sie ihn ja auch kaum gekannt. Hätte ihre Beziehung wie jeder andere Urlaubsflirt auf natürliche Weise geendet, hätte sie ihn inzwischen sicher schon fast vergessen.

Der Mann mit der nasalen Stimme in der gegenüberliegenden Sitzreihe riss Florence aus ihren Gedanken, als er lautstark nach einem zweiten Glas Pinot noir verlangte.

Florence nahm die Schlafmaske ab und setzte sich abrupt auf. Ihr Herz klopfte. Die Stewardess kam mit der Weinflasche in der Hand herbeigeeilt.

Florence schüttelte den Kopf. Alles gut, alles bestens.

Sie legte sich wieder hin, aber als sie die Augen schloss, sah sie Greta vor sich, die unendlich blauen Augen weit aufgerissen. »Benebelt ... ja ...«

Sie stellte den Sitz wieder hoch und tätschelte sich ein paarmal die Wangen. Dann kramte sie ihr Notizbuch und einen Stift aus der Handtasche.

Die erste Hälfte von Helens Manuskript würde sie unverändert lassen, aber in der Mitte der Geschichte würde die Perspektive plötzlich auf Iris umschwenken.

Sie fing an zu schreiben.

> Lilian irrte sich. Iris war nicht schwach. Ein Leben voller Enttäuschungen hatte sie stark gemacht. Diese Stärke der Unterlegenen hatte Lilian nicht erkannt, und genau das war ihr entscheidender Fehler gewesen. Sie hatte sich selbst als Köder benutzt, ohne zu merken, dass Iris viel zu ausgehungert war, um sich mit den Brosamen, die für sie abfallen sollten, zufriedenzugeben. Und schon war die tödliche Falle zugeschnappt.

FÜNFZIG

In dem alten Haus in der Crestbill Road war es kühl, trotz der für Mai sehr ungewöhnlichen Hitzewelle. Florence machte die Tür hinter sich zu und atmete tief durch. Sie wanderte langsam durch die stillen Zimmer, als sähe sie sie zum ersten Mal. Denn diesmal gehörten sie ihr. Alles hier gehörte ihr.

Florence schaufelte Kaffee in den Filter und schaltete die Maschine ein. Während das Gerät zischend und prustend zum Leben erwachte, ging sie in den Garten. Der Komposthaufen war vollkommen abgetragen. Gelbes Absperrband, das sich an einigen Stellen losgerissen hatte, flatterte im Wind. Die Cairoer Polizei hatte ihr versichert, dass die Ermittlungen wegen der Ermordung von Jeanette Byrd nach Helens Tod eingestellt worden waren.

Als der Kaffee fertig war, setzte Florence sich mit einer großen Tasse ins Wohnzimmer und rief auf dem schnurlosen Festnetztelefon ihre Mutter an.

Um diese Uhrzeit saß Vera jeden Tag in ihrer gelben Miniküche und stärkte sich mit einer Tasse pappsüßem Kaffee, bevor sie zur Arbeit aufbrach.

Sie meldete sich mit einem geträllerten »Hallo-ho?« Weil sie darauf vertraute, dass ihr das Universum nur gute Überraschungen bescheren würde, ging sie bei einem unbekannten Anrufer immer ran.

»Mom? Ich bin's, Florence.«

Schweigen.

»Ich weiß ja, dass du wütend auf mich bist, aber ich möchte dich trotzdem um einen Gefallen bitten. Würdest du mir die Nachricht vorlesen, die du letztens erwähnt hast? Die, in der ich dir schreibe, dass ich dich nie wiedersehen will? Und kannst du mir auch sagen, wann du sie bekommen hast?«

Vera seufzte. »Moment. Ich muss sie erst raussuchen.«

Als sie sich wieder meldete, sagte sie: »Abgeschickt wurde sie am 21. April, einem Sonntag. Das weiß ich auch deswegen noch, weil ich gerade aus der Kirche kam, als sie in meinem Posteingang gelandet ist. Ich habe mich so gefreut, dass die Nachricht von dir war. Aber dann habe ich sie gelesen. ›Mom, tut mir leid, aber ich schreibe dir hier zum allerletzten Mal.‹« Veras stimme wurde brüchig, aber sie las weiter: »›Du hast mich mein Leben lang kleingemacht und mir Steine in den Weg gelegt. Ich habe die Schnauze voll. Ich will nie wieder mit dir sprechen. Und wenn du versuchst, mich zu erreichen, lege ich mir einfach eine andere Nummer zu.‹«

Florence schoss das Blut ins Gesicht. Auch wenn sie diese Sätze nicht geschrieben hatte, konnte sie nicht leugnen, sie gedacht zu haben, und sie fühlte sich schuldiger als nach allem anderen, was sie sich in den letzten zwei Wochen geleistet hatte.

21. April. Der Tag nach dem Autounfall. Anscheinend hatte Helen noch schnell Klarschiff gemacht, bevor sie in die Rolle der Florence Darrow geschlüpft war.

Bei all ihren großspurigen Reden über »die Gunst des Augenblicks« und »den Mut zur Lücke« hatte sie sich geradezu pingelig für jede denkbare Eventualität gewappnet. Mit der gleichen Akribie war Florence vorgegangen, als sie Gretas Ermordung plante. Diese Lektion war vielleicht ein genauso wichtiges Erbe wie das Haus und das Geld.

»Mom«, sagte sie. »Es ist schlimm, dass du das lesen musstest, aber glaub mir bitte – ich habe es nicht geschrieben.«

Vera trank laut hörbar einen Schluck Kaffee. »Die Nachricht kam von deinem Handy.«

»Ich weiß. Es ist eine lange Geschichte.« Florence holte tief Luft. »Ich will sie dir erzählen, von Anfang an …«

Als das Telefongespräch zwischen Mutter und Tochter nach einer Dreiviertelstunde endete, kannte Vera die ganze Wahrheit – oder zumindest die Version, die Florence bei den Behörden zum Besten gegeben hatte: Helens Mordplan, Florences verzweifelte Notwehrhandlung.

Wie bei Idrissi und Massey behielt Florence auch diesmal schön für sich, dass Helen Wilcox auch Maud Dixon war; sie war sich nicht einmal sicher, ob ihre Mutter überhaupt schon einmal etwas von der Autorin gehört hatte. Den Namen Greta Frost, deren Tod in Verlagskreisen bereits erste Wellen schlug, erwähnte sie ebenso wenig. Offiziell kannte sie die Frau ja nicht einmal.

Vera lauschte gespannt und sog begierig jedes Wort auf, mit dem Florence ihr versicherte, dass sie sich nicht von ihr losgesagt hatte. »Wusste ich's doch!«, sagte sie. »So was sieht dir gar nicht ähnlich. Das hab ich auch zu Gloria gesagt, und sie war ganz meiner Meinung. Du bist ein braves Kind, Florence. Das beste, das man sich wünschen kann.«

Florence lächelte grimmig. »Danke.«

»Wer hat dich lieb?«

»Du hast mich lieb.«

Auch wenn Florence ihre Mutter nie so nah an sich heranlassen würde, wie die es sich wünschte, würde sie Vera nicht aus ihrem Leben streichen. Ihre Begegnung mit dem Tod in Marokko hatte ihr gezeigt, dass man sich durch völlige Isolation erst angreifbar machte. Es war gefährlich, keinen anderen Menschen zu haben. Zu leicht konnte man spurlos verschwinden, ohne dass es jemandem auffiel.

Florence goss sich noch eine Tasse Kaffee ein.

Einen Anruf musste sie noch erledigen, bevor sie sich an die Arbeit machte. Nachdem sie endlich bekommen hatte, was sie sich wünschte – Helen Wilcox' Leben und Maud Dixons Lesepublikum –, wollte sie diese Geschenke des Schicksals nicht leichtfertig vergeuden.

Schon am Abend von Helens Tod hatte sie angefangen, den zweiten Teil von *Marokko Reset* zu schreiben. Kaum saß sie mit dem Schreibblock auf dem Schoß da, den Stift in der Hand, geschah das Unfassbare: Die Ideen sprudelten nur so aus ihr heraus.

Unter dem Schutz des Maud-Dixon-Pseudonyms hatte sie die Freiheit und das Selbstvertrauen zum Schreiben gefunden.

Und endlich hatte sie auch eine Geschichte zu erzählen.

In einer Biografie des Malers René Magritte, die von Agatha lektoriert worden war, hatte sie gelesen, dass er sich zu Beginn seiner Karriere, als seine unkonventionellen Gemälde von der Kunstkritik abgelehnt wurden, mit Fälschungen von Picasso und Braque über Wasser gehalten haben sollte.

Vielleicht konnte man es als eine Art Lehrzeit für Magritte betrachten. Wie es bei ihr *Marokko Reset* war. Helen hatte es selbst gesagt: Früher oder später wurde einem die Rolle, die man spielte, zur zweiten Natur. Man verinnerlichte sie.

Magritte war schließlich auch noch als er selbst erfolgreich geworden.

Möglicherweise würde sie die Welt irgendwann wissen lassen, dass sich hinter Maud Dixon niemand anderer als Florence Darrow verbarg. Als *Mississippi Foxtrott* herauskam, war sie dreiundzwanzig gewesen. Nicht ausgeschlossen, dass sie in dem Alter bereits einen Roman geschrieben hatte. Mary Shelley hatte *Frankenstein* mit neunzehn verfasst. Der erste Entwurf hätte während ihres Studiums entstanden sein können, das fertige Manuskript dann in ihrer Zeit in Gainesville, als sie in der Buchhandlung gejobbt hatte. Da würde Anne, die immer fröhliche Besitzerin des Ladens, aber staunen, wenn sie erfuhr, dass ihre Mitarbeiterin einen modernen Klassiker geschrieben hatte. Sie stellte sich Simons Reaktion vor. Und Amandas. Was für eine würdevolle Zurückhaltung, würden sie denken. Ein solches Geheimnis so lange für sich zu behalten.

Sie sah auf die Uhr, es war so weit. Lange genug gewartet. Sie griff erneut zum Telefon.

Eine junge Frau meldete sich mit Quietschestimmchen: »HMK, guten Tag.«

Harper Maston Khan war die größte Künstleragentur in New York. Sie vertrat nicht nur Autoren, sondern auch Schauspieler, Musiker und sogar Sportler. Echte Promis.

»Guten Tag«, sagte Florence. »Ich hätte gern Denise Maston gesprochen, bitte.«

»Und wen darf ich melden?«

Florence hielt sekundenlang inne. »Sagen Sie ihr, Maud Dixon sei am Apparat.«

DANKSAGUNG

Mein allererster Dank gebührt Jenn Joel – der genialen Lektorin, die sich als geniale Agentin ausgibt. Der 4. August 2019 markiert einen entscheidenden Wendepunkt in meinem Leben. Vielen Dank auch der wunderbaren Tia Ikemoto und allen anderen Mitarbeitenden der Agentur ICM.

Ich danke Judy Clain, die sich schon früh für mein Buch begeistern konnte, und dem unglaublichen Team beim Verlag Little, Brown: Miya Kumangai, Heather Boaz, Lena Little, Ashley Marudas, Pam Brown, Gabrielle Leporati und vielen anderen.

Im Vereinigten Königreich möchte ich meiner wunderbaren Lektorin Imogen Taylor danken, genau wie Felicity Blunt, Jake Smith-Bosanquet und Savanna Wicks bei Curtis Brown.

Ein Dankeschön geht an Halsey Green und Evonne Gambrell, die mir trotz meiner mittelprächtigen Arbeitsmoral immer ein Plätzchen warmgehalten haben. Ohne euch wäre das Buch nie fertig geworden.

Ich danke Joan Truya in Paris und Koloina Andriatsimamao in New York, die mir die Zeit geschenkt haben, ohne Sorge um und für Olive an meinem Roman zu arbeiten.

Ich danke Liz Campbell, Martha Campbell, Kathryn Doyle, Natalie Pica Friend, Molly Lundgren, Elizabeth Rhodes, Haven Thompson, Nell Van Amerongen und Julia Vaughn für so viel, dass es hier den Rahmen sprengen würde. Es ist ein großes Glück, euch zu Freundinnen zu haben.

Ich danke meinen Familien – die, in die ich hineingeboren wurde, und die, deren Mitglieder ich im Laufe der Jahre um mich versammelt habe: Henry Piper Andrews, Lindsey Andrews Schilling, Palmer Ducommun, Bob Ducommun, Charlie Schilling, Jock Andrews, den Westcotts, den Laportes, Jim und Nancy Beha, Jim und Alyson Beha, Len und Alice Teti. Ihr seid die Besten!

Ich danke meiner Mutter Lynn Ducommun. Mit ihrer Liebe und Unterstützung, die mir seit siebenunddreißig Jahren durch so manches Auf und Ab hinweggeholfen haben, hat sie sich definitiv einen eigenen Absatz verdient. (Und wer denkt, Vera Darrow hätte irgendeine Ähnlichkeit mit ihr, irrt sich gewaltig.)

Doch vor allem gehört mein Buch – und mein Herz – Christopher Beha. Ohne seine Unterstützung und sein scharfes Lektorenauge gäbe es Maud Dixon nicht. (Einen Bestsellerautor zu heiraten, war eben doch ein ganz schön cleverer Karriereschachzug.) Mit niemand anderem würde ich mein Leben lieber teilen.

Und zuletzt Olive und Henry: Ihr habt kein bisschen zu dem Buch beigetragen, aber ich liebe euch von ganzem Herzen. Wenn ich nur an euch denke, bin ich schon glücklicher, als ich es mir je habe vorstellen können. Ich liebe euch über alles!